寒山詩集論叢

葉珠紅 著

序

李建崑

　　寒山的研究，無論在海峽兩岸，都有傑出的成就。大陸學者錢學烈、項楚有全集的校注和重要論文發表；而在臺灣新近的學者群中，當以本書作者葉珠紅的研究最為突出，所獲的成就也最可觀。

　　葉珠紅是我的學生，畢業於國立中興大學中文研究所碩士班，目前是台中市逢甲大學中文系的博士生，同時也在台中縣亞洲大學、台中市逢甲大學兼任教職。從大學時代起，就發願研讀《寒山詩集》，迄今沒有停過；論文寫作，也很勤勉，已正式出版《寒山詩集校考》（文史哲出版社，2005.4）、《寒山資料考辨》（秀威科技，2005.7）、《寒山資料類編》（秀威科技，2005.9）三本專書。展讀這批書籍，可以驚訝地發現：葉珠紅在唐代文學的研究，心力集中，定點深入，治學精神，實在非常猛勵。

　　葉珠紅年來的研究論題，已經擴大到「唐代僧俗交涉」的問題，就其平日所研讀的範圍來看，凡是唐代詩歌、駢散文章、雜史筆記、傳奇小說、佛教經藏，無一不是她感到興味的項目；所以每當珠紅來到我的研究室，話題都是她新近的研究發現。

這本書收錄了十一篇有關寒山的學術論文,部分已在大學的期刊、學報正式發表。其中〈《寒山詩集》版本問題探究〉一文,延續她在版本上面的研究,比較集中地提出她對寒山詩版本的看法。〈寒山異名考〉則針對旅法學者吳其昱、日本漢學家大田悌藏、大陸學者嚴振非、臺灣學者易中達所提出之異說,一一提出辨證,所作結論信實可從。

　　至於〈談「散聖」寒山〉、〈歷代禪師語錄對寒山、拾得詩之應用〉、〈歷代文人詩話、文集對寒山及其詩之評議〉都以大篇幅的文章,討論歷來僧人、文士心目中的寒山,這批文章,應是她整理《寒山資料類編》的副產品。

　　至於〈1962~1980 年大陸以外地區之寒山研究概況——以《寒山子傳記資料》為主〉,論及七〇年代,旅美學者鍾玲發表〈寒山在東方和西方文學界的地位〉,在台灣掀起前所未有的「寒山熱」,1985 年臺灣天一出版社將鍾文引起的「寒山熱」,收集自民國 51 年至 69 年,大陸以外地區研究寒山的專文,共三百餘萬字,編為七冊,定名為《寒山子傳記資料》。珠紅這一篇論文,即以《寒山子傳記資料》所收之文為主要探討對象,從中可以看出大陸地區以外研究寒山的學者,對寒山的看法。

　　至於〈近人對《寒山詩集》之誤讀與錯會〉一文,略陳近人對《寒山詩集》所收之寒山詩、拾得詩、豐干詩、〈寒山子詩集序〉、〈豐干禪師錄〉、〈拾得錄〉之誤解與錯判。而〈談「風人體」〉一文,則以寒山為研究對象,說明在寒山使用雙關借意,以及上句敘事、下句釋義的「風人體」,在詩體的演變過程中,佔有相當重要的地位;寒山詩之「風

人體」，應是晚唐皮日休與陸龜蒙以〈風人詩〉、曹鄴以〈風人體〉名篇之先聲。

至於〈釋志南〈三隱集記〉周邊問題探索〉一文，主要探討浙江天台山國清寺僧釋志南〈天台山國清禪寺三隱集記〉一文，珠紅認為該文是以托名閭丘胤所作的〈寒山子詩集序〉（余嘉錫已證其為偽作），以及作者不詳的〈豐干禪師錄〉、〈拾得錄〉為底本，加以增衍而成；宋以後有關「天台三聖」（寒山、拾得、豐干）傳說的祖師語錄，多以志南〈三隱集記〉所添加的情節，於上堂時多所引用；〈三隱集記〉所添加的「天台三聖」傳說，共有「古鏡不磨如何照燭」、「豐干邀游五臺」、「國清寺炙茄」、「趙州遊天台」、「溈山靈祐三無對」、「東家人死西家助哀」，此六則均未見於志南引以為底本的〈寒山子詩集序〉，本文探討此六則傳說其源何自，及其在南宋以後之禪師語錄中，被引為上堂法語的情形。這些資料，都可以為禪學史作一些補白。

至於〈《天祿琳琅》續編本寒山、拾得詩辨偽〉論及《天祿琳琅》續編《寒山子詩一卷附豐干拾得詩一卷》（簡稱《天祿》宋本），究竟有多少首拾得詩，作了全面討論。〈天台三聖傳說與「四睡圖」〉一文，更論及宋至清，禪師之上堂法語爭引「天台三聖」事蹟，以及隨著「天台三聖」傳說與寒山詩的流傳，在繪畫方面，中、日兩國出現為數不少《寒山圖》、《拾得圖》、《豐干圖》、《寒山拾得圖》、《四睡圖》等繪畫作品；其中日僧可翁宗然的《寒山圖》，甚至成為日本國寶。珠紅在這篇文章中，將「天台三聖」傳說以及因傳說而產生之畫作，略加闡述，並論證日僧可翁宗然與

默庵靈淵有關「天台三聖」之畫作，仿自宋代梁楷與牧谿法常禪師之畫風。

　　這本書是臺灣地區少數寒山研究最新的力作，本書之出版，肯定會引發海內外寒山研究者的矚目與對話。個人在慶賀珠紅完成這部新著之餘，也深感欣喜，樂為之序。

　　　　　　　李建崑　謹識於國立中興大學中文系
　　　　　　　　　　　　時 2006 年 7 月 31 日

目　次

序 i

目　次 v

《寒山詩集》版本問題探究 1

寒山子異名考 19

談「散聖」寒山
　　——以歷代禪師「憶寒山」之作為例 35

1962~1980 年大陸以外地區之 寒山研究概況
　　——以《寒山子傳記資料》為主 53

近人對《寒山詩集》之誤讀與錯會 97

歷代禪師語錄對寒山、拾得詩之應用 143

歷代文人詩話、文集對寒山及其詩之評議
　　——兼論黃山谷對寒山詩之點竄 207

談「風人體」
　　——以寒山詩為例 233

釋志南〈三隱集記〉周邊問題探索 255

《天祿琳琅》續編本寒山、拾得詩辨偽.. 289

「天台三聖」傳說與〈四睡圖〉 315

附　錄 335

《寒山詩集》版本問題探究

一、前　言

　　唐朝詩人寒山，一稱寒山子，隱居天台山國清寺附近的翠屏山（又稱寒巖、寒山），有三百餘首詩作傳世。在寒山詩中，除了「余家」、「獨臥」、「慣居」、「一向」、「尋思」……等，以第一人稱口吻自述其生活樣貌的詩，詩中提及的具體場景，有隱居之地寒巖，以及時常徐步前往的國清寺；往來之人，只有國清寺的拾得與豐干禪師；除此之外，寒山於詩中並無提及其他的交遊，使後人難以考定其姓氏及生活年代；姓氏的不確定，也就難以考証他的生卒年。本文擬就《寒山詩集》相關之文獻、《寒山詩集》之結集，以及最好、最早的《寒山詩集》版本究竟為何，略陳己見。

二、有關《寒山詩集》之文獻

（一）閭丘胤〈寒山子詩集序〉

　　寒山於其詩中提到的人物——拾得與豐干禪師，有關兩人的事跡，載於〈寒山子詩集序〉，作者署名為貞觀十六年（642），時任台州刺史的閭丘胤，其官銜為「朝議大夫使

持節台州諸軍事守刺史上柱國賜緋魚袋。」序中將寒山稱為
文殊轉世；拾得是普賢再來；豐干是彌陀化身[1]，亦即後世
所謂的：浙江天台山國清寺之「天台三聖」（又稱「天台三
隱」）。到了宋朝，刊刻寒山詩的，有淳熙十六年（1189）
國清寺僧釋志南的「國清寺本」（又名《三隱詩集》）；觀
音比丘的「無我慧身本」（成書年代不詳，約在「寶祐本」
之前）；南宋理宗寶祐三年乙卯（1255），釋行果所刊刻的
「寶祐本」；到了元代，有至元二十六年（1289），釋可明
所刻的「東皋寺本」。以上四個版本，均保留了閭丘胤〈寒
山子詩集序〉，「天台三聖」的傳說，也因此廣被此後所有
提及「寒山」的釋書；受到〈寒山子詩集序〉的影響，歷宋、
元、明、清，乃至近代，論及寒山者，多認為寒山為初唐貞
觀時人，此為寒山三種生年說（貞觀、先天、大曆）當中，
最早的一種。[2]

---

[1] 唐‧閭丘胤，〈寒山子詩集序〉，《寒山子詩一卷附豐干拾得詩一卷》，
《四部叢刊》本，初編，集部，102 冊（上海：商務印書館，1926 年），
頁 1。頁首上有「宋本」、「甲」、「天祿繼鑑」以及「乾隆御覽之寶」
等印，下有「毛晉私印」、「子晉」、「汲古主人」三印；寒山詩後
有「毛晉之印」、「毛氏子晉」、「曾在周叔弢處」三印；拾得詩前
亦有「毛晉私印」、「子晉」、「汲古主人」三印；卷末有「天祿琳
琅」以及「乾隆御覽之寶」二印，以下簡稱《天祿》宋本。本書所引
之〈寒山子詩集序〉、〈豐干禪師錄〉、〈拾得錄〉、〈寒山詩〉、
〈拾得詩〉，均據此版本。

[2] 有關寒山的年代，主要有「貞觀」、「先天」、「大曆」三種說法。
持「貞觀說」的有：宋‧釋志南，〈天台山國清禪寺三隱集記〉、宋
‧釋志磐，《佛祖統記》、宋‧釋本覺，《釋氏通鑒》、元‧釋熙仲，
《釋氏資鑒》、日‧加地哲定，《中國佛教文學》；持「先天說」的
有：宋‧釋贊寧，《宋高僧傳》、元‧釋曇噩，《科分六學躅傳》；
持「大曆說」的有：宋‧李昉等編，《太平廣記》引唐‧杜光庭，《仙

　　余嘉錫（1884~1975）[3]《四庫提要辨證》卷二十〈寒山
子詩集二卷附豐干拾得詩一卷〉[4]，考證出〈寒山子詩集序〉
為偽作（詳見後，〈寒山子詩集序〉以下簡稱〈閭丘偽序〉），
〈寒山子詩集序〉之所以在一千多年後才被發現是偽作，除
了「天台三聖」的傳說廣為釋徒所喜，在刊刻的過程中，刻
意加以保留之外，另一個不被懷疑的原因是，歷史上確有閭
丘胤其人。[5]

　　閭丘胤，初唐貞觀時人。首先懷疑閭丘胤訪寒山、拾得
一事的是北宋釋贊寧，贊寧《宋高僧傳》：

　　系曰：按封干先天中遊遨京室，知閭丘寒山拾得俱睿宗
　　朝人也，奈何宣師高僧傳中閭丘武臣也，是唐初人，閭

傳拾遺〉、清・紀昀，《四庫提要》、胡適，《白話文學史》、余嘉
錫，《四庫提要辨證》、任繼愈，《宗教詞典》、孫望、郁賢皓，《中
國大百科全書・宗教卷》、任道斌，《佛教文化辭典》、陳慧劍，《寒
山子研究》。參見連曉鳴、周琦，〈試論寒山子的生活年代〉，《東
南文化》1994 年第 2 期。

[3] 余嘉錫，自號「狷庵」，又號「狷翁」，取孔子語：「狷者有所不為。」
（《論語・子路》）曾擔任北平輔仁大學教授、國文系主任、文學院
院長，是近代著名的目錄學家、古文獻學家、史學家。1949 年，其文
章被冠以「封建」之名，教育工作被奪，以六十五歲高齡發憤續寫自
十七歲時，即已著手的《四庫提要辨證》，該書於其逝世前一年付梓。

[4] 余嘉錫，〈寒山子詩集二卷附豐干拾得詩一卷〉，《四庫提要辨證》
卷 20（香港：中華書局香港分局，1974 年），下引版本同。

[5] 唐・釋道宣，《續高僧傳》卷二十〈丹陽沙門釋智巖傳〉：「武德四
年（621），（智巖）從（張）鎮州南定淮海，……遂棄入舒州皖公
山。……昔同軍戎有睦州刺史嚴撰、衢州刺史張綽、麗州刺史閭丘胤、
威州刺史李詢，聞巖出家，在山修道，乃尋之。」電子佛典集成，中
華電子佛典協會，2005 年 7 月。下引版本同。按：閭丘胤尋訪故友釋
智巖一事，是有關閭丘胤的最早記載，余嘉錫《四庫提要辨證》卷 20，
將《續高僧傳》卷 20 誤作卷 25。

丘序記三人不言年代使人悶焉，復賜緋乃文資也，夫如
是乃有二同姓名閭丘也。又大溈祐公於憲宗朝遇寒山子
指其泐潭，仍逢拾得於國清，知三人是唐季葉時猶存。
夫封干也天台沒而京兆出；寒、拾也，先天在而元和逢，
為年壽彌長耶？為隱顯不恒耶？[6]

贊寧相信〈閭丘偽序〉中「天台三聖」的情節，卻認為先天
年間遊邀京室的「封干」，與貞觀年間替閭丘胤治頭疾，建
議閭丘胤至國清寺訪寒山、拾得的「豐干」，同為一人；按
理說，贊寧只要相信「豐干」與「封干」不是同一人，「年
壽彌長」就不成問題；再相信溈山靈祐元和年間遇寒山一事
為真（見《祖堂集》卷十六〈溈山〉），便可知與寒山同為
大曆時人（約766~779）的豐干，絕不可能給將赴台州任刺
史的閭丘胤治病（貞觀十六年，642），〈閭丘偽序〉中的
「豐干」事蹟，全是〈閭丘偽序〉的作者一手捏造，目的只
有一個——打造「天台三聖」的神話。

　　繼贊寧之後，第二個懷疑〈閭丘偽序〉「天台三聖」情節
的，是應朱熹之請，尋找寒山詩「好本」的國清寺僧志南[7]，
釋志南刻國清寺本《寒山詩集》，作〈天台山國清禪寺三隱
集記〉（以下簡稱〈三隱集記〉）附於《寒山詩集》後：

---

[6] 宋·釋贊寧，《宋高僧傳》卷19。

[7] 宋·朱熹，〈朱晦庵與南老帖〉：「寒山子詩彼中有好本否？如未有，
能為校讎刊刻，令字畫稍大，便於觀覽，亦佳也。」引自《宋板寒山
詩集》，上海：有正書局發行，民國初年。

後有僧采薪南峰，距寺東南二里，遇一僧梵儀，持錫入巖，挑鎖子骨曰：「取拾得舍利。」乃知入滅於此，因號巖「拾得」。[8]

〈閭丘偽序〉記寒山與拾得在閭丘胤的逼見下，「時二人更不返寺，……退入巖穴（寒巖），……入穴而去，其穴自合。」釋志南〈三隱集記〉言拾得是「出寺門二里許入滅」，而非如〈閭丘偽序〉所記的「跡沈無所」，志南在〈三隱集記〉文末說：「乃知寒山不執閭丘手，閭丘未常至寒巖。拾得亦出寺門二里許入滅。今《傳燈》（按：《景德傳燈錄》所載「天台三聖」事蹟，乃根據《宋高僧傳》）所錄誤矣。」可見釋志南也懷疑〈閭丘偽序〉所述失真，以國清寺中人道國清寺中事，志南之說應為可信。

〈寒山子詩集序〉：「詳夫寒山子者，……隱居天台唐興縣西七十里，號為寒巖，每於茲地，時還國清寺。」余嘉錫據徐靈府《天台山記》與李吉甫《元和郡縣圖志》，二書均言明唐肅宗上元二年（761）以後才有的「唐興」縣名，證實了〈寒山子詩集序〉中的「天台唐興縣」非初唐時有，貞觀十六年至貞觀二十年（642~646），時任台州刺使的閭丘胤，是不可能知道肅宗上元二年（761），唐興縣改名之事（唐興縣原名始豐縣）。[9]余嘉錫此說，否認了寒山為貞

---

[8] 宋・釋志南，〈天台山國清禪寺三隱集記〉，《寒山詩集一卷附豐干拾得詩》，明嘉靖四年天台國清寺釋道會刊本。下引版本同。

[9] 余嘉錫，〈寒山子詩集二卷附豐干拾得詩一卷〉，頁 1246~1247。按：余嘉錫據宋・陳耆卿，《嘉定赤城志》卷八〈秩官表〉，確定貞觀十六年至二十年，台州刺史為閭丘胤；筆者查閱台北：台灣商務印書館

觀時人的說法；此後，有關《寒山詩集》的第一手資料，只
剩唐末天台道士杜光庭《仙傳拾遺・寒山子》

（二）杜光庭《仙傳拾遺・寒山子》

流傳了一千多年，被視為研究寒山首要資料的〈寒山子
詩集序〉，被余嘉錫判為偽作之後，有關寒山年代的研究，
唯一可考的只剩《太平廣記》卷五十五，引唐末天台道士杜
光庭（850~933）《仙傳拾遺・寒山子》：

> 寒山子者，不知其名氏。大曆中（766~779），隱居天台
> 翠屏山。其山深邃，當暑有雪，亦名寒巖，因自號為寒
> 山子。好為詩，每得一篇一句，輒題樹間石上，有好事
> 者隨而錄之，凡三百餘首，多述山林幽隱之興，或譏諷
> 時態，能警勵流俗。桐柏徵君徐靈府，序而集之，分為
> 三卷，行於人間。[10]

景印文淵閣《四庫全書》（486 冊，頁 569。）宋・陳耆卿，《嘉定赤
城志》卷八〈秩官表〉，貞觀十六年的台州刺史並無注明閭丘胤，貞
觀二十年的台州刺史注明「徐永」。考「上元」年號，唐高宗、肅宗
均有之，錢學烈認為《新唐書・地理志》卷四十一：「高宗上元二年
更名」（始豐縣改為唐興縣），乃因《舊唐書・地理志》卷四十及宋
・樂史，《太平寰宇記》二書，均只言「上元二年改為唐興」，而未
言明是哪個「上元」所導致。參見錢學烈《寒山拾得詩校評・前言》
（天津：天津古籍出版社，1998 年），頁 14。以上資料，足證貞觀年
間，任台州刺使的閭丘胤，不可能知道肅宗上元二年（761），唐興縣
改名之事，至於貞觀十六年至貞觀二十年（642~646），閭丘胤是否真
為台州刺使，有待詳考。

[10] 宋・李昉等編，《太平廣記》卷 55。（台北：文史哲出版社，1981 年），
頁 338。下引版本同。

《仙傳拾遺》所記「桐柏徵君徐靈府，序而集之，分為三卷，行於人間。」此記為《寒山詩集》的編纂情況留下第一手資料，雖然徐靈府之序今已佚，其收集寒山詩之舉卻由杜光庭記錄下來。

　　徐靈府，錢塘人，號默希子。杜光庭以「桐柏徵君」稱徐靈府，乃敬其不赴唐武宗（841~846）徵辟的氣節。[11]徐靈府被朝廷徵聘是在會昌元年（841），之後即行絕粒，有關他的卒年的說法有三種[12]；會昌五年八月，武宗毀佛達到最高潮，會昌元年（841）之後即行絕粒的徐靈府，似不可能有集詩之舉，徐靈府集寒山詩的年代應在修訖桐柏觀（829），至會昌元年被徵召前（841）。

　　徐靈府集寒山詩，從杜光庭「有好事者隨而錄之，凡三百餘首。」的記載來看，「凡三百餘首」與流傳至今的各版本的寒山詩總數接近；而所謂「好事者」，應非指徐靈府，這就透露出在徐靈府之外，另有與徐靈府同時或稍前之人集寒山詩；在集詩之外的另一個問題是「注詩」，宋・釋贊寧《宋高僧傳》卷十九：「曹山寂禪師注解，謂之《對寒山子詩》」[13]；承《宋高僧傳》卷十九之說的有《景德傳燈錄》

---

[11] 「徵君」，原指朝廷對著名隱士的徵聘，後來凡被徵聘者皆稱為「徵君」。

[12] 徐靈府卒年的說法計有：一、元・趙道一，《歷世真仙體道通鑑》（《僊鑑》）卷四十，記徐靈府享年八十四，將徐靈府的卒年，訂為會昌五年（845）（南京：廣陵古籍刻印社，1993 年），頁 1368。二、《天臺山方外志》卷九，記徐靈府享年八十二，即會昌三年（843）；三、民國《台州府志・方外》載徐靈府卒於大中初（847 年為大中元年）。

[13] 宋・釋贊寧，《宋高僧傳》卷十九。

卷二十七：「曹山本寂禪師注釋，謂之〈對寒山子詩〉」[14]；
宋‧歐陽修等奉敕編撰的《崇文總目》卷十：「寒山子詩七
卷。」[15]《新唐書‧藝文志‧道家類》卷三，有《對寒山子詩》
七卷，注云：「天台隱士，台州刺史閭丘胤序，僧道翹集。寒
山子隱唐興縣寒山巖，於國清寺與隱者拾得往返。」[16]《崇文
總目》（成於 1041）及《新唐書‧藝文志》（成於 1044~1060）
均未明言曹山本寂為《對寒山子詩》的作者，而首先提及曹
山本寂作《對寒山子詩》的贊寧，未言明所據為何；棘手的
是，曹山本寂《對寒山子詩》一書，一如徐靈府的寒山詩
〈序〉，均已亡於宋，使得流傳至今的寒山詩，最早的版本
究竟為何，成了寒山在生卒年不詳之外，最大的疑團。

三、有關《寒山詩集》之結集

　　以常情而論，由集詩之人所處的年代，可得知最早版本
的年代，寒山有詩云：「五言五百篇，七字七十九。三字二
十一，都來六百首。一例書巖石，自誇云好手。若能會我詩，
真是如來母。」又云：「滿卷才子詩，溢壺聖人酒。行愛觀
牛犢，坐不離左右。霜露入茅簷，月華明瓷甌。此時吸兩甌，
吟詩五百首。」可見〈閭丘偽序〉之：「於竹木石壁書詩，

---

[14] 宋‧釋道原，《景德傳燈錄》卷 27。

[15] 宋‧王堯臣、王洙、歐陽修等撰，《崇文總目》卷 10（《四庫全書》，
674 冊），頁 123。

[16] 宋‧歐陽修，《新唐書‧藝文志‧道家類》卷 3，《叢書集成初編》據
八史經籍志本排印，（北京：中華書局，1985 年），頁 51。

並村墅人家廳壁上。」與杜光庭《仙傳拾遺》：「每得一篇一句，輒題樹間石上。」均根據寒山自述的「一例書巖石」，推論寒山定然已將得意之詩作，由「六百首」集為閑時自吟的「五百首」，因此可以說，最早集寒山詩之人，就是寒山本人；有趣的是，據「國清寺本」所刻的大典本、道會本、宮內省本，以及據「天祿宋本」的朝鮮本、高麗本，均將「吟詩五百首」作「吟詩三兩首」（明刊白口八行本、四庫本作「吟詩兩三首」），可見寒山以外的第一個集詩者，所見的已不是寒山詩中自稱的五百首，由此可證明在「天祿宋本」的「吟詩五百首」之外（天祿宋本亦僅有三百多首），尚有一個將「吟詩五百首」改為「吟詩三兩首」，只見到三百多首寒山詩的版本。

（一）國清寺僧寶德道翹

現今所見的，各版本均為三百首左右的寒山詩，集詩之人的年代，定然與徐靈府相去不遠，《宋高僧傳》卷十九與《新唐書・藝文志・道家類》卷三，都相信〈閭丘偽序〉所說的：「令僧道翹尋其往日行狀，……，所書文句三百餘首，……，纂集成卷。」認為第一個集寒山詩之人，是國清寺僧寶德道翹；而由李邕（678~747）《國清寺碑》並序：「寺主道翹，都維那首那法師法忍等，三歸法空，一處心淨，景式諸子，大濟群生。」[17]知寶德道翹確有其人，並非如余嘉錫所說的，是「子虛烏有之人」。[18]

---

[17] 《全唐文》卷 262（台北：大通書局，1975 年 4 月），頁 3365。
[18] 同註 4，頁 1258。

《宋高僧傳》與《唐書・藝文志》的「道翹集寒山詩」，純取自〈閭丘偽序〉，撰寫〈國清寺碑〉的李邕（678~747），以他的時代來推算，道翹應在天寶六年（747）之前尚存，而當時的寒山尚未入天台隱居（據《仙傳拾遺》所記，寒山於大曆中隱於寒巖），尚未題滿三百多首寒山詩於「竹木石壁書詩並村墅人家廳壁上」，道翹何來集詩之舉？以此知「僧道翹」確有其人，並無集寒山詩之事。

（二）曹山本寂禪師

國清寺僧寶德道翹被余嘉錫視為「子虛烏有之人」，余嘉錫便將集寒山詩之事認為是曾作《對寒山子詩》的曹山本寂禪師，《宋高僧傳》卷十三，〈梁撫州曹山本寂傳〉：

> 釋本寂，姓黃氏，泉州蒲田人也。其邑唐季多衣冠士子僑寓，儒風振起，號鄒下焉。寂少染魯風，率多強學，自爾淳粹獨凝，道性天發。年惟十九，二親始聽出家。……，年二十五，登於戒足，凡諸舉措，若老苾蒭。咸通之初，禪宗興盛，風起於大溈也。……，寂處眾如愚，發言若訥，後被請往臨川曹山，參問之者堂盈室滿，其所酬對，激射匪停。……，復注《對寒山子詩》。流行寰內，蓋以寂素修舉業之優也，文辭道麗，號富有法才焉。尋示疾，終於山，春秋六十二，僧臘三十七。[19]

---

[19] 同註13。

「道性天發」且為道門所重的本寂，若有作《對寒山子詩》，以〈閭丘偽序〉「天台三聖」情節為底本的〈三隱集記〉（成於 1189），同為佛門中人，釋志南對本寂作《對寒山子詩》卻隻字未提，反倒懷疑〈閭丘偽序〉，在〈三隱集記〉末，志南云：

> 按舊序（指〈閭丘偽序〉），二人呵叱至執手大笑，閭丘歸郡遣送衣藥，與夫挑鎖子骨等語，乃知寒山不執閭丘手，閭丘未嘗至寒巖。……，今傳燈所錄誤矣。因筆及此，以俟百世君子。[20]

余嘉錫認為本寂才是〈閭丘偽序〉的作者，且認為「天台三聖」傳說乃本寂所為，余嘉錫認為本寂之作《對寒山子詩》，是因為本寂：「喜其多言佛理，足為彼教張目。……，依託閭丘別作一序以冠其首。……，於是閭丘遇三僧之說，盛傳於世。」[21]筆者認為，身為洞山良价高徒的本寂，沒有必要惡靈府之序而托名閭丘胤別作一序，余嘉錫以佛道相爭之事遽以為本寂會不擇手段至此；黃博仁則認為「即如本寂注據徐本，杜光庭何不言之，以光大道士之功耶？」[22]黃博仁認為本寂不可能是〈閭丘偽序〉的作者，就一併認為本寂之注乃據〈閭丘偽序〉，非據徐靈府。按：「注據徐本」與「作〈閭丘偽序〉」不必是同一件事，與杜光庭同時的本

---

[20] 同註 8。

[21] 同註 4，頁 1259。

[22] 黃博仁，〈寒山子年代的探討〉，《寒山及其詩》（台北：新文豐出版股份有限公司，1980 年），頁 15。下引版本同。

寂,「注據徐本」並非不可能,更何況在徐靈府序而集之之前,已經「有好事者隨而錄之。」本寂若有集詩,以本寂的年代來看(840~901),本寂極有可能是杜光庭所謂的「好事者」之一。

認為〈閭丘偽序〉之真正作者為曹山本寂的余嘉錫如是說:

> 本寂,《宋高僧傳》雖題為梁人,然《傳燈錄》卷十七,稱其以天復辛酉季夏告寂,壽六十二,則實死於唐昭宗之世,未嘗入梁,由此上推六十二年,當生於文宗開成五年(840~901),徐靈府於元和十年(815)已至天台,年輩遠在其前(余嘉錫注:靈府至天台二十五年,本寂始生),寂之所注,當即根據徐本。……輯寒山詩者,莫早於靈府。[23]

余嘉錫認為本寂的《對寒山子詩》乃據徐本作注,從徐靈府收集寒山詩時,已經「有好事者隨而錄之」的情形來看,好事者若非專指一人(如託名閭丘胤者),而是一群人,那麼,本寂所據之本,除了據徐靈府之本,也有可能是「好事者」的版本。

按:本寂在離開其師洞山良价後,回吉水山說法,將吉水山改名為「曹山」,「參問之者堂盈室滿」的本寂,從贊寧形容本寂「文辭遒麗,號富有法才焉。」以及「注《對寒山子詩》。流行寓內,……。尋示疾,終於山」的描述來看,贊寧只言本寂「注《對寒山子詩》,流行寓內。」

---

[23] 同註4,頁1258。

並未說明如何流行？見於何處？余嘉錫形容贊寧「博學有史才」，又據贊寧所云：「（本寂）注《對寒山子詩》」之說，認定「本寂託名閭丘胤作〈偽序〉」，卻未提任何證明。

就「曹山本寂注《對寒山子詩》七卷」之說，從《宋高僧傳》、《景德傳燈錄》（《景德傳燈錄》據《宋高僧傳》）與《崇文總目》、《新唐書》，兩造說法不一；再從曹洞宗人只傳本寂語錄二卷，未傳本寂《對寒山子詩》，且本寂語錄中全無與寒山詩相關的記載[24]；另外，比《宋高僧傳》（宋太宗端拱元年（978））晚十年完成的《太平廣記》卷五十五〈寒山子〉，並無本寂曾注寒山子詩之說，以上三點，可証本寂注「寒山子詩七卷」之說，頗堪致疑。「富有法才」的本寂，若有集詩並注詩，當為晚年之事；若託名閭丘胤作〈偽序〉，必有其特定背景與理由，本寂是否如余嘉錫所言，「注寒山詩」並打造「天台三聖」傳說，誠有待海內外古籍研究之同好，共同發掘。

曹山本寂《對寒山子詩》七卷，另有一說，言作者為活動於盛唐的釋智昇，清·錢侗《崇文總目輯釋》：「《對寒山子詩》七卷。按：唐志作釋志升《對寒山子詩》。」錢侗所提的釋志升，《宋高僧傳》作智昇。《宋高僧傳》卷五〈唐京兆西崇福寺智昇傳〉：

---

[24] 參見明·郭凝之編（卷上）、〔日〕玄契編次（卷下），《撫州曹山本寂禪師語錄》（上海：上海古籍出版社，1992年），頁42~50。

釋志昇，未詳何許人也。義理懸通，二乘俱學，然於毗尼，尤善其宗。此外文性愈高，博達今古，……，乃於開元十八年歲次庚午，撰《開元釋教錄》二十卷，最為精要。……，杜塞妖偽之源，有茲獨斷。……，經法之譜，無出昇之右矣。[25]

身份不詳，但是「博達今古」的智昇，其代表作為《開元釋教錄》：「著錄當時所存佛典五千餘卷。這個數字遠遠超過《新唐書‧藝文志》所著錄任何一家典籍的數量。」[26]智昇開元十八年（730）撰《開元釋教錄》，此時的寒山尚未進入天台隱居，智昇要集寒山詩得活到大曆年（766~779）以後，其集寒山詩之說也難以成立。[27]

四、釋志南國清寺本《寒山詩集》

由徐靈府所集，杜光庭所言之「分為三卷，行於人間。」的寒山詩，可以確定徐靈府是寒山本人之外，第一個集寒山詩之人；國清寺僧釋志南刻「國清寺本」寒山詩，是應朱熹「讎校刊刻」成一「好本」的要求，志南當時手中至少應有

---

[25] 同註 13。

[26] 引自孫昌武，〈佛教與唐代的文學〉，《唐代文學研究》第 1 輯（太原：山西人民出版社，1988 年），頁 33。

[27] 余嘉錫認為：「《崇文總目》釋書類有寒山子詩七卷，當即本寂注解之本，故卷數相同。云：『金錫鬯《輯釋》謂《唐志》作釋智昇《對寒山子詩》，蓋因《唐志》上文有智昇所撰三書而誤。』」余嘉錫此說足供參考。同註 4，頁 1253。

兩個版本可供讎校，可由三點證明：一、宋神宗熙寧五年
（1072），日僧成尋訪國清寺，國清寺僧禹珪曾贈成尋《寒
山子詩一帖》，較志南編「國清寺本」（1189）要早上百餘
年；二、今傳公認最早的《寒山詩集》——《天祿》宋本，
僅有〈閭丘偽序〉，明嘉靖四年天台國清寺道會刊本，前有
〈閭丘偽序〉，後有志南之〈三隱集記〉，可見志南刻「國
清寺本」寒山詩時，手上的版本定然有：前有〈閭丘偽序〉
的《天祿》宋本《寒山子詩集》；三、明嘉靖四年天台國清
寺道會刊本，在志南〈三隱集記〉之前，拾得詩〈可笑是林
泉〉之後，有一段《天祿》宋本所沒有的按語：「按《三隱
詩》山中舊本如此，不復校正，博古君子，兩眼如月，政要
觀『雪中芭蕉』畫耳。」此一按語跟「國清寺本」系統異於
《天祿》宋本系統的第一首詩——〈重巖我卜居〉（「永樂
大典本」例外），成了《天祿》宋本與「國清寺本」兩大系
統，最明顯的不同。[28]

　　志南是否有辱朱熹所託，讎校出一本寒山詩好本呢？日
人島田翰認為志南所刻的國清寺本「竄改易置最多」[29]，「錯

---

[28] 《天祿》宋本系統（包含朝鮮本、高麗本、全唐詩本）的寒山詩，多
以〈凡讀我詩者〉為第一首；「國清寺本」系統（道會本、宮內省本、
明刊白口八行本、四庫本）的寒山詩，多以〈重巖我卜居〉為第一首。
在編排上較為特殊的「永樂大典本」，則是以三字詩〈寒山道〉為第
一首。見明‧姚廣孝等編，《寒山詩集》《永樂大典》前編（上），
卷 903，台北：世界書局，1962 年。

[29] 〔日〕島田翰，〈刻宋本寒山詩集序〉，日本明治 38 年刊本《宋大字
本寒山詩集》卷首，轉引自項楚，《寒山詩注》附錄二〈序跋、序錄〉，
（北京：中華書局，2000 年），頁 954。下引版本同。

誤最多,甚不稱晦庵先生丁寧流布之意。」[30]志南所參校,
普遍被認為最早且最全的《天祿》宋本,在拾得詩最後一首
〈可笑是林泉〉,下注:「此首係別本增入。」可見《天祿》
宋本也跟國清寺本一樣,是「別有所本」。而唯一以「三字
詩」作為第一首的「永樂大典本」《寒山詩集》,在內容編
排上,迥異於《天祿》宋本與「國清寺本」[31],「永樂大典
本」無閭丘胤〈寒山子詩集序〉、志南之〈三隱集記〉、〈朱
子與南老帖〉、〈陸放翁與明老帖〉、〈釋可明跋〉、「觀
音比丘無我慧身的補刻說明」,從「依永樂大典輯錄典籍『未
嘗擅減片語』的修纂清鈔慣例,當照文輯入。」[32]的情形來
看,在異文以及錯謬字部分,「永樂大典本」《寒山詩集》
與《天祿》宋本、「國清寺本」系統多有不同,拙著《寒山
資料考辨》[33],以專章比較「永樂大典本」與《天祿》宋本,
在字形與字音的不同後,仍深感有餘未盡,「永樂大典本」
《寒山詩集》對於還原寒山詩原貌的價值,實不可小覷。

　　傳入日本的首部《寒山詩集》,是成尋巡禮天台山的成
果之一;成尋於北宋熙寧五年(1027)三月啟程入宋,一如
日僧圓仁的《入唐求法巡禮行記》,成尋將所見所聞以日記
的方式記載下來,回國後整理成《參天台五台山記》;在天

---

[30] 正中本《寒山詩集》卷首,轉引自項楚《寒山詩注》附錄二〈序跋、
序錄〉,頁 948。

[31] 永樂大典本《寒山詩集》,標明三字詩、五字詩,寒山、拾得、豐干
之詩均未標注,與「宋版本」唯一的相同只有「楚辭體」未改。

[32] 鍾仕倫,〈永樂大典本《寒山詩集》論考〉,《四川大學學報》第 5
期,2000 年。

[33] 詳見拙著,《寒山資料考辨》,台北:秀威科技出版,2005 年。

台山國清寺，寺僧禹珪曾贈成尋《寒山子詩一帖》，成尋訪天台山國清寺後，翌年一月（1073），擬將得自中國的書籍分送日本「有關部門時」，囑咐弟子回國後，將《寒山子詩一帖》進「上治部卿殿」，此乃日本藏書家通憲入道（1106～1159）的藏書目錄，之所以會有《寒山子詩一帖》的由來。[34]期盼中國全國高等院校古籍整理研究工作委員會的研究員們，致力於《宋元版漢籍影印叢書》的推動人士[35]，能對國清寺僧禹珪贈予成尋的《寒山子詩一帖》（1072 年，比釋志南的「國清寺本」要早上 117 年），加以追蹤，則海內外最早的《寒山詩集》版本，是《天祿》宋本抑或是日本「宮內省本」，將有一個較可信從之定論。

五、結語

　　《寒山詩集》在佛寺刊刻流傳的情形，在宋代，一刻於國清寺釋志南的「國清寺本」；二刻於觀音比丘無我慧身的「無我慧身本」；三刻於釋行果的「寶祐本」，四刻於元代，釋可明的「東皋寺本」；以上四個版本均保留了署名為閭丘胤所作之〈寒山子詩集序〉，余嘉錫以序中所載「天台唐興縣」非貞觀時有，證〈寒山子詩集序〉為偽作，有關寒山生平事蹟的第一手資料，唯一可信的，只剩天台道士杜光庭《仙

---

[34] 參見周琦、王佐才，〈成尋與天台山文化〉，《佛學研究》2002 年。
[35] 日本國共立女子大學、宮內廳書陵部與中國教育部全國高等院校古籍整理工作委員會共同合作，複製日本宮內廳書陵部所藏宋元版漢籍予中國。

傳拾遺‧寒山子》。有關寒山詩之結集,筆者認為國清寺僧
豐德道翹並未集寒山詩,對曹山本寂禪師集詩並注詩之說,
予以存疑。最後,期待日本宮內廳書陵部,能找出日僧成尋
於宋神宗熙寧五年(1072)訪國清寺時,國清寺僧禹珪親贈
成尋的《寒山子詩一帖》之景宋本,則「國清寺本」《寒山
詩集》,是否符合朱熹所期待的「好本」;《天祿》宋本是
否為海內外最早的《寒山詩集》版本,均將有一明確之解答。

本文就拙著《寒山詩集校考‧前言》略加刪改,全文刊登於
國立中興大學文學院《人文學報》第 36 期,2006 年 3 月。

寒山子異名考

一、前言

　　歷來研究寒山的學者，同感棘手的問題是：對於寒山，難以確定其家世及生卒年，家世及生卒年的問題，來自於姓名的不詳；自唐至清，均未有人斷言出寒山的真實姓名，是因為有關寒山的身世資料不足；近人則不遑多讓，考證出寒山姓名的有：一、旅法敦煌學者吳其昱，認為寒山是隋代曾任武賁中郎將，跟隨張鎮周到過臺灣，入唐後隨寶月禪師出家，後為牛頭禪二祖的「釋智巖」；二、日本漢學家大田悌藏，認為寒山就是奉閭丘胤之命，收集寒山詩的國清寺僧「寶德道翹」；三、大陸學者嚴振非，言寒山乃隋文帝楊堅之弟，楊瓚第四子「楊溫」；四、臺灣學者易中達，定寒山「姓龐名任運」，本文針對以上有關寒山的四種異名，試加探討。

二、牛頭二祖釋智巖

　　旅法敦煌學家吳其昱，於 1980 年國際漢學會議文藝組研討會上，發表〈寒山與臺灣〉一文，吳其昱言經過二十多年的研究，推論寒山曾到過台灣，認為寒山就是初唐貞觀年間的釋智巖。吳其昱「假設」智巖曾到過台灣：

試論寒山即智巖，雖不敢必，但可能性極大，其次論智
巖極有可能從張鎮州，自義安浮海擊「流求」。易言之，
寒山可能以軍官身份來台灣。[1]

智巖本姓華，丹陽曲阿人，於隋朝大業六年（610），隨張
鎮周渡海征「流求」（臺灣），智巖時任虎賁中郎將，吳其
昱論點的主要依據是：征「流求」後的智巖不久出家，閭丘
胤曾訪之，因此認為閭丘胤〈寒山子詩集序〉提到閭丘胤任
台州刺史，訪寒山一事，就是訪故友釋智巖。

閭丘胤訪釋智巖一事，見唐・釋道宣《續高僧傳》卷二
十：

> 武德四年（621），（智巖）從（張）鎮周南定淮海，……，
> 遂棄入舒州皖公山。……昔同軍戎有睦州刺史嚴撰、衢
> 州刺史張綽、麗州刺史閭丘胤、威州刺史李詢，聞巖出
> 家，在山修道，乃尋之。……。謂巖曰：「郎將癲邪，
> 何為住此？」答曰：「我癲欲醒，君癲正發，何由可救？
> 汝若不癲，何為追逐聲巳（色），規度榮位，……，一
> 旦死至，慌忙何計？此而不悟，非癲如何？貞觀十七
> 年，……，還歸建業，依山結草。[2]

---

[1] 秦明，〈旅法學人吳其昱推論寒山到過台灣〉，原載《中央日報》10
版，1980 年 8 月。轉引自朱傳譽主編，《寒山子傳記資料》第 1 冊（台
北：天一出版社，1982 年），頁 68。下文所引《寒山子傳記資料》，
均只標明冊數與頁數。按：「張鎮州」，《資治通鑑》卷 181〈隋紀〉
五，作「張鎮周」，據《資治通鑑》卷 181 改。

[2] 唐・釋道宣，《續高僧傳》卷 20〈丹陽沙門釋智巖傳〉。

宋・釋志磐《佛祖統紀》亦載此事：

> 釋智巖初仕隋為虎賁中郎將，每於弓首挂漉水囊不飲蟲
> 水，至是棄官入皖山學道。見異僧丈餘謂之曰：「卿已
> 八十一生出家矣。」同軍閭丘胤至山尋之，見山崖峻立
> 鳥獸悲鳴。謂師曰：「郎將狂耶？何為住此。」答曰：
> 「我狂欲醒，君狂正發。」同軍嗟歎而退。[3]

《續高僧傳》所載智巖出家之事，遠較《佛祖統紀》為詳，
此事為有關閭丘胤的最早記載。牛頭禪二祖智巖[4]，生於隋
文帝開皇十九年（599）卒於唐高宗儀鳳二年（677），享年
七十八歲。[5]智巖於武德四年（621）出家，時閭丘胤任麗州
刺史，「麗州」一名在歷史上只存在五年[6]。智巖在貞觀十
七（643）年「還歸建業，依山結草。……後往石頭城癘人
坊住，為其說法，吮膿洗濯無所不為。」[7]而〈寒山子詩集
序〉言閭丘胤是在貞觀十六年（642）任「台州刺史」前才

3　宋・釋志磐《佛祖統紀》卷39〈唐高祖〉。
4　牛頭初祖法融（594~657）自立牛頭宗（牛頭禪），法融傳智巖，智巖
　　傳慧方，慧方傳法持，法持傳智威，智威傳慧忠，合稱牛頭六祖。
5　據《景德傳燈錄》卷4。按：道宣《續高僧傳》卷20〈智巖傳〉：「永
　　徽五年二月二十七日，終於癘所。……，年七十八矣。」言智巖卒於
　　高宗永徽五年（654），比牛頭初祖法融還要早去世三年，如此則智巖
　　不可能嗣位為二祖，《續高僧傳》所記明顯有誤。參見南懷瑾，〈法
　　融一系的禪心與文佛索引表〉，《禪話》（台北：老古文化事業公司，
　　1998年），頁143。
6　「武德四年以永康置麗州，又分置緱雲縣。八年廢麗州及緱雲縣，以
　　永康屬婺州。」參見郁賢皓，《唐刺史考全編》〈附編〉（安徽大學
　　出版，2001年），頁3458。
7　唐・釋道宣，《續高僧傳》卷20〈丹陽沙門釋智巖傳〉。

發頭疾[8]，據余嘉錫考證，〈寒山子詩集序〉言寒山「隱於
天台唐興縣」，「唐興縣」一名，是肅宗上元二年之後才有，
貞觀十六年的閭丘胤，是不可能知道肅宗上元二年，「始豐
縣」改名為「唐興縣」之事[9]，該序作者託名閭丘胤，是不
折不扣的「偽序」，吳其昱言閭丘胤訪智巖就是訪寒山，是
不察〈寒山子詩集序〉的「唐興縣」，是中唐肅宗時才有的
地名，初唐貞觀十六年（642）的閭丘胤不可能得知一百多
年後，肅宗上元二年（761）「唐興縣」改名之事。

　　吳其昱認為寒山是智巖的第二個論據是：寒山與智巖
「同任高級武官，同樣去過長安與洛陽，並同於中年入道，
同為刺史（閭丘胤）訪謁。」智巖是高級武官沒錯[10]，至於
寒山，吳其昱應是根據寒山〈元非隱逸士〉一詩，其中「仕
魯蒙幘帛」一句[11]；以及〈一為書劍客〉一詩的「東守文不
賞，西征武不勳。」[12]二句，定寒山為「高級武官」。[13]至於

8　〈閭丘偽序〉的作者安排整個閭丘胤見寒山、拾得所精心策劃的「與
　　胤救疾」，內容如下：「胤頃受丹丘薄宦，臨途之日，乃縈頭痛，……
　　乃遇一禪師名豐干，言從天台國清寺來，特此相訪。乃命救疾，師乃
　　舒容而笑曰：『身居四大，病從幻生，若欲除之，應須淨水。』時乃
　　持淨水上師，師乃噀之，須臾祛殄。」〈寒山子詩集序〉，頁1。

9　余嘉錫：〈寒山子詩集二卷附豐干拾得詩一卷〉，《四庫提要辨證》
　　卷20，頁1247。

10　吳其昱認為「虎賁中郎將」，相當今天的「上校」官階。

11　寒山詩，〈元非隱逸士〉：「元非隱逸士，自號山林人。仕魯蒙幘帛，
　　且愛裹疏巾。道有巢許操，恥為堯舜臣。獼猴罩帽子，學人避風塵。」
　　頁44。按：寒山詩均無題，本書所引之寒山詩、拾得詩、豐干詩，均
　　以首句為題。

12　寒山詩，〈一為書劍客〉：「一為書劍客，二遇聖明君。東守文不賞，
　　西征武不勳。學文兼學武，學武兼學文。今日既老矣，餘何不足云。」
　　頁4。

二人「同樣去過長安與洛陽」，智巖曾在東都洛陽沒錯[14]，但道宣《續高僧傳‧丹陽沙門釋智巖傳》，並未有智巖到過長安的記載；寒山家住陝西[15]，但在寒山詩中，並未有寒山到過洛陽的證明。「同為刺史訪謁」，是整個推論中最薄弱的地方，〈寒山子詩集序〉言閭丘胤訪寒山，事在貞觀十六年，智巖武德四年隨寶月禪師出家[16]，閭丘胤與其他軍中三位同僚訪智巖，則必須發生在貞觀十七年以前[17]，閭丘胤訪智巖若為真，則〈寒山子詩集序〉言閭丘胤訪寒山必為假，因為智巖在貞觀十七年時，離開安徽舒州皖公山，不可能先在貞觀十六年，先繞到浙江天台山等閭丘胤來訪，貞觀十七年再回到安徽，然後再到建業（南京）依山結草，照顧痲瘋病人「吮膿洗濯，無所不為。」一直到證道圓寂。

由《續高僧傳》卷二十，知閭丘胤訪故友釋智巖一事為真，閭丘胤到台州任刺史訪寒山則為子虛烏有，吳其昱以閭

---

[13] 錢穆，〈讀書散記兩篇——讀寒山詩〉引〈一為書劍客〉，言：「是寒山亦曾作從軍遊也。」《寒山子傳記資料》第五冊，頁107。

[14] 唐‧釋道宣，《續高僧傳》卷20〈丹陽沙門釋智巖〉：「及偽鄭（王世充）之在東都，黃公糞行征伐相陣，鬪將應募者多。黃公曰：『非華郎將（智巖俗姓華）無以御之。』」

[15] 寒山詩，〈尋思少年日〉：「尋思少年日，遊獵向平陵。國使職非願，神仙未足稱。聯翩騎白馬，喝兔放蒼鷹。不覺大流落，皤皤誰見矜。」頁17。

[16] 唐‧釋道宣，《續高僧傳》卷20〈丹陽沙門釋智巖傳〉：「武德四年，從鎮周南定淮海，時年四十。審榮官之若雲，遂棄入舒州皖公山。從寶月禪師披緇入道。」

[17] 唐‧釋道宣，《續高僧傳》卷20〈丹陽沙門釋智巖傳〉：「貞觀十七年，還歸建業，依山結草。」

丘胤「訪人」的共同點[18]，推論寒山即智巖，是未見宋初（978）
編成的《太平廣記》卷五十五，引唐末天台道士杜光庭
（850~933）《仙傳拾遺·寒山子》，言寒山：「大曆中
（766~779），隱居天台翠屏山」[19]，更未見余嘉錫所考，署
名為閭丘胤所作的〈寒山子詩集序〉，根本是個「偽序」；
閭丘胤所訪之人只有一個，即貞觀年間出家的好友智巖，而
非大曆年間隱於天台的寒山，寒山不是智巖。

三、國清寺僧寶德道翹

　　閭丘胤見寒山、拾得的情節，〈寒山子詩集序〉的作者
安排由豐干禪師一手促成[20]，〈寒山子詩集序〉言國清寺僧
寶德道翹，奉閭丘胤之命收集寒山詩，為寒山詩的首要見證
者[21]，證明寶德道翹是否確有目睹寒山最後入穴自瘞，是證
明寒山年代的最快方式；而曾與寒山謀面的國清寺僧，除了
寒山詩中所提及的豐干禪師與拾得以外，見諸記載的，只有
〈寒山子詩集序〉提及的寶德道翹；日人大田悌藏認為國清

---

[18] 秦明，〈旅法學人吳其昱推論寒山到過台灣〉，引吳其昱的推論：「假
設剌史訪問的只是同一僧人，那麼寒山即智巖。」《寒山子傳記資料》
第 1 冊，頁 68。

[19] 宋·李昉等編，《太平廣記》卷 55《仙傳拾遺·寒山子》，頁 338。

[20] 「（豐干）乃謂胤曰：『台州海島嵐毒，到日必須保護。』胤乃問曰：
『未審彼地當有何賢，堪為師仰？』師曰：『見之不識，識之不見。
若欲見之，不得取相，迺可見之。……。』」〈寒山子詩集序〉，頁 1。

[21] 「（閭丘胤）乃令僧道翹尋其往日行狀，唯於竹木石壁書詩，並村墅
人家廳壁上所書文句三百餘首。」〈寒山子詩集序〉，頁 3。

寺僧寶德道翹假名「寒山」[22]，乃寒山詩的真正作者。以下試論之。

余嘉錫將道翹視為「子虛烏有之人。」[23]《宋高僧傳》卷十九〈唐天台封干師傳・木（水＊貢）師寒山子拾得〉，與《新唐書・藝文志・道家類》，均指名閭丘胤與道翹事[24]，《宋高僧傳》、《新唐書・藝文志》二書有關寒山的事蹟，雖說全部取自被余嘉錫考證為偽作的〈寒山子詩集序〉，但不能據以否定道翹其人不存在，日本京都大學入矢義高在〈試論寒山子的生活年代〉一文中，已指出唐朝李邕的〈國清寺碑〉並序[25]，有記載道翹其人，余嘉錫視道翹為「子虛烏有之人」為誤。

從道宣《續高僧傳》卷二十，知〈閭丘偽序〉中的閭丘胤確有其人；由李邕〈國清寺碑〉並序，知國清寺僧寶德道翹曾任「寺主」；而從李邕（678~747）的時代來推算，道翹應在天寶六年（747）之前尚存，以此知天寶年間的寶德道翹，不可能偕同貞觀年間的閭丘胤，訪大曆時才隱居天台的寒山，李邕〈國清寺碑〉並序，言道翹當時的職務為「寺

---

[22] 〔日〕大田悌藏，〈寒山詩解說〉，轉引自嚴振非，〈寒山子身世考〉，《東南文化》1994 年第 2 期。

[23] 余嘉錫，〈寒山子詩集二卷附豐干拾得詩一卷〉，頁 1258。

[24] 宋・歐陽修，《新唐書・藝文志・道家類》卷三，在《對寒山子詩》七卷下注云：「天台隱士，台州刺史閭丘胤序，僧道翹集。寒山子隱唐興縣寒山巖，於國清寺與 隱者拾得往返。」《叢書集成》初編，據八史經籍志本排印，（北京：中華書局，1985 年），頁 51。

[25] 李邕：〈國清寺碑〉並序：「寺主道翹，都維那首那法師法忍等，三歸法空，一處心淨，景式諸子，大濟群生。」欽定《全唐文》卷 262（台北：大通書局，1975 年），頁 3365。

主」，贊寧雖據〈閭丘偽序〉，亦僅提及道翹有集詩之舉，
贊寧是第一個提及曹山本寂禪師曾作「《對寒山子詩》七卷」
之說的人[26]，被余嘉錫譽為「博學有史才」的贊寧，道翹若
真是寒山，贊寧怎會僅言其奉命集寒山詩，而不力證道翹就
是寒山？

　　〈閭丘偽序〉中，道翹偕閭丘胤訪寒山、拾得之事，是
真正的「子虛烏有」，閭丘胤見「天台三聖」（寒山、拾得、
豐干），言寒山是文殊化身；拾得是普賢轉世；豐干是彌陀
再來，是〈閭丘偽序〉的作者精心設計的「造神」神話，「天
台三聖」傳說因〈閭丘偽序〉而流被後世所有與寒山有關的
釋書，其中，扮演穿針引線的國清寺僧寶德道翹並非初唐時
人，可知〈閭丘偽序〉的作者定在道翹之後，道翹任「寺主」
的年代在天寶年間（742~755），當時的寒山尚未題滿三百多
首詩，以此知道翹不可能集寒山詩；再者，道翹若真是寒山
本人，就得活到余嘉錫所考證的，寒山在德宗貞元九年（793）
見溈山靈祐[27]，再活到寒山自述「老病殘年百有餘」的年紀[28]，
則百歲有餘，養生有道的「道翹」，釋書僧傳又怎會隻字不
提？除了贊寧《宋高僧傳》提及道翹，其他僧傳中並未見道
翹之名，以此知道翹不是寒山；最後，寒山並無任何一首詩

---

[26] 《宋高僧傳》卷十九：「曹山寂禪師注解，謂之《對寒山子詩》。」
[27] 余嘉錫認為：「從大曆中下數十餘年，正當貞元間，與吾所考靈祐以
貞元九年遇寒、拾者，適相吻合。……蓋寒山即以此時出天台，遂不
復見。」〈寒山子詩集二卷附豐干拾得詩一卷〉，頁1255。
[28] 寒山詩，〈老病殘年百有餘〉：「老病殘年百有餘，面黃頭白好山居。
布裘擁質隨緣過，豈羨人間巧樣樣。……」，頁31~32

提到自己曾為「僧人」[29]，以此知大田悌藏言「寺主道翹」就是寒山，過於武斷，國清寺僧寶德道翹，不是寒山。

三、楊瓚第四子楊溫

嚴振非〈寒山子身世考〉一文[30]，認為寒山乃隋文帝楊堅之弟，楊瓚之子「楊溫」。

嚴振非首先據《北史》、《隋書》有關滕穆王楊瓚及其子楊溫的記載，並徵引寒山詩，為其立論之依據。嚴振非認為寒山姓「楊」，引寒山詩〈我住在村鄉〉：

> 我住在村鄉，無爺亦無孃。無名無姓第，人喚作張王。
> 並無人教我，貧賤也尋常。自憐心的實，堅固等金剛。[31]

嚴振非另引〈我住在村鄉〉的下一首〈寒山出此語〉：「寒山出此語，此語無人信。」[32]認為寒山詩中的「人喚作張王」，而「王張」的反切是楊，因此認為寒山本姓楊。

其次，嚴振非引寒山詩〈我有六兄弟〉[33]，認為此詩合

---

[29] 寒山詩唯一一首有「出家」二字的詩——〈自從出家後〉：「自從出家後，漸得養生趣。伸縮四肢全，勤聽六根具。褐衣隨春冬，糲食供朝暮。今日懸懸修，願與佛相遇。」頁 10。按：由全詩之意得知此處的「出家」，是指離開俗世生活，並非遁入佛門。

[30] 嚴振非，〈寒山子身世考〉，《東南文化》1994 年第 2 期。

[31] 寒山詩，〈我住在村鄉〉，頁 45。

[32] 寒山詩，〈寒山出此語〉：「寒山出此語，此語無人信。蜜甜足人嘗，黃蘗苦難近。順情生喜悅，逆意多瞋恨。但看木傀儡，弄了一場困。」頁 45。

[33] 寒山詩，〈我有六兄弟〉：「我有六兄弟，就中一箇惡。打伊又不得，

乎楊瓚有六子，而認定「好學解屬文」的第四子楊溫就是寒
山；按：寒山詩〈我有六兄弟〉，詩中的「六兄弟」，指的
是眼、耳、鼻、舌、身、意「六根」，對色、聲、香、味、
觸、法「六塵」而起的見、聞、嗅、味、覺、思的六種了別
作用，亦即眼識、耳識、鼻識、舌識、身識、意識「六識」，
寒山的「六兄弟」指的是「六識」，「就中一個惡」，指的
是最難調伏的「意識」，此詩是寒山用比喻法，言一己調伏
「意識」的「制心之作」，不是指家有六個兄弟。

　　再次，嚴振非引寒山詩〈余家有一宅〉，解釋楊溫字「明
箶」：

　　　　余家有一宅，其宅無正主。地生一寸草，水垂一滴露。

　　　　火燒六箇賊，風吹黑雲雨。仔細尋本人，布裹真珠爾。[34]

嚴振非認為「余家有一宅」指隋皇室；「其宅無正主」指楊
廣與獨孤皇后，於開皇十二年（600）廢太子楊勇；「地生
一寸草，水垂一滴露。」暗含楊溫姓名；「六箇賊」指助紂
為虐的楊素、楊約、張衡、宇文素、段達、姬威六人；最後
兩句「仔細尋本人，布裹真珠爾。」則暗含楊溫的真實姓名，
嚴振非說：「『六賊』專權，隋室如同『黑雲雨』中，『珠』
發射光芒，謂『明』，珠用布裹，極易滑溜，謂『箶』（溜

罵伊又不著。處處無奈何，耽財好婬殺。見好埋頭愛，貪心過羅剎。
阿爺惡見伊，阿孃嫌不悦。昨被我捉得，惡罵恣情掣。趁向無人處，
一一向伊說。汝今須改行，覆車須改轍。若也不信受，共汝惡合殺。
汝受我調伏，我共汝覓活。從此盡和同，如今過菩薩。學業攻鑪冶，
鍊盡三山鐵。至今靜恬恬，眾人皆讚說。」頁38。

[34] 寒山詩，〈余家有一宅〉，頁39。

與籤同音）兩字合并為『明籤』。」嚴振非認為楊溫之所以取名「寒山」，是因「從昔日皇室弟子的溫暖，……，由國清寺拾得收藏冷飯裹腹，世態炎涼，寒徹楊溫肺腑，取名寒山，真是說明楊溫之『溫』是寒山這『寒』的對仗。」[35]

按：「余家有一宅」指的是「心宅」；「六箇賊」是指「六塵」以「六根」為媒介，戕害身心，故以賊作比喻；寒山此詩之「風吹黑雲雨」，同於王維「安禪制毒龍（毒龍喻意識的交互作用）」，是寒山體認到「心」為一身之主的「心跡」表白。楊溫生於隋開皇三年（584），卒於唐長安四年（704），嚴振非亦清楚此說交代不了寒山活動於初唐以後的記載[36]，嚴振非逕以本身所居，距天台山僅百里之遙，謂高於寒巖的「華頂」，沒有「暑日積雪」的記載，以此來否定《仙傳拾遺‧寒山子》的「其山深邃，當暑有雪。」是錯的，卻忽略了寒山詩中曾提到寒巖的冬天是：「磧磧風吹面，紛紛雪積身。朝朝不見日，歲歲不知春。」[37]

又次，嚴振非以《唐會要》載開元二十八年（740），吏部始置南院，認為寒山於仕途蹇厄的「時來省南院」[38]一

---

[35] 嚴振非，〈寒山子身世考〉。

[36] 如《太平廣記》卷五十五引《仙傳拾遺‧寒山子》，載寒山大曆中隱居翠屏山。

[37] 寒山詩，〈杳杳寒山道〉：「杳杳寒山道，落落冷澗濱。啾啾常有鳥，寂寂更無人。磧磧風吹面，紛紛雪積身。朝朝不見日，歲歲不知春。」頁31。

[38] 寒山詩，〈箇是何措大〉：「箇是何措大，時來省南院。年可三十餘，

詩，「南院」一名乃「後世傳抄時訛誤、增刪和竄改，或混入他人詩作，經千百年轉錄、刻板所造成。」按：筆者所參考之書，如項楚《寒山詩注》與錢學烈《寒山拾得詩校評》，以及拙著《寒山詩集校考》所收之中、日《寒山詩集》版本，加起來共有十餘種，各版本均作「時來省南院」，「南院」一詞，在所有《寒山詩集》版本中，並無異字。

按：寒山詩中曾提及見過吳道子的畫，畫聖吳道子活動於開
　　元、天寶年間，這一點是確定寒山非初唐時人的力證，
　　嚴振非以日人大田悌藏之說，贊成寒山詩中「道子飄然
　　為殊特」[39]與「寶志萬回師」[40]，為寒山詩的矛盾之處，
　　否定寒山為中晚唐人；並以台灣學者高越天論寒山詩：
　　「今傳寒山詩，縱然是宋版，已多經妄人竄改附益。」
　　嚴振非認為寒山詩中提到的吳道子，一如「南院」，都

曾經四五選。囊裡無青蚨，籃中有黃卷。行到食店前，不敢暫迴面。」
頁 20。

[39] 寒山詩，〈余見僧繇性希奇〉：「余見僧繇性希奇，巧妙間生梁朝時。
道子飄然為殊特，二公善畫手毫揮。逞畫圖真意氣異，龍行鬼走神巍
巍。饒邈虛空寫塵跡，無因畫得志公師。」頁 30。

[40] 嚴振非引大田悌藏〈寒山詩解說〉：「曾將唐之萬回法雲，誤為梁代
光宅寺法雲混淆，以萬回為梁朝人；或吟詠玄宗時代之畫聖吳道子。」
按：此處所提之萬回師，見於寒山詩，〈自聞梁朝日〉：「自聞梁朝
日，四依諸賢士。寶志萬迴師，四仙傳大士。顯揚一代教，作時如來
使。造建僧伽藍，信心歸佛理。雖乃得如斯，有為多患累。與道殊懸
遠，拆西補東爾。不達無為功，損多益少利。有聲而無形，至今何處
去。」項楚，〈寒山詩籀讀札記〉：「『泗』字脫落了偏旁成為『四』，
『州』則錯成了『仙』。……寶志和傅翕是南朝著名的神僧；僧伽和
萬回是唐朝著名的神僧。」《柱馬屋有稿》（北京：商務印書館，2003
年），頁 123。

是後人傳抄之誤。按：筆者所見之〈余見僧繇性希奇〉一詩，《天祿》宋本、朝鮮本、高麗本、《全唐詩》本，均有「道子」之名，顯見寒山作此詩是在開、天之後；而據項楚之說[41]，「萬回師」是唐朝的萬回，並非梁之萬回，嚴振非遽以版本傳抄可能有誤的看法，認為寒山非初唐之後的人，力圖證明寒山就是隋代的楊溫，證據明顯不足。

四、姓龐名任運

易中達〈詩人寒山的研究〉[42]，文中據其參觀台北外雙溪故宮博物院，看到北宋黃庭堅手錄寒山五言詩〈我見黃河水〉[43]，在披尾書：「敬錄寒山子龐居士詩，涪翁題。」[44]認為寒山姓「龐」；另外，易中達再據寒山詩〈粵自居寒山〉：

> 粵自居寒山，曾經幾萬載。任運遯林泉，棲遲觀自在。
> 寒巖人不到，白雲常靉靆。細草作臥褥，青天為被蓋。
> 快活枕石頭，天地任變改。[45]

---

[41] 項楚認為「四仙」為「泗州」之誤，此說乃據錢學烈，《寒山拾得詩校評》，（天津：古籍出版社，1998 年），頁 305。下引版本同。

[42] 易中達，〈詩人寒山的研究〉，轉引自《寒山子傳記資料》第 2 冊，頁 125

[43] 寒山詩，〈我見黃河水〉：「我見黃河水，凡經幾度清。水流如急箭，人世若浮萍。癡屬根本業，愛為煩惱坑。輪迴幾許劫，不解了無明。」按：「愛為煩惱坑」宋版本作「無明煩惱坑」；「輪迴幾許劫，不解了無明。」宋版本作「輪迴幾許劫，只為造迷盲。」頁 40。

[44] 《故宮書法》第 10 輯下第 18~24 頁。故宮博物院發行，1967 年。

[45] 寒山詩，〈粵自居寒山〉，頁 26。

與〈一住寒山萬事休〉：

> 一住寒山萬事休，更無雜念挂心頭。閑書石壁題詩句，
> 任運還同不繫舟。[46]

易中達解以上二詩的「任運遨林泉」與「任運還同不繫舟」，
判「任運」為名詞，意為「我」；定寒山之名為「任運」，
「龐任運」是寒山的真實姓名。按：拾得 54 首詩中，用到
「任運」一詞的就有兩首詩[47]，寒山詩中的「任運」一如拾
得詩中的「任運」，意為隨緣自得；易中達斷言寒山姓龐名
任運，是不解黃庭堅之喜愛寒山詩，到了隨手題寒山詩以贈
人、勉人的地步[48]；在外雙溪故宮博物院，黃庭堅手錄寒山
詩之墨本，尚有依寒山〈寒山出此語〉和〈寄語諸仁者〉二
詩，發揮其江西詩派奪胎換骨的手法，對寒山詩加以仿作：

> 寒山出此語，舉世狂癡半。百事對面說，所以足人怨。
> 心真語亦直，直語無背面。君看渡奈河，誰是嘍囉漢。
> 寄語諸仁者，仁以何為懷。歸源知自性，自性即如來。[49]

---

[46] 寒山詩，〈一住寒山萬事休〉，頁 29。

[47] 拾得詩，〈我勸出家輩〉：「我勸出家輩，須知教法深。專心求出離，
輒莫染貪婬。大有俗中士，知非不愛金。故知君子志，任運聽浮沉。」
頁 54~55。〈自笑老夫筋力敗〉：「自笑老夫筋力敗，偏戀松巖愛獨遊。
可歎往年至今日，任運還同不繫舟。」頁 55~56。

[48] 黃庭堅，〈跋寒山詩贈王正仲〉，稱寒山詩為：「古人沃眾生業火之
具。……源從七佛偈流出。」《山谷集》別集卷一二。文淵閣本《四
庫全書》集部，別集類。〈書王孝子孫寒山詩後〉：「有性智者，觀
寒山之詩，亦不暇寢飯矣。」《山谷集》外集卷九。文淵閣本《四庫
全書》集部，別集類。

[49] 寒山詩，〈寒山出此語〉：「寒山出此語，復似顛狂漢。有事對面說，

對照寒山原詩，黃庭堅對寒山詩之「奪胎換骨」，可謂不遺餘力，釋惠洪就曾說：「山谷論詩，以寒山為淵明之流亞。」[50]黃庭堅對寒山詩之傾倒，在宋朝文人中無人能出其右[51]；以上兩幅故宮博物院之墨寶，乃黃庭堅於任運堂試張通筆，為法聳上座書寒山子、龐居士詩兩卷，易中達不明人稱「龐居士」的龐蘊，詩風與寒山相近，同為黃庭堅所愛；亦不知與寒山詩風相近的拾得，使用「任運」一詞，本就平常，斷「龐任運」為寒山姓名，需要更多佐證。

五、結語

綜合以上所論，要點如下：一、唐末五代道士杜光庭《仙傳拾遺·寒山子》，言「大曆中，隱居天台翠屏山」的寒山，不是貞觀十六年，任台州刺史的閭丘胤所訪之人，寒山即智巖之說為非。二、由國清寺僧寶德道翹任「寺主」的年代（天寶年間），當時的寒山尚未題詩滿三百餘首，道翹不可能集

所以足人怨。心真出語直，直心無背面。臨死度奈河，誰是嘍囉漢。冥冥泉臺路，被業相拘絆。」頁37。〈寄語諸仁者〉：「寄語諸仁者，復以何為懷。達道見自性，自性即如來。天真元具足，修證轉差迴。棄本卻逐末，只守一場獃。」頁37。

[50] 宋·釋惠洪，〈跋山谷字〉，《石門文字禪》卷27。《四部叢刊》本，初編，集部。

[51] 對寒山詩別具隻眼的黃庭堅，曾說詩聖杜甫看了寒山詩，為之結舌；他自己奉寶覺禪師之命和寒山詩，卻是十天想不出半句，最後對寶覺禪師說：「更讀書作文十年，或可比陶淵明。若寒山子者，雖再世亦莫能及。」〔日〕白隱禪師，《寒山詩闡提記聞》引《編年通論》第二十卷。轉引自錢學烈：《寒山拾得詩校評·前言》，頁4。

寒山詩;且由寒山詩中,無一首提到自己曾為「僧人」的詩,知國清寺僧寶德道翹,並非寒山。三、由寒山詩〈時來省南院〉以及〈道子飄然為殊特〉二詩,知開元二十八年,吏部始置南院,始有「南院」一名;而吳道子被任命為宮廷畫師,在盛唐玄宗朝,以上兩點足證寒山絕不可能是隋文帝楊堅之弟,楊瓚之第四子「楊溫」。四、由黃庭堅喜愛龐蘊居士之偈與寒山詩,且常書墨寶以贈人;以及拾得詩與寒山詩使用「任運」一詞的情形,知寒山絕非姓龐名任運。

全文刊登於國立暨南國際大學,李家同主編《暨大電子雜誌》第 37 期,2006 年 2 月。

談「散聖」寒山

──以歷代禪師「憶寒山」之作為例

一、前言

　　佛陀滅度後，承佛遺教之僧寶，身負弘教、譯經、傳法之責；於禪宗，在嫡傳衣法的正統以外，另有旁出之異僧、狂僧，後人多以「散聖」稱之，就中以唐朝詩人寒山，最為歷代禪師津津樂道。有關寒山事蹟，被歷代禪師樂於傳述的，是流傳了一千多年，署名為唐‧閭丘胤所作的〈寒山子詩集序〉（余嘉錫《四庫提要辯證》卷二十〈寒山子詩集二卷附豐干拾得詩一卷〉，考證其為偽作），序中將寒山說成是文殊轉世，而從宋朝開始，不疑〈寒山子詩集序〉為偽作的歷代禪師，受到寒山是文殊轉世的說法，於上堂法語經常引用寒山事蹟。本文擬徵引歷代禪師上堂時的「憶寒山」之作，以及禪師在結夏期間，多以「遮詮法」舉「寒山子作麼生」，伴隨此一話頭出現的「水牯牛」與「燈籠露柱」，以見寒山在歷代禪師心目中的「散聖」地位。

二、歷代禪師之「憶寒山」

「散聖」有其一類，宋・釋贊寧《宋高僧傳》言其非「正員」，是著眼於「散聖」之「發言先覺」[1]；宋・本嵩述、琮湛註《註華嚴經題法界觀門頌》言「散聖」：「不住那邊混跡今時。或笑或歌左右逢源」、「接物利生弘揚聖道。」[2]宋・彥琪註《證道歌註》強調：「無修無證者，乃諸散聖助佛揚化，已於往昔證道不復更證。」[3]本嵩與彥琪均暗示了「散聖」是弘法者「再來」的身份，都提到了寒山；而在本嵩、彥琪之前，北宋李遵勗《天聖廣燈錄》，早已將寒山歸於「散聖」[4]，可見〈閭丘偽序〉將寒山說成「文殊轉世」，此說在《天聖廣燈錄》之前[5]，已大大發揮了影響力。

「散聖」啟悟後人的方式，谷泉大道禪師形容為「逢場作戲」[6]；而由後代禪師之「憶寒山」、「翻憶寒山」、「苦

---

[1] 宋・釋贊寧，《宋高僧傳》卷二十〈唐真定府普化傳〉：「……以其發言先覺，排普化為散聖科目中，言非正員也矣。」

[2] 宋・本嵩述、琮湛註，《註華嚴經題法界觀門頌》卷二：「寒山子撫掌，拾得笑呵呵。因何二老呵呵笑，不是同風人不知。此頌斯二散聖，不住那邊混跡今時，或笑或歌左右逢源，別有深意」、「如豐干萬回寒山拾得散聖人等，了却那邊實際理地，却來建化門頭示現形儀，接物利生弘揚聖道。」

[3] 宋・彥琪註《證道歌註》卷一：「或人云：無修無證者，乃諸散聖助佛揚化，已於往昔證道不復更證。譬如出礦黃金，無復為礦，即寶公、萬回、寒山、拾得、嵩頭陀、傅大士等是也。」

[4] 宋・李遵勗，《天聖廣燈錄》卷三十：「達者以為散聖，如佛圖澄、寒山、拾得者。」

[5] 李遵勗自祥符四年至景祐三年（1011~1036），編成《天聖廣燈錄》共一百六十一卷。

[6] 《建中靖國續燈錄》卷二九，南岳谷泉大道禪師〈巴鼻頌〉六首之六：

憶寒山」、「轉憶寒山」的「憶寒山」之作，大都產生於特
定的節日，或是因讀寒山詩而心有所得，此最能看出寒山的
「散聖」地位。

笑隱大訢禪師於端午上堂：

> 好是天中節，當陽見不偏。桃符懸壁上，艾虎挂門前。
> 理應羣機合，心空萬境閑。無人知此意，令我憶寒山。[7]

笑隱大訢體會到「心空萬境閑」，可知寒山的「觀空」之作[8]，
對笑隱大訢定當有所啟發，也正因此，他才會在朝廷降給齋
糧時，一上堂就隨口吟出：「幾片白雲橫谷口，數聲寒雁起
滄洲。令人苦憶寒山子，紅葉斷崖何處秋。」[9]作為結語，
如此的用心，目的是要學人受用何謂「知恩報恩」。

不同於笑隱大訢禪師於端午時節「憶寒山」，無際了派
禪師是在月圓夜「飜憶寒山」：

「散聖巴鼻，逢場作戲，東涌西沒，南州北地。」按：「巴鼻」意為：
由來。

[7] 《笑隱大訢禪師語錄》卷一，中天竺禪寺語錄。

[8] 寒山有許多描述「心空」之作，如：〈碧澗泉水清〉：「碧澗泉水清，
寒山月華白。默知神自明，觀空境逾寂。」頁 14~15。〈余家有一窟〉：
「余家有一窟，窟中無一物。淨潔空堂堂，光華明日日。蔬食養微軀，
布裘遮幻質。任你千聖現，我有天真佛。」頁 26。〈千年石上古人蹤〉：
「千年石上古人蹤，萬丈巖前一點空。明月照時常皎潔，不勞尋討問
西東。」頁 32。

[9] 《笑隱大訢禪師語錄》卷二，大龍翔集慶寺語錄：「上堂，我本無心，
有所希求。今此寶藏，自然而至。楊岐金剛圈，十分光彩；東山鐵酸
餡，百味具足。若是知恩報恩，不妨大家受用。且道：『受用箇什麼？』
幾片白雲橫谷口，數聲寒雁起滄洲。令人苦憶寒山子，紅葉斷崖何處
秋。」

上堂，三五十五，月圓當戶。然雖匝地普天，要且秋毫不露。對景憑誰話此心，令人飜憶寒山子。[10]

《雲谷和尚語錄》中秋上堂時，僧引無際了派禪師「飜憶寒山」之語：

> 僧出問云：「今朝八月十五，正是月圓當戶。雖然匝地普天，要且絲毫不露。」師云：「坐在覆盆之下，又爭怪得？」進云：「露柱放光明，灯籠齊起舞。」師云：「且莫攙花。」進云：「對境憑誰話此心，令人長憶寒山子。」[11]

「露柱灯籠」為禪門慣用機語，露柱、灯籠均屬無生命之物，禪門用來喻指無情、非情；雲谷和尚與學人在中秋月圓夜對境印心，應是想到寒山最有名的，以月喻心的〈吾心似秋月〉：「吾心似秋月，碧潭清皎潔。無物堪比倫，教我如何說。」[12]「心」所映現的心月之相，「坐在覆盆之下」的人自是難以體會，也正因此，雲谷和尚才會接著問：

> 寒山子道什麼？進云：記得昔日有院主，問馬大師：「近日尊位如何？」大師云：「日面佛月面佛。」師云：「和尚吐出。」進云：「日面月面，突出難辨；明眼宗師，一見便見。」師云：「腦後見腮，莫與往來。」進云：「且道見後如何？」師云：「日面佛月面佛。」進云：

---

10 《增集續傳燈錄》卷一，四明天童無際了派禪師。
11 《雲谷和尚語錄》卷一。
12 寒山詩，〈吾心似秋月〉，頁10。

「西風一陣來，落葉兩三片。」師云：「恁麼要見馬大師，三生六十劫。」[13]

寒山〈吾心似秋月〉一詩，究竟說了什麼？寒山只說「教我如何說」，使得後代禪師努力想說出寒山對月印心時，想說而未能說出的感受；僧引馬祖道一「日面佛月面佛。」回答院主的問候，一如寒山感到心似秋月，卻「無物堪比倫」，都是語未明說但意已道盡；不懂得只可意會不能言傳者，不僅肉眼見不到馬祖道一的臨終之「相」[14]，要想親睹寒山，恐怕也要「三生六十劫」。

有感於寒山的〈吾心似秋月〉，於月圓夜「憶寒山」的，還有虎丘隆禪師：

萬里浮雲捲碧天，年年此夜十分圓。令人轉憶寒山子，說似吾心恰宛然。所以道，欲明恁麼事，還他恁麼人；若是恁麼人，須明恁麼事。便能以此心相照；以此心相知，扶持野老無盡家風；成就叢林萬世基業。其把定也，離念絕塵，更無滲漏；其放行也，光生瓦礫，和氣靄然，高低普應，前後無差。且道此人成得簡什麼邊事，還委悉麼？將此身心奉塵剎，是則名為報佛恩。[15]

---

[13] 《雲谷和尚語錄》卷一。

[14] 《江西馬祖道一禪師語錄》卷一：「師於貞元四年正月中，登建昌石門山，於林中經行，見洞壑平坦，謂侍者曰：『吾之朽質，當於來月歸茲地矣。』言訖而回，既而示疾。院主問：『和尚近日尊候如何？』師曰：『日面佛月面佛。』二月一日沐浴。珈趺入滅。」

[15] 《虎丘隆禪師語錄》卷一。

虎丘隆禪師末所引之「將此身心奉塵剎，是則名為報佛恩。」是楞嚴會上，阿難讚佛之語，可見虎丘隆禪師之「轉憶寒山」，是認為寒山能共同「扶持野老無盡家風，成就叢林萬世基業。」足見已認同寒山為「散聖」。

以上所舉，禪師除了端午、月圓夜「憶寒山」，另有因讀寒山詩〈欲得安身處〉而「憶寒山」；寒山詩〈欲得安身處〉：

> 欲得安身處，寒山可長保。微風吹幽松，近聽聲逾好。
>
> 下有斑白人，喃喃讀黃老。十年歸不得，忘卻來時道。[16]

神鼎揆禪師：

> 出沒從教第二月，毫釐繫念三途業，令人千古憶寒山。
>
> 舊路十年歸不得，歸若得，寥寥萬里一條鐵。[17]

「舊路十年歸不得。」乃翻自寒山〈欲得安身處〉之「十年歸不得，忘卻來時道。」神鼎揆禪師所繫念之三途業，即「三塗」——血塗、刀塗、火塗[18]，為三惡道之別名；寒山此詩，自言昧己逐緣，迷不知返，神鼎揆禪師更翻一層，恐自身會墮三惡道中；此外，冰谷衍禪師亦因〈欲得安身處〉一詩「翻憶寒山子」：

---

[16] 寒山詩，〈欲得安身處〉，頁6。

[17] 《宗鑑法林》卷六二。

[18] 「血塗」是畜生道，因畜生常處於被殺或彼此相互吞食的狀態；「刀塗」是餓鬼道，因餓鬼常為飢餓所苦或處於刀劍杖所逼的狀態；「火塗」是地獄道，因地獄為寒冰、烈火燒煎之處。

> 上堂，朔風何蕭蕭，吹彼巖下衣。家業久荒蕪，遊天胡
> 不歸。人生百歲豈長保，昨日少年今已老。翻憶寒山子，
> 「十年歸不得，忘却來時道。」[19]

冰谷衍禪師自嘆「昨日少年今已老」，不是自嘆色身已老，
而是嘆「家業久荒蕪」；相較於神鼎揆，冰谷衍之「憶寒山」，
其荷擔如來家業之志，更顯上乘。另外，石田法薰禪師「憶
寒山」：「上堂：石中有玉，沙裏無油；德山臨濟，未出常
流。却憶寒山子，時臨古渡頭。」[20]其中，「時臨古渡頭」
是取自羅漢南和尚語：

> 示眾云：「紅霞穿碧落，白鷺點滄洲。不是寒山子，時
> 臨古渡頭。騎駿馬，驟高樓。萬里銀河輥玉毬，別名真
> 解脫，撥火覓浮漚。」[21]

石田法薰禪師認為寒山的教化方式不同於德山棒、臨濟喝；「時
臨古渡頭」之人須深具古佛心；非「騎駿馬」、「輥玉毬」之
徒能輕易道得。雍正言寒山詩「真乃古佛直心直語也。」[22]誠
非虛譽，寒山之「古佛心」，正是歷代禪師思憶寒山之主因。

---

[19] 《五燈全書》卷四九，嘉興府天寧冰谷衍禪師。
[20] 《石田法薰禪師語錄》卷一。
[21] 大慧宗杲，《正法眼藏》卷二〈羅漢南和尚語〉。
[22] 《寒山子詩集》，清宣統庚戌（二年）蘇州程氏思賢堂重刊本卷首。

三、寒山子作麼生

　　歷代禪師對寒山之情有獨鍾，不獨表現在上堂法語的
「憶寒山」，禪師上堂時舉「寒山子作麼生？」作為話頭，
可看出寒山詩之貼近人心；有意思的是，禪師舉「寒山子作
麼生？」大都在結夏安居其間，與剛解夏時[23]；且多與「水
牯牛」並舉，可以想見「寒山子作麼生」，與前文所述禪師
們多在月圓夜引寒山詩〈吾心似秋月〉，同為禪門中的熱門
話題。

　　歷代禪師結夏上堂，舉「寒山子作麼生？」希叟紹曇禪
師：「上堂，結夏已十日了也，寒山子作麼生？村詩吟落韻，
竹管貯殘羹。」[24]顯然是根據寒山詩多「出韻」的情形[25]，以
及〈寒山子詩集序〉描述在國清寺任廚頭的拾得，為寒山準
備剩飯菜一事加以發揮[26]；另外，禪師於結夏前後上堂，用

---

[23] 結夏安居又名「坐夏」、「夏坐」、「坐臘」，「戒臘」之意即由此。
　　在印度，夏季多雨，不便外出，僧徒們於是在雨季的三個月（四月至
　　七月），致力於坐禪與修習佛法。

[24] 《希叟紹曇禪師語錄》卷一。

[25] 「出韻」，即不合韻腳；如寒山詩〈有個王秀才〉：「有個王秀才，
　　笑我詩多失。云不識蜂腰，仍不會鶴膝。平側不解壓，凡言取次出。
　　我笑你作詩，如盲徒詠日。」《希叟紹曇禪師語錄》卷六，〈贈淨書
　　狀〉：「不學寒山落韻詩，翻身來透祖師機。碓頭舂出非臺鏡，錯受
　　黃梅半夜衣。」此處之「落韻」亦即「出韻」。另外，《無見先覩禪
　　師語錄》卷二，〈偈頌・和永明禪師韻〉：「高束瓶盂住翠微，從教
　　世態自隆夷。深明吾祖單傳旨，閒擬寒山出格詩。啼渴野猿窺澗水，
　　聚羣林鳥折霜枝。賞音百舌陽春調，千載悠悠一子期。」此處之「出
　　格詩」亦即「落韻詩」，也就是「出韻」。

[26] 〈寒山子詩集序〉：「（拾得）廚內洗濾器物。每澄食滓，而以筒盛，
　　寒山子來，負之而去。」頁1。

不得不說，又不能說破的遮詮法[27]舉「寒山子作麼生？」「遮詮法」的「遮」，就是「把該說的有意隱去，藉助已說的使人想像得之。」[28]如：偃溪廣聞禪師問：「結夏已過半月，是知無無不是。寒山子作麼生？山前麥熟也未？」[29]偃溪廣聞問山前麥子熟了沒，欲使學人想像「寒山子作麼生？」使用同樣遮詮手法的還有瑞安悟真南野纘禪師：

> 示眾：「鳶飛戾天，魚躍于淵；龍吟霧集，虎嘯風旋；搬柴運水，喫飯打眠，頭頭本成現，物物自天然。七期三日了也，汝等諸人，寒山子作麼生？」良久曰：「一點是非纏入耳，從前好事盡成冤。」[30]

南野纘禪師舉「寒山子作麼生？」末兩句結語，不過是希望學人宗仰先賢之平實、自然。而在漫長的九旬結夏日裡，禪師們心中對「開悟」一事，最常用來與「寒山子作麼生？」

---

[27] 「遮詮法」的運用，原起於總結印度婆羅門思想的《奧義書》，將不能以邏輯概念和言語表述的「梵」，以否定的「不是什麼」來形容「是什麼」；而以「緣起」為基本教義的佛教，基本上不承認「梵」的存在，以否定的「不是什麼」來形容「是什麼」，卻是中國禪宗祖師在詮釋教理時最常用的方法。圭峰宗密《禪源諸詮集都序》卷下之一：「如諸經所說真妙理性，每云：「不生不滅，不垢不淨，無因無果，無相無為，非凡非聖，非性非相等，皆是遮詮。」禪宗祖師在面對何謂「心」、「佛」之「第一義」時，多在「不可說破」的情況下，以「不是什麼」的否定語句，試圖達到「是什麼」的肯定，即所謂「遮詮法」。

[28] 周本淳，〈言盡相中，義隱語外——論遮與表〉，《淮陰師範學院學報》第 21 卷，1999 年第 1 期。

[29] 《偃溪廣聞禪師語錄》卷二。

[30] 《五燈全書》卷九九，瑞安悟真南野纘禪師。

相提並論的，就是以農立國的中國，最普遍常見，平實易曉的「水牯牛」。

以「牧牛」來比喻佛、菩薩、比丘之修習，見於《增壹阿含經・放牛品》（東晉僧伽提婆譯）、《佛說放牛經》（後秦鳩摩羅什譯）、《佛說水牛經》（西晉竺法護譯）、《佛說群牛譬經》（西晉法炬譯），論其影響，最經典的代表作就是南宋大足寶頂山石刻〈牧牛圖〉，以牧牛比喻悟道的進階、次第。除了〈牧牛圖〉，禪門還以以「騎牛覓牛」比喻心外求法；「露地白牛」比喻本來面目，而與寒山有關的「水牯牛」，此話頭乃欲見寒山真面目之入手處。

「水牯牛」的專利權，應歸南泉普願禪師：

> 師欲順世時，……卻問：「和尚百年後向甚麼處去？」
> 師云：「向山下檀越家，作一頭水牯牛去。」第一座云：
> 「某甲隨和尚去，還許也無？」師云：「你若隨我，啣
> 一莖草來。……趙州問：「知有底人向什麼處休歇去？」
> 師云：「向山下作一頭水牯牛去。」[31]

南泉普願之「向山下作一頭水牯牛去」，亦見於趙州從諗與曹山本寂的語錄[32]；潙山靈祐仿南泉普願，臨遷化時示眾曰：

---

[31] 《祖堂集》卷十六〈南泉〉。

[32] 《趙州真際禪師語錄并行狀》卷上，作：「師問南泉：『知有底人向什麼處去？』泉云：『山前檀越家作一頭水牯牛去。』」《撫州曹山元證禪師語錄》卷一：「南泉病時，有人問：『和尚百年後向甚麼處去？』泉曰：『我向山下檀越家，作一頭水牯牛去。』『某甲擬隨和尚去，還得麼？』泉曰：『若隨我含一莖草來。』」

老僧死後，去山下作一頭水牯牛，脇上書兩行字云：「溈
山僧某專甲。」若喚作溈山僧，又是一頭水牯牛；若喚
作水牯牛，又是溈山僧某專甲。汝諸人作麼生？後有人
舉似雲居，雲居云：「師無異號。」曹山代云：「喚作
水牯牛」[33]

雲居道膺與曹山本寂之答語，使「水牯牛」一詞成了溈山靈
祐的代稱[34]，溈山靈祐之「溈山水牯牛」，在後代禪師引為
上堂法語時，與自稱「水牯牛」的南泉普願禪師秋色平分，
然均不敵曾與溈山有一面之緣的寒山。[35]

　　禪師在結夏日，將寒山子與水牯牛並提，主要談的是「禪
定」，希叟紹曇禪師於結夏上堂：「百二十日夏，今朝始發
頭。飯抄雲子白，羹煮菜香浮。未問寒山子，先看水牯牛。
山前千頃地，信腳踏翻休。」[36]禪師常在「牧牛」的話頭中，
以牛踏田地，犯人禾稼為喻，由希叟紹曇禪師在結夏一開
始，把「看水牯牛」擺在「問寒山子」之前，可知禪師所面
對的是心未調伏的情況；想在時值盛暑的坐夏期間勇猛精
進，首要克服的是昏沈掉舉，斷橋和尚云：

---

[33] 《祖堂集》卷十六〈溈山〉。
[34] 《法演禪師語錄》卷二：「上堂，僧問：『如何是本分事？』師云：
『結舌無言』乃云：『每日起來，拄却臨濟棒；吹雲門曲；應趙州拍；
擔仰山鍬；驅溈山牛；耕白雲田，七八年來漸成家活。』另外，黃龍
慧南禪師曾作〈溈山水牯牛〉三首，見《黃龍慧南禪師語錄》卷一
[35] 《祖堂集》卷十六〈溈山〉：「至唐興路上，遇一逸士，向前執師手，
大笑而言：『餘生有緣，老而益光。逢潭則止，遇溈則住。』逸士者，
便是寒山子也。」
[36] 《希叟紹曇禪師語錄》卷一。

上堂，古者道：結夏已十日也，寒山子作麼生？又有道：
結夏已十日也，水牯牛作麼生？瑞巖者裏，又且不然。
結夏已十日也，寒山子，牽一頭水牯牛，向雙眉塘畔喫
草，忽然顛發，走到僧堂前，笑你一隊瞌睡漢，騎箇牛
又覓箇牛，不知千頭萬頭，元只是者一頭。叫一聲。下
座。[37]

斷橋妙倫禪師以其「老辣痛快，險怪奇絕；實語誑語，句句
皆破的。」[38]把寒山牽水牯牛作一形象結合，雖只短短數語，
其精彩可媲美〈拾得錄〉裡的「拾得牧牛」。[39]御得水牯牛，
等於親見寒山，圓智本緣禪師曰：

晚參：清寥寥，白滴滴，佛祖門庭，冷如冰雪，趁此好
安居。生死打教徹，徹不徹，結制已經三七日，水牯牛
鼻孔要牢牽，寒山子面目須親識。大眾，寒山子作麼生
識？莫是與你同門出入底是麼？喝一喝曰：「切忌錯認
驢鞍橋，作阿爺下頷。」[40]

---

[37] 《斷橋妙倫禪師語錄》卷一。
[38] 宋・林希逸，《斷橋妙倫禪師語錄・序》。
[39] 〈拾得錄〉：「又因半月布薩，眾僧說戒法事，合時，拾得驅牛至堂
前，……尊宿出堂，打趁拾得，令驅牛出去。拾得言：「我不放牛也，
此群牛皆是前生大德知事人，咸有法號，喚者皆認。時拾得一一喚牛，
云：前生律師弘靖出，時一白牛作聲而過。又喚前生典座光超出，時
一黑牛作聲而過。又喚直歲靖本出，時一牯牛作聲而出。又喚云：前
生知事法忠出，時一牯牛作聲而出。」頁50~51。
[40] 《五燈全書》卷七四，杭州橫山光明圓智本緣禪師。

寒山即水牯牛，水牯牛即寒山，寒山子與水牯牛，在元代海印昭如禪師手上，有了「那事」的代稱[41]，「那事」表面指寒山子與水牯牛，實際上是借寒山子與水牯牛喻「求開悟」一事，石屋琪禪師曰：

> 示眾，古德道：結夏半月日了也，水牯牛作麼生？有者道：結夏半月日了也，寒山子作麼生？福源道：結夏半月日了也，己躬下事作麼生？[42]

石屋琪禪師之「己躬下事」，與乾乾湜禪師提問「本分事作麼生」、「寒山子作麼生」意同[43]，其意為：明一己之本分事，要先懂寒山子；懂寒山子即知水牯牛，懂得寒山子，也就是御得水牯牛，也就是走向「開悟」。

在結夏期間，將「寒山子與水牯牛」作為「禪定」表徵的，還有曇芳守忠禪師：「寒山子水牯牛，嘯月眠雲，飢飡渴飲，似地擎山，不知山之孤峻，如石含玉，不知玉之無瑕。」[44]「似地擎山」、「如石含玉」是聲聞乘人修四念處與五停心觀[45]，

---

[41] 《海印昭如禪師語錄》卷一：「上堂，結夏過半月，那事如何說？寒山子水牯牛，蠟人氷鵝護雪。總是鑽空覓穴，諸方難見易識，瑞筠易見難識，直饒萬緣休罷，一字不留，擬議不來，青天霹靂。」

[42] 《福源石屋琪禪師語錄》卷一。

[43] 《五燈全書》卷七七，吳陵三塘乾乾湜禪師：「示眾，舉古德曰：『打七三日了也，本分事作麼生？』又道：『打七三日了也，寒山子作麼生？』師曰：『山僧這裏總不恁麼，何故？此事極是現成，極是明白，有甚難處。恰如青天白日見阿爹相似，無一絲毫擬議思量。若有一毫擬議思量，即不是了也。還有麼？出來通箇消息。』師顧左右，良久，以拄杖施風打散。」

[44] 《曇芳守忠禪師語錄》卷一，杭州路徑山興聖萬壽禪寺語錄。

[45] 「四念處」又名「四念住」，即身念處（觀身不淨）、受念處（觀受

達到「四加行」之暖、頂二法，會有「如登高山」的感受[46]；
大千照禪師據曇芳守忠禪師此語加以發揮，示眾云：「一頭
水牯一寒山，困則眠兮飢則飡。終日拈香并擇火，不知身在
畫圖間。」[47]大千照禪師之「寒山子與水牯牛」，可惜並未被
畫下來，如有畫作，定能在明朝時民間流傳的「四睡圖」[48]之
外，為「天台三聖」傳說又添佳話。

　　結夏期間，禪師除了喜引「寒山子與水牯牛」，還加入
了另一個熱門話頭──燈籠露柱。佛殿、法堂外的圓柱，以
及尋常使用的燈籠，禪師以此等無情物，作為「開悟」的表
徵；圓悟佛果禪師對寒山子＝水牯牛＝燈籠露柱，首先加以
認同：

是苦）、心念處（觀心無常）、法念處（觀法無我），「四念處」是
以智慧觀一切，把心安住於道，使心不生邪念；「五停心觀」是聲聞
乘人初修，使心不犯五種過失：一、「不淨觀」以止「貪欲」；二、
「慈悲觀」以止「瞋恚」；三、「因緣觀」以止「愚癡」；四、「念
佛觀」以止「業障」；五、「數息觀」以止「散亂」。

46 「四加行」又名「四善根」，指「暖」、「頂」、「忍」、「世第一」；
當無漏（清淨無煩惱）智火生起，心中光明發動之時，稱為「暖位」
（以佛覺為己心，如火欲燃）；而後，智慧增長，達於頂點，稱為「頂
位」（以自心為佛境，如登高山，下有微礙）；繼而明曉四諦（苦諦、
集諦、滅諦、道諦），內心堅定不移，稱為「忍位」（覺於中道）；
最後達到有漏智最終點，乃世間有情最為殊勝，稱為「世第一」（迷
覺兩忘）。

47 《增集續傳燈錄》卷六，四明育王大千照禪師。按：曇芳守忠禪師卒
於至正八年（1348），大千慧照禪師卒於洪武六年（1373）。

48 民間流傳的「四睡圖」，要角有四：寒山、拾得、豐干，以及豐干騎
向國清寺的老虎，是根據閭丘胤〈寒山子詩集序〉中，「天台三聖」
的情節所繪。

> 上堂云：古者道：「結夏得十一日也，寒山子作麼生？」
> 又道：「結夏得十一日也，水牯牛作麼生？」山僧即不
> 然，結夏得十一日也，燈籠露柱作麼生？若透得燈籠露
> 柱，即識水牯牛；若識得水牯牛，即見寒山子。忽若擬
> 議，老僧在爾腳底。[49]

南石文琇禪師據圓悟佛果此語，予寒山子、水牯牛、燈籠露柱「三大老」之名[50]；了菴清欲禪師對此「三大老」，有十分生動的描繪：

> 師云：千鈞之弩，不為鼷鼠而發機；三大老也是為他閑
> 事長無明。開福結夏已十五日了也，堂中兄弟，盡是諸
> 方煅了底金，總不須問著。行但行，住但住，坐但坐，
> 臥但臥。忽若露柱著衫南岳去，燈籠沿壁上天台，狸奴
> 白牯無消息，拾得寒山笑滿腮，山僧却有箇細大法門，
> 為汝說破。下座，巡堂喫茶。[51]

在了菴清欲眼中，此「三大老」所喻含之意，就是「平常心」，就中，介於寒山之「有情」與燈籠露柱之「無情」的水牯牛，在薦福承古禪師眼中，認為識得水牯牛，「方得天地同根，萬法一體。」[52]識得水牯牛成了得通天地消息之大鑰；在結

---

[49] 《圓悟佛果禪師語錄》卷七。
[50] 《南石文琇禪師語錄》卷一：「復舉圓悟和尚示眾云……，大眾，碎金鸑頭，出五色髓，固是還他三大老之手，若是新靈巖，總無許多事，何故？家家門前赫日月，太平不用將軍威。」
[51] 《了菴清欲禪師語錄》卷一。
[52] 《薦福承古禪師語錄》卷一：「諸人若識得水牯牛，非但水牯牛，乃至山河大地，師資父母，三世諸佛，一切聖賢，一時識得；方得天地

夏九十天裡，上堂法師對寒山子、水牯牛、燈籠露柱各自表
述，石田法薰禪師是唯一在「解夏」時，證明此「三大老」
在結夏期間扮演的重責大任：

> 解夏，九十日夏，頭正尾正。寒山子，水牯牛，燈籠露
> 柱，一一心空及第。惟有南山禪和子，頑皮賴骨，抵死
> 謾生道：我一夏之中，全無絲毫所證所得。南山聞得，
> 無可奈何。只向他道：「願你常似今日。」山僧恁麼道，
> 諸人且道：「是肯他不肯他？」良久云：「相逢盡道休
> 官去，林下何曾見一人。」[53]

石田法薰禪師將唐僧釋靈澈〈東林寺酬韋丹刺史〉一詩：「相
逢盡道休官好，林下何曾見一人。」[54]改「好」為「去」，
看來仍是未肯。在結夏期間，作為「寒山法門」之伴的水牯
牛與燈籠露柱，「隨緣日新，全為其伴。」[55]無怪乎禪師們
將其作為伴隨「散聖」寒山，教化人心之載具。

同根，萬法一體。」
[53] 《石田法薰禪師語錄》卷三。
[54] 靈澈，〈東林寺酬韋丹刺史〉：「年老心閑無外事，麻衣草座亦容身。
相逢盡道休官好，林下何曾見一人。」《全唐詩》卷810（台北：文史
哲出版社，1978年），頁9133。
[55] 宋・本嵩述、琮湛註：《華嚴七字經題法界觀三十門頌》卷二。

四、結語

　　笑隱大訢禪師於端午；無際了派禪師於月圓之夜「憶寒山」，雲谷和尚、虎丘隆禪師因寒山詩〈吾心似秋月〉憶寒山；神鼎揆、冰谷衍禪師因寒山詩〈欲得安身處〉憶寒山，可見寒山被禪師們既思且憶，自有其直搗禪師內心的獨特魅力。而由水牯牛＝燈籠露柱＝寒山，可以看出，在慣於將無情生作有情表徵的禪師心中，已然認可了寒山千古不移的「散聖」地位。

51

1962~1980 年大陸以外地區之寒山研究概況

——以《寒山子傳記資料》為主

一、前言

　　七〇年代，旅美學者鍾玲發表〈寒山在東方和西方文
學界的地位〉，文中介紹五〇至六〇年代，寒山詩於歐美
的流行概況；鍾玲認為美國嬉皮的祖師爺，正是唐朝詩人
寒山，鍾文發表後，在台灣掀起前所未有的，研究寒山的
熱潮。1985 年，臺灣天一出版社將鍾文引起的「寒山熱」，
收集自民國 51 年至 69 年，大陸以外地區研究寒山的專文，
分為：寒山研究、寒山詩之哲理、寒山詩評估、有關寒山
研究之論著與館藏；是台灣地區首度且唯一大量有關寒山
資料的專輯，集文共三百餘萬字，編為七冊，定名為《寒
山子傳記資料》。本文以《寒山子傳記資料》所收之文為
主要探討對象，概述 1962~1980 年，大陸以外地區研究寒
山的學者，對寒山的看法。

二、寒山到臺灣

　　旅法敦煌學家吳其昱，在中央研究院 1980 年舉辦的國
際漢學會議文藝組研討會上，發表〈寒山與臺灣〉一文，推
論寒山曾經到過臺灣。[1]吳其昱認為寒山就是未出家前，曾
任隋朝虎賁中郎將的釋智巖，為張鎮周的部屬，大業六年
（610）隨張鎮周自義安渡海討流求（臺灣）[2]，吳其昱認為
寒山曾以軍官身份到過臺灣。

　　釋道宣《續高僧傳》卷二十〈丹陽沙門釋智巖傳〉，載
閭丘胤尋訪故友釋智巖一事[3]，這是文獻上唯一與閭丘胤有
關的記載；吳其昱表示：經過二十年的研究，推論閭丘胤〈寒
山子詩集序〉中，閭丘胤訪智巖就是訪寒山，其論據為：寒
山與智巖「同任高級武官，同樣去過長安與洛陽，並同於中
年入道，同為刺史（閭丘胤）訪謁。」

---

[1]　秦明，〈旅法學人吳其昱推論寒山到過臺灣〉，原載《中央日報》10
　　版，69 年 8 月。轉引自朱傳譽主編，《寒山子傳記資料》第 1 冊（台
　　北：天一出版社，1985 年），頁 68。以下所引《寒山子傳記資料》，
　　均只註明冊數及頁數。

[2]　宋・司馬光，《資治通鑑》（北京：中華書局，1956 年），卷 181〈隋
　　紀〉五：「六年，……帝復遣朱寬招撫流求，流求不從，帝遣虎賁郎
　　將盧江陳稜，朝請大夫同安張鎮周，發東陽兵萬餘人，自義安（廣東）
　　汎海擊之。」頁 5650。按：秦明，〈旅法學人吳其昱推論寒山到過臺
　　灣〉，將「張鎮周」作「張鎮州」，據《資治通鑑》卷 181 改。

[3]　唐・釋道宣《續高僧傳》卷二十〈丹陽沙門釋智巖傳〉：「昔同軍戎，
　　有睦州刺史嚴撰、衢州刺史張 綽、麗州刺史閭丘胤、威州刺史李詢，
　　聞巖出家，在山修道，乃尋之。」

按：智巖曾是高級武官沒錯[4]，至於寒山，吳其昱應是根據
寒山〈元非隱逸士〉一詩的「仕魯蒙幘帛」[5]；以及〈一
為書劍客〉的「東守文不賞，西征武不勳。」[6]據以定
寒山為「高級武官」。[7]至於二人「同樣去過長安與洛
陽」，智巖曾在東都洛陽待過[8]，但《續高僧傳·丹陽
沙門釋智巖傳》，並未有智巖到過長安的記載；寒山家
住陝西[9]，但在寒山詩中，並未有寒山到過洛陽的證明；
在吳其昱的推論中，最值得商榷的地方是「同為刺史訪
謁」；〈寒山子詩集序〉言閭丘胤訪寒山，事在貞觀
十六年（642），智巖於武德四年（621）隨寶月禪師
出家[10]，閭丘胤與其他軍中三位同僚訪智巖，則必須發

---

[4] 吳其昱認為「虎賁中郎將」，相當於今天的「上校」官階。

[5] 寒山詩，〈元非隱逸士〉：「元非隱逸士，自號山林人。仕魯蒙幘帛，
且愛裹疏巾。道有巢許操，恥為堯舜臣。獼猴罩帽子，學人避風塵。」
頁 44。

[6] 寒山詩，〈一為書劍客〉：「一為書劍客，二遇聖明君。東守文不賞，
西征武不勳。學文兼學武，學武兼學文。今日既老矣，餘何不足云。」
頁 4。

[7] 錢穆與吳其昱看法相同，錢穆引寒山詩，〈一為書劍客〉，言：「是
寒山亦曾作從軍遊也。」〈讀書散記兩篇——讀寒山詩〉，轉引自《寒
山子傳記資料》第五冊，頁 107。

[8] 唐·釋道宣《續高僧傳》卷二十〈丹陽沙門釋智巖傳〉：「及偽鄭（王
世充）之在東都，黃公糞行征伐相陣，闐將應募者多。黃公曰：『非
華郎將（智巖俗姓華）無以御之。』」以上得知智巖曾到東都（洛陽）。

[9] 寒山詩，〈尋思少年日〉：「尋思少年日，遊獵向平陵。國使職非願，
神仙未足稱。聯翩騎白馬，喝兔放蒼鷹。不覺大流落，皤皤誰見矜。」
頁 17。

[10] 唐·釋道宣《續高僧傳》卷二十〈丹陽沙門釋智巖傳〉：「武德四年，
從鎮州南定淮海，時年四十。審榮官之若雲，遂棄入舒州皖公山。從
寶月禪師披緇入道。」按：「張鎮州」應作「張鎮周」。

生在貞觀十七年以前[11]，因為智巖在貞觀十七年離開安徽舒州皖公山，不可能在貞觀十六年，先繞到浙江天台山國清寺等閭丘胤來訪，再到建業（南京）依山結草。

余嘉錫就〈寒山子詩集序〉言寒山「隱居天台唐興縣」，引徐靈府《天台山記》、李吉甫《元和郡縣圖志》，二書均提及唐肅宗上元二年（761），將「始豐縣」改為「唐興縣」，證實〈寒山子詩集序〉中的「天台唐興縣」，非貞觀十六年（642）的地名，余嘉錫以此證〈寒山子詩集序〉為偽作。[12]吳其昱於 1980 年發表的〈寒山與臺灣〉一文，應是未見到余嘉錫《四庫提要辨證‧寒山子詩集二卷附豐干拾得詩一卷》（1974 年出版）；不獨吳其昱相信〈寒山子詩集序〉的閭丘胤訪寒山一事為真，《寒山子傳記資料》的作者群也大都如此（詳見後）。

流傳了一千多年的，研究寒山的第一手資料，署名為閭丘胤所作的〈寒山子詩集序〉，在被余嘉錫證為偽作之後，研究寒山的文獻，只剩下唐末天台道士杜光庭《仙傳拾遺‧寒山子》：「寒山子者，不知其名氏。大曆中（766~779），隱居天台翠屏山。其山深邃，當暑有雪，亦名寒巖。」[13]按：寒山於大曆年間隱於天台翠屏山，年約三十多歲[14]，不可能

[11] 唐‧釋道宣《續高僧傳》卷二十〈丹陽沙門釋智巖傳〉：「貞觀十七年，還歸建業，依山結草。」

[12] 余嘉錫，〈寒山子詩集二卷附豐干拾得詩一卷〉，《四庫提要辨證》卷 20（雲南：人民出版社，2004 年），頁 1061。1974 年香港中華書局初版。下引版本同。

[13] 宋‧李昉等編，《太平廣記》卷 55，頁 338。

[14] 詳見拙著，〈寒山生年淺探〉，《寒山資料考辨》（台北：秀威科技

在貞觀十六年（642）與閭丘胤謀面，以此知《續高僧傳》
卷二十言貞觀年間的閭丘胤訪智巖為真；〈寒山子詩集序〉
言閭丘胤訪寒山為假，意即：智巖非寒山，寒山不可能到過
臺灣。

三、寒山為迷狂症患者

　　趙滋蕃〈寒山子其人其詩〉，認為寒山是「冷面熱心腸
的傳奇詩人」[15]，趙滋蕃由「吟到寒山句便工」，認為寒山詩
中的「寒山」意象[16]，是寒山「心理損傷後的凝固與回歸」，
以此判寒山患有「輕度的歇斯底里症或迷狂症。」趙滋蕃以
〈寒山子詩集序〉中，描述寒山在國清寺的行徑，認為是寒
山的「瘋態」[17]；並及寒山詩〈時人見寒山〉、〈寒山出此語〉、
〈憶得二十年〉[18]三首詩中，寒山對自己的看法；另加上國

出版，2005 年），頁 7~30。
[15] 趙滋蕃，〈寒山子其人其詩〉，第二冊，頁 71~82。
[16] 「寒山」一詞，在寒山詩中，有時指寒山自己；有時指寒山隱居的寒
　　巖；有時是寒山用來形容悟道的境界。
[17] 〈寒山子詩集序〉：「或長廊徐行，叫喚快活，獨笑獨言，時僧遂捉
　　罵打趁趁，乃駐立撫掌，呵呵大笑，良久而去。」「或長廊唱詠，唯
　　言咄哉咄哉，三界輪迴；或於村墅，與牧牛子而歌笑；或逆或順，自
　　樂其性；非哲者安可識之矣。」「見兩人向火大笑。胤便禮拜，二人
　　連聲喝胤，自相把手，呵呵大笑。叫喚乃云，豐干饒舌饒舌，彌陀不
　　識，禮我何為？」頁 1～2。
[18] 寒山詩，〈時人見寒山〉：「時人見寒山，各謂是風顛。貌不起人目，
　　身唯布裘纏。我語他不會，他語我不言。為報往來者，可來向寒山。」
　　〈寒山出此語〉：「寒山出此語，復似顛狂漢。有事對面說，所以足
　　人怨。心真出語直，直心無背面。臨死渡奈河，誰是嘍囉漢。冥冥泉

清寺僧釋志南〈天台山國清禪寺三隱集記〉，載寒山與拾得
針對寺主問拾得姓名一事，兩人作舞哭笑而出的舉動[19]，作
為寒山患有「輕度迷狂症」的證明。趙滋蕃說：

> 輕度的迷狂症，以遺忘為主要的徵候之一。病人所遺忘
> 者多為受傷的記憶或心理的損傷；……心理的損傷往往
> 就是帶有痛感而不願回憶的記憶。……這就是寒山那種
> 歌哭無端，噪罵無緒，哀樂無常，癡狂無定的個性與詩
> 人氣質之內在原因。[20]

趙滋蕃認為寒山的「遺忘」，助長了寒山的創造性想像力，
增益寒山的創造性直觀；趙滋蕃以「斗酒詩百篇」的李白，
以及宋巴特《論人》一書中，引倫茲醫生羅列出來的，西方
的一串「偉大的病人」[21]，認為東方的寒山也是個患有輕度
迷狂症的「偉大的病人」。此外，趙滋蕃在〈寒山詩評估〉

臺路，被業相拘絆。」〈憶得二十年〉：「憶得二十年，徐步國清歸。
國清寺中人，盡道寒山癡。癡人何用疑，疑不解尋思。我尚自不識，
是伊爭得知。低頭不用問，問得復何為。有人來罵我，分明了了知。
雖然不應對，卻是得便宜。」頁34、37、43。

[19] 宋・釋志南〈天台山國清禪寺三隱集記〉：「拾掃地，寺主問：「姓
箇什麼？住在何處？」拾置掃叉手而立。主罔測。寒撫胸曰：「蒼天！
蒼天！」拾問：「汝作什麼？」寒曰：「豈不見道：東家人死，西家
助哀！」因作舞笑哭而出。」明嘉靖四年天臺國清寺道會刊本。

[20] 同註15，頁78。

[21] 倫茲醫生認為保羅、默罕穆德、羅耀拉、馬丁路德、巴斯卡、盧梭、
莫里哀、拿破崙、布呂歇爾、歌德、叔本華、瓦格勒、尼采、托爾斯
泰，全都患有輕度迷狂症。參見趙滋蕃，〈寒山子其人其詩〉，第二
冊，頁78。

一文中，認為寒山詩的「無題」與「極化」現象[22]，也都跟
輕度迷狂症有關；而在煌煌七冊的《寒山子傳記資料》中，
白雲禪師是唯一同意趙滋蕃之說者，白雲禪師〈寒山詩的意
境〉：

寒山子的疏狂，是由於他犯有間歇性的神經質（或稱之
為歇斯地里亞），在一種毫無顧忌的狀態下；以致造成他非
僧非道，非儒非俗的模樣；和任性的狂歌，無端的哭笑，以
及喜怒不定，癡顛無常。[23]

白雲禪師認為寒山在「間歇性的銳敏時境中」，產生了
創造力，是屬於「病態的行為，在禪法的境相分別上來說，
是一種『著魔』的現象。」[24]有關白雲禪師以「禪」的角度
談論寒山，詳見下文論白雲禪師言「寒山非禪」。

魏子雲〈論趙作「寒山其人及其詩」〉[25]，對寒山是輕
度迷狂症患者的說法，引趙滋蕃對寒山的評語，採以子之
矛，攻子之盾；趙滋蕃說：「從明心見性中遊戲人間」、「美
國的嬉皮們，根本對這冷面熱心腸的人無法了解。」魏子雲
質疑：「一個『明心見性』或『冷面熱心腸』的人，會有迷
狂症嗎？」[26]趙滋蕃認為「敘事抒情兩不可解」的寒山勸世
詩：〈施家有兩兒〉〈養女畏太多〉[27]二詩，為寒山迷狂症

---

[22] 「極化現象」是指：「寒山有些詩表現優異；又有些詩，表現相當蹩
腳。」參見趙滋蕃，〈寒山詩評估〉，第四冊，頁 10。
[23] 同註 22，頁 61。
[24] 同註 22，頁 61。
[25] 魏子雲〈論趙作「寒山其人及其詩」〉，第二冊，頁 83～89。
[26] 同註 25，頁 84。
[27] 寒山詩，〈施家有兩兒〉：「施家有兩兒，以藝干齊楚。文武各自備，

發作的代表作，魏子雲質疑：「一個當迷狂症發作的人，還
會想到拿故實來諷喻世人嗎？」[28]

按：趙滋蕃對於〈寒山子詩集序〉中，閭丘胤在國清寺廚中
　　竈前，拜見寒山、拾得的情形，趙滋蕃的形容是：「歷
　　歷如繪，栩栩欲活，……這是歷史的目擊者所作的第一
　　手記錄與見證，其可信的程度，不應等閒視之。」[29]可
　　見趙滋蕃對〈寒山子詩集序〉信以為真，以致未明察〈寒
　　山子詩集序〉的作者為了要配合「天台三聖」的轉世神
　　話[30]，意圖將寒山塑造成「散聖」形象[31]，而被歸為「散
　　聖」行列的「諸佛菩薩」，其事蹟本就不能以常情測度；
　　若依趙滋蕃對迷狂症患者的「凝固作用與回歸作用之交
　　替出現，猶之乎催眠狀態與清醒狀態的相互更迭。」[32]來
　　衡量豐干禪師與拾得，則「緇素問鞠，乃云：『隨時』……

　　託身為得所。孟公問其術，我子親教汝。秦衛兩不成，失時成齟齬。」
　　〈養女畏太多〉：「養女畏太多，已生須訓誘。捺頭遣小心，鞭背令
　　織口。未解秉機杼，那堪事箕帚。張婆語驢駒，汝大不如母。」頁18、
　　28。

[28] 同註25。

[29] 同註15，頁77。

[30] 〈寒山子詩集序〉的作者言寒山為文殊化身，拾得是普賢轉世，豐干
　　為彌陀再來。頁1~3。

[31] 「散聖」自為一類，見於宋・釋贊寧，《宋高僧傳》卷20〈唐真定府
　　普化傳〉：「……以其發言先覺，排普化為散聖科目中，言非正員也
　　矣。」把寒山入「散聖」之列，首見李遵勖，《天聖廣燈錄》卷30：
　　「達者目為散聖，如佛圖澄、寒山、拾得者。」

[32] 趙滋蕃認為「凝固作用」，是指帶有痛感不願回憶的記憶，凝固而為
　　情意綜，壓抑到潛意識之後，逐漸成為潛意識的結核；凝固的情意綜
　　若倒退到幼年期的經驗上，就是「回歸作用」。同註15，頁77~78。

唯攻舂米供僧，夜則扃房吟詠自樂。郡縣謔知，咸謂風僧。」[33]的豐干禪師，以及「與像對坐，佛盤同餐，復于聖僧前云：小果之位，喃喃呵。」[34]的拾得；被眾人形容為「風僧」的豐干禪師，跟「與佛同餐」的拾得，二人的「迷狂」程度，更能凸顯出趙滋蕃所說的迷狂症候，趙滋蕃應當一併作為迷狂症患者之例，何以在形容天台三聖為「一窩天真的靈魂？」[35]的同時，卻獨引寒山為「迷狂」的代表？

趙滋蕃在斷寒山為迷狂症患者後，引寒山詩〈憶得二十年〉：「我尚自不識，是伊爭得知？」趙滋蕃說：「詩人的直言直語，實際上已洩漏了他心靈深處的秘密。」[36]此說最能顯示趙滋蕃對於寒山的誤解。按：寒山詩「有人來罵我，分明了了知。雖然不應對，卻是得便宜。」此乃寒山在國清寺修「忍辱行」的寫照，成就了「忍辱行」的寒山，知道自己是「得便宜」者[37]，如此的直言無隱，趙滋蕃卻以「我尚自不識，是伊爭得知？」來形容寒山深知自己是「歌哭無端，噪罵無緒，哀樂無常，癡狂無定的個性」，言寒山「洩漏了他心靈深處的秘密」，寒山地下有知，想必當再說一句：「教我如何說」！[38]

---

[33] 〈豐干禪師錄〉，頁 49。

[34] 〈拾得錄〉，頁 50。

[35] 趙滋蕃，〈寒山子其人其詩〉，第二冊，頁 73。〈寒山詩評估〉，第四冊，頁 9。

[36] 同註 15，頁 78。

[37] 項楚，《寒山詩注》（北京：中華書局，2000 年），頁 718~719。

[38] 寒山詩，〈吾心似秋月〉：「吾心似秋月，碧潭清皎潔。無物堪比倫，

四、寒山為末路英雄

「無我慧身本」《寒山詩集》頁首，有一首共計 270 字
的長詩（以下簡稱〈序詩〉）：

> 若人何鄉姓何氏，隋季唐初豪傑士。屠龍技癢無所施，
> 東守西征徒萬里。天厭荒淫羿（羊加歷）君，大地山河
> 移姓李。滿眼清賢登廟堂，書生分合山林死。揭來寒山
> 三十年，不堪回首紅塵市。遨戲千巖萬水間，駕言足躝
> 龜毛履。不饑不采山中薇，渴來只飲山中水。風飄戛擊
> 惱幽懷，移家屢入深雲裏。貧衣襤褸足風霜，不礙寒潭
> 瑩無滓。時訪豐干看拾公，膜外形骸忘爾汝。擾擾人寰
> 螳慕蟬，哂然一笑寒山齒。擬將大筏渡迷津，咳唾烟雲
> 生筆底。銀鉤灑洒落巖阿，至今護守煩山鬼。世無相馬
> 九方皋，但從肥瘦求形似。詩成眾口浪雌黃，往往視之
> 為下俚。近來一二具眼人，頗憐名字遺青史。雲衰霞纓
> 妙語言，謂與騷章無異旨。寥寥千載無人知，偶逢知者
> 惟知此。知與不知於我乎何知，此其所以得為寒山子。[39]

高越天〈讀寒山詩偶記〉據此〈序詩〉，言：「我很懷疑寒
山乃是隋末唐初豪傑群起中一個志士。」[40]並以寒山〈憶昔
遇逢處〉一詩[41]，推測寒山跟隨過蕭銑（蕭銑稱帝後，遷都

教我如何說。」頁 10。

[39] 宋版《寒山詩集》卷首，上海望平街有正書局發行。

[40] 原載於《中國詩季刊》第三卷第三期，1972 年。轉引自《寒山子傳記
資料》第五冊，頁 100。

[41] 寒山詩，〈憶昔遇逢處〉：「憶昔遇逢處，人間逐勝遊。樂山登萬仞，
愛水汎千舟。送客琵琶谷，攜琴鸚鵡洲。焉知松樹下，抱膝冷颼颼。」

湖北江陵）[42]；高越天言蕭銑「好士有仁德」，《資治通鑑》卻說蕭銑是「性褊狹，多猜忌。諸將恃功恣橫，好專誅殺，銑患之，乃宣言罷兵營農，實欲奪諸將之權。」[43]，高越天據〈序詩〉的「隋季唐初豪傑士」，以及寒山〈憶昔遇逢處〉，詩中的「琵琶谷」、「鸚鵡洲」均位於湖北，因此推測寒山就是蕭銑的部下之一。

按：余嘉錫已證寒山非貞觀時人，《仙傳拾遺·寒山子》言寒山於大曆中隱於天台，據余嘉錫之證與《仙傳拾遺·寒山子》之說，寒山是隋末唐初末路英雄的說法，已不攻自破。

言寒山乃隋末唐初的末路英雄，〈序詩〉的作者應是第一人；觀音比丘無我慧身，在〈序詩〉的後面有一段補刻說明：「曩閱「東皋寺」《寒山集》缺此一篇，適獲 聖制古文命工刊梓，以全其璧。觀音比丘無我慧身敬書。」[44]惜無我慧身未能指出〈序詩〉的作者是誰；清·葉昌熾《寒山寺志》，在無我慧身比丘的補刻說明底下，注云：「此篇慧身但刊以補東皋本之缺，非其所作也。題曰『聖制古文』，疑為時王之製，亦未敢臆定。」[45]葉昌熾認為據「東皋寺本」《寒山子詩集》的「無我慧身本」，刊刻者觀音比丘，並非

頁 28。

[42] 高越天〈讀寒山詩偶記〉：「蕭銑好士有仁德，乃被李唐以奇計襲攻，以致敗亡。銑亡後，援兵集者數十萬人，皆不戰而散。寒山可能為其中之一人。」同註 40，頁 100。

[43] 同註 2，卷 188。頁 5894。

[44] 宋版《寒山詩集》卷首。

[45] 轉引自清·葉昌熾著、沈雲龍主編，《寒山寺志》，（文海出版社景印吳縣潘氏刻本，壬戌夏歷四月），頁 192。下引版本同。

〈序詩〉的作者;「無我慧身本」《寒山詩集》,除了「一
記一跋一詩」的編排方式值得注意外[46],另一個重點是:〈序
詩〉的作者賦予了寒山一個前所未有的身份,使得後來研究
寒山的學者,認為元·了菴清欲禪師為〈序詩〉的作者,逐
將〈序詩〉冠以〈清欲歌〉之名,例如:仇實〈寒山詩小錄〉,
在〈序詩〉前的標題作「元·南堂遺老清欲作詩歌。」[47]按:
上海法藏寺募刻,揚州藏經院版《合訂天台三聖二和詩集》
(二和者,明·楚石梵琦禪師、石樹濟岳道人),在〈序詩〉
後有五言八句:

> 富哉三聖詩,妙處絕言迹。擬之唯法燈,和之獨楚石。
>
> 十盧可銷殞,一字難改易。灌頂甘露漿,何人不蒙益。[48]

詩後有:「楚石和尚和三聖詩集,晟藏主編次,求余題之,
因用韻以寓擊節之意云。至正十八年十月初三日,南堂遺老
清欲。」[49]很顯然的,仇實未明辨由了菴清欲禪師所作的〈清
欲歌〉,僅此五言八句,而將長達 270 字的〈序詩〉作者權,
歸給了菴清欲禪師;不獨仇實有此誤判,黃博仁〈寒山詩評〉
亦然。[50]

---

[46] 葉昌熾,《寒山寺志》,在無我慧身的補刻說明下,小字注:「一記
一跋一詩,據日本仿宋刻《寒山子詩集》錄出。」《寒山寺志》,頁
193。按:所謂「記」,當是指志南「國清寺本」的〈三隱集記〉;「跋」,
應是「東臬寺本」釋可明的跋;「詩」,就是這篇無我慧身所得的〈序
詩〉。

[47] 仇實,〈寒山詩小錄〉,原載於《中國詩季刊》第四卷第三期,1973
年。轉引自《寒山子傳記資料》第七冊,頁 12。

[48] 上海法藏寺募刻揚州藏經院藏版《合訂天台三聖二和詩集》。

[49] 同註 48。

[50] 黃博仁,〈寒山詩評〉,《寒山子傳記資料》第四冊,頁 50。

五、寒山天台再婚

對於寒山到天台後的家居生活，歷來研究寒山詩的學者，看法十分兩極：有認為寒山到天台並未再婚，在天台的妻子，是寒山回故鄉咸陽接到天台共住；有認為寒山到天台後，展開新生活，再度娶妻，以下試論。

假設寒山於天台再婚，首先要弄清楚寒山跟咸陽的原配發生了什麼事，寒山詩〈少小帶經鋤〉：

> 少小帶經鋤，本將兄共居。緣遭他輩責，剩被自妻疏。
> 拋絕紅塵境，常遊好閱書。誰能借斗水，活取轍中魚。[51]

此詩向來被公認為是寒山離家的主因；寒山為何「遭他輩責」、「被自妻疏」，在寒山詩中並沒有明確的交代，然由「常遊好閱書」一語，可以推測寒山是因功不成、名不就而離家的[52]；寒山對於離家的追悔表現在〈垂柳暗如烟〉一詩：

> 垂柳暗如烟，飛花飄似霰。夫居離婦州，婦住思夫縣。
> 各在天一涯，何時得相見。寄語明月樓，莫貯雙飛燕。[53]

寒山此詩應作於未二度娶妻以前，「寄語明月樓，莫貯雙飛燕。」可以看出寒山對於其妻的思念，到老來仍無二致，此可另由寒山詩〈昨夜夢還家〉證明：

---

[51] 寒山詩，〈少小帶經鋤〉，頁 19。
[52] 有關寒山於仕途奮鬥無成的情形，詳見拙著，《寒山資料考辨》第二章〈寒山生年淺探〉，頁 7~30。
[53] 寒山詩，〈垂柳暗如烟〉，頁 11。

　　昨夜夢還家，見婦機中織。駐梭如有思，擎梭似無力。
　　呼之迴面視，況復不相識。應是別多年，鬢毛非舊色。[54]

如果寒山在天台是跟原配同住，就不會日有所思導致夜有所
夢，從「應是別多年」一語，可見寒山在天台共同生活的妻
子，絕非從老家接來同住。寒山在天台的家居「天倫圖」，
完整呈現在〈父母續經多〉：

　　父母續經多，田園不羨他。婦搖機軋軋，兒弄口喎喎。
　　拍手催花舞，搘頤聽鳥歌。誰當來歎賀，樵客屢經過。[55]

寒山三十多歲隱居天台，詩中的「婦搖機軋軋，兒弄口喎
喎。」顯然是寒山初為人父的喜悅，此外，不同於寒山在
老家「少小帶經鋤」，寒山在天台的耕讀生活，見於〈茅
棟野人居〉：

　　茅棟野人居，門前車馬疏。林幽偏聚鳥，谿闊本藏魚。
　　山果攜兒摘，皋田共婦鋤。家中何所有，唯有一床書。[56]

陳慧劍《寒山子研究・總序》：「寒山子，在三十六七歲時，
到天台，直到七十歲，還是一個山居的農夫，……乃至娶了
妻、生了子；然後，妻死子喪，在學道學佛。」[57]陳滋蕃〈寒
山子其人其詩〉則認為寒山：「在隱居地又確有妻有子（原

---

[54] 寒山詩，〈昨夜夢還家〉，頁 22。
[55] 寒山詩，〈父母續經多〉，頁 5～6。
[56] 寒山詩，〈茅棟野人居〉，頁 7。
[57] 陳慧劍，《寒山子研究》（台北：東大圖書公司，1991 年，）頁 2。

注：很可能是重婚）」[58]；王韶生認為寒山在仕途失利後，「偕妻兒歸隱天台」[59]，嚚禪（白雲禪師的筆名）認為寒山是：「懷有『歉疚、思念、憶戀』等非常複雜的感情，……而把故鄉的妻小接出來共同生活。」[60]王韶生與嚚禪主張寒山接故鄉妻兒同隱天台，應未想到「婦搖機軋軋，兒弄口唱唱。」「山果攜兒摘，皋田共婦鋤。」絕不可能是寒山將咸陽老家的妻子，接來同住的畫面，因為，以寒山原配妻子的年紀，應是跟寒山相當的三四十歲左右[61]，在傳宗接代與下田耕作二事，是否仍具有旺盛的「生產力」，頗值得懷疑；筆者認為寒山在天台的妻子，應是再娶。

六、〈寒山子詩集序〉之「唐興縣」

余嘉錫據宋・陳耆卿《嘉定赤城志》卷八〈秩官表〉，定貞觀十六年至二十年，台州刺史為閭丘胤[62]；黃博仁〈寒山年代之研究〉：

> 耆卿此表，係據宋真宗咸平間知州事曾會所作壁記（見小序），《赤城集》（林表民編）卷二載其文云：「唐武德二年，改海州為台州，及今皇宋，混一區宇，凡一

---

58 第二冊，頁 75。
59 王韶生，〈論寒山詩〉，第四冊，頁 37。
60 嚚禪，〈寒山詩中見寒山〉第一冊，頁 63。
61 寒山到天台已三十多歲，加上「卜居天台」後，再回鄉把妻子接來，寒山原配的年齡應與寒山相去不遠。
62 同註 12，頁 1060。

67

百二十六政，總三百六十一年，歷記存焉。」則會又本
之於舊記，歷任相傳，最為可信。

又《台州府志》（康熙六十一年版）卷五歷代官制，「職官
題名錄」中，有唐一代二九○年間，出任台州刺史者一○八
人，其第七位正是閭丘蔭（避諱），名下注明為寒山詩序者，
時在貞觀中。查《台州府志》，錄歷代職官，由漢至康熙六
十一年完整無缺，其史料價值極高。[63]

以上黃博仁所引之陳耆卿《嘉定赤城志》卷八〈秩官
表〉，乃引自余嘉錫之說[64]；所提之《台州府志》卷五歷代官
制，則是引自陳慧劍之說[65]，黃博仁想要證明的是：貞觀年間，
台州刺史為閭丘胤，「閭丘胤的寒山詩集序並非神話。」[66]黃
博仁之所以認為〈寒山子詩集序〉不是「神話」，是針對胡
適《白話文學史》，言〈寒山子詩集序〉乃「神話連篇」[67]而
發，其關鍵點就在「唐興縣」。

〈寒山子詩集序〉：「詳夫寒山子者，……隱居天台唐
興縣西七十里。」[68]胡適亦懷疑閭丘胤〈寒山子詩集序〉為
偽作，胡適說：

> 後世關於寒山拾得的傳說，多根據於閭丘胤的一篇序，
> 此序裡神話連篇，本不足信，……序中稱唐興縣，唐興

[63] 黃博仁，〈寒山年代之研究〉，第一冊，頁 26。
[64] 同註 12，頁 1060~1061。
[65] 同註 57，頁 10~11。
[66] 同註 63，頁 25。
[67] 胡適，《白話文學史》上卷，（台北：胡適紀念館，1974 年），頁 206。
[68] 〈寒山子詩集序〉，頁 1。

之名起于高宗上元二年（675），故此序最早不過在七世
紀末年，……此序並不說閭丘胤到台州是在「貞觀初」；
「貞觀初」的傳說起於南宋沙門志南的後序。[69]

胡適認為〈寒山子詩集序〉不可能作於高宗上元二年（675）
以前，是為偽作[70]；余嘉錫證明了寒山子隱居的台州始豐縣，
是直到肅宗上元二年（761）才改為唐興縣[71]；黃博仁堅持〈寒
山子詩集序〉為真，認為《宋高僧傳》、《景德傳燈錄》（按：
道原《景德傳燈錄》所記之「天台三聖」傳說，乃據贊寧《宋
高僧傳》）「皆稱寒巖在始豐縣西七十里，諒亦必有所本。」
認為「安知閭序非原用始興縣（按：「興」當為「豐」之誤），
到南宋重刻寒山詩，逕改用今名唐興縣耶？」黃博仁認為將
「始豐縣」改「唐興縣」，是刻「國清寺本」《寒山詩集》
的國清寺僧釋志南所為。[72]

按：「上元」年號，在唐代有兩個，一為高宗，一為肅宗；
　　然不管是那個「上元」，均足以證明〈寒山子詩集序〉
　　中的「天台唐興縣」，不是初唐貞觀十六年的地名，貞
　　觀十六年至貞觀二十年（642~646），時任台州刺使的
　　閭丘胤，是不可能知道肅宗上元二年（761），唐興縣

---

[69] 同註 67，頁 206。

[70] 胡適是據《唐書·地理志》，言始豐縣於上元二年改為唐興縣，「上
元」年號於高宗、肅宗均有之，胡適未察，誤判此「上元」為高宗年
號。按：唐·徐靈府《天台山記》、唐·李吉甫《元和郡縣圖志》，
徐、李均為唐人，言肅宗上元二年唐興縣改名，較為可信。

[71] 同註 12，頁 1061。

[72] 第二冊，頁 26。

改名之事。黃博仁因先入為主，相信〈寒山子詩集序〉
為真，因此推論〈寒山子詩集序〉原用「始豐」，到志
南作〈三隱集記〉，遂改「始豐」為「唐興」。

又按：比志南〈三隱集記〉（成於淳熙十六年，1189）更早的，
北宋睦庵善卿所編的《祖庭事苑》（約成於大觀二年，
1108）言：「天台寒山子，本無氏族，始豐縣西七十里，
有寒、闇二巖，子嘗居寒巖中，故以名焉。」[73]善卿所
記「始豐縣」，是根據《宋高僧傳》[74]，被余嘉錫譽為
「博學有史才」的贊寧，言「知閭丘、寒山、拾得，俱
睿宗朝人也。」贊寧深知初唐年間，尚未有「唐興縣」
名，因此遂將「唐興」改為「始豐」，改「始豐」為「唐
興」者，應是贊寧；另外，被多數學者認為最早的《寒
山詩集》版本——《天祿》宋本，卷首僅有〈寒山子詩
集序〉，並無志南〈三隱集記〉，該版本亦作「詳夫寒
山子者，……，隱居天台唐興縣西七十里，號為寒巖。」
黃博仁應是未見到《天祿》宋本已作「唐興縣」，因此
才推測志南將「始豐」改為「唐興」。

〈寒山子詩集序〉言閭丘胤任台州刺史時的官銜是：「朝
議大夫，使持節台州諸軍事守刺史，上柱國，賜緋魚袋。」
陳慧劍據錢穆《國史大綱》（上冊，頁342），證明「使持

---

[73] 宋・善卿，《祖庭事苑》卷三，〈寒山老〉。
[74] 宋・贊寧，《宋高僧傳》卷十九：「寒山子者，世謂為貧子，風狂之
士，弗可恒度推之。隱天台始豐縣西七十里，號為寒、暗二巖。每於
寒巖幽窟中居之，以為定止。」

節」為高宗永徽年間（650~655）才有，又據《唐書・車服志》與《唐會要》，得出「緋魚袋」也是唐高宗永徽年間的產物[75]，可知高宗永徽年間才有的「使持節」與「緋魚袋」，不可能是貞觀十六年，任台州刺史的閭丘胤所擁有的官銜，署名為閭丘胤所作的〈寒山子詩集序〉，明顯為偽。

　　黃博仁〈寒山年代之研究〉一文，反對胡適將〈寒山子詩集序〉視為「神話連篇」，黃博仁認為可以「考見三事」：一為寒山隱居天台，與國清寺僧拾得友善。二為閭丘胤曾遇寒山拾得，閭氏為貞觀年間台州刺史，因此可推定寒拾生於唐初，……三可以使我們知道唐朝已有關於寒山的神話，因此又可以想見寒山的詩在當時已流行於民間，閭氏才令僧道翹加以搜集。[76]

　　黃博仁所考之「三事」，重點在二、三事；綜合以上所論，余嘉錫考《元和郡縣誌》及《天台山記》，證肅宗上元二年才有「唐興縣」之名；陳慧劍考「使持節」與「緋魚袋」，證明此二物乃高宗永徽年間的產物，均可證明〈寒山子詩集序〉為偽作，可見黃博仁所言之第二事不確；另外，〈寒山子詩集序〉言閭丘胤命國清寺僧道翹集寒山詩，從唐・李邕（678~747）作〈國清寺碑〉的時代來推算[77]，道翹應在天寶六年（747）之前尚存，不可能跟貞觀十六年（642）的閭丘

---

[75] 「使持節」，猶全權印信，為刺史的全銜；「緋魚袋」，乃防止召命詐出的魚形符。陳慧劍，〈寒山時代的考證〉，第二冊，頁118。

[76] 第二冊，頁26。

[77] 唐・李邕，〈國清寺碑并序〉：「寺主道翹，都維那首那法師法忍等，三歸法空，一處心淨，景式諸子，大濟群生。」欽定《全唐文》卷262，頁3365。

胤謀面，自然也不可能奉閭丘胤之命集寒山詩，黃博仁所言
之第三事亦錯。

七、《仙傳拾遺・寒山子》之「十餘年忽不復見」

　　杜光庭《仙傳拾遺・寒山子》：「⋯⋯，桐柏徵君徐靈
府，序而集之，分為三卷，行於人間。十餘年忽不復見，⋯⋯，」
[78]黃博仁認為：「杜氏說徐本『十餘年，忽又不見』（按：《仙
傳拾遺・寒山子》作：「十餘年忽不復見」），則本寂豈定
得見徐本之理。」[79]黃博仁相信〈寒山子詩集序〉所述皆真，
因此採《宋高僧傳》言曹山本寂作《對寒山子詩》[80]，認為本
寂作《對寒山子詩》，是根據有閭丘胤〈寒山子詩集序〉的
版本，而非杜光庭《仙傳拾遺・寒山子》之徐靈府「序而集
之，分為三卷，行於人間」的版本，黃博仁因此判徐靈府的
三卷寒山詩「十餘年忽不復見」。按：徐靈府所集之「行於
人間」的三卷寒山詩，既已「行於人間」，則不應「十餘年
忽不復見」；另從黃博仁的論述，可看出其誤判了「十餘年
忽不復見」，黃博仁說：

　　　即如本寂注據徐本，杜光庭何不言之，以光大道士之功
　　　耶？⋯⋯光庭既是道士，唐代亦屢有佛道之爭，為何不

---

[78] 同註 13，頁 338。
[79] 第一冊，頁 27。
[80] 宋・贊寧，《宋高僧傳》卷十三，〈梁撫州曹山本寂傳〉：「復注《對
　　寒山子詩》，流行寓內。」

揭穿此極大之錯誤，以表道士徐靈府之功？[81]

黃博仁認為杜光庭見到「本寂注據徐本」，徐本既為本寂所見，當然不可能「十餘年忽不復見」，《仙傳拾遺‧寒山子》之「十餘年忽不復見」，應指寒山入巖穴後，寒山本人「十餘年忽不復見」。《仙傳拾遺‧寒山子》在「十餘年忽不復見」一句後，接著描寫寒山於咸通十二年，以道士形像渡化李褐：

　　咸通十二年，毘陵道士李褐，性褊急，好凌侮人。忽有貧士詣褐乞食，褐不之與，加以叱責，貧者唯唯而去。數日，有白馬從白衣者六、七人詣褐，褐禮接之。因問褐曰：「頗相記乎？」褐視其狀貌，乃前之貧士也。逡巡欲謝之，慚未發言。[82]

　　錢學烈《寒山拾得詩校評‧附錄》，引《天台山志》卷12，自「毘陵道士李褐」一句起，錢學烈自注出自沈汾《續仙傳》，而將「十餘年忽不復見」判為杜光庭《仙傳拾遺‧寒山子》[83]，居於承上啟下位置的「咸通十二年」（871），此句不見；《太平廣記》引《仙傳拾遺‧寒山子》，並無註明寒山渡化李褐出自《續仙傳》。「十餘年忽不復見」延伸出的另一個問題是，從大曆中下數十餘年，余嘉錫考證其時應在貞元年間，定《宋高僧傳》卷十一〈唐大潙山靈祐傳〉，言靈祐遇寒山的時間，是在貞元九年，余嘉錫認為寒山在德

---

[81] 第一冊，頁 27。
[82] 同註 13，頁 338。
[83] 錢學烈，《寒山拾得詩校評‧附錄》，（天津古籍出版社，1998 年），頁 578。

宗貞元九年後「遂不復見」[84]，卓安琪〈寒山時代的探考〉
一文認為：

> 寒山子早在唐德宗貞元年間已出了天台山，以後不復
> 現，所以徐靈府在唐憲宗元和十年移居天台時，已不及
> 見到寒山子，後來聞其名，才集其詩，而為之序。[85]

卓安琪同意余嘉錫的說法，認為徐靈府於《天台山記》（約
成於寶曆元年，825），未提到寒山，是因為寒山自貞元九
年（793）後即不知所終。按：國清寺僧釋志南〈三隱集記〉、
《古尊宿語錄》卷十四、《五燈會元》卷二（抄自志南〈三
隱集記〉），以上釋書均載有趙州從諗遇寒山一事[86]，以此
知寒山於貞元九年（793）後，並未「十餘年忽不復見」。
《太平廣記》為北宋四大奇書之一，所輯多為宋以前的小說
雜記，編者多為小說的作者[87]，言寒山以道士形像渡化李褐
者的用意十分明顯，為的是讓寒山登上道教的歷史舞臺。

---

[84] 同註 12，頁 1064。

[85] 卓安琪，〈寒山時代的探考〉，第一冊，頁 32。

[86] 羅時進認為：「寒山遇從諗當在 798 年前後，亦即靈祐遇寒山、拾得
後不久幾年。」〈寒山生卒年新考〉，《唐詩演進論》（江蘇：古籍
出版社，2001 年），頁 200。

[87] 《太平廣記》由李昉帶頭編輯，參與編纂的有南唐徐鉉、吳淑、張泊，
徐鉉：《稽神錄》6 卷，記唐末五代異聞；吳淑：《江淮異人錄》2 卷，
記道流俠客術士之事；張泊：《賈氏談錄》1 卷，為志人小說，記台閣
異聞。轉引自魏明安，〈從藝術史料上窺探《太平廣記》〉，《唐代
文學研究》第一輯（山西人民出版社，1988 年），頁 415。

八、寒山詩內證

　　陳慧劍整理《全唐詩》，找出唯一一首提及寒山隱居地「寒巖」的詩，是徐凝的〈送寒巖歸士〉，陳慧劍認為徐凝〈天台獨夜〉與〈送寒巖歸士〉二詩，可能作於白居易在長慶二年至長慶四年（822~824），於杭州擔任刺史之前的元和年間，或更早些[88]；一般欲直窺寒山究竟的學者，多由寒山詩內證下手，一方面可以獲得最直接有力的結論，與此同時，判讀之誤也不可避免，以下試論之。

（一）〈可憐好丈夫〉

　　胥端甫〈寒山世界〉引寒山詩〈可憐好丈夫〉：

　　　　可憐好丈夫，身體極稜稜。春秋未三十，才藝百般能。
　　　　金羈逐俠客，玉饌集良朋。唯有一般惡，不傳無盡燈。[89]

胥端甫說此詩是：「前面說他（寒山）是一位儀表英俊而讀書甚多的佐證。並且是百般技藝都能的人物，所以受人恭維。……『金羈逐俠客，玉饌集良朋。』這兩句詩十足說明了他少年時代的豪縱。」[90]按：此詩重點在末後兩句，若如胥端甫所說，此詩是寒山的「自述」，則寒山言自己「唯有一般惡」便說不通；「不傳無盡燈」，項楚認為是「不能永延生命，長生不死。」[91]

---

[88] 同註 57，頁 40。
[89] 寒山詩，〈可憐好丈夫〉，頁 11。
[90] 胥端甫，〈寒山世界〉，第五冊，頁 69。
[91] 同註 37，頁 148。

宏智正覺禪師言「傳無盡燈」是：「出廣長舌，傳無盡
燈，放大光明，作大佛事。」[92]佛果克勤禪師說：

> 若一向舉揚宗教，法堂上須草深一丈，自餘方便門軒知
> 是不得已，抑而為之，是皆從上來大善知識，垂慈運悲
> 作異世標榜，使有志之士窮到撲不破處八面玲瓏，匪唯
> 自利，亦以利人。傳無盡燈，續佛慧命。[93]

宏智正覺與佛果克勤言「傳無盡燈」，就是以各種「垂慈運
悲」的方法，起到「作異世標榜」的效果，自覺覺人；雍正
是清朝佛學造詣頗高的皇帝，自號「圓明居士」，曾說：「維
摩室中有一燈傳無盡燈之語。後世遂以說法鼎盛者五家。謂
之五燈。」[94]《五燈會元》一書，便是宋釋普濟把「說法鼎盛
者五家」（五燈）匯集而成。[95]〈可憐好丈夫〉一詩，是寒山
期望這位文武兼備的「好丈夫」，別再把大好歲月浪費在「金
鞲逐俠客，玉饌集良朋。」的吃喝玩樂上，要以「續佛慧命」
自任，此為〈可憐好丈夫〉詩中，「傳無盡燈」之意。

---

[92] 《宏智禪師廣錄》卷六。
[93] 《佛果克勤禪師心要》卷二。
[94] 清・雍正，《御製揀魔辨異錄》卷六。
[95] 元・釋廷俊〈重刊《五燈會元》序〉：「宋景德間，吳僧道原作《傳
燈錄》，真宗詔翰林學士楊億，裁正而敘之；天聖中尉馬都尉李遵勗
為《廣燈錄》，仁宗御製敘；建中靖國元年，佛國白禪師成《續燈錄》，
徽宗作序；淳熙十年，淨慈晦翁明禪師作《聯燈會要》，淡齋李泳序
之；嘉泰中，雷庵受禪師作《普燈錄》，陸游敘。斯五燈之所由。」

（二）〈我有六兄弟〉

胥端甫〈寒山世界〉引寒山詩〈我有六兄弟〉：

> 我有六兄弟，就中一箇惡。打伊又不得，罵伊又不著。
> 處處無奈何，耽財好婬殺。見好埋頭愛，貪心過羅刹。
> 阿爺惡見伊，阿孃嫌不悅。昨被我捉得，惡罵恣情掣。
> 趁向無人處，一一向伊說。汝今須改行，覆車須改轍。
> 若也不信受，共汝惡合殺。汝受我調伏，我共汝覓活。
> 從此盡和同，如今過菩薩。學業攻鑪冶，鍊盡三山鐵。
> 至今靜恬恬，眾人皆讚說。[96]

針對此詩，胥端甫解作：「更知道他（寒山）的家庭狀況：有兄有弟，連他七八人。初年豪富，後來貧困，弟兄六個，弟弟中有一位太保。」胥端甫接著解說寒山如何勸得這位太保弟弟，悔改到「超過菩薩」，強調的是寒山的「手足之情」。[97]

按：寒山此詩的「六兄弟」，指的是眼、耳、鼻、舌、身、意「六根」，「就中一箇惡」，是指「六根」引發的「六識」，其中最難調伏的「意識」，當「意識」起作用時，寒山的形容是：「耽財好婬殺，見好埋頭愛。」寒山以「貪心過羅刹」來比喻；由四個第三人稱的「伊」，到四個第二人稱的「汝」，是寒山的「老婆心切」，不是

---

[96] 寒山詩，〈我有六兄弟〉，頁38。
[97] 第五冊，頁82~83。

寒山「手足之情」的展現；此詩是寒山面對最難調制的「意識」，詳述一己的「調心」過程；由「羅刹」到「菩薩」的感受，更讓人體會到寒山詩之所以讓歷代禪師愛不釋手[98]，原因就在於寒山在把禪師們修道的障礙點出的同時，還指出契道的關捩。

（三）〈我見世間人〉

胥端甫〈寒山世界〉引寒山詩〈我見世間人〉：

> 我見世間人，堂堂好儀相。不報父母恩，方寸底模樣。
> 欠負他人錢，蹄穿始惆悵。箇箇惜妻兒，爺孃不供養。
> 兄弟似冤家，心中常悵怏。憶昔少年時，求神願成長。
> 今為不孝子，世間多此樣。買肉自家口童，抹觜道我暢。
> 自逞說嘍羅聰明無益當。牛頭努目瞋，出去始時鄉。
> 擇佛燒好香，揀僧歸供養。羅漢門前乞，趁卻閑和尚。
> 不悟無為人，從來無相狀。封疏請名僧，貝親錢兩三樣。
> 雲光好法師，安角在頭上。汝無平等心，聖賢俱不降。
> 凡聖階混然，勸君休取相。我法妙難思，天龍盡迴向。[99]

胥端甫引用「我見世間人，堂堂好儀相。不報父母恩，方寸底模樣。」「憶昔少年時，求神願成長。今為不孝子，世間多此樣。」說寒山「深於父母之情，是個孝子。」[100]

---

[98] 詳見拙著，《寒山資料類編》（台北：秀威科技出版，2005年），頁309~335。

[99] 寒山詩，〈我見世間人〉，頁25～26。

[100] 第五冊，頁83。

按：此詩在國清寺本系統均缺末二句「我法妙難思，天龍盡迴
向。」[101]去掉此二句，綜觀全詩，無疑是寒山眼見手寫的
一幅「浮世繪」；前半首罵的是世間的「不孝子」：長得
一表人才，疼妻愛子，卻棄養父母；欠錢不還，死也不怕
落入畜生道；把兄弟當冤家看，還怪兄弟壞了自己的好心
情；小時候，父母求神拜佛，求得平安順利長大；買了肉
不分給親人，吃完了還只會光說「快爽」，這樣的「不孝
子」，在外人面前是：自誇能幹，聰明無比。

下半首提到此等「不孝子」，在「天良」乍現時的所作
所為：供養三寶（佛、法、僧）其中的「僧寶」時，有不同
的差別對待；「不孝子」被「分別心」矇住眼的結果，是連
「羅漢」到家裡來，都把「羅漢」當作不在受邀名單而趕出
去，「不孝子」從來不知道「羅漢們」，特別是愛作破爛裝
扮的賓頭盧尊者，是不會以一般的僧相示現在供養人家裡；
「不孝子」邀僧作法事的排場是：必專請名僧，必大施儭錢；
其結果是：使得「名僧」在吃齋飯、拿儭錢之餘，生起了貪
念，遭受到如雲光法師不守戒律，死後作牛的報應[102]；「不
孝子」不以「平等心」待人，再怎麼齋僧施儭，滿天神佛也
不會大駕光臨。

---

[101] 詳見拙著，《寒山詩集校考》（台北：文史哲出版，2005 年），頁
94~95。

[102] 雲光法師死後得牛身的故事，見元・姜端禮撰，《林泉老人評唱丹霞
淳禪師頌古虛堂集》卷六：「舊說雲光法師，坦率自怡，不事戒律。
誌公謂曰：『出家何為？』光曰：『吾不齋而齋，食而非食。』後招
報作牛拽車於泥中。誌公召曰：『雲光。』牛舉頭，公曰：『何不言
拽而非拽。』牛墮淚號咷而逝。」

在寒山詩中，以「我見」二字開頭的，共有十五首；〈我見黃河水〉是感嘆無明煩惱障道[103]；〈我見轉輪王〉強調不管帝王百姓，要脫離輪迴必須早日覺悟[104]，此外，其他十三首都是針對世間各色人等的勸誡，其中，有四首均以「我見世間人」開頭；寒山之所以會被稱為「寒山大士」[105]、「寒山菩薩」[106]，就在於他悲憫世人的一片苦心。寒山此詩罵盡了天下的「不孝子」，而非如須端甫言寒山「深於父母之情，是個孝子。」

（四）〈弟兄同五郡〉、〈一為書劍客〉

囂禪〈寒山詩中覓寒山〉引寒山詩〈弟兄同五郡〉、〈一為書劍客〉二詩：

> 弟兄同五郡，父子本三州。欲驗飛鳧集，須旌白兔遊。
> 靈瓜夢裏受，神橘座中收。鄉國何迢遞，同魚寄水流。

---

[103] 寒山詩，〈我見黃河水〉：「我見黃河水，凡經幾度清。水流如急箭，人世若浮萍。癡屬根本業，無明煩惱坑。輪迴幾許劫，只為造迷盲。」頁40。

[104] 寒山詩，〈我見轉輪王〉：「我見轉輪王，千子常圍繞。十善化四天，莊嚴多七寶。七寶鎮隨身，莊嚴甚妙好。一朝福報盡，猶若棲蘆鳥。還作牛領蟲，六趣受業道。況復諸凡夫，無常豈長保。生死如旋火，輪迴似麻稻。不解早覺悟，為人枉虛老。」頁41。

[105] 《永覺元賢禪師廣錄》卷20〈寒山大士〉：「世人見汝，如風如狂；汝見世人，可笑可傷。高歌松下，抵掌路傍。寒巖子影，草長烟涼。賴有豐干拾得，大家同上戲場。」

[106] 《古尊宿語錄》卷43《寶峰雲庵真淨禪師住金陵報寧語錄》二：「上堂。如來大師云：『不能了自心，如何知正道。』又寒山菩薩云：『一念了自心，開佛之知見。』」

一爲書劍客，二遇聖明君。東守文不賞，西征武不勳。
學文兼學武，學武兼學文。今日既老矣，餘何不足云。[107]

囂禪認爲寒山：「家世似乎非常好，父兄們像是都做過郡州
的官，他自己也是個文武兼備的人物。」[108]按：寒山〈弟兄
同五郡〉，是難得的，幾乎全首用典的一首詩；「弟兄同五
郡」用的是晉・蕭廣濟《孝子傳》中，五人約爲兄弟，有關
「五郡孝子」的故事[109]；「父子本三州」同樣引《孝子傳》
中，三人相約爲父子的故事[110]；「欲驗飛鳧集」用的是三國
時，吳・陸胤《廣州先賢傳》一書，頓琦跟丁密（唐・歐陽
詢《藝文類聚》卷911，「丁密」作「卞密」）孝感動天的
故事[111]；「須旌白兔遊」引謝承《後漢書》，孝子方儲的故
事[112]；「靈瓜夢裏受」引的是《齊春秋》焦華事父至孝的故
事[113]；「神橘座中收」引的是六歲的陸績，在袁術面前，欲
懷橘遺母的故事。[114]按：總結〈弟兄同五郡〉全詩旨意的末
二句「鄉國何迢遞，同魚寄水流。」應是寒山對「親情」，
而非對「鄉國」的思念。[115]

---

[107] 寒山詩，〈弟兄同五郡〉、〈一爲書劍客〉，頁4。

[108] 第一冊，頁59。

[109] 宋・李昉等編，《太平御覽》卷372，《四部叢刊》本，三編，子部。
下引版本同。

[110] 同註109，卷61。

[111] 宋・李昉等編，《太平御覽》卷919〈鳧〉。文淵閣本《四庫全書》，
子部，類書類。

[112] 同註109，卷411。

[113] 同註112。

[114] 同註109，卷384。

[115] 項楚認爲〈弟兄同五郡〉是寒山「對鄉國的追憶」。同註37。《寒山

寒山引「五郡」、「三州」，這六個跟孝行或孝子有關
的典故，從「鄉國何迢遞，同魚寄水流。」可以看出寒山思
念親人的感受，無由寄達。至於〈一為書劍客〉的「二遇聖
明君」，寒山用的是《漢武故事》中，顏駟歷文帝、景帝、
武帝三朝，而終未見遇的故事[116]；該詩是寒山感嘆空有一身
本事，老來仍舊一事無成，並非如囂禪所說的「父兄們像是
都做過郡州的官」。

（五）〈董郎年少時〉、〈箇是誰家子〉

囂禪〈寒山詩中覓寒山〉引寒山詩〈董郎年少時〉、〈箇
是誰家子〉：

> 董郎年少時，出入帝京裡。衫作嫩鵝黃，容儀畫相似。
> 常騎踏雪馬，拂拂紅塵起。觀者滿路傍，箇是誰家子。
> 箇是誰家子，為人大被憎。癡心常憤憤，肉眼罪瞢瞢。
> 見佛不禮佛，逢僧不施僧。唯知打大嚼，除此百無能。[117]

詩中的「董郎」，項楚認為「衫作嫩鵝黃」，是指「黃衣使
者」，因宦官衣黃，「董郎」就是漢哀帝的男寵「董賢」[118]；
囂禪說：

詩注・前言》，頁 6。
[116] 同註 109，卷 383。按：「二遇聖明君」，《天祿》宋本以外的其他
版本均作「三遇聖明君」，「二」應作「三」。詳見拙著，《寒山詩
集校考》，頁 29~30。
[117] 寒山詩，〈董郎年少時〉、〈箇是誰家子〉，頁 22。
[118] 「董賢雖非閹人，卻是哀帝男寵，故寒山詩云：『衫作嫩鵝黃』，比
之為宦官也。」同註 37，頁 350。

在上面詩句的開頭，似也隱約的道出他的姓氏，雖然「董郎」二字，只是寫詩者「借典」的習慣；但是，「箇是誰家子」？在第二頁（按：指下一首）上開頭緊接著又標上一句，便很顯然地有了「強調」的作用了！……幾乎坦露了「董郎」就是寒山子哩！[119]

寒山這兩首詩，僅「明刊白口八行本」未前後相連[120]，應兩首同看。寒山詩中的這位「誰家子」，上一首的「出入帝京」且著「黃衣」，與寒山在〈少小帶經鋤〉一詩中[121]，對自家身世的描述，無法連上；而〈箇是誰家子〉所形容的「誰家子」是「佛法不懂，只知大快吃肉」，這樣的「誰家子」，不會是寒山對自己的看法。

（六）〈琴書須自隨〉

囂禪〈寒山詩中覓寒山〉，引寒山詩〈琴書須自隨〉：

琴書須自隨，祿位用何為。投輦從賢婦，巾車有孝兒。風吹曝麥地，水溢沃魚池。常念鷦鷯鳥，安身在一枝。[122]

寒山此詩仍用了許多典故，項楚認為「投輦從賢婦」是用了於陵子終聽從其妻之勸，「放棄結駟連騎之貴，而甘於隱淪

---

[119] 第一冊，頁 61~62。
[120] 同註 101，頁 85~86。
[121] 寒山詩，〈少小帶經鋤〉：「少小帶經鋤，本將兄共居。緣遭他輩責，剩被自妻疏。拋絕紅塵境，常遊好閱書。誰能借斗水，活取轍中魚。」頁 19。
[122] 寒山詩，〈琴書須自隨〉，頁 4。

灌園。」[123]「巾車有孝兒」是暗用陶淵明之事[124];「風吹曝麥地」是引《後漢書‧高鳳傳》,高鳳曝麥於庭,因專精誦讀,天雨而不覺潦水流麥,其後遂為名儒[125];詩末最後兩句,寒山以《莊子‧逍遙遊》中,巢於一枝便已自足的鷦鷯鳥為喻,表明自己安於現狀,對於仕途並不熱衷,絕非如囂禪就「賢婦」一詞,認為:「寒山子有個這種感情(思妻)之後,常常會禁不住地想起那美好的過往,鶼鰈之情,躍然於詩句之中。」[126]

(七)〈我住在村鄉〉

曾普信〈寒山子醒世詩話〉(二)引寒山詩〈我住在村鄉〉:

> 我住在村鄉,無爺亦無孃。無名無姓第,人喚作張王。
> 並無人教我,貧賤也尋常。自憐心的實,堅固等金剛。[127]

這是寒山自報家門的詩,可惜詩中並未針對一己的身世透露任何的隻字片語;曾普信就「我住在村鄉,無爺亦無孃。」說:「寒山子出生於浙江省天台縣屬內的佃農家,五六歲的

---

[123] 同註37,頁27。
[124] 項楚引〈歸去來辭〉:「或命巾車,或棹孤舟。」以及《南史‧陶潛傳》,陶淵明因患腳疾,「使一門生、二兒舉籃輿。」同註37,頁27。
[125] 同註37,頁27。
[126] 第一冊,頁63。
[127] 寒山詩,〈我住在村鄉〉,頁45。

時候，父母都已經死去，變為一個無依無靠的孤兒。」[128]按：
寒山在詩中有意隱姓埋名，不能就貧賤、住村鄉、無爺無孃
等字眼，以此斷定寒山是佃農家的孤兒；寒山提及自家身世
較為可信的，是〈尋思少年日〉：

> 尋思少年日，遊獵向平陵。國使職非願，神仙未足稱。
> 聯翩騎白馬，喝兔放蒼鷹。不覺大流落，皤皤誰見矜。[129]

漢代「五陵」之一的「平陵」，是漢昭帝的墳墓，位於長安
西北七十里；詩中寒山自述能夠騎馬獵鷹，且不把國使之
職、成仙之願放在心上，絕不會是「佃農家的孤兒」會有的
經歷。

（八）〈寒山無漏巖〉

高越天〈讀寒山詩偶記〉引寒山詩〈寒山無漏巖〉：

> 寒山無漏巖，其巖甚濟要。八風吹不動，萬古人傳妙。
> 寂寂好安居，空空離譏誚。孤月夜長明，圓日常來照。
> 虎丘兼虎谿，不用相呼召。世間有王傳，莫把同周邵。
> 我自遁寒巖，快活長歌笑。[130]

高越天說：「以唐初人言唐後事，似非寒山之作。但若把「周
邵」易為「周召」，則尚可謂遠在唐前。惟虎谿開山遠在唐

---

[128] 曾普信，〈寒山子醒世詩話〉，第三冊，頁 70。
[129] 寒山詩，〈尋思少年日〉，頁 17。
[130] 寒山詩，〈寒山無漏巖〉，頁 47。

後，入詩仍是可疑。」[131]按：「召公」就是「邵公」，「周
召」指的是周公旦與召公奭，二人與姜太公並列三公；召
公奭位列「太保」，負責王儲的教導與王室的安全；西元
前 841 年，周厲王被推翻，周人感戴周、召二人的貢獻，
推周、召二公的後人聯合執政，史稱共和元年，這是中國紀
年的開端。

至於「虎谿」，寒山引的是廬山東林寺僧慧遠，與陸修
靜、陶淵明三人，世所謂「虎谿三笑」的故事[132]；「虎丘」
是引東晉道生法師，對群石說經的故事。[133]寒山沈浸在寒巖
的生活中，「虎丘兼虎谿，不用相呼召。」意謂寒巖之樂，
是「虎丘兼虎谿」的法喜生活所替換不來的。「虎谿開山」，
是明萬曆年間，自稱「石癡」的林懋時的傑作[134]，高越天所
說的「虎谿開山」在唐以後沒錯，但他不知寒山用的是「虎
谿三笑」的典故，與「虎谿開山」一點關係也沒有。

---

[131] 高越天，〈讀寒山詩偶記〉，第五冊，頁 100。

[132] 東林寺僧慧遠，平日「影不出山，跡不入俗。」每次送客都只送到東
林寺前的虎溪，有一次，陶淵明與陸修靜同訪慧遠，三人談論甚歡之
時，傳來虎吼聲，慧遠發覺足已過虎溪，三人相視大笑。

[133] 道生法師認為就算是最下種的一闡提，都有佛性，都能成佛，此說不
見容於當時；後來，道生法師入虎丘山，聚石為徒，日講涅槃經，說
到一闡提均有佛性時，群石皆為之點頭。

[134] 明‧林懋時愛石成癡，曾邀朋友出資到虎溪岩開山，朋友覺得開山困
難，因而離去，林懋時仍堅持挖山；他在一個虎口形的巨石底部挖了
個大洞，取名為「稜層石室」，親手在洞頂刻上「稜層」二字。石室
裏塑有一隻老虎，每逢農曆十五，滿月東升時，月光正好照在老虎頭
上，這就是「虎溪夜月」勝景的由來。

九、寒山非禪

　　白雲禪師〈寒山詩的意境〉，以及〈寒山非禪〉（以筆名「囂禪」發表）二文[135]，對於寒山的看法十分兩極。白雲禪師以筆名「囂禪」發表的〈寒山非禪〉一文中，概以六祖「無念為宗，無相為體，無住為本。」作為衡諸寒山「所有詩作」的標準，斷言寒山詩非禪；而在以法號發表的〈寒山詩的意境〉，同樣以六祖「無念、無相、無住」之「『觀自在』的大覺聖境」，言「是菩薩必然具備的意境，這在寒山子的詩中流露出來的最多。」[136]此截然相反的論調，使人不禁玩味：二文同樣論寒山詩，詩的意境可以看出寒山的禪境，何以前後差距如此之大，以下試論之。

　　首先，白雲禪師以「嚴謹的律儀，精進的修持，超脫的氣質，寬大的胸襟。」作為一個「禪和子」基本必備的條件；言寒山「一身破裘，滿頭亂髮，樺皮以冠，木屐代履。」夠不上「禪和子」的條件[137]；白雲禪師認為〈寒山子詩集序〉中，寒山「樺皮為冠，布裘破弊，木屐履地」的外貌，是西方研究寒山者，以及認同「嬉皮禪」是「禪」的學者，心中所認定的「禪」。按：寒山不似「禪和子」的外貌跟舉止，是「自在寒山」的最佳代表；白雲禪師以現代僧侶的標準，來衡量一千多年前，從未說過自己是出家人的寒山[138]，顯然

---

[135] 二文均載於《寒山真面目》一書，彰化縣大智佛學院，1973 年。轉引自第四冊，頁 52~66、第三冊 26~39。

[136] 第四冊，頁 52。

[137] 第三冊，頁 26。

[138] 寒山在其詩中，從未以僧人自居，被後人據以認為寒山是「詩僧」的

不妥；至於近代視「寒山」為禪者，寒山的披髮跣足，風中
笑傲，是後代人賦予的造型，日本與西方研究寒山的學者，
著重的是寒山詩的精神而非外貌。

其次，白雲禪師將寒山詩中，摘出「似禪」的詩句，加
以評論；如：

> 我今有一襦，非羅復非綺。借問作何色，不紅亦不紫。
> 夏天將作衫，冬天將作被。冬夏遞互用，長年只這是。[139]

項楚言：「寒山所云『襦』者，實際是指袈裟，蓋以『襦』
為衣類之泛稱也。」[140]白雲禪師言：「寒山子的『襦』，則
很明顯的是不離於體的可用之物，相較之下，一看便曉，實
與禪無涉。」[141]按：寒山詩中的「襦」，是比喻清明的本性，
也就是如來藏性；「長年只這是」指出其不生滅性，以永明
延壽的說法，就是「窮子衣中寶」、「輪王髻裏珠」、「貧
女室中金」，全部都是「如來藏中物」。[142]與寒山同樣以「襦」
喻心的，還有馬祖道一的弟子——龐蘊居士的「大衣」之喻：

> 余有一大衣，非是世間絹。眾色染不著，晶晶如素練。
> 裁時不用刀，縫時不用線。常持不離身，有人自不見。
> 三千世界遮寒暑，無情有情悉覆遍。如能持得此大衣，
> 披了直入空王殿。[143]

〈自從出家後〉一詩，是指寒山離開俗世生活去寒巖隱居。
[139] 寒山詩，〈我今有一襦〉，頁 15。
[140] 同註 37，頁 224。
[141] 白雲禪師，〈寒山非禪〉，第三冊，頁 27。
[142] 《宗鏡錄》卷 44。同註 3。
[143] 《龐居士語錄》卷 3。同註 3。

項楚認為龐居士此偈可以與寒山此詩對讀。[144]以上可知寒山之「襦」，不是指「袈裟」等「不離於體的可用之物」，而是「心王」之喻，並非與禪無涉。

白雲禪師再引寒山詩〈可笑五陰窟〉：

> 可笑五陰窟，四蛇同共居。黑暗無明燭，三毒遞相驅。
> 伴黨六箇賊，劫掠法財珠。斬卻魔軍輩，安泰湛如蘇。[145]

白雲禪師言：「寒山子的意境，是止於『根識』上的，不是大死大活的禪境界。」[146]按：寒山把專在色、受、想、行、識「五蘊」（亦譯「五陰」）上打轉的，由地、水、火、風「四大」假合而成的身體，面對著貪、瞋、癡「三毒」，以及由眼、耳、鼻、舌、身、意「六根」所生的色、聲、香、味、觸、法「六識」（即「六箇賊」），寒山將修行道上會產生的「三毒」與「六賊」，概以「魔軍」來形容[147]，寒山的「斬卻」，就是去除「根識」所起的「三毒」與「六賊」，若沒有如白雲禪師所說的「大死大活」，哪來「安泰湛如蘇」的境界？

白雲禪師又引寒山詩〈寒山頂上月輪孤〉：

> 寒山頂上月輪孤，照見晴空一物無。可貴天然無價寶，
> 埋在五陰溺身軀。[148]

---

144 同註 37，頁 225。
145 寒山詩，〈可笑五陰窟〉，頁 42。
146 同註 140，頁 28。
147 《中阿含經》卷 8，言：魔王波旬六年逐佛，障佛行道。「魔軍」是魔王所率之軍，借指「煩惱」。同註 3。
148 寒山詩，〈寒山頂上月輪孤〉，頁 32。

白雲禪師認為六祖「無念、無相、無住」，是透得「無」字的奧秘，獲得「禪」的真義，言：「不像寒山的『一物無』，仍然擺脫不了晴空中尚有『星月』的存在！」[149]按：寒山此詩是以「月輪」作為「佛性」的形喻；以「滿月」喻圓滿之佛性，在禪門典籍隨處可見[150]；寒山意在強調心中之無價寶——「心月」，因無明而未能普達世情，並非凸顯天上的「星月」與「一物無」的關係。

　　白雲禪師舉寒山詩，論「寒山非禪」，並未將寒山詩中，與禪相涉之詩擇要提出，而是先入為主的，以寒山「所有」的詩，全部以「禪」論之[151]；白雲禪師〈寒山詩的意境〉以

149　同註37，頁34。

150　宋・宗曉編，《樂邦文類》卷1：「菩薩心顯現，身中皎潔圓明，如淨月輪。」永明延壽《宗鏡錄》卷34：「此宗鏡，一心，是諸法自性。……似一月影現一切水，一一影不離月輪。」宋・道沖編，《曹源道生禪師語錄》卷1：「如來法身等虛空，隨彼願心而顯發。譬如月輪出霄漢，照耀一切眾生前。」

151　白雲禪師概以「禪」評寒山詩之例隨處可見，如：引寒山詩〈貧驢欠一尺〉：「貧驢欠一尺，富狗剩三寸。若分貧不平，中半富與困。始取驢飽足，卻令狗飢頓。為汝熟思量，令我也愁悶。」頁19。寒山此詩是對於如何「平均」財富傷神，白隱禪師卻認為是寒山「體驗中再體驗的人生秘密之句。」同註37，頁27。又如引〈田家避暑月〉：「田家避暑月，斗酒共誰歡。雜雜排山果，疏疏圍酒缶尊。蘆莦將代席，蕉葉且充盤。醉後攛頤坐，須彌小彈丸。」頁20。寒山如實描述他的「田家樂」，與「禪思」無涉，白雲禪師認為：「寒山子是富於『編製』的，……東洋和西洋的『禪學者』便認為寒山子是個『禪思』的代表人物。」同註37，頁28。又如引〈夕陽赫西山〉：「夕陽赫西山，草木光曄曄。復有朦朧處，松蘿相連接。此中多伏虎，見我奮迅鬣。手中無寸刃，爭不懼懾懾。」頁23。此詩為寒山對居處有虎出沒，老實地將內心的懼怕說出來，白雲禪師認為：「寒山子的意境，……仍得下上一番工夫，經過一番磨練；才能步入『禪』的世界。」同註37，頁29。

及〈寒山非禪〉二文，其真正的訴求有二：一、不同意西方
學者捧寒山為嬉皮祖師爺，斥以寒山禪為「禪的代表」；二、
對於當時被禁的「一貫道」，用囂禪的筆名，表達其視「一
貫道」為「邪教」的主張。以下試論。

　　白雲禪師引寒山詩〈可惜百年屋〉：

> 可惜百年屋，左倒右復傾。墙壁分散盡，木植亂差橫。
> 磚瓦片片落，朽爛不堪停。狂風吹蕩塌，再豎卒難成。[152]

白雲禪師言：

> 寒山子的思想中，如果說有不同於他人的地方，便是耽
> 在『歇斯地里亞』的斷續變化中。正如西方的披頭和嬉
> 皮們；那份濃厚的自我意識，像古印度外道行者的苦行，
> 表面的所謂「忘我」，內在的昏迷陶醉，其實裡外都在
> 施行著無謂的折磨。[153]

白雲禪師贊同趙滋蕃的看法，認為寒山也是個「迷狂症者」；
卻未就寒山〈可惜百年屋〉一詩，論其「非禪」之處，而橫
插入對嬉皮的批評，筆鋒一轉，接著是對於佛陀苦行六年而
後悟道的敘述，全部與〈可惜百年屋〉一詩無涉，相同的「議
論」手法還出現在引寒山詩〈一人好頭肚〉：

---

[152] 寒山詩，〈可惜百年屋〉，頁 29。
[153] 同註 37，頁 33。

> 一人好頭肚，六藝盡皆通。南見驅歸北，西逢趁向東。
>
> 長漂如汎萍，不息似飛蓬。問是何等色，姓貧名曰窮。[154]

此詩一目瞭然，是寒山對於一己貧境的無奈告白，白雲禪師
以「似禪」的標準，認為此詩是寒山「處在貧苦中的一種自
嘲」[155]，白雲禪師的看法沒錯，但在表達此一看法之前，卻
對「似禪」二字，加以評說：

> 「似禪」一道，猶如白蓮教的餘毒——鴨蛋教，供養的
> 是當來下生彌勒尊佛，行的是「一貫邪道」，多少人為
> 之所迷，為之所誤；迷於「玄妙」的密，誤於快速的成。
> 寒山子的這首詩，便是神秘的表現手法，引人入於「玄
> 密」而用心，「速成」而趨步。[156]

白雲禪師以「禪」（或「似禪」）的標準，來衡量寒山詩，
真正的用意，是在借題發揮；〈寒山非禪〉一文以筆名「囂
禪」發表，目的不在於強調寒山「非禪」，或附和趙滋蕃言
寒山為「迷狂症者」[157]，而是在攻擊「一貫道」。

---

154 寒山詩，〈一人好頭肚〉，頁 24。
155 同註 37，頁 29。
156 同註 37，頁 29。
157 白雲禪師在〈寒山詩的意境〉一文中，舉寒山詩〈死生元有命〉：「死
生元有命，富貴本由天。此是古人語，吾今非謬傳。聰明好短命，癡
騃卻長年。鈍物豐財寶，醒醒漢無錢。」頁 35。〈何以長惆悵〉：「何
以長惆悵，人生似朝菌。那堪數十年，親舊凋落盡。以此思自哀，哀
情不可忍。奈何當奈何，脫體歸山引。」頁 39。〈自樂平生道〉：「自
樂平生道，煙蘿石洞間。野情多放曠，長伴白雲閑。有路不通世，無
心孰可攀。石床孤夜坐，圓月上寒山。」頁 35。共三首詩，言：「忽
冷忽熱，本來就是寒山詩的特色，忽閙忽悄，正說明寒山子的習性；

　　白雲禪師為何要攻擊他所謂的「一貫邪道」（早年俗稱「鴨蛋教」），這跟來台後的國民政府，其宗教政策有關；白雲禪師本籍湖南，在高唱「反共抗俄」的六〇年代傳教，面對的是國民政府的多種禁制，包含了對新興宗教的「教禁」，國民政府對來台的外省籍僧侶，採不信任態度，認為「匪諜」（或包庇「匪諜」）事件隨時會出現；白雲禪師跟其他大多數的外省籍僧侶一樣，必須對一己之「忠誠」有所表態；個人之所以有此推測，是因白雲禪師以法名發表的〈寒山詩的意境〉一文中，肯定了「寒山是禪」：

> 寒山子的「禪思」是屬於「智慧的」，並不是「禪疑」或「禪悟」；說得明顯一點，他的詩境是禪（靜慮）思（思維）後意識的蛻變，基於世道榮辱，五欲橫流，而促成他的有感而發，宣洩心中的情愫，而砌字成詩。這在勸世警眾上是有他的功德率（按：「率」疑作「力」）的，就文學的價值，也是不可否認的事實。[158]

〈寒山非禪〉一文中，白雲禪師首先以外貌言寒山非「禪和子」，而在〈寒山詩的意境〉，卻稱寒山為「佛子」[159]；白雲禪師於較早完成的〈寒山詩的意境〉一文中，已然認同寒山為一個「佛子」；何以在接著完成的〈寒山非禪〉，力抨

在這種冷熱鬧悄的情緒中，毋容疑擬地造作，必然是『瘋顛』的原動力，因而，寒山『狂態』就是這樣地形成了。」第四冊，頁63。
[158] 同註156，頁54。
[159] 「他這個佛子，具有太多的外道氣息，譬如木屐殘食，長髮蹣跚（按：應作「邋遢」），都不是一個正常佛子所應有的表現。」同註156，頁54。

寒山「非禪」？個人認為是白雲禪師「有意」為之，其在〈寒
山非禪〉一文引用到〈寒山詩的意境〉，言寒山：

> 可以看出寒山子不僅在文學的詩意境有特出的表現，就
> 是在人生的哲理意境上也是不同於世俗的；尤其是在教
> 內的「禪思意境」上，更是登峰造極的「般若」和「禪
> 那」的綜合表現。[160]

可以看出白雲禪師對寒山是先褒（〈寒山詩的意境〉）後貶
（〈寒山非禪〉），唯一的解釋是：〈寒山非禪〉一文，如
前所述，背後有其複雜的寫作動機。

十、結語

　　共三百餘萬字的《寒山子傳記資料》，代表五〇、六〇
年代，大陸以外地區的學者，長達十八年的研究成果；在兩
岸未開放以前，吾人可以明顯看到研究寒山的學者其本身的
限制，有依然相信〈寒山子詩集序〉為真者；有認定寒山寺
與寒山子有關者[161]；乃至於言寒山是「斗方名士」[162]；言寒
山「走死運」等一曲之見者[163]；《寒山子傳記資料》的作者

160　同註 156，頁 54。
161　陳鼎環，〈寒山的禪境與詩情〉：「寒山寺就是為紀念寒山子而命名。」
　　第三冊，頁 46。
162　孫旗，〈寒山詩與禪〉第三冊，頁 17。「斗方名士」意指舞文弄墨、
　　附庸風雅之人。
163　孫旗，〈禪與詩畫小識〉第三冊，頁 24。

群，若能就寒山為「貞觀」、「先天」、「大曆」三種生年
的說法，予以深入探討，推論出寒山最可靠的生卒年，則《寒
山子傳記資料》的價值，當另當別論。

本文所提之「寒山到臺灣」、「寒山為迷狂症者」、「寒
山是末路英雄」、「寒山天台再婚」，多是目前大陸研究寒
山的學者，難以發揮想像的論述。至於白雲禪師論及寒山詩
「非禪」，揆其原因，當為台灣之特殊時空背景下，身為釋
子的「使命感」，與不得直說的「隱晦」所致；對僧、俗二
道，均應有所啟發。

然最為吾人所喜見的，當是鍾玲〈寒山在東方和西方文
學界的地位〉一文，點燃了這股「寒山熱」，使寒山在被宋
朝諸多禪師及文人喜愛之後，重為世人所注目。此外，陳慧
劍據閭丘胤任台州刺史時，官銜中的「使持節」與「緋魚袋」，
考出此二者乃唐高宗永徽年間才有，是繼余嘉錫之後，在考
證方面的一大成果，對於「寒山非貞觀時人」、「閭丘胤〈寒
山子詩集序〉為偽作」之論見，更為確定。鍾玲與陳慧劍對
於寒山之研究，是大陸以外地區，三百餘萬字的《寒山子傳
記資料》中，最耀眼的成就。

近人對《寒山詩集》之誤讀與錯會

一、前言

　　鍾玲〈寒山在東方和西方文學界的地位〉，於 1970 年
3 月發表後，胡鈍俞主編的《中國詩季刊》將鍾文轉載；漢
聲出版社《寒山詩集》，將鍾文置於卷首；朱傳譽主編的《寒
山子傳記資料》，將因鍾文提及「寒山為美國嬉皮祖師爺」，
由此說而引起的「寒山熱」，把大陸以外地區，研究寒山的
諸家之作兼收，集文共三百餘萬字，編為七冊，因此可以說，
鍾玲〈寒山在東方和西方文學界的地位〉一文，對於近代的
寒山研究，有革命性的影響。此外，余嘉錫《四庫提要辨證·
寒山子詩集二卷附豐干拾得詩一卷》，將流傳了一千多年，
署名為閭丘胤所作的〈寒山子詩集序〉，證為偽作之後，對
於姓名不知，鄉里無可考的寒山，寒山研究正式進入了百家
爭鳴的時代。本文就論及寒山之專文與專書，略陳近人對《寒
山詩集》所收之寒山詩、拾得詩、豐干詩、〈寒山子詩集序〉、
〈豐干禪師錄〉、〈拾得錄〉，其中之誤解與錯判。

二、《寒山子研究》

陳慧劍《寒山子研究》[1]（以下簡稱《研究》），據高夢旦所編之《中國人名大辭典》載寒山：「唐高僧，居天台唐興縣寒巖，時往國清寺，與拾得為友。」質疑《大漢和辭典》、《辭海》、《辭源》載寒山：「為唐貞觀時高僧，亦稱寒山子，居天台始豐縣之寒巖。」陳慧劍疑《大漢和辭典》等三書的編者，改「唐興縣」為「始豐縣」。[2]按：《大漢和辭典》、《辭海》、《辭源》均就唐「貞觀」年間一語，言寒山隱於「始豐縣」，此說是根據宋‧樂史《太平寰宇記》：

> 《輿地志》云：吳初置，為南始平縣；晉太康元年，更
> 名始豐；陳、隋之代廢之；唐貞觀八年，又置；上元三
> 年（按：「三年」為「二年」之誤），改為唐興縣。[3]

「貞觀」年間，寒山隱於「始豐縣」寒巖，《大漢和辭典》等三書所說並沒有錯，問題在於「始豐縣」，是在上元二年改為「唐興縣」；視寒山為「貞觀」時人者，就寒山隱於「唐興縣」寒巖，自然會對以上三本辭書產生懷疑，因為上元二年才有「唐興縣」之名；上元二年「始豐縣」改為「唐興縣」的記載，除了《太平寰宇記》，還見於《舊唐書‧地理志》：「唐興，吳始平縣，晉改始豐，隋末廢。武德四年，復置。

---

[1] 陳慧劍，《寒山子研究》，台北：東大圖書公司，1991 年。
[2] 陳慧劍，〈寒山時代舊聞〉，《寒山子研究》，頁 12。
[3] 宋‧樂史，《太平寰宇記》卷九十八，《四庫全書》文淵閣本，史部，地理類，總志之屬。

八年，又廢。……上元二年，改為唐興。」[4]《輿地廣記》：「上天台縣，吳置始平縣，晉太康元年，改曰始豐，屬臨海郡。……上元二年，改為唐興。」[5]《唐會要》：「始豐縣，貞觀八年置。上元二年二月六日，改為唐興縣。」[6]由上可知，署名為「貞觀」年間的閭丘胤，所作的〈寒山子詩集序〉，言寒山隱於天台「唐興縣」，很明顯的，「貞觀」年間的閭丘胤，不可能是〈寒山子詩集序〉的作者。

「上元二年，改為唐興。」的另一個問題是：成於北宋的《太平寰宇記》、《舊唐書·地理志》、《輿地廣記》、《唐會要》，全都未註明是哪位皇帝的「上元」年號；「上元」年號，唐高宗與唐肅宗均有之；證〈寒山子詩集序〉為偽序的余嘉錫，是根據唐·李吉甫《元和郡縣志》[7]以及唐·徐靈府《天台山記》[8]，兩本唐人之書，證明「上元二年改唐興縣」，事在唐肅宗時。[9]

---

[4] 《舊唐書》卷四十，志第二十，地理三，北京：中華書局，1975 年，頁 1591。台北：鼎文書局點校本。

[5] 宋·歐陽忞，《輿地廣記》卷二十三，《四庫全書》文淵閣本，史部，地理類，總志之屬。

[6] 宋·王溥，《唐會要》卷七十一（北京：中華書局，1955 年），頁 1273。

[7] 唐·李吉甫《元和郡縣志》卷二十七：「唐興縣，三國時，吳分章安置南始平縣；晉武帝以雍州有始平，改為始豐；肅宗上元二年，改為唐興。」《四庫全書》文淵閣本，史部，地理類，總志之屬。

[8] 唐·徐靈府《天台山記》卷一：「州取山名，曰台州。縣隸唐興，即古始豐縣也。肅宗上元二年，改為唐興縣。」

[9] 余嘉錫，〈寒山子詩集二卷附豐干拾得詩一卷〉，《四庫提要辨證》卷 20（雲南：人民出版社，2004 年），頁 1061。1974 年香港中華書局初版。

　　《研究》將三百餘首寒山詩，分為四輯[10]，作者致力將
寒山謎樣的身世予以釐清，但對於少數寒山詩的解讀，似乎
有待商榷；《研究》認為寒山是「亦佛、亦儒、亦道」，言
寒山「慕道期」之詩共有十一首，引寒山詩〈徒勞說三史〉：

> 徒勞說三史，浪自看五經。洎老撿黃籍，依前住白丁。
> 筮遭連蹇卦，生主虛危星。不及河邊樹，年年一度青。[11]

《研究》根據詩中的「黃籍」，判此詩為寒山有關道家思想
的作品。按：黃籍並非道家之黃、老書籍，而是今之戶口名
簿；《資治通鑑・齊紀》（一）高帝建元二年：

> 宋自孝建以來，政剛弛紊，簿籍訛謬。上詔黃門郎虞玩
> 之等更加檢定，曰：「黃籍，民之大紀，國之治端（原
> 注：杜佑曰：「黃籍者，戶口版籍也」）。自頃巧偽日
> 甚，何以釐革？」玩之上表，以為：「元嘉中，故光祿
> 大夫傅隆年出七十，猶手自書籍，躬加隱校。今欲求治
> 取正，必在勤明令長。愚謂宜以元嘉二十七年籍為正，
> 更立明科，一聽首悔；迷而不返，依制必戮；若有虛昧，
> 州縣同科。」上從之。[12]

---

10 陳慧劍，〈寒山時重組並註〉，第一輯「自述詩」共89首，分為：本
　　事前期——儒生期，共24首、本事後期——寒巖期，共65首；第二
　　輯「黃老期」，共13首；第三輯「學佛期」，共156首，分為：表悟
　　境、表體理、表諷勸；第四輯「雜詩」，共56首。《寒山子研究・附
　　錄》，頁171~267。
11 按：「住」應作「注」。
12 宋・司馬光，《資治通鑑》卷135〈齊紀〉一，（北京：中華書局，1956

從虞玩之以光祿大夫傅隆在元嘉二十七年所校之簿籍為正，可知「黃籍」就是「戶籍」。中古時期的戶籍，《太平御覽》言其形制為「一尺二寸」[13]，七十歲的傅隆親自隱校（原注：隱者，痛覈其實也。）當是指黃籍誤謬之處十分多；明‧歸有光曾就黃籍的謬誤舉例：「學士南渠公之仲子，本姓呂氏，……自河南再徙餘姚，以黃籍誤書呂為李，因姓李氏。」[14]載黃籍者將「呂」聽成「李」，此種耳誤後產生的筆誤，直至臺灣光復後的初期，仍屢見不鮮。

另一處可證「黃籍」就是「戶籍」，就在「泊老撿黃籍」下一句「依前住白丁」，「白丁」是指平民，男丁十八歲以上就有服役的義務[15]；從上引《太平御覽》言「黃籍，……已在官役者載名」，可知寒山一直到老，戶籍簿上仍是沒有任官記錄的平民。

《研究》又引寒山詩〈竟日常如醉〉：

> 竟日常如醉，流年不暫停。埋著蓬蒿下，曉月何冥冥。
> 骨肉消散盡，魂魄幾凋零。遮莫䤵鐵口，無因讀老經。[16]

年），頁 4237。

[13] 宋‧李昉等編，《太平御覽》卷六百六〈札〉：「晉令曰：『郡國諸戶口黃籍，籍皆用一尺二寸札。已在官役者載名。』」《四部叢刊》本，三編，子部。

[14] 明‧歸有光，《震川先生集》卷第十八，《四部叢刊》本，初編，集部。

[15] 宋‧史炤，《資治通鑑釋文》卷第二十一：「民男女年十八以上為丁，丁從課沒。」《四部叢刊》本，初編，史部。

[16] 寒山詩，〈竟日常如醉〉，頁 10。

《研究》以此詩為寒山之「黃老詩」，言：「老經，即老子
道德經，『遮莫骹鐵口』，引申為『變牛變馬』投胎去了，
『不是因為讀黃老經』的緣故嗎？」[17]「骹鐵口」，以牛、
馬啣鐵為御，喻指落入畜生道；「遮莫」，項楚認為是「縱
然、儘管」之意[18]，筆者認為有待商榷，按：「遮莫」應同
「輒莫」，意為「切莫」，寒山此詩末二句，勸人千萬不
要淪落到入了畜生道，那就「沒有辦法」讀道德經了！《研
究》言人之所以變牛變馬，是因為讀黃老經的緣故，委實
不通。

三、《白話文學史》

胡適《白話文學史》上卷，第二編〈唐朝〉[19]，就趙州
從諗禪師的卒年，《景德傳燈錄》與《趙州真際禪師語錄》
之說法不一[20]，認為趙州相差 31 年的卒年，是「編造這部《趙
州語錄》的人，大約是南方的一個陋僧，不知百丈是何人也，
也不知寒山拾得是何人的。」[21]胡適以寒山活到一百二十歲
那年，作為趙州遇寒山之年；將《趙州語錄》之趙州卒年
（928），上推 120，即憲宗元和三年（808），胡適言百丈

---

[17] 陳慧劍，〈寒山時重組並註〉，頁 199。

[18] 項楚，《寒山詩注》（北京：中華書局，2000 年），頁 132。

[19] 胡適，《白話文學史》上卷，台北：胡適紀念館出版，1974 年。

[20] 《景德傳燈錄》言趙州卒於唐昭宗乾寧四年（897）；《趙州真際禪師
語錄並行狀》（《古尊宿語錄》卷十四），言趙州卒於戊子歲，即後
唐明宗天成三年（928）。

[21] 胡適，《白話文學史》，頁 205。

懷海卒於元和九年（814），時趙州方六歲，不可能談禪行腳去見寒山，再聽寒山的建議去見百丈懷海。

按：胡適是把趙州與溈山靈祐二人遇寒山之事，混為一談，趙州遇寒山之事，見於《古尊宿語錄》：

> 師因到天台國清寺見寒山、拾得。師云：「久嚮寒山、拾得，到來只見兩頭水牯牛。寒山、拾得便作牛鬥。師云：「叱！叱！」寒山、拾得咬齒相看。師便歸堂。二人來堂內問師：「適來因緣作麼生？」師乃呵呵大笑。一日，二人問師：「什麼處去來？」師云：「禮拜五百尊者來。」二人云：「五百頭水牯牛聻尊者。」師云：「為什麼作五百頭水牯牛去？」山云：「蒼天！蒼天！」師呵呵大笑。[22]

《古尊宿語錄》四十八卷，宋·頤藏主所集（僧挺守賾），約成書於南宋度宗咸淳三年（1267），趙州見寒山，釋志南〈天台山國清禪寺三隱集記〉（成於淳熙十六年，1189）：

> 趙州到天台，行見牛迹。寒曰：「上座還識牛麼？此是五百羅漢游山。」州曰：「既是羅漢，為什麼作牛去？」寒曰：「蒼天！蒼天！」州呵呵大笑。寒曰：「笑什麼？」州曰：「蒼天！蒼天！」寒曰：「這小廝兒卻有大人之作。」[23]

---

[22] 《古尊宿語錄》卷十四。
[23] 宋·釋志南，〈天台山國清禪寺三隱集記〉，明嘉靖四年天臺國清寺

《古尊宿語錄》所記趙州見寒山，除了根據釋志南〈天台山國清禪寺三隱集記〉（以下簡稱〈三隱集記〉），另一個根據就是內容明顯承自〈三隱集記〉的，釋普濟《五燈會元》（成於淳祐十二年，1252）卷二[24]；其中，寒山、拾得並無建議趙州見百丈，胡適言趙州見了寒山、拾得，又去見百丈懷海，是把溈山靈祐見寒山、拾得一事，一併同看而誤讀了。

溈山靈祐見寒山，首見於《祖堂集》卷十六：

> 溈山和尚，……年二十三，乃一日嘆曰：「諸佛至論，雖則妙理淵深，畢竟終未是吾棲神之地。」於是杖錫天臺，禮智者遺跡，有數僧相隨。至唐興路上，遇一逸士，向前執師手，大笑而言：「餘生有緣，老而益光。逢潭則止，遇溈則住。」逸士者，便是寒山子也。至國清寺，拾得唯喜重于師一人。主者呵嘖偏黨，拾得曰：「此是一千五百人善知識，不同常矣。」自爾尋遊江西禮百丈。[25]

《祖堂集》成於泉州招慶寺靜、筠二師，序成於南唐保大十年（952），此外，靈祐遇寒山之事，亦見於北宋贊寧《宋高僧傳》卷十一〈唐大溈山靈祐傳〉（成於宋太宗端拱元年，988）：

道會刊本。

[24] 宋·釋普濟，《五燈會元》卷二：「因趙州遊天台，路次相逢。山見牛跡，問州曰：「上座還識牛麼？」州曰：「不識。」山指牛跡曰：「此是五百羅漢遊山。」州曰：「既是羅漢，為甚麼却作牛去？」山曰：「蒼天！蒼天！」州呵呵大笑。山曰：「作什麼？」州曰：「蒼天！蒼天！」山曰：「這廝兒宛有大人之作。」

[25] 《佛光大藏經》禪藏，史傳部，《祖堂集》卷十六（高雄縣：佛光出版社，1994年），頁 809~810。

> 釋靈祐，……冠年剃髮，三年具戒。……。及入天台，
> 遇寒山子於途中，乃謂祐曰：「千山萬水，遇潭即止。
> 獲無價寶，賑卹諸子。」祐順途而念，危坐以思，旋造
> 國清寺，遇異人拾得申繫前意，信若合符。遂詣溈潭謁
> 大智師，頓了祖意。……。享年八十三，僧臘五十九。[26]

贊寧未明言靈祐幾歲遇寒山，強調寒山要溈山「遇潭即止」，
去參百丈懷海（百丈元和九年示寂溈潭）；《景德傳燈錄》
（成於宋真宗祥符二年，1009）則直言靈祐二十三歲參百
丈[27]，則靈祐遇寒山，最慢發生在參百丈的同一年，即貞元
九年（793），溈山靈祐是除了拾得、豐干禪師以外，可以
確定的，與寒山謀面之人，至於趙州見寒山，釋志南〈三隱
集記〉（1189）比晦翁悟明《聯燈會要》（成於淳熙十年，
1183）要晚上六年，記趙州見寒山，內容幾乎全同[28]，誰抄
誰的問題不易明判，但由《聯燈會要》、〈三隱集記〉、《古
尊宿語錄》、《五燈會元》，均未提到趙州在寒山的指示下
去見百丈，胡適之說，明顯是將溈山見寒山之事，誤看作趙
州見寒山的結果。

---

[26] 贊寧，《宋高僧傳》卷十一〈唐大溈山靈祐傳〉。
[27] 道原，《景德傳燈錄》卷九：「靈祐年十五，辭親出家。二十三遊江
西，參百丈大智禪師。」
[28] 釋悟明，《聯燈會要》：「寒山因趙州游天台，路次相逢。山見牛跡，
問州云：『上座還識牛麼？』州云：『不識。』山指牛跡云：『此是
五百羅漢游山。』州云：『既是羅漢，為甚麼却作牛去？』山云：『蒼
天！蒼天！』州呵呵大笑。山云：『作甚麼？』州云：『蒼天！蒼天！』
山云：『這廝兒宛有大人之作。』」

其次，胡適以為唐興縣上元二年改名，是在高宗時，此說為陳慧劍所本[29]；胡適說：

> 序（〈寒山子詩集序〉）中稱唐興縣，唐興縣之名起於高宗上元二年，故此序至早不過在七世紀末年，也許在很晚的時期呢。此序並不說閭丘胤到台州是在「貞觀初」；「貞觀初」的傳說起於南宋沙門志南的後序（按：即〈三隱集記〉）。[30]

胡適有關「上元二年」之誤，不再贅言（見註 7、8）。釋志南〈三隱集記〉所記之「天台三聖」事蹟，是根據〈寒山子詩集序〉、〈豐干禪師錄〉、〈拾得錄〉；胡適言「『貞觀初』的傳說起於南宋沙門志南的後序」，這是錯的。按：志南不是第一個言「貞觀初」的人，〈拾得錄〉早有記：「豐干禪師、寒山、拾得者，在唐太宗貞觀年中，相次垂跡于國清寺。」[31]〈寒山子詩集序〉、〈豐干禪師錄〉、〈拾得錄〉，為志南〈三隱集記〉所本，志南應是未詳讀，以致誤判。

胡適另言：「拾得與豐干皆不見於宋以前的記載。」[32]豐干傳說不見於宋以前，這是對的；拾得則出現在《祖堂集》卷十六〈溈山〉：「至國清寺，拾得唯喜重于師一人。主者呵嘖偏黨，拾得曰：『此是一千五百人善知識，不同

---

[29] 陳慧劍，〈寒山時代內證考〉：「經胡氏研究，『唐興』乃高宗上元二年由『始豐』更名。」《寒山子研究》，頁 16。

[30] 胡適，《白話文學史》上卷，頁 206。

[31] 〈拾得錄〉，頁 49。

[32] 胡適，《白話文學史》上卷，頁 209。

常矣。』」[33]胡適因認為拾得與豐干不見於宋以前的記載，遂認為：「拾得與豐干的詩大概出於後人做作。」[34]胡適未就「後人」一句再加說明，然就日僧成尋《參天台五台山記》，曾提到他在北宋熙寧五年（1072），去參訪五台山之前，國清寺僧「禹珪舍與寒山詩一帖。」[35]《參天台五台山記》第一卷，已記載豐干詩：「余自來天台，凡經幾萬回。一身如雲水，悠悠任去來。」[36]《參天台五台山記》比志南〈三隱集記〉（1189）還要早上百餘年，豐干僅有詩兩首，要說豐干詩是後人做作，實在有待更強有力的證據。

　　至於拾得詩，《天祿》宋本拾得詩第三十九首，其下小字注：「下五首與前長偈語句同。」而在第四十四首，其下小字注：「此下與寒山詩大同小異，語意相涉。」胡適應是根據這十五首「有問題」的詩，認為拾得詩是後人做作。按：「長偈」是指〈拾得錄〉的作者，在拾得事蹟後的「集語」（集拾得之語）[37]，是拾得平日在「土地堂壁上」所寫的詩句，〈拾得錄〉的作者將其抄錄下來，後來集拾得詩的人，把「集語」視為拾得詩，分為五首，然不能就此認為「與前長偈語句同」的五首詩，出於後人做作。其次，「與寒山詩大同小異，語意相涉。」的十首詩，這十首詩的內容跟寒山

---

[33] 《佛光大藏經》禪藏，史傳部，《祖堂集》卷十六，頁 810。

[34] 胡適，《白話文學史》上卷，頁 212。

[35] 轉引自錢學烈，《寒山拾得詩校評·前言》（天津：古籍出版社，1998年），頁 38。

[36] 羅時進，〈寒山及其《寒山子集》〉，《唐詩演進論》（江蘇：古籍出版社，2001年9月），頁 121。

[37] 〈拾得錄〉，頁 51～52。

詩有大小程度的雷同，推其原因有二：一、是拾得對寒山詩的倣作；二、出於後人對寒山詩的倣作，撇開這有問題的十首詩，拾得至少還有近四十四首詩作，其中縱然或許有寒山詩混入拾得詩者[38]，但不能就此認為拾得詩皆為後人倣作，更何況拾得有次序相連的兩首詩，提及他跟寒山、豐干的交往，如：拾得詩第十五首：〈寒山住寒山〉：

> 寒山住寒山，拾得自拾得。凡愚豈見知，豐干卻相識。
> 見時不可見，覓時何處覓。借問有何緣，向道無為力。[39]

第十六首〈從來是拾得〉：

> 從來是拾得，不是偶然稱。別無親眷屬，寒山是我兄。
> 兩人心相似，誰能徇俗情。若問年多少，黃河幾度清。[40]

拾得在詩中稱寒山為兄，視豐干為寒山以外的另一個知己，要說不是拾得之作，而是後人倣作，確實難以令人信服。

四、《寒山子與寒山詩》

程兆熊《寒山子與寒山詩》一書，1960 年完稿[41]，從書

---

[38] 拾得詩第二十九首〈少年學書劍〉：「少年學書劍，叱馭到荊州。聞伐匈奴盡，婆娑無處游。歸來翠巖下，席草枕清流。壯士志未騁，獼猴騎土牛。」頁 56。研究寒山詩集的學者，多不相信這是長年住在國清寺的拾得會有的經歷。

[39] 拾得詩，〈寒山住寒山〉，頁 55。

[40] 拾得詩，〈從來是拾得〉，頁 55。

[41] 程兆熊，《寒山子與寒山詩》（台北：大林出版社），頁 130。

名之副標題——「從寒山子詩中看寒山子之身世」，可知該
書以寒山詩作為寒山身世之內證考。

首先，程兆熊就〈寒山子詩集序〉，記寒山與拾得最後
避入巖穴之舉[42]，程兆熊認為：

> 分明是在逃者之行徑。……而其退入巖穴，乃云：「報
> 汝諸人，各自努力（按：「各自」應作「各各」）」，
> 尤是一種特別之口吻：此可以說是一種憤世疾俗之口吻，
> 亦可以說是一種遺民之口吻。[43]

程兆熊言寒山之所以會有「遺民口吻」，首先舉了寒山〈尋
思少年日〉、〈卜擇幽居地〉二詩[44]，認為寒山是：「可能
是先隨隋煬帝至東都，以後東都突變，乃入寒山。其入寒山，
當是經過一番選擇。」[45]程兆熊在此假設下，對寒山詩的解
讀便多所附會，如將寒山引孝子故事，抒發思親感受的〈弟
兄同五郡〉一詩，認為是：「寒山子本是有一大家庭，此一
大家庭竟能「弟兄同五郡，父子本三州。」……著非屬於一

---

[42] 寒山與拾得在閭丘胤的逼見下，最後退入巖穴，寒山說完：「報汝諸
　人，各各努力。」之後，「入穴而去，其穴自合，莫可追之。」〈寒
　山子詩集序〉，頁 2~3。

[43] 《寒山子與寒山詩》，頁 10。

[44] 寒山詩〈尋思少年日〉：「尋思少年日，遊獵向平陵。國使職非願，
　神仙未足稱。聯翩騎白馬，喝兔放蒼鷹。不覺大流落，皤皤誰見矜。」
　頁 17。〈卜擇幽居地〉：「卜擇幽居地，天台更莫言。猿啼谿霧冷，
　嶽色草門連。折葉覆松室，開池引澗泉。已甘休萬事，采蕨度殘年。」
　頁 14。

[45] 《寒山子與寒山詩》，頁 14。

大貴族或皇族，亦當為一非凡之仕族。」[46]另外，寒山另一首思親之作——〈一向寒山坐〉[47]，程兆熊認為：

> 此種孤影，會不會就是孤忠？如果寒山子是貞觀時候出現，在太平時日，竟會遠在寒山，而「十年歸不得」，直到三十年後，方能歸得，此分明會與以前沒落之朝代，即隋朝，有其關聯。[48]

按：寒山之「十年歸不得」[49]，是寒山在隱居寒巖十年後，適得其所的寫照，「十年歸不得」並非指歸老家十年不得，而是十年來滿足於寒巖的生活，並不想回老家；三十年後，寒山的想法改變了，其回鄉所訪之親有兩種可能：一、咸陽老家的親人；二、天台再娶之妻及其親人，以寒山三十多歲隱居起算，應是咸陽老家的親人都已「大半入黃泉」，才有可能讓寒山面對一己之孤影懸淚，這跟他與是否身為前朝的「孤忠」之臣無關。

---

46 《寒山子與寒山詩》，頁 16。
47 寒山詩，〈一向寒山坐〉：「一向寒山坐，淹留三十年。昨來訪親友，太半入黃泉。漸減如殘燭，長流似逝川。今朝對孤影，不覺淚雙懸。」頁 10。
48 《寒山子與寒山詩》，頁 46。
49 寒山詩〈欲得安身處〉：「欲得安身處，寒山可長保。微風吹幽松，近聽聲逾好。下有斑白人，喃喃讀黃老。十年歸不得，忘卻來時道。」頁 6。

五、〈讀書散記兩篇——寒山詩〉

　　錢穆於弱冠時，因讀王安石〈擬寒山拾得二十首〉，初識唐朝詩人寒山；經過四、五年方得見《寒山詩集》，又經四十年（1959），在「豪雨絕往來」的因緣下重讀寒山詩，寫下〈讀書散記兩篇〉之一〈讀寒山詩〉[50]，文中就寒山之身份、卜隱、生事、親朋交遊、修煉等論題，舉寒山詩以證，以下試論。

（一）有關寒山之隱士家居

　　錢穆舉寒山詩〈重巖我卜居〉、〈吾家好隱淪〉二詩[51]，認為寒山乃「以隱士家居」[52]；歷來研究寒山者，多言寒山為「詩僧」（寒山是否曾出家為僧，詳見下文），提及寒山隱居的文獻僅有：一、署名為閭丘胤所作的〈寒山子詩集序〉；二、唐末天台道士杜光庭《仙傳拾遺‧寒山子》，余嘉錫證寒山非初唐「貞觀」時人之後，研究寒山的學者，均聚焦於杜光庭《仙傳拾遺‧寒山子》，杜光庭言寒山大曆中

---

[50] 錢穆，〈讀書散記兩篇〉之一〈讀寒山詩〉作於 1959 年 4 月，發表於香港新亞書院學術年刊第一期。轉引自朱傳譽主編，《寒山子傳記資料》第五冊。下引版本同。

[51] 寒山詩〈重巖我卜居〉：「重巖我卜居，鳥道絕人跡。庭際何所有，白雲抱幽石。住茲凡幾年，屢見春冬易。寄與鐘鼎家，虛名定無益。」頁 4。〈吾家好隱淪〉：「吾家好隱淪，居處絕囂塵。踐草成三徑，瞻雲作四鄰。助歌聲有鳥，問法語無人。今日娑婆樹，幾年為一春。」頁 4。

[52] 第五冊，頁 106。

隱於寒巖，此為學界目前較為信從之定論。寒山隱於寒巖（舊名「寒石山」，即寒山詩中的「寒山」、「重巖」），因以為號；錢穆言寒山乃「隱士家居」，「隱士」的形容是正確的[53]，「家居」則未必。

按：有關寒山的本籍，一般均以寒山〈去年春鳥鳴〉一詩的「腸斷憶咸京」[54]，認為寒山是長安人；秦、漢均都咸陽，唐人慣以「咸京」代「長安」；寒山為何離家千里，到浙江天台隱居，乃寒山於科舉不第後，「壯遊」之下的抉擇。[55]研究寒山的學者，對於寒山到浙江天台後，有過一段「家居」的生活，大致是認同的，此看法可由寒山詩〈茅棟野人居〉、〈父母續經多〉[56]二詩得證；所可注意的是，寒山隱於寒巖的生活，相較於以上兩首詩，看不到有「家居」的感覺，如：

---

[53] 成於南唐保大十年（952），由靜、筠二位禪師所編，最早的禪宗語錄──《祖堂集》，卷十六〈溈山〉，言溈山靈祐「至唐興路上，遇一逸士……，逸士者，便是寒山子也。」

[54] 寒山詩，〈去年春鳥鳴〉：「去年春鳥鳴，此時思弟兄。今年秋菊爛，此時思發生。淥水千場咽，黃雲四面平。哀哉百年內，腸斷憶咸京。」頁29。

[55] 寒山為科舉奔走的情形，詳見拙著，《寒山資料考辨》第二章〈寒山子生年淺探〉，頁7~30。

[56] 寒山詩，〈茅棟野人居〉：「茅棟野人居，門前車馬疏。林幽偏聚鳥，谿闊本藏魚。山果攜兒摘，皋田共婦鋤。家中何所有，唯有一床書。」頁7。〈父母續經多〉：「父母續經多，田園不美他。婦搖機軋軋，兒弄口口過口過。拍手催花舞，擡頤聽鳥歌。誰當來歡賀，樵客屢經過。」頁5~6。

　　獨臥重巖下，蒸雲晝不消。室中雖瞹瞹，心裏絕喧囂。
夢去遊金闕，魂歸度石橋。拋除鬧我者，歷歷樹間瓢。
重巖我卜居，鳥道絕人跡。庭際何所有，白雲抱幽石。
住茲凡幾年，屢見春冬易。寄與鐘鼎家，虛名定無益。
重巖中，足清風。扇不搖，涼冷通。明月照，白雲籠。
獨自坐，一老翁。
　　寒山子，長如是。獨自居，不生死。[57]

以上三首寒山提及「重巖」的詩，「拋除鬧我者，歷歷樹間
瓢。」寒山此處引的是《逸士傳》許由的典故[58]；掛在樹上的
水瓢被風吹，這是寒山本人之外的唯一聲響；國清寺附近的
寒巖（重巖），「狹長的洞口隱在半山坡處，長約二十多米，
高僅五、六米。」[59]其洞口隱於半山坡，可見不是一般的家居
之地；而由「鳥道絕人跡」一語，可以想見寒巖「人不到」
的情形[60]；「獨自坐，一老翁」、「獨自居」，可見寒山是孤
身一人隱於寒巖，寒山另有提及「寒山」、「寒巖」的詩：

[57] 寒山詩，〈獨臥重巖下〉、〈重巖我卜居〉、〈重巖中〉、〈寒山子〉，
頁9～10、4、48。
[58] 《蒙求集注》卷上〈蔣詡三徑許由一瓢〉，引《逸士傳》：「許由隱
箕山，無盂器，以手捧水飲之。人遺一瓢，得以操飲，飲訖挂於木上，
風吹瀝瀝有聲。由以為煩，遂去之。」《四庫全書》文淵閣本，子部，
類書類。
[59] 轉引自錢學烈所拍攝之「寒巖」照片說明。《寒山拾得詩校評》。
[60] 「寒巖人不到」的情形，如〈可重是寒山〉：「可重是寒山，白雲常
自閒。猿啼暢道內，虎嘯出人間。獨步石可履，孤吟藤好攀。松風清
颯颯，鳥語聲口官口官。」頁26。按：猿啼、虎嘯之地不適人居，寒
山於其中獨步、孤吟，可以為證。

> 杳杳寒山道，落落冷澗濱。啾啾常有鳥，寂寂更無人。
> 磧磧風吹面，紛紛雪積身。朝朝不見日，歲歲不知春。
> 寒山棲隱處，絕得雜人過。時逢林內鳥，相共唱山歌。
> 瑞草聯谿谷，老松枕嵯峨。可觀無事客，憩歌在巖阿。[61]

「寂寂更無人」、「絕得雜人過」，可見寒山並無家眷同住；寒山以「無事客」自比，言「隱居」之樂難與人說：

> 粵自居寒山，曾經幾萬載。任運遯林泉，棲遲觀自在。
> 寒巖人不到，白雲常靉靆。細草作臥褥，青天為被蓋。
> 快活枕石頭，天地任變改。[62]

此詩提及「寒山」以及「寒巖」，一名同用兩次，是寒山內心「快活」的寫照，由「曾經幾萬載」的誇飾手法更可看出，再如：

> 棲遲寒巖下，偏訝最幽奇。攜籃采山茹，挈籠摘果歸。
> 蔬齋敷茅坐，啜啄食紫芝。清沼濯瓢金本，雜和煮桐稀。
> 當陽擁裘坐，閑讀古人詩。[63]

寒巖的生活簡單到讓寒山的心境也跟著「簡單」起來，寒山偃仰其中，「寒山」已不僅是地名，更常被寒山用來形容其精神境界，在這種情況下，以「心」為一身之主的體會，自然就會成為寒山由道入佛的關鍵[64]，如：

---

61 寒山詩，〈杳杳寒山道〉、〈寒山棲隱處〉，頁 40。
62 寒山詩，〈粵自居寒山〉，頁 26。
63 寒山詩，〈棲遲寒巖下〉，頁 46。
64 寒山隱居時曾有過「煉丹」求長生之舉，如〈出生三十年〉：「出生

寒巖深更好，無人行此道。白雲高岫閑，青嶂孤猿嘯。
我更何所親，暢志自宜老。形容寒暑遷，心珠甚可保。
寒山無漏巖，其巖甚濟要。八風吹不動，萬古人傳妙。
寂寂好安居，空空離譏誚。孤月夜長明，圓日常來照。
虎丘兼虎谿，不用相呼召。世間有王傳，莫把同周邵。
我自遯寒巖，快活長歌笑。[65]

「心珠甚可保」，可見寒山之道（道路）的敻絕人跡，加上
寒山對於「心王」的體會，使得「寒山道」已不再是肉眼所
見的「鳥道」，而是必須用心去細細感受的「寒山之道」（詳
見下），寒巖成了「八風不動」的「無漏之巖」後[66]，志同
道合的法侶為伴，就會是寒山對「寒山之道」堅定不移的主
要原因：

慣居幽隱處，乍相國清眾。時訪豐干道，仍來看拾公。
獨迴上寒巖，無人話合同。尋究無源水，源窮水不窮。[67]

寒山在「慣居幽隱處」的日子裡，雖有國清寺的豐干、拾得
可以論道，寒山仍舊「獨迴上寒巖」，也正因此，寒山更加
對獨自隱於寒巖的生活之樂，有更深的觸發：

三十年，當遊千萬里。行江青草合，入塞紅塵起。鍊藥空求仙，讀書
兼詠史。今日歸寒山，枕流兼洗耳。」頁47。
[65] 寒山詩，〈寒巖深更好〉、〈寒山無漏巖〉，頁43～44、47。
[66] 「八風」，又稱「八法」，指「利、衰、毀、譽、稱、譏、苦、樂」，
因為此「八法」常會使人心易於被煽動，故稱「八風」；「無漏」，
指清淨無煩惱。
[67] 寒山詩，〈慣居幽隱處〉，頁9。

寒山道，無人到。若能行，稱十號。有蟬鳴，無鴉噪。
黃葉落，白雲掃。石磊磊，山隩隩。我獨居，名善導。
子細看，何相好。[68]

寒山內心的法喜一產生，自比為「十號」、「善導」[69]，不
足為怪；寒巖包括「明巖」、「暗巖」，「明巖」乃寒山所
居，北宋釋贊寧對「暗巖」的描述是：「魑魅木怪所叢萃其
間。」[70]寒山比釋全宰早約百年居於寒石山（「寒巖」為後
來的稱呼），後唐時的「暗巖」是如此，中唐時位於「暗巖」
對面，寒山所隱之「明巖」，其地理環境如上所述，其不適
一般人家居，可以想見。

　　另外，由寒山詩〈憶得二十年〉：「憶得二十年，徐
步國清歸。」[71]對照〈慣居幽隱處〉一詩，可知寒山往來於
寒巖與國清寺，至少二十年，連交好的拾得與豐干，兩人
均未曾出現在寒山所寫與寒巖有關的詩中，「獨迴上寒巖，
無人話合同。」應是寒山隱居生活的真實寫照。以上由寒
山〈茅棟野人居〉、〈父母續經多〉二詩，寒山所勾繪之
家居「天倫圖」，再比對寒山在「寒巖」的生活，錢穆以

---

[68] 寒山詩，〈寒山道〉，頁47。
[69] 「十號」指佛的十種尊號：如來、應供、正徧知、明行足、善逝、世
　　間解、無上士、調御丈夫、天人師、佛世尊。「善導」，佛為眾生之
　　導師，導人入善道，故名。
[70] 宋・贊寧，〈宋高僧傳〉卷二二〈後唐天台山全宰傳〉：「釋全宰……，
　　入天台山闇巖……伊巖與寒山子所隱對峙，皆魑魅木怪所叢萃其間。」
[71] 寒山詩，〈憶得二十年〉：「憶得二十年，徐步國清歸。國清寺中人，
　　盡道寒山癡。癡人何用疑，疑不解尋思。我尚自不識，是伊爭得知。
　　低頭不用問，問得復何為。有人來罵我，分明了了知。雖然不應對，
　　卻是得便宜。」頁43。

「隱士家居」之「家居」形容寒山隱於寒巖的生活，似嫌不妥。

（二）有關寒山的家庭

錢穆除了以寒山隱寒巖之詩言其「家居」之外，另引〈琴書需自隨〉，言寒山「有婦有兒」：

> 琴書須自隨，祿位用何為。投輦從賢婦，巾車有孝兒。
> 風吹曝麥地，水溢沃魚池。常念鷦鷯鳥，安身在一枝。[72]

錢穆是據「投輦從賢婦，巾車有孝兒」二句，言寒山「有婦有兒」。按：寒山引於陵子終聽從其妻的話，放棄當官的機會，隱淪灌園（投輦從賢婦）；淵明不為五斗米折腰，賦歸去來（巾車有孝兒）；高鳳志在經書，不覺麥流（風吹曝麥地），寒山引於陵子終與陶淵明二人，意在明己不為仕祿斲喪生命之本心；引高鳳事，呼應了首聯「琴書須自隨，祿位用何為。」寒山意在效《莊子‧逍遙遊》之鷦鷯鳥，巢於一枝足矣，錢穆以此詩為寒山「有婦有兒，有麥地，有魚池，其為挈家隱居亦顯。」[73]顯然是誤解。

錢穆提及寒山的家庭，另舉〈有才遺草澤〉一詩：

> 六極常嬰困，九維徒自論。有才遺草澤，無藝閉蓬門。
> 日上巖猶暗，煙消谷裏昏。其中長者子，箇箇總無褌。[74]

---

[72] 寒山詩，〈琴書需自隨〉，頁4。
[73] 第五冊，頁106。
[74] 寒山詩，〈有才遺草澤〉，頁7。

錢穆據此詩,言寒山:「非一子,其卜隱之動機,與夫其生事之艱窘,亦盡可見矣。」[75]按:「長者子無裩」典出《太平御覽》:「《桓階別傳》曰:『階為尚書令,文帝行幸,見諸少子無裩,上搏手曰:『長者子無褌』,是日拜三子為黃門郎。』」[76]寒山詩中的「六極常嬰困,九維徒自論。」[77]與「長者子無裩」,乃寒山生事艱難的寫照,錢穆言寒山形容自己「生事艱窘」,大體無誤;但據「其中長者子,箇箇摠無裩。」言寒山「非一子」,即寒山不僅有一個兒子,則顯然有誤。

　　寒山此詩之「長者子」,項楚認為寒山引《史記‧項羽本紀》:「陳嬰者,故東陽令史,居縣中,素信謹,稱為長者。」[78]按:寒山初抵寒巖隱居,以往求仕無門之窘況仍縈繞心懷,寒山不言一己無裩,而言「箇箇摠無褌」,實有杜甫「安得廣廈千萬間,大庇天下寒士俱歡顏。」的大愛胸襟。綜觀全詩,乃寒山剛到寒巖隱居,儒家經世濟民與獨隱自好的念頭,仍在胸中交戰所產生的結果。

---

[75] 第五冊,頁 106。

[76] 宋‧李昉等編,《太平御覽》卷二二一,職官部十九,《四部叢刊》本,三編,子部。

[77] 唐‧歐陽詢編:《藝文類聚》卷三五,載晉‧束晢〈貧家賦〉:「余遭家之轗軻,嬰六極之困屯。」項楚引東漢‧蔡邕〈九惟〉,認為「九維」應作「九惟」,「乃是發抒貧困苦厄之感慨。」詳見項楚,《寒山詩注》,頁 82。

[78] 項楚:《寒山詩注》,頁 83。

（三）有關寒山之隱居與出家

錢穆舉寒山詩〈默默永無言〉：

默默永無言，後生何所述。隱居在林藪，智日何由出。
枯榀非堅衛，風霜成天疾。土牛耕石田，未有得稻日。[79]

錢穆認為寒山「本業儒，身雖隱而書卷未拋。其終隱之心，
初非堅定。」[80]按：此詩重點在末兩句：「土牛耕石田，未
有得稻日。」意指勞而無功；以「稻」諧音「道」，在〈龐
居士〉偈中[81]，就已出現這種上句譬喻，下句釋本意的「風
人體」。[82]寒山此詩，前幅四句是他決定要把所寫之詩「於
竹木石壁書詩，並村墅人家廳壁上。」[83]藉此將寒山詩流傳

---

[79] 寒山詩，〈默默永無言〉，頁 12～13。

[80] 第五冊，頁 107。

[81] 《祖堂》卷十五〈龐居士〉：「看經須解義，解義始修行。若依了
義教，即入涅槃城。如其不解義，多見不如盲。緣文廣占地，心牛不
肯耕。田田皆是草，稻（諧音「道」）從何處生。」

[82] 清·翟灝《通俗編》卷三八〈風人〉：「六朝樂府〈子夜〉、〈讀曲〉
等歌，語多雙關借意，唐人謂之風人體，以本風俗之言也。」轉引自
項楚：《寒山詩注》，頁 177~178。按：「風人體」一詞，晚唐皮日休
〈雜體詩并序〉云：「古有采詩官，命之曰風人。圍棋燒敗襖，看子
故依然（「故依然」諧音「故衣燃」），由是風人之作興焉。」《全
唐詩》卷 616（台北：文史哲出版社，1978 年），頁 7102。較皮日休
稍早的曹鄴，首先點出「風人體」一詞，《曹祠部集》卷一〈風人體〉：
「出門行一步，形影便相失。何況大隄上，驄馬如箭疾。夜夜如織婦，
尋思（諧音絲）待成疋。郎只不在家，在家亦如出。將金與卜人，商
道遠行吉。念郎　底事，不具天與日。」《四部叢刊》本，集部，別
集類。

[83] 〈寒山子詩集序〉，頁 3。

於後的證明，與是否決心長期隱居無關；寒山先是在天台附近過了一段家居歲月（見前引〈茅棟野人居〉、〈父母續經多〉），後來才決定到寒巖隱居；寒山隱寒巖以前，早就有隱居的決心，〈秉志不可卷〉一詩可證：

> 秉志不可卷，須知我匪席。浪造山林中，獨臥盤陀石。
> 辯士來勸余，速令受金璧。鑿牆植蓬蒿，若此非有益。[84]

毀牆種蒿，棄好取壞，乃無益之舉，此為寒山用來拒聘之語，縱是能言善道之「辯士」，也說不動寒山，可見寒山未入人跡罕至的寒巖隱居前，早已拒絕出仕；錢穆另舉〈獨臥重巖下〉：

> 獨臥重巖下，蒸雲晝不消。室中雖瞜暞，心裏絕喧囂。
> 夢去遊金闕，魂歸度石橋。拋除鬧我者，歷歷樹間瓢。[85]

錢穆言寒山尚未堅定隱居的決心，應是就「夢去遊金闕，魂歸度石橋。」寒山在夢中懷念曾經遊歷之地而言。按：北宋・陳耆卿《赤城志》卷二一，對寒山隱居的寒巖，其附近的「瓊臺雙闕」（即詩中的「金闕」），以及在「盤陀石」西邊不遠的「石梁」（即「石橋」），有十分詳盡的介紹。[86]位於

---

[84] 寒山詩，〈秉志不可卷〉，頁 28。

[85] 寒山詩，〈獨臥重巖下〉，頁 9～10。

[86] 宋・陳耆卿《赤城志》卷二一：「瓊臺雙闕兩山，自崇道觀西北行二里，……至瓊臺轉南三里，至雙闕，皆翠壁萬仞，森倚相向，孫綽賦所謂『雙闕雲竦以夾道，瓊臺中天而危居。』是也。……寒石山在縣西北七十里，寒山子嘗居之，今呼為寒巖，前有盤石，曰『宴坐峰』……其西有石梁，可數尺，架兩崖間，險峻不可陟。」《四庫全書》文淵閣本，史部十一，地理類三，都會郡縣之屬。

寒巖附近的「瓊臺雙闕」與「石梁」，非深受福地洞天之樂
者，是無法體會在寒山心中，金闕與石橋的天險之美，連作
夢也無法忘情，這是寒山早已隱居多時的感受，錢穆舉此詩
言寒山尚未堅定隱居的決心，筆者認為恰好相反，此詩正是
寒山深切體會隱居之樂的最佳代表作。

關於寒山是否出家的問題，錢穆舉〈自從出家後〉，認
為寒山出家為僧：

> 自從出家後，漸得養生趣。伸縮四肢全，勤聽六根具。
> 褐衣隨春冬，糲食供朝暮。今日懇懇修，願與佛相遇。[87]

錢穆據此詩，認為寒山於晚年出家。按：錢穆應是由首句認
定寒山出家，筆者認為寒山詩中，所謂的「出家」，是指他
離開天台的家，到寒巖隱居，「漸得養生趣」的寒山，未說
明他是以華陀發明的「五禽戲」，還是練習《莊子‧刻意》
所提及之「熊經鳥伸」，作為保健之方，然從「伸縮四肢全，
勤聽六根具。」以導引來伸縮四肢，以呼吸吐納勤聽眼、耳、
鼻等六根之消息，寒山「漸得養生趣」，應是體會到導引與
呼吸吐納之「趣」。

按理說，寒山若是真出家，對一個出家人來說，這些
養生之道不應放在首位，更何況寒山接著形容自己養生的
外在條件是「褐衣隨春冬，糲食供朝暮。」自給自足的描
述，全不像是在國清寺或任何寺院過僧團生活的樣貌；寒山
「願與佛相遇」之「願」，點出寒山的修行軌跡，確實是經

---

[87] 寒山詩，〈自從出家後〉，頁 42。

歷一段煉形求長生的生活[88]，最後，作了由「道」入「佛」
的抉擇。

　　錢穆另外舉〈余家本住在天台〉、〈我家本住在寒山〉，
認為是「寒山出家後離去寒山之證」[89]，〈余家本住在天台〉：

> 余家本住在天台，雲路煙深絕客來。千仞巖巒深可遯，
> 萬重谿澗石樓臺。樺巾木屐沿流步，布裘藜杖繞山迴。
> 自覺浮生幻化事，逍遙快樂實善哉。[90]

由「雲路煙深」、「千仞巖巒」、「萬重谿澗石樓臺」，可
以看出寒巖的確是少有人來訪，寒山於其中沿流、繞山，深
感浮生若幻，體驗何謂逍遙快樂，在這樣的心情下，怎麼還
會離開此地去出家？再看〈我家本住在寒山〉：

> 我家本住在寒山，石巖棲息離煩緣。泯時萬象無痕跡，
> 舒處周流遍大千。光影騰輝照心地，無有一法當現前。
> 方知摩尼一顆珠，解用無方處處圓。[91]

這首詩應是寒山晚年之作，寒山在寒巖，至少待了三十年以
上的時間（寒山詩：「一向寒山坐，淹留三十年」），對佛

---

[88] 寒山求仙的過程，於其詩中，有樹下讀仙書、讀黃老；勤采芝朮、鍊
　　藥求仙；教人唱紫芝歌（避世求仙之歌，據說為秦始皇時之商山四皓
　　所作）；談益精易形等，都顯示出寒山未一心向佛前，是真的有過一
　　段煉形求長生的生活，這也正是他以高齡之身，閒逛天台，還能碰到
　　行腳的趙州和尚，與前往國清寺參訪的潙山靈佑禪師的原因。詳見拙
　　著：《寒山資料考辨》第三章〈寒山傳說考辨〉。

[89] 第五冊，頁110。

[90] 寒山詩，〈余家本住在天台〉，頁32。

[91] 寒山詩，〈我家本住在寒山〉，頁32。

法也深造有得，這點可由寒山在詩中多處以心珠比喻佛性，其手法已達出神入化之境可證。此詩之「摩尼」，意譯為「寶珠」、「珠」；佛經所載之「摩尼珠」，具有不可思議之神奇力，如：大海龍王左耳內之如意摩尼寶珠，能「稱意給足一切眾生。」[92]菩薩之舍利，散在諸方世界所變現的「摩尼寶珠」，眾生見之、觸之，便能不墮「三惡道」[93]；此外，摩尼珠還能治一切疾病。[94]

　　寒山此詩之「摩尼珠」，指的是眾生本具之清淨心（心珠），亦即佛性，在寒山詩中，出現過「明珠」、「水晶珠」、「真珠」、「摩尼珠」；拾得詩出現過「真珠」、「神珠」，均指「心珠」[95]；寒山在寒巖對佛理的體會，慣以各種「心

---

[92] 寒山詩，〈昔年曾到大海遊〉：「昔年曾到大海遊，為采摩尼誓懇求。直到龍宮深密處，金關鎖斷主神愁。龍王守護安耳裏，劍客星揮無處搜。賈客却歸門內去，明珠元在我心頭。」頁31。寒山此處言入海求摩尼寶，是據《大方便佛報恩經》卷四：「復有一大臣言：『世間求利，莫先入海採取妙寶，若得摩尼寶珠者，便能稱意給足一切眾生。』」

[93] 《悲華經》卷四：「若諸菩薩命終之時結跏趺坐，入於火定自燒其身，燒其身已四方清風來吹其身，舍利散在諸方無佛世界，尋時變作摩尼寶珠。」

[94] 《摩訶般若波羅蜜經》卷十：「世尊，譬如無價摩尼珠寶，在所住處，非人不得其便，若男子女人有熱病，以是寶著身上，熱病即時除愈；若有風病，若有冷病，若有雜熱風冷病，以寶著身上，皆悉除愈。」

[95] 寒山詩，〈昔日極貧苦〉：「昔日極貧苦，夜夜數他寶。今日審思量，自家須營造。掘得一寶藏，純是『水精（晶）珠』。大有碧眼胡，密擬買將去。余即報渠言，此珠無價數。」頁38。〈余家有一宅〉：「余家有一宅，其宅無正主。地生一寸草，水垂一滴露。火燒六箇賊，風吹黑雲雨。子細尋本人，布裏『真珠』爾。」頁39。〈寒巖深更好〉：「寒巖深更好，無人行此道。白雲高岫閒，青嶂孤猿嘯。我更何所親，暢志自宜老。形容寒暑遷，『心珠』甚可保。」頁43～44。拾得詩，〈若解捉老鼠〉：「若解捉老鼠，不在五白貓。若能悟理性，那由錦

珠」比喻佛性,其見地遠超出僧徒釋子,這也是宋以後的禪師,於上堂時喜引寒山詩的主要原因。[96]

錢穆以寒山自言「本住在寒山」、「本住在天台」的「本住」,認為寒山離開寒巖去出家,這個結論的前提是:要先認定寒山已經出家,錢穆此誤,是由認為寒山〈自從出家後〉一詩的「出家」開始;如前所述,寒山的「出家」是離家到寒巖隱居,寒山終其一生並未出家,此點還可從寒山詩中,多處批評僧徒行徑的詩得到證明。

寒山隱寒巖,煉藥求仙讀黃老書,發現身內元神才是寶;閒暇時逛天台,遍遊佛寺道觀,特別是他經常前往長達二十年的國清寺,對當時佛、道二教的修行人,寒山看出許多弊端,如〈昨到雲霞觀〉:

> 昨到雲霞觀,忽見仙尊士。星冠月帔橫,盡云居山水。
> 余問神仙術,云道若為比。謂言靈無上,妙藥必神秘。
> 守死待鶴來,皆道乘魚去。余乃返窮之,推尋勿道理。
> 但看箭射空,須臾還墜地。饒你得仙人,恰似守屍鬼。
> 心月自精明,萬像何能比。欲知仙丹術,身內元神是。
> 莫學黃巾公,握愚自守擬。[97]

繡包。『真珠』入席袋,佛性止蓬芥。一群取相漢,用意摠無交。」
頁 55。〈左手握驪珠〉:「左手握驪珠,右手執慧劍。先破無明賊,
『神珠』自吐燄。傷嗟愚癡人,貪愛那生猒。一墮三途間,始覺前程
險。」頁 58。

[96] 詳見拙著,《寒山資料類編》,頁 309~335。

[97] 寒山詩,〈昨到雲霞觀〉,頁 39。

寒山此詩在批評煉丹藥求長生的道士，要人們勿學「黃巾公」
（道士），最後成了「守死待鶴來」的「守屍鬼」。寒山對
神仙不可得的定論，遠自「俱好神仙術」的漢武帝與秦始皇[98]，
近到親眼見有人因「畏白首」而求仙無效[99]；寒山說只聽到
人死作鬼，不見有人騎鶴成仙[100]，寒山之所以能批道亦批
佛，正因為他是由道入佛的過來人。

　　寒山未出家的另一個可能是：當時的出家人在他眼中，
敗行劣跡的為數不少；閭丘胤〈寒山子詩集序〉中，記寒山
在國清寺的行徑：

> 或長廊徐行，叫喚快活，獨言獨笑。時僧遂捉罵打趁，
> 乃駐立撫掌，呵呵大笑，良久而去。……，或長廊唱詠，
> 唯言：「咄哉，咄哉，三界輪迴！」[101]

這段記載，當然是偽託閭丘胤之名的，〈寒山子詩集序〉作
者，看過寒山於其詩中，描述自己往來國清寺的情形，加以
想像所作的發揮；國清寺僧對寒山「捉罵打趁」的原因，由
〈寒山子詩集序〉所記來看，應是寒山不把佛門視為「淨
地」，但在〈憶得二十年〉一詩中，寒山並非如此：

---

[98] 寒山詩，〈常聞漢武帝〉：「常聞漢武帝，爰及秦始皇。俱好神仙術，
延年竟不長。金臺既摧折沙丘遂滅亡。茂陵與驪嶽，今日草茫茫。」
[99] 寒山詩〈有人畏白首〉：「有人畏白首，不肯捨朱綬。采藥空求仙，
根苗亂挑掘。數年無效驗，癡意瞋怫鬱。獵師披袈裟，元非汝使物。」
[100] 寒山詩，〈徒閉蓬門坐〉：「徒閉蓬門坐，頻經石火遷。唯聞人作鬼，
不見鶴成仙。念此那堪說，隨緣須自憐。迴瞻郊郭外，古墓犁為田。」
[101] 〈寒山子詩集序〉，頁1。

憶得二十年，徐步國清歸。國清寺中人，盡道寒山癡。
癡人何用疑，疑不解尋思。我尚自不識，是伊爭得知。
低頭不用問，問得復何為。有人來罵我，分明了了知。
雖然不應對，卻是得便宜。[102]

寒山於詩中只說國清寺僧「盡道寒山癡」，均視寒山為「癡
人」，試想，寒山對稱他為「癡人」的國清寺僧，採取不應
對的態度，寒山修的是「忍辱行」，寒山清楚「雖然不應對，
卻是得便宜。」被說成是「癡人」，也不加以辯駁，自己又
怎會沒事在廊下「叫喚快活，獨言獨笑。」有意思的是，寒
山在〈憶得二十年〉一詩後，連著兩首批評釋徒之詩，〈語
你出家輩〉：

語你出家輩，何名為出家。奢華求養活，繼綴族姓家。
美舌甜脣膌，諂曲心鉤加。終日禮道場，持經置功課。
鑪燒神佛香，打鍾高聲和。六時學客舂，晝夜不得臥。
只為愛錢財，心中不脫灑。見他高道人，卻嫌誹謗罵。
驢屎比麝香，苦哉佛陀耶。[103]

寒山此詩觀察入微，應是針對國清寺僧而發：僧人為愛錢
財，勤趕經懺；一見高道，便涉嫌誹謗，看在寒山眼裡，自
是不以為然，不批不快；而在〈又見出家兒〉一詩，寒山又
把與「上上高節者」相反的，「下下低愚者」的出家人，描
述得淋漓盡致：

---

102 寒山詩，〈憶得二十年〉，頁43。
103 寒山詩，〈語你出家輩〉，頁43。

又見出家兒，有力及無力。上上高節者，鬼神欽道德。
君王分輦坐，諸侯拜迎逆。堪為世福田，世人須保惜。
下下低愚者，詐現多求覓。濁濫即可知，愚癡愛財色。
著卻福田衣，種田討衣食。作債稅牛犁，為事不忠直。
朝朝行弊惡，往往痛臀脊。不解善思量，地獄苦無極。
一朝著病纏，三年臥床席。亦有真佛性，翻作無明賊。
南無佛陀耶，遠遠求彌勒。[104]

在天寶之亂後，元氣大傷的中唐時期，民不聊生以致青壯男
子出家為僧，尋求活路的情形普遍多有；中宗時，辛替否曾
說：「十分天下之財，而佛有七八。」「當今出財依勢者盡
度為沙門，避役奸訛者盡度為沙門；其所未度，唯貧窮與善
人。」[105]經過天寶亂後，寒山親見的，寺院中充斥著辛替否
所說的，貧窮與善人以外的，「愚癡愛財色」、「為事不忠
直」的出家人，是可想而知。寒山往來國清寺二十年，只與
拾得、豐干二人交好，寒山若真要出家，也不用長達二十年
的考慮，更何況寒山曾自言：

老病殘年百有餘，面黃頭白好山居。布裘擁質隨緣過，
豈羨人間巧模樣。心神用盡為名利，百種貪婪進己軀。
浮生幻化如燈燼，塚內埋身是有無。[106]

---

[104] 寒山詩，〈又見出家兒〉，頁43。
[105] 宋・歐陽脩，《新唐書》卷101〈辛替否〉（北京：中華書局，1994
年），頁3158、3157。台北：鼎文書局點校本。
[106] 《寒山詩集》〈老病殘年百有餘〉一詩，「永樂大典本」、「宮內省
本」、「明刊白口八行本」均只有後幅四句。詳見拙著，《寒山詩集

可見寒山百歲仍選擇山居，亦即隱於寒巖，錢穆認為寒山晚年出家，應非實情。

五、《禪家寒山詩注》

李誼《禪家寒山詩注附拾得詩》[107]（以下簡稱《李注》），將寒山詩三一二首，與拾得詩五十四首，逐一加以註釋，其對寒山之整體印象，見於〈後記〉，《李注》於其〈後記〉，首言寒山是唐代著名詩僧；繼而就《景德傳燈錄》卷二七：「時來國清寺，就拾得取眾僧殘食菜滓食之。」言寒山是「打雜僧人」。[108]按：道原《景德傳燈錄》卷二七之寒山事蹟，承自贊寧《宋高僧傳》卷十九[109]，《宋高僧傳》言：「有拾得者，寺僧令知食堂，恒時收拾眾僧殘食菜滓，斷巨竹為筒，投藏于內，若寒山子來即負而去。」贊寧此述乃脫胎自閭丘胤〈寒山子詩集序〉：

> 每於茲地（寒巖），時還國清寺，寺有拾得知食堂，尋常收貯餘殘菜滓於竹筒內，寒山子若來，即負而去。[110]

校考》，頁 111~112。

[107] 李誼，《禪家寒山詩注附拾得詩》，台北：正中書局，1992 年。

[108] 李誼，《禪家寒山詩注附拾得詩》，頁 719。

[109] 贊寧言寒山「隱天台始豐縣西七十里」，《景德傳燈錄》卷二七亦言寒山居於「始豐縣西七十里」之寒巖，而署名為閭丘胤所作之〈寒山子詩集序〉，言寒山隱於「天台唐興縣西七十里」。不獨《景德傳燈錄》據《宋高僧傳》，宋・善卿所編之《祖庭事苑》卷三，亦言寒山隱於：「始豐縣西七十里」之寒巖。

[110] 〈寒山子詩集序〉，頁 1。

〈寒山子詩集序〉明言寒山負竹筒而去，可見他並不是國清寺僧，更非「打雜僧人」。其次，《李注》截取寒山詩句：

> 一自遁寒山，養命餐山果。
>
> 已甘萬事休，採蕨度殘年。
>
> 攜籃采山茹，挈籠摘果歸。蔬齋敷茅坐，啜啄食紫芝。
>
> 細草作臥褥，青天為被蓋。
>
> 石牀臨碧沼，虎鹿每為鄰。

《李注》認為以上是寒山「窮困生活的真實寫照。儘管寒山的生活如此潦倒，可他還得承擔寺廟中極其沈重的雜役，不僅要『廚內執爨』，而且還『六時學客春，晝夜不得臥』，簡直成了披著袈裟的奴隸。」[111] 按：《李注》所舉寒山「一自遁寒山」等詩，是寒山快活的隱居詩，不是「窮困、潦倒」的寫照；且詩作的地點是在寒巖，並非國清寺；至於「六時學客春」，前面說過，是寒山針對國清寺僧而罵，並非寒山說自己像個奴隸般生活。

另外，寒山〈我有六兄弟〉一詩，是寒山的「制心（六根的「意根」）之作」，為《李注》作序之劉長久，認為是寒山「家有六兄弟」，相同的錯誤還出現在言寒山「被迫隱居寒巖，削髮為僧。」、寒山與拾得是「豐干禪師的門人」[112]，均應是初讀寒山詩所致。

---

[111] 李誼，《禪家寒山詩注附拾得詩》，頁 720。

[112] 劉長久，《禪家寒山詩注附拾得詩·序言》，頁 8。

六、《寒山拾得詩校評》

　　錢學烈在其碩士論文《寒山詩語言研究》，以及《寒山詩校注》[113]二書的基礎上，完成《寒山拾得詩校評》[114]一書（以下簡稱《校評》），該書被譽為「為唐代文學成就填補了一項空白」、「作為大陸研究的第一個成果，為進一步研究寒山詩作出了良好的開端。」[115]以下就其對寒山詩的解讀，略陳己見。

　　《校評》不收豐干詩二首，原因是認為豐干的「本來無一物，亦無塵可拂。」是抄襲慧能的「本來無一物，何假拂塵埃。」認為「豐干詩是南宋以後才附麗上去的，在此之前，只有寒山拾得詩，而無豐干詩。」[116]按：慧能之偈，黃檗希運上堂時曾引：「本來無一物，何處有塵埃。若得此中意，逍遙何所論。」[117]裴休於大中十一年為《黃檗山斷際禪師傳心法要》作序時，未言黃檗希運卒年[118]；大中年間的黃檗希運就已引慧能詩，卒於咸通十年的洞山良价亦然[119]；引慧能之詩應視為普遍，不能據以定豐干詩就是後人偽作；其次，

113　錢學烈，《寒山詩校注》，廣東：高校出版社，1991 年。
114　錢學烈，《寒山拾得詩校評》，天津：古籍出版社，1998 年。
115　孫昌武，〈評錢學烈《寒山詩校注》〉《文學遺產》1993 年第 2 期。轉引自錢學烈，《寒山拾得詩校評‧前言》，頁 11。
116　錢學烈，《寒山拾得詩校評‧前言》，頁 33。
117　《黃檗斷際禪師宛陵錄》卷一。
118　贊寧，《宋高僧傳》卷二十〈唐洪州黃檗山希運傳〉，言其「以大中中終于所住寺」，應為非。
119　《瑞州洞山良价禪師語錄》卷一：「師又云：『直道本來無一物，猶未合得他衣鉢。』汝道：『甚麼人合得？這裏合下得一轉語。』」

《校評》言豐干與慧能同時（慧能卒於先天二年，713），
這是受了贊寧將韋述《兩京新記》的「封干」，誤以為是天
台國清寺的「豐干」的影響[120]，由贊寧言「封干」「及終後，
於先天年中在京兆行化」一語，人死後還能行化京兆，便知
贊寧的推測，不足為信；「豐干」不是先天年間（先天年號
只有兩年），與慧能同時的「封干」，抄詩之說自難成立。
羅時進言北宋熙寧五年（1072），日僧成尋參訪五台山前，
國清寺僧禹珪就曾「舍與寒山詩一帖。」成尋《參天台五台
山記》第一卷，已記載豐干〈余自來天台〉一詩[121]，《校評》
言「豐干詩是南宋以後才附麗上去的」，有待商榷。

　　《校評》以寒山詩為證，考出詩中足以證明寒山非初唐
人的八項證據[122]，其中的「善導和尚」，《校評》認為：「寒
山詩中以善導和尚自居，乃是詩人生活在中唐而非初唐時期
的又一例證。」[123]「善導」出現於寒山詩〈寒山道〉，如前
所言，「善導」是導人入善道，佛陀為眾生之導師，「善導」
指的是佛陀，寒山的「名善導」與「稱十號」相對舉，不是
指高宗時的「善導和尚」。

　　其次，有關「南院」，《校評》認為：「寒山詩謂『曾

---

[120] 贊寧，《宋高僧傳》卷十九。

[121] 羅時進，〈寒山及其《寒山子集》〉，《唐詩演進論》，頁 121。

[122] 有生活於盛唐的「吳道子」、高宗敕賜「法雲公」的「萬回師」、高
宗賜額「光明寺」的「善導和尚」、高宗之後，德宗建中之前，以進
士科試詩賦的「五言詩句」、中宗神龍以後的「雁塔題名」、開元以
後至德宗行兩稅法以前的「租庸調」、懷讓令馬祖開悟的「磨磚作鏡」、
開元二十二年，吏部始置「南院」。錢學烈，《寒山拾得詩校評・前
言》，頁 18~23。

[123] 錢學烈，《寒山拾得詩校評・前言》，頁 20。

經四五選」，三年一選，則已經過了十四五年尚未考中。」[124]
「曾經四五選」是寒山於仕途上的惡夢：

> 箇是何措大，時來省南院。年可三十餘，曾經四五選。
> 囊裡無青蚨，篋中有黃卷。行到食店前，不敢暫迴面。[125]

「南院」之名，見李肇《唐國史補》卷下：「自開元二十二
年，吏部置南院，始懸長名，以定留放。」[126]《唐會要》卷
七十四〈吏曹條例〉：「二十八年八月，以考功貢院地置吏
部南院，以置選人文書，或謂之選院。」[127]，以上資料得知
吏部「南院」之名，始自開元二十二（734）年，至開元二
十八年（740）；「時來省南院」的寒山，在京城的時間至
少六年（開元二十二年至開元二十八年），這六年的時間應
是「初，吏部歲常集人，其後三數歲一集。」[128]的一年一次
「冬集」。《校評》認為：

> 若以詩人 15 歲開始參加科舉考試並到南院看榜，那麼從
> 740 年上推 15 年，則寒山子的生年最早也須在 725 年之
> 後，即玄宗開元年間，否則不能知南院之稱。[129]

---

[124] 錢學烈，《寒山拾得詩校評・前言》，頁 22~23。
[125] 寒山詩，〈箇是何措大〉，頁 20。
[126] 唐・李肇撰、曹中孚校點，《唐國史補》，《唐五代筆記小說大觀》
上冊（上海：古籍出版社，2000 年），頁 189。
[127] 《唐會要》卷七十四，頁 1348。
[128] 《新唐書・選舉志》卷四十五，頁 1179。
[129] 錢學烈，《寒山拾得詩校評・前言》，頁 23。

《校評》認為「冬集」是三年一次，而忽略了吏部「南院」的名稱只維持了六年，寒山「曾經四、五選」，並非考了十二、十五年，而應該是參加吏部的銓選考試，寒山詩〈書判全非弱〉：

> 書判全非弱，嫌身不得官。銓曹被拗折，洗垢覓瘡瘢。
> 必也關天命，今冬更試看。盲兒射雀目，偶中亦非難。[130]

由「今冬更試看」一語，更可看出寒山考的是一年一次的「冬集」（共四、五次）。

《校評》舉寒山詩〈我聞天台山〉：

> 我聞天台山，山中有琪樹。永言欲攀之，莫曉石橋路。
> 緣此生悲歎，幸居將已慕。今日觀鏡中，颯颯鬢垂素。[131]

《校評》認為山中琪樹比喻「佛性真道」，石橋路喻「入道門徑」，言寒山「仍有肉身之累，未能悟得自性真如，仍滯留色相之中因此而生悲嘆。」[132]《校評》另舉〈欲向東巖去〉：

> 欲向東巖去，于今無量年。昨來攀葛上，半路困風煙。
> 徑窄衣難進，苔粘履不前。住茲丹桂下，且枕白雲眠。[133]

《校評》認為東巖喻「自性妙體之大全，乃參禪證悟之最終目標。」「徑窄」、「苔粘」是比喻「心中有所執著，未至

---

[130] 寒山詩，〈書判全非弱〉，頁 19。
[131] 寒山詩，〈我聞天台山〉，頁 34。
[132] 錢學烈，《寒山拾得詩校評‧前言》，頁 86。
[133] 寒山詩，〈欲向東巖去〉，頁 46。

解脫地。」「半路困風煙」喻參禪如「攀登崇山峻嶺，半途
可能隨時會跌滑下來。以致前功盡棄。參禪如心上一時把握
不住，也會誤入歧途。」寒山「住茲丹桂下」，是「更鞭進
真修，以求微悟。」以上兩首詩，《校評》認為是寒山「參
禪過程中的艱難與困惑。」[134]

按：〈我聞天台山〉一詩，筆者認為：寒山心之所嚮的這棵
　　琪樹，由李紳〈琪樹〉詩序[135]，可以看出它令人驚豔的
　　程度；琪樹是長在莓苔深處，難以攀度的石橋邊，至於
　　石橋，從徐靈府《天台山記》：「時有過者，目眩心悸。」
　　的描述，加上「若晴虹之飲澗，……羅漢所居」[136]的傳
　　說，以及比住在石橋附近的桐柏觀，曾集寒山詩的徐靈
　　府更早的，東晉顧愷之《啟蒙記注》，言過石橋獲「醴
　　泉、紫芝、靈藥。」[137]琪樹之奇，與石橋莓苔之險，具
　　有任何天台隱者難以抗拒的吸引力；此時的寒山已過中
　　年，究竟有沒有克服石橋之險呢？答案是有的，寒山詩
　　〈閑遊華頂上〉：「閑遊華頂上，日朗晝光輝。四顧晴

---

[134] 錢學烈，《寒山拾得詩校評·前言》，頁86。
[135] 李紳〈琪樹·序〉：「垂條如弱柳，結子如碧珠，三年子乃一熟，每
歲生者相續，一年者綠，二年者碧，三年者紅，綴條上璀錯相間。孫
興公〈賦〉所謂『琪樹璀璨而垂珠』是也。則李善注謂僊都所產，正
值桐柏、石橋等處也。」《全唐詩》卷481，頁5479。
[136] 徐靈府，《天台山記》：「石橋色皆清，長七丈，南頭闊七尺，北頭
闊二尺，龍形龜背，架萬仞之壑。上有兩澗合流，從橋下過，泄為瀑
布，西流出剡縣界。從下仰視，若晴虹之飲澗。橋勢嶬峭，水聲崩落，
時有過者，目眩心悸。今遊人所見，正是北橋也，是羅漢所居之所也。」
[137] 《太平御覽》卷四一，引顧愷之《啟蒙記注》：「有石橋，路逕不盈
尺，長數十丈，下臨絕冥之澗，唯忘其身，然後能躋。……晉隱士白
道猷得過之，獲醴泉、紫芝、靈藥。」

空裡，白雲同鶴飛。」不獨寒山過了石橋登上天台山的最高峰「華頂峰」，拾得亦然。[138]〈我聞天台山〉、〈欲向東巖去〉二詩，是寒山尚在天台山中攬勝，未登上「華頂峰」前所作，前敘事後抒情的手法，與「參禪」過程無關。

〈我聞天台山〉一詩，陳慧劍言「琪樹」是「琪花瑤草，引申皆為仙界之景。」《研究》判此詩為寒山之「黃老詩」[139]，《校評》認為「琪樹」是比喻「佛性真道」，均屬過度演繹；《校評》之以禪論寒山詩，另及寒山三字詩的部分，如舉〈寒山道〉：

> 寒山道，無人到。若能行，稱十號。有蟬鳴，無鴉噪。
> 黃葉落，白雲掃。石磊磊，山隩隩。我獨居，名善導。
> 子細看，何相好。[140]

《校評》認為「蟬鳴」喻「禪心」，「鴉噪」喻「凡心」，「有蟬鳴，無鴉噪。」指「排除世俗煩擾，靜享天籟之清音。」「黃葉」喻「塵垢」、「色界」，「白雲」喻「清淨心」、「空界」，「黃葉落，白雲掃。」則喻「色空不二，體用兼備，渾然一體。」[141]按：禪心乃「不動」之心，以「蟬鳴」喻之，似有誤解；禪的本質是「觸處皆真」，「黃葉」、「白

---

138 拾得詩，〈迢迢山徑峻〉：「迢迢山徑峻，萬仞險隘危。石橋莓苔綠，時見白雲飛。瀑布懸如練，月影落潭暉。更登華頂上，猶待孤鶴期。」頁 59。
139 陳慧劍，《寒山子研究》，頁 198。
140 寒山詩，〈寒山道〉，頁 47。
141 錢學烈，《寒山拾得詩校評·前言》，頁 92~93。

雲」都是禪境的展現，不宜強以「色」、「空」作為區別。

《校評》引寒山詩〈柳郎八十二〉：

> 柳郎八十二，藍嫂一十八。夫妻共百年，相憐情狡猾。
> 弄璋字烏虎兔，擲瓦名女官 妠。屢見枯楊荑，常遭青女
> 殺。[142]

枯楊生荑，言枯樹長出新嫩芽，喻老夫少妻[143]；青女，霜神
之名[144]，「屢見枯楊荑，常遭青女殺」《校評》釋為「夫妻
二人年齡相差懸殊，感情不和諧。」釋「狡猾」為「狂亂、
乖戾」。[145]按：「狡猾」，應解作「融洽、密厚」[146]，夫妻
之「相憐」才可解；「屢見枯楊荑，常遭青女殺。」非指夫
妻感情不睦，應指男方因年齡過大，雖然已生兒生女，也逃
不過早死的命運。

《校評》引寒山詩〈大有饑寒客〉：

> 大有饑寒客，生將獸魚殊。長存磨石下，時哭路邊隅。
> 累日空思飯，經冬不識襦。唯齎一束草，并帶五升麩。[147]

142 寒山詩，〈柳郎八十二〉，頁19。
143 《周易·大過》：「枯楊生稊（同「荑」），老夫得其女妻，無不利。」
　　《周易》卷三，《四部叢刊》本，初編，經部。
144 《淮南子·天文》：「至秋三月，地氣不藏，乃收其殺，百蟲蟄伏，
　　靜居閉戶，青女乃出，以降霜雪。」注：「青女，天神。」《淮南子》
　　卷第三，《四部叢刊》本，初編，子部。
145 錢學烈，《寒山拾得詩校評》，頁236~237。
146 江藍生、曹廣順編著，《唐五代語言詞典》（上海：教育出版社，1997
　　年），頁187。
147 寒山詩，〈大有饑寒客〉，頁19。

與《天祿》宋本同一系統之高麗本、朝鮮本、《全唐詩》本，均作「生將獸魚殊」；其他版本均作「生將獸魚誅」[148]或「生將獸魚疎」；按：相傳明太祖朱元璋忌諱別人寫「歹」、「朱」合起來的「殊」，「特殊」均必須寫成「特蘇」；與《天祿》宋本不同的各版本中，明嘉靖、萬曆本是唯一獨作「生將獸魚疎」[149]，想來有此顧忌在。《校評》釋「生將獸魚殊」之「殊」為「斷絕」，言此飢寒客「一生與魚肉斷絕，即從未食魚肉。」[150]以一個「終冬不識襦」的「飢寒客」，言其類似「胎裡素」般，生來就葷腥不沾，似覺牽強。大典本、道會本、宮內省本、明刊白口八行本、四庫本作「生將獸魚誅」，「誅」可作「要求」解，如《左傳》：「傷足，喪屨。反，誅屨於徒人費。弗得，鞭之，見血。」[151]又如《資治通鑑》卷二十六：「今上下僭差，人人自制，是以貪財誅利，不畏死亡。」[152]「累日空思飯，經冬不識襦。」窮到這種地步的飢寒客，「生將獸魚誅」，應釋為「要求」有魚肉可吃。

---

[148] 詳見拙著，《寒山詩集校考》，頁 76。

[149] 錢學烈，《寒山拾得詩校評》，頁 238。

[150] 錢學烈，《寒山拾得詩校評》，頁 238。

[151] 《春秋經傳集解》卷第三，莊公八年，《四部叢刊》本，初編，經部。

[152] 《資治通鑑》卷二十六，〈漢紀〉十八，宣帝神爵元年。頁 844。

七、《寒山子詩校注附拾得詩》

徐光大《寒山子詩校注附拾得詩》[153]（以下簡稱《徐注》），舉寒山詩〈出生三十年〉、〈一向寒山坐〉[154]，言寒山：

> 住寒巖三十年後，曾出外訪過親友，其時已是六十多歲。
> 我認為《仙傳拾遺》所說「十餘年忽不復見」，是指這
> 次訪親離開天台而言，而不是百餘歲後死去。他遇靈祐、
> 從諗，從時間上來看，也是在這次外出的途中。[155]

《徐注》認為寒山於六十多歲遇靈祐、趙州後，離開天台回鄉訪親，「回來後，他又住了四十年（大和七年，833），……從此逆推一百年，正是唐玄宗開元二十二年（734）是他出生的時間。」[156]《徐注》否認《祖堂集》卷十六言靈祐二十三歲（貞元九年，793）遇寒山之事[157]，引寒山詩〈老病殘年百有餘〉[158]，認為寒山不可能以「老病殘年」之身閒逛天

---

[153] 徐光大，《寒山子詩校注附拾得詩》，陝西：人民出版社，1991 年。

[154] 寒山詩，〈出生三十年〉：「出生三十年，當遊千萬里。行江青草合，入塞紅塵起。鍊藥空求仙，讀書兼詠史。今日歸寒山，枕流兼洗耳。」頁 47。〈一向寒山坐〉：「一向寒山坐，淹留三十年。昨來訪親友，太半入黃泉。漸減如殘燭，長流似逝川。今朝對孤影，不覺淚雙懸。」頁 10。

[155] 徐光大，《寒山子詩校注附拾得詩》，頁 4。

[156] 徐光大，《寒山子詩校注附拾得詩》，頁 5。

[157] 《祖堂集》卷十六〈溈山〉。

[158] 寒山詩，〈老病殘年百有餘〉：「老病殘年百有餘，面黃頭白好山居。布裘擁質隨緣過，豈羨人間巧模樣。心神用盡為名利，百種貪婪進己軀。浮生幻化如燈燭，塚內埋身是有無。」頁 31。

台[159]，認為余嘉錫考寒山於貞元九年，百歲遇靈祐不確。《徐注》又引寒山〈出生三十年〉、〈一向寒山坐〉二詩，言寒山六十多歲出天台，回鄉訪親時遇靈祐，認為寒山回來後又住了四十年，於大和七年（833）去世，定寒山生於開元二十二年（734）。

按：寒山詩〈老病殘年百有餘〉，是寒山老來是否有行動力的關鍵，也是遇溈山靈祐與趙州從諗的先決條件；以寒山〈我聞天台山〉詩中的「今日觀鏡中，颯颯鬢垂素。」可知寒山未登上天台最高峰華頂時，頭髮已白，至少是六十以上（唐人六十稱「老」）[160]；寒山登上華頂峰的詩作[161]，與詩中提到時常徐步前往的，距離寒巖三十餘里的國清寺，在在都透露出老年時期的寒山，有行動能力；最能看出寒山老年仍有行動力的詩作，莫如上引之

---

[159] 項楚認為寒山〈老病殘年百有餘〉一詩的「百有餘」，不是指寒山「百有餘歲」，是「凡百有餘」、「百事有餘」，形容「百無聊賴」。《寒山詩注》，頁 511。

[160] 寒山詩，〈自從到此天台境〉：「自從到此天台境，經今早度幾冬春。山水不移人自老，見卻多少後生人。」頁 33。〈自羨山間樂〉：「自羨山間樂，逍遙無倚託。逐日養殘軀，閒思無所作。時披古佛書，往往登石閣。下窺千尺崖，上有雲盤泊。寒月冷颼颼，身似孤飛鶴。」頁 41。

[161] 寒山詩，〈迢迢山徑峻〉：「迢迢山徑峻，萬仞險臨危。石橋莓苔綠，時見白雲飛。瀑布懸如練，月影落潭暉。更登華頂上，猶待孤鶴期。」頁 59。〈閑遊華頂上〉：「閑遊華頂上，日朗晝光輝。四顧晴空裡，白雲同鶴飛。」頁 27。〈昨日游峰頂〉：「昨日游峰頂，下窺千尺崖。臨危一株樹，風擺兩枝開。雨漂即零落，日曬作塵埃。嗟見此茂秀，今為一聚灰。」頁 34。按：〈昨日游峰頂〉寒山雖未明言所游是「華頂峰」，但從「下窺千尺崖」一語來看，似「華頂峰」之山勢。

〈憶得二十年〉一詩，寒山自言往來寒巖與國清寺，長
達二十年，另外，〈慣居幽隱處〉一詩，亦可為證：

> 慣居幽隱處，乍相國清眾。時訪豐干道，仍來看拾公。
> 獨迴上寒巖，無人話合同。尋究無源水，源窮水不窮。[162]

寒山稱拾得為「公」[163]，拾得稱寒山為「兄」[164]，可見寒山
以近百歲之身閒逛天台，不是不可能，寒山詩〈昔日經行
處〉：

> 昔日經行處，今復七十年。故人無來往，埋在古冢間。
> 余今頭已白，猶守片雲山。為報後來子，何不讀古言。[165]

「經行」意為在固定的地方兜圈子，是為了避免靜坐時，產
生的昏沈或打瞌睡；以寒山三十歲隱居天台，前往國清寺接
觸佛法，認識拾得算起，七十年過去了，「猶守片雲山」的
寒山，定已百歲無疑，若非仍有行動能力，如何得知故人已
經「埋在古冢間」？

《徐注》引寒山詩〈吾家好隱淪〉：

> 吾家好隱淪，居處絕囂塵。踐草成三徑，瞻雲作四鄰。
> 助歌聲有鳥，問法語無人。今日娑婆樹，幾年為一春。[166]

---

[162] 寒山詩，〈慣居幽隱處〉寒山詩，頁9。
[163] 朝鮮本、高麗本作「拾翁」。詳見拙著，《寒山詩集校考》，頁44。
[164] 拾得詩，〈從來是拾得〉：「從來是拾得，不是偶然稱。別無親眷屬，
寒山是我兄。兩人心相似，誰能徇俗情。若問年多少，黃河幾度清。」
頁55。
[165] 寒山詩，〈昔日經行處〉，頁46。
[166] 寒山詩，〈吾家好隱淪〉，頁4。

《徐注》引桓譚《新論》：「天下神人五，一曰神仙，二曰隱淪，……」釋「吾家好隱淪」之「隱淪」，為「神人之一」。[167]按：「家」為無義之語尾詞，「隱淪」意為隱居生活，若解為「神人」，明顯與寒山詩中提到的，寒巖的獨隱之樂無法連貫。

八、結語

　　以上所列，近人對《寒山詩集》的誤讀與錯會，是研究寒山的學者，不可避免的錯誤，之所以如此，全因寒山的真實姓名，一千多年來，依然成謎所導致，近人對探討寒山真實姓名所作的努力，仍未有定論；北宋時，由日僧成尋帶回日本的《寒山詩集》版本，能否解開〈寒山子詩集序〉一文，其年代的上限，關係到第一個《寒山詩集》版本究竟為何，以上兩點，均有待喜愛寒山詩者，共同努力。

---

[167] 徐光大，《寒山子詩校注附拾得詩》，頁 51。

歷代禪師語錄對寒山、拾得詩之應用

前　言

　　歷代禪師對唐朝詩人寒山情有獨鍾，宗仰者視為「寒山菩薩」、「寒山大士」；持異議者視為「弄光影漢」、「弄精魂漢」；本文試舉歷代禪師上堂引寒山、拾得詩，以見兩人之詩於何時節，以何因緣，而被引為上堂法語，從中試探「寒山禪」之精神所在。

壹、寒山詩

一、吾心似秋月

　　　吾心似秋月，碧潭清皎潔。無物堪比倫，教我如何說。[1]

寒山詩〈吾心似秋月〉，清・吳景旭以「清新俊逸」評之，認為「可與杜詩相發。」[2]保福本權禪師曾以詩擬：「吾心

---

[1]　寒山詩皆無題，本文取每詩第一句為題，據《天祿琳琅》續編《寒山子詩一卷附豐干拾得詩一卷》，頁10。

[2]　清・吳景旭：《歷代詩話》卷三四：「如寒山子詩：吾心似秋月，……。人亦言：既似秋月碧潭，乃以為無物堪比，何也？蓋其意謂：若無二物比倫，當如何說耳！觀此可與杜詩相發，……。」《四庫全書》文淵閣本，集部，詩文評類。

似燈籠，點火內外紅。有物堪比倫，來朝日出東。」[3]湛然
圓澄禪師曾以詩和：「吾心非秋月，秋月有盈缺。萬物有無
常，這個不生滅。」[4]正法雪光禪師還因〈吾心似秋月〉一
詩而悟道。[5]其中，「碧潭清皎潔」，後代禪師有「碧潭澄
皎潔」、「碧潭光皎潔」、「圓滿光皎潔」、「一輪光皎潔」
數種誤引[6]，可見此詩為禪師所喜之程度，非同一般。

　　寒山「指月」與「靈山話月；曹溪指月；馬祖百丈南泉
翫月。」[7]同為禪門慣用機語；歷代禪師舉〈吾心似秋月〉
一詩作為開示語，多在中秋月圓夜，如：

> 靈隱淳禪師中秋上堂：吾心似秋月，碧潭清皎潔。乃喝
> 云：「寒山子話墮了也。諸禪德，皎潔無塵，豈中秋之
> 月可比；虛明絕待，非照世之珠可倫，獨露乾坤，光吞
> 萬象，普天匝地，耀古騰今，且道是簡甚麼？」良久云：
> 「此夜一輪滿，清光何處無。」[8]

3　宋・釋普濟，《五燈會元》卷十七。
4　《湛然圓澄禪師語錄》卷二：「中秋上堂，『吾心比秋月，秋月有圓
　　缺。世間無比倫，教我如何說。』（按：「比」秋月、「秋月有圓缺」、
　　「世間無」比倫，「」均有誤引。）噫！寒山老人，云是文殊化身，
　　何以口門窄，說不出。徑山不敢與古人爭衡，也要效顰說兩句伽陀：
　　『吾心非秋月，秋月有盈缺。萬物有無常，這個不生滅。』」
5　明・通問編：《續燈存稿》卷十：「黔中正法雪光禪師……一日定中
　　聞巖瀑聲觸發，默舉從上佛祖機緣，一一透得。遂往參潔空，從頭舉
　　似。空曰：『不見道，莫謂無心云是道，無心猶隔一重關，道了便入
　　寢室。』師自是茫無意緒，懷疑不決。一日見寒山詩：「吾心似秋月」
　　之句，疑滯頓釋，後菴居古山，臨終書偈而逝。」
6　詳見《宏智禪師廣錄》卷五、《保寧仁勇禪師語錄》卷一、《湛然圓
　　澄禪師語錄》卷四、《林泉老人評唱丹霞淳禪師頌古虛堂集》卷二。
7　《古林清茂禪師語錄》卷一。
8　《列祖提綱錄》卷四一。

靈隱淳禪師認為心頭明珠,非皎潔明月可比,視寒山以心喻月為「話墮」,是供後人作為談論「光明藏子」的「話柄」;虛舟普度禪師問「有月則似月,無月又似箇什麼?」[9]兩人都認為此等「月喻」均落入「第二月」。靈隱淳禪師以南唐失名僧之〈月〉詩[10],作為結語;虛舟普度禪師結語之「還我清光未發時」,明顯出自南唐失名僧「此夜一輪滿,清光何處無。」可見虛舟普度禪師認為「寒山比月」為「第二月」,是受到靈隱淳禪師的影響。

在所有有關中秋月誕[11]的上堂法語中,寒山詩〈吾心似秋月〉與南唐失名僧之〈月〉詩,相較於「靈山話月;曹溪指月;馬祖百丈南泉翫月。」的公案[12],前者更為禪師所喜;特別是失名僧之〈月〉詩,常被作為論「靈山話、曹谿指、南泉翫、寒山比。」之後,「以拂子打圓相」或「卓拄杖」

9　《虛舟普度禪師語錄》卷一:「中秋,上堂:『吾心似秋月,碧潭光皎潔。有月則似月,無月又似箇什麼?可笑寒山子,是亦不是,非亦還非,還我清光未發時。』」

10　「徐徐東海出,漸漸上天衢。此夜一輪滿,清光何處無。」(按:前二句一作:「團團離海嶠,漸漸出雲衢。」)《全唐詩》卷851,頁9630。

11　清・儀潤說義:《百丈清規證義記》卷七:「中秋,相傳是月誕,故舉世皆祀之。約佛教而論,祀月上供,宜在上午,蓋月類天,諸天不受午後供也,足以清規,但設供位。具花香燭水而已,不具食物上供也。邇來叢林,祀月同俗,訛謬已久,甚至有稱禮月光遍照菩薩者,或稱禮解脫月菩薩者,更有上供時,用齋佛儀者,尤為謬悞,愚者不識,以訛傳訛,諸方高明宜更正之。」

12　《圜悟佛果禪師語錄》卷一八:「舉,馬祖百丈西堂南泉翫月次,祖指月問西堂:『正當恁麼時如何?』西堂對云:『正好供養。』問百丈,丈對云:『正好修行。』問南泉,泉拂袖便去。祖云:『經入藏,禪歸海,唯有普願獨超物外。』」

時的結語。[13]不論是寒山的「無物堪比倫」，或是南泉普願的「拂袖便去」，在引「翫月」話頭的禪師眼中，寒山被稱為「弄光影漢」[14]，判其已淪入「強名之」的「第二月」。

寒山〈吾心似秋月〉，「不說」與「如何說」，雖被了菴清欲、洞然舜二位禪師視為「弄光影漢」（玩弄名相概念），但大部分的禪師仍樂於將此詩拿來翫月論心。破菴祖先禪師認為寒山此詩已是「見徹平常心」[15]；松源崇嶽禪師認為寒山此頌「易見難說」[16]；前文舉擬寒山此詩的保福本權禪師，認為寒山是「貴價精神賤價賣」[17]；慈氏瑞仙禪師更直接道出：「堪嗟古人心，難與今人說。」[18]而由禪

---

[13] 禪師以拂子打圓相曰：「此夜一輪滿，清光何處無。」以之作為公案結語，有：《五燈全書》卷一○二，碧眼本開禪師；《環溪惟一禪師語錄》卷一；《斷橋妙倫禪師語錄》卷一；《雪巖祖欽禪師語錄》卷一；《五燈全書》卷八八，楚南芙蓉百凝一禪師；卓拄杖曰：「此夜一輪滿，清光何處無。」見《虛堂和尚語錄》卷九。

[14] 《了菴清欲禪師語錄》卷一：「古今盡謂翫月話奇特，殊不知，馬大師憐兒不覺醜，若也據令而行，者一隊弄光影漢，總好與本分草料，免見門戶寂寥。」《五燈全書》卷一○五，洞然舜禪師：「中秋月蝕晚參，靈山話、曹溪指、馬祖翫、寒山比，者一夥老古錐，都是弄光影漢。」

[15] 《破菴祖先禪師語錄》卷一：「是故寒山子見徹平常心，便道：『吾心似秋月，碧潭清皎潔。無物堪比倫，教我如何說？』」

[16] 《松源崇嶽禪師語錄》卷上：「上堂，舉寒山頌云：『吾心似秋月，碧潭清皎潔。無物堪比倫，教我如何說？』師云：『寒山好頌，只易見難說。虎丘卻有箇方便說與諸人：若教頻下淚，滄海也須枯。』」

[17] 《續古尊宿語要》卷三，保寧勇禪師語：「『吾心似秋月，碧潭清皎潔。無物堪比倫，教我如何說？』寒山子貴價精神賤價賣，子細思量，有甚來由。雖然如是，三十年後有人檢點保寧去在。」

[18] 《嘉泰普燈錄》卷十，慈氏瑞仙禪師：「上堂曰：『吾心似秋月，碧潭清皎潔。無物堪比倫，教我如何說？』堪嗟古人心，難與今人說，語與時人同，意與時人別，語同人盡知，意別少人別，今人不會古人

師上堂時所作之擬和詩，最能看出寒山此詩為人欣欣樂道之處：

> 師舉：寒山云：「吾心似秋月，碧潭光皎潔。無物堪比倫，教我如何說。」拈云：「既說不得，就模子脫出一个：『吾心秋月印中天，到處相逢到處圓。普請且歸林下坐，好看光影未生前。』」[19]

雲谷和尚要學人同參「光影未生前」，究竟如何，相較於前文所舉，曾和寒山此詩的湛然圓澄禪師，其另一則和詩：「吾心似秋月，圓滿光皎潔。無物堪比倫，雲門已漏泄。」[20]湛然圓澄禪師與雲谷和尚一樣，都是「已說」如同「未說」；「無物可比」之說不得，與努力想要「如何說」，是寒山被視為「弄光影漢」的主因，其實，寒山並未陷入此窠窟，試看寒山詩〈巖前獨靜坐〉：

> 巖前獨靜坐，圓月當天耀。萬象影現中，一輪本無照。
> 廓然神自清，含虛洞玄妙。因指見其月，月是心樞要。[21]

「因指見月」，乃因語（指）悟義（月），因教（指）悟法

意，今日教我如何說，直饒會得寒山意。秋月碧潭猶未徹，如何得徹去？此夜一輪明皎潔，縱目觀瞻，不是月，是簡甚麼？咄！」

19　《雲谷和尚語錄》卷一。

20　《湛然圓澄禪師語錄》卷四：夜參：「吾心似秋月，圓滿光皎潔。無物堪比倫，教我如何說。」噫！大小寒山，徒為文殊後身，口門窄，說不出；老朽又且不然：「吾心似秋月，圓滿光皎潔。無物堪比倫，雲門已漏泄。」大眾，且道雲門大師作麼漏泄？良久云：「胡餅也不記得。」

21　寒山詩，〈巖前獨靜坐〉，頁44。

（月）[22]，不明此義者，泥於「說」與「未說」，自然是「墮它光影何時了」[23]，「恁麼說話，自救不了。」[24]無怪乎無明慧性禪師言：「寒山子坐在解脫深坑，若是北山門下，打你頭破額裂。」[25]慶鑒瑛和尚說：「痛與一頓……免使後人疑著。」[26]兩位禪師此等激烈舉措，目的是要讓人收視返觀；一切境緣，若在心無了別之下動地放光，則心源（佛性）自然不竭。

永覺元賢禪師言：「能因月而事佛，因佛而事心，則本覺自昭。」[27]心（佛心）因月而顯，體道之人所見之月有：「明」、「公」、「寂」、「貞」、「恒」、「信」、「虛」七種特性[28]，見月之人如見佛心，方為體道之人。寒山一夕之歡，千古之下，人人自可怡悅，月之「七德」若能體會，於見月之人，是為大解脫門。

---

[22] 因指見月，詳見《楞嚴經》卷二，《大智度論》卷九。

[23] 《古林清茂禪師語錄》卷二。

[24] 《續傳燈錄》卷二二，瑞州洞山梵言禪師：「上堂：『吾心似秋月，碧潭清皎潔。無物堪比倫，教我如何說？』寒山子勞而無功，更有簡拾得道：『不識這簡意，修行徒苦辛。』恁麼說話，自救不了。」

[25] 《無明慧性禪師語錄》，蘄州北山智度禪寺語錄。

[26] 《續古尊宿語要》卷六，開先慶鑒瑛和尚語：「奇怪諸禪德，文殊普賢，化作寒山拾得。……口唱高歌，歌曰：『吾心似秋月，碧潭清皎潔。無物堪比倫，教我如何說。』華藏當時若見，每人痛與一頓。何為如此？且教伊不敢掣風掣顛，免使後人疑著。」

[27] 《永覺元賢禪師廣錄》卷一七。

[28] 《永覺元賢禪師廣錄》卷一七：「靈照自如，虧蔽不能損其光，何其明也；影現眾水，大小未嘗異其照，何其公也；觸波瀾而不散，何其寂也；歷汙濁而不染，何其貞也；循環不失其運，何其恒也；盈虧不爽其時，何其信也；光被四洲吞萬象，而心實無應，何其虛也。備茲七者，大有近於吾佛之道。」

二、欲得身安處

欲得身安處，寒山可長保。微風吹幽松，近聽聲愈好。
下有斑白人，喃喃讀黃老。十年歸不得，忘却來時道。[29]

最早引寒山此詩的是曹山本寂禪師：

問：「如何是十年歸不得，忘却來時路？」師云：「得
樂忘憂。」僧云：
「忘卻什麼路？」師云：「十處即是。」僧云：「還忘
却本來路也無？」師云：「亦忘卻。」僧云：「為什麼
不言九年，要須十年？」師云：「若有一方未歸，我不
現身。」[30]

此記將「忘却來時道」作「忘却來時路」，寒山此詩在歷代
禪師手中增衍嬗變的情形有兩種：一、字句的增衍，如：「寒
山子行太早，十年歸不得。忘却來時道。」[31]、「堪悲堪笑
寒山子，十年歸不得，忘却來時路。」[32]「堪笑寒山忘却歸，

---

[29] 寒山詩，〈欲得安身處〉，頁6。
[30] 《祖堂集》卷八，〈曹山〉。
[31] 宋・法應集，元普會續，《禪宗頌古聯珠通集》卷二五〈雪竇顯〉：
「出草入草，隨解尋討。白雲重重，紅日杲杲。左顧無瑕，右盼已老。
君不見寒山子行太早，十年歸不得，忘却來時道。」《楚石梵琦禪師
語錄》卷十六〈送徑山莫首座歸鄞〉：「君不見，寒山子，歸太早，
十年忘卻來時道。又不見，明覺老，無處討，十洲春盡花凋殘，珊瑚
樹林日杲杲。」
[32] 《希叟紹曇禪師語錄》卷一：「入京歸，上堂：『赤腳走紅塵，全身
入荒草。費了幾精神，不若山居好。一塢閒雲，千峯啼鳥。聲色全真，
是非不到。堪悲堪笑寒山子，十年歸不得，忘却來時路。』」《無準
師範禪師語錄》卷一：「上堂，三月春將老，萬木獻青杪。微雨濕殘

十年不識來時道。」[33]二、內容的嬗變，如：「寒山忘却來時路，拾得相將携手歸。」[34]「拾得撫掌笑呵呵。寒山忘却來時道。」[35]「何言寒山愛遠遊，如今忘却來時路。」[36]「十年不得歸，忘却來時路。」[37]

由以上禪師增衍寒山詩的情形，可知從《祖堂集》（成於南唐保大十年，952），將「忘却來時道」作「忘却來時路」；以及投子義青、丹霞德淳、圜悟克勤、天童正覺將「喃喃讀黃老」作「嘮嘮讀黃老」[38]，可以推論：在《天祿》宋本（年代不詳），與釋志南「國清寺本」（成於淳熙十六年，1189）之前，有今所未見之「嘮嘮讀黃老」的版本。

紅，泉聲雜幽鳥。堪悲堪笑寒山子，歸不得，忘却來時道。」

[33] 《續傳燈錄》卷一四，潤州甘露傳祖仲宣禪師。

[34] 《宏智禪師廣錄》卷二：「雲犀玩月璨含輝，木馬游春駿不羈，眉底一雙寒碧眼，看經那到透牛皮。明白心超曠劫，英雄力破重圍。妙圓樞口轉靈機，寒山忘却來時路，拾得相將携手歸。」

[35] 《無明慧經禪師語錄》卷一〈上堂〉：「作麼生是藏身處沒蹤跡，會麼？拾得撫掌笑呵呵，寒山忘却來時道。珍重。」

[36] 宋·法泉繼頌：《證道歌》卷一。

[37] 《淨慈慧暉禪師語錄》卷一。

[38] 《林泉老人評唱投子青和尚頌古空谷集》卷二：「山有詩云。欲得安身處。寒山可常保。微風吹幽松。近聽聲愈好。下有斑白人。嘮嘮讀黃老。十年歸不得。忘却來時道。」（按：投子義青卒於元豐六年，1083。）《林泉老人評唱丹霞淳禪師頌古虛堂集》卷二：「嘗有詩云。欲得身安處。寒山可長保。微風吹幽松。近聽聲愈好。下有斑白人。嘮嘮讀黃老。十年歸不得。忘却來時道。」（按：丹霞德淳卒於政和七年，1117。）《佛果圜悟禪師碧巖錄》卷四：「寒山子詩云：『欲得安身處。寒山可長保。微風吹幽松。近聽聲愈好。下有斑白人。嘮嘮讀黃老。十年歸不得。忘却來時道。』」（按：圜悟克勤卒於紹興五年，1135。）《萬松老人評唱天童覺和尚頌古從容庵錄》卷一：「下有斑白人，嘮嘮讀黃老。……有本云：『喃喃讀黃老。』」（按：天童正覺卒於紹興二十七年，1157。）

歷代禪師引寒山此詩，有天童正覺以「十年歸不得，忘却來時道。」以之解釋曹山本寂之「隨類墮」：

> 曹山云：「作水牯牛是隨類墮。」大陽（大陽玄禪師）
> 道：「作水牯牛，是沙門轉身處。」為什麼却成隨類墮？
> 「十年歸不得，忘却來時道。」[39]

曹山本寂答僧問「三種墮」：「水牯牛是甚麼墮？曰：『披毛戴角是沙門墮。』不受食是甚麼墮？曰：『是尊貴墮。』不斷聲色是甚麼墮？曰：『是隨類墮』」[40]曹山本寂釋沙門取食有三種墮，其中「不斷聲色」之「隨類墮」，意為：「凡情得盡，聖量亦忘，聲色塵中不應更斷，乃可取食。」[41]天童正覺以「直須忘却始得。」[42]來回答僧問：「十年歸不得，忘却來時路。」觀此詩之意，乃寒山自言昧己逐緣不知返，觀天童正覺之說，似已得寒山「與迷人指路」[43]之意。

天童正覺「與迷人指路」，寶覺祖心禪師則直指迷心：

> 舉寒山道：「欲得安身處，……」僧問：「作麼生是來
> 時道？」師指香爐曰：「看，寒山來也，見麼？」僧曰：
> 「好箇香爐。」師曰：「慚愧！」師又問：「是爾從什
> 麼處來？」僧曰：「寮中來。」師曰：「從寮中來底，

---

[39] 《天童正覺禪師廣錄》卷四。
[40] 《撫州曹山元證禪師語錄》卷一。
[41] 宋・慧霞編、慶輝釋《曹洞五位顯訣》卷三。
[42] 《宏智禪師廣錄》卷五：「師云：『十年歸不得，忘却來時路。』僧云：『為什麼却如此？』師云：『直須忘却始得。』」
[43] 《萬松老人評唱天童覺和尚頌古從容庵錄》卷一。

如今是記得，是忘卻？」僧曰：「只是自己，更說什麼記忘！」師曰：「將謂失卻，元來卻在。」[44]

冰谷衍禪師自嘆「昨日少年今已老」[45]，雪竇重顯言「左顧無暇，右盼已老。」[46]，與寒山「十年歸不得，忘却來時道。」俱顯野老家風，其曉悟後學，全身入草之慈悲，由此可見。

三、我見瞞人漢

我見瞞人漢，如籃盛水走。一氣將歸家，籃裏何曾有。
我見被人瞞，一似園中韮。日日被刀傷，天生還自有。[47]

最早點明此詩為寒山詩的是元‧了菴清欲禪師，近人有將「寒山序詩」認為是了菴清欲所作，遂將「寒山序詩」冠以〈清欲歌〉之名。按：「寒山序詩」首見於「無我慧身本」，年代在行果「寶祐本」（成於宋理宗寶祐三年，1255）以前，所以，卒於元順帝至正二十七年（1367）的了菴清欲，不可能是「寒山序詩」的作者。了菴清欲：

---

[44] 《寶覺祖心禪師語錄》卷一。
[45] 明‧文琇集：《增集續傳燈錄》卷四：「上堂，朔風何蕭蕭，吹彼巖下衣。家業久荒蕪，遊子胡不歸。人生百歲豈長保，昨日少年今已老。飜憶寒山子，十年歸不得，忘却來時道。」
[46] 宋‧法應集，元普會續：《禪宗頌古聯珠通集》卷二五〈雪竇顯〉：「出草入草。隨解尋討。白雲重重。紅日杲杲。左顧無暇。右盼已老。君不見寒山子行太早，十年歸不得。忘却來時道。」
[47] 寒山詩，〈我見瞞人漢〉，頁33。

上堂，舉寒山子道：「我見瞞人漢，如籃提水走。急急走
歸家，籃裡何曾有。」保寧勇和尚舉了拍手大笑云：「有
意氣時添意氣，不風流處也風流。」師云：「然則下坡不
走，快便難逢。保寧老漢脚跟下，好與三十棒。」[48]

了菴清欲所提之保寧勇和尚，其所舉之寒山詩，見於《保寧
仁勇禪師語錄》卷一，與了菴清欲所舉寒山詩小有不同[49]；
與《續古尊宿語要》所引亦不同：

我見瞞人漢，如籃提水走。急急到家中，籃裏何曾有。
拍手大笑云：
「分意氣時添意氣，不風流處也風流。」[50]

寒山此詩之後幅：「我見被人瞞，一似園中韭。日日被刀傷，
天生還自有。」以被害者喻園中之韭，刀刈（受傷）之後更
自還生；保寧仁勇與了菴清欲均專就前幅，即瞞人之漢「一
氣將歸家」的「意氣」發揮；寒山詩中，瞞人漢之行事全在
榮耀「自我」，是為了凸顯後幅所喻之「韭」（被瞞者），
了菴清欲雖未引後幅四句，言「保寧老漢脚跟下，好與三十
棒。」瞞人漢之行徑不足為訓，已然明瞭。

---

[48] 《了菴清欲禪師語錄》卷一。
[49] 《保寧仁勇禪師語錄》卷一：「上堂，『我見瞞人漢，如籃盛水走。
一氣歸到家，籃裏何曾有。』拍手大笑云：『有意氣時添意氣，不風
流處也風流。』」
[50] 《續古尊宿語要》卷三《保寧勇禪師語錄》。

四、白鶴銜苦桃

白鶴銜苦桃，千里作一息。欲往蓬萊山，將此充糧食。
未達毛摧落，離群心慘惻。卻歸舊來巢，妻子不相識。[51]

羅山道閑禪師（卒於建隆二年，961。）最早引此詩：

僧舉寒山詩問師曰：「百鳥銜苦華時如何？」師曰：「貞
女室中吟。」曰：「千里作一息時如何？」師曰：「送
客遊庭外。」曰：「欲往蓬萊山時如何？」師曰：「欹
枕覷獼猴。」曰：「將此充糧食時如何？」師曰：「古
劍髑髏前。」[52]

首句「百鳥銜苦華」，南宋釋志南「國清寺本」系統作「白
鶴銜苦花」，較「國清寺本」為早的《天祿》宋本作「白鶴
銜苦桃」。[53]宋・善卿編正《祖庭事苑》（成於大觀二年，1108。）
卷三〈擬寒山〉，舉出全詩八句，且視此詩為「擬詩」[54]；
《祖庭事苑》卷三〈擬寒山〉，不同於《景德傳燈錄》卷一
七的地方有二：一、「百鳥銜苦華」作「白鶴銜苦桃」；二、
八句全引。第二個問題關係到禪師引用寒山詩的選擇性，可
不予考慮；第一個問題則可以看出，在南宋釋志南「國清寺

---

[51] 寒山詩，〈白鶴銜苦桃〉，頁9。
[52] 《景德傳燈錄》卷一七，福州羅山道閑禪師。
[53] 詳見拙著，《寒山詩集校考》，頁43。
[54] 「擬，比擬也。寒山子詩云：『白鶴銜苦桃，千里作一息。欲往蓬萊
山，將此充粮食。未 達毛摧落，離群情慘惻。卻歸舊來巢，妻子不
相識。』」按：僅「離群情慘惻」與《天祿》宋本「離群心慘惻」不
同。

本」以前，有一個被釋道原《景德傳燈錄》卷一七所引，首
句作「百鳥銜苦華」的版本，此版本與《天祿》宋本、「國
清寺本」均不同。

釋普濟（卒於寶祐元年，1253。）《五燈會元》卷七，
據《景德傳燈錄》卷一七[55]，首句改作「白鶴銜苦桃」，後
為《五燈嚴統》卷七、《五燈全書》卷一三所本；平石如砥
禪師所引亦僅有前幅：

> 上堂，寒山子詩云：「白鶴銜苦花，千里作一息。欲往
> 蓬萊山，將此充糧食。」好諸禪德，向者裡瞥地者多，
> 錯會者亦不少。所以道：「我詩也是詩，有人喚作偈。
> 詩偈總一般，讀時須仔細。」[56]

平石如砥禪師（卒於元至正十年，1350。）引拾得詩「我詩
也是詩」的前幅，其喻意應在未引之拾得此詩後幅：「緩緩
細披尋，不得生容易。依此學修行，大有可笑事。」「可笑」，
乃可喜之意；拾得與寒山同樣對一己之詩十分有信心[57]，拾
得言自己之詩如同「偈」，仔細披尋，於修行是大有裨益；
平石如砥禪師所謂的「錯會者」，應是指羅山道閑禪師之一

---

[55] 宋‧釋普濟《五燈會元》卷七：「僧舉寒山詩，問：『白鶴銜苦桃時
如何？』師曰：『貞女室中吟。』曰：『千里作一息時如何？』師曰：
『送客郵亭外。』曰：『欲往蓬萊山時如何？』 師曰：『猷枕覷獼
猴。』曰：『將此充糧食時如何？』師曰：『古劍髑髏前。』」
[56] 《平石如砥禪師語錄》卷一。
[57] 寒山詩，〈有人笑我詩〉：「有人笑我詩，我詩合典雅。不煩鄭氏箋，
豈用毛公解。不恨會人稀，只為知音寡。若遣趁宮商，余病莫能罷。
忽遇明眼人，即自流天下。」頁47。

句一擬，在他看來，不可分句摘取，而應總理全詩；然從平
石如砥禪師此則語錄來看，上引寒山詩〈白鶴銜苦花〉之前
幅；下引拾得詩〈我詩也是詩〉的前幅，前後語意無法連貫，
可謂非真懂寒山、拾得詩。

　　寒山〈白鶴銜苦桃〉一詩，白鶴往蓬萊，喻指離家求功
名；寒山的科舉過程，備極艱辛[58]，「卻歸舊來巢，妻子不
相識。」與蘇秦落魄歸鄉時「嫂不為炊，妻不下紝。」的情
形並無兩般；引寒山此詩前幅的羅山道閑禪師，一問一答，
內容叫人無法捫摸，目的在破除人們對常識、邏輯的依靠，
羅山道閑禪師以「貞女室中吟。」答僧問「百鳥銜苦華時如
何？」跳躍極大的「曲喻」，這種不合理之「理」，與寒山
詩〈吾心似秋月〉：「教我如何說」，不可比之「比」，全
都意在使人不執著於文字本身；不漁獵語言文字，為教外別
傳的禪宗祖師一再強調。

五、白雲抱幽石

　　重巖我卜居，鳥道絕人跡。庭際何所有，白雲抱幽石。
　　住茲凡幾年，屢見春冬易。寄與鐘鼎家，虛名定無益。[59]

《祖庭事苑》卷三〈白雲抱幽石〉，首引寒山此詩：

　　寒山子詩云：「重巖我卜居，鳥道絕人迹。庭際何所有，

---

[58] 詳見拙著，《寒山資料考辨》第二章。
[59] 寒山詩，〈重巖我卜居〉，頁4。

白雲抱幽石。住茲不記年，屢見春冬易。寄語鍾鼎家，虛
名定無益。」[60]

今國清寺後，八桂峰岩壁石刻：「寒山詩：重巖我卜居，鳥
道絕人迹。庭際何所有，白雲抱幽石。」乃自稱是寒山後身
的，黃庭堅之手書[61]，此石刻北宋釋贊寧《宋高僧傳》有記。
[62]在天台寒石山明岩洞外，有塊高約六十米，寬約二十米的
「幽石」，高立於寒山隱居的寒巖（明岩）前，為白雲所環
抱之幽石，明代高僧紫柏尊者亦曾提及：

寒山子詩曰：「庭際何所有，白雲抱幽石。」世之高明
者，無論今昔，皆味之而不能忘，豈不以其天趣自然，
即物而無累者乎。……道人謂二三子曰：「道遠乎哉？
觸事而真；聖遠乎哉？體之即神。故曰：『仁者見之以
為仁，智者見之以為智。』」夫厭喧趨寂者，觀白雲幽
石而通玄。[63]

紫柏尊者認為睹「白雲抱幽石」可通玄；橫川行珙禪師認為
可發作詩之心源[64]；明覺禪師則認為記取「白雲抱幽石」[65]，

---

60 宋・善卿編正，《祖庭事苑》卷三。
61 宋・黃庭堅，《山谷別集》卷二：「前身寒山子，後身黃魯直。頗遭
　　俗人惱，思欲入石壁。」《四庫全書》文淵閣本，集部，別集類。
62 宋・釋贊寧《宋高僧傳》卷十九〈唐天台山封干師傳木（左水右貢）
　　師寒山子拾得〉：「至有『庭際何所有，白雲抱幽石句。』歷然雅體。
　　今巖下有石亭亭而立，號幽石焉。」
63 《紫柏尊者全集》卷一三，〈積慶菴緣起〉。
64 《橫川行珙禪師語錄》卷二，〈讚・寒山〉：「做詩無題目，只要寫
　　心源。心源雖難搆，淺深在目前。白雲抱幽石，藤花樹上紆。豐干不
　　識你，道你是文殊。」

方能與寒山「肚裏各自惺惺」（月磵禪師語）；比起僧問「如何是祖師西來意？」，遂答以「白雲抱幽石」的承天傳宗禪師[66]，明覺禪師之語最與寒山相親。

六、我家本住在寒山

> 我家本住在寒山，石巖棲息離煩緣。泯時萬象無痕跡，舒處周流遍大千。光影騰輝照心地，無有一法當現前。方知摩尼一顆珠，解用無方處處圓。[67]

永明延壽論心神靈妙，引寒山此詩：

> 寒山子詩云：余家住此號寒山，山巖栖息離煩喧。泯時萬像無痕跡，舒即周流遍大千。光影騰輝照心地，無有一法當現前。方知摩尼一顆寶，妙用無窮處處圓。[68]

永明延壽《宗鏡錄》所引之寒山詩，八句中大約僅有三句，同於今傳之各版本《寒山詩集》，如此高比例的誤引，應是永明延壽個人慣於「信手拈來」的緣故。

---

[65] 《明覺禪師語錄》卷五，〈送僧之石梁〉：「萬卉流芳不知春力，巖畔澗底蹙紅皺碧，乘興復誰同，孤蹤遠鱗敵。君不見，五百聖者導雄機，靈峯晦育深無極，寒山老寒山老隨沈跡。迢迢此去須尋覓，華落華開獨望時，記取『白雲抱幽石。』」

[66] 《聯燈會要》卷二八〈泉州承天傳宗禪師〉：「僧問：『如何是祖師西來意？』師云：『白雲抱幽石。』僧云；『乞師再垂方便。』師云：『千里未是遠。』」

[67] 寒山詩，〈我家本住在寒山〉，頁32。

[68] 《宗鏡錄》卷一二。

「摩尼」意譯為「寶珠」、「珠」。佛經載此「摩尼珠」具有不可思議之神奇力，相傳大海龍王左耳內之如意摩尼寶珠，能「稱意給足一切眾生。」[69]菩薩舍利散在諸佛世界，所變現出的「摩尼寶珠」，眾生不論是見之、觸之，即能不墮「三惡道」[70]；此外，摩尼珠還能治療一切疾病。[71]寒山此詩之「摩尼珠」，指的是眾生本具之清淨心（心珠），也就是佛性。在寒山詩中，出現過「水晶珠」、「真珠」、「摩尼珠」、「神珠」、「明珠」，均指「心珠」；唯一引寒山此詩的無明慧經禪師，曾說道：「方知一顆摩尼珠，解用須是寒山子。」[72]無明慧經可謂能解寒山各種「心珠」之喻。

---

[69] 《大方便佛報恩經》卷四：「復有一大臣言：『世間求利，莫先入海採取妙寶，若得摩尼寶珠者，便能稱意給足一切眾生。」《宗鏡錄》卷一一：「如寒山子詩云；『昔年曾入大海遊，為探摩尼誓懇求。直到龍宮深密藏，金關鎖斷鬼神愁。龍王守護安身裏，寶劍星寒勿處搜。賈客却歸門內去，明珠元在我心頭。』」寒山詩：「昔年曾到大海遊，為采摩尼誓懇求。直到龍宮深密處，金關鎖斷主神愁。龍王守護安耳裏，劍客星揮無處搜。賈客却歸門內去，明珠元在我心頭。』」兩相比對，永明延壽所舉只三句與《天祿》宋本同。寒山詩：「昔年曾到大海遊，為采摩尼誓懇求。」即入海求摩尼寶之意。

[70] 《悲華經》卷四：「若諸菩薩命終之時結跏趺坐，入於火定自燒其身，燒其身已四方清風來吹其身，舍利散在諸方無佛世界，尋時變作摩尼寶珠。」

[71] 《摩訶般若波羅蜜經》卷十：「世尊，譬如無價摩尼珠寶，在所住處，非人不得其便，若男子女人有熱病，以是寶著身上，熱病即時除愈；若有風病，若有冷病，若有雜熱風冷病，以寶著身上，皆悉除愈。」

[72] 《無明慧經禪師語錄》卷一：「師彈指一下云：『大眾作麼生會？』眾無語。師曰：『不會出世師，空勞一彈指。最無分曉句，真是難接嘴。倚天長劍逼人寒，不是其人徒側耳。方知一顆摩尼珠，解用須是寒山子。』下座。」

七、千年石上古人蹤

千年石上古人蹤，萬丈巖前一點空。明月照時常皎潔，
不勞尋討問西東。[73]

最早引寒山此詩的是投子和尚：「問：『如何是千年石上古
人蹤？』師云；『碑碣上著不得。』」[74]此外，藍田縣真禪
師「問：『如何是千年石上古人蹤？』師云；『移易不得。』」
[75]投子和尚與真禪師均未明言所引之詩為寒山詩；曾和寒山
詩的楚石梵琦禪師，認為「此一點空不可取」。[76]寒山此處
的「一點空」，空得不是沒道理，投子和尚「碑碣上著不得」
與真禪師「移易不得」，都認同「古人蹤」與「一點空」，
不過是心佛、心法的轉說轉新，寒山自己並非強安以名，末
句「不勞尋討問西東」，寒山已說明了當下之念，即是心即
是佛。

　　石鞏和尚〈弄珠吟〉云：「如意珠，大圓鏡，亦有中
人喚作性。分身百億我珠分，無始本淨如今淨。日用真珠
是佛陀，何勞逐物浪波波。隱顯即今無二相，對面看珠識得
麼？」[77]石鞏和尚的「日用真珠」就是永嘉玄覺《證道歌》

---

[73] 寒山詩，〈千年石上古人蹤〉，頁32。

[74] 《古尊宿語錄》卷三六，《投子和尚語錄》。

[75] 《建中靖國續燈錄》卷二。

[76] 《楚石梵琦禪師語錄》卷一七，〈送儀侍者游天台鴈蕩〉：「寒山子
道：『千年石上古人蹤，萬丈巖前一點空。』此一點空不可取，天台
鴈蕩隨西東。衲僧行腳休輕議，略以虛懷標此位。非凡非聖強安名，
高踏毗盧頂上行。」

[77] 《宗鏡錄》卷一一。

所說的「佛性戒珠心地印」[78]；寒山「不勞尋討問西東」，是「明月照時常皎潔」，以心印月的心得，寒山巧為方喻，此「一點空」並非不可取。

八、多少天台人

多少天臺人，不識寒山子。莫知真意度，喚作閑言語。[79]

海會寺方丈僧超盛如川，引寒山此詩：

云：「多少天台人，不識寒山子。」師曰：「莫將寸管，擬覷穹蒼。」僧便喝。師曰：「龍頭前喝，蛇尾後喝。」僧又喝，師曰：「將謂龍門躍鯉，原來潭底蝦蟆。」[80]

寒山此詩在禪師口中，「喝」到全沒巴鼻（沒巴鼻：意為「沒根由、沒意思」）；寒山自言不為人知，絕非虛言，其詩〈憶得二十年〉：

憶得二十年，徐步國清歸。國清寺中人，盡道寒山癡。癡人何用疑，疑不解尋思。我尚自不識，是伊爭得知。低頭不用問，問得復何為。有人來罵我，分明了了知。雖然不應對，卻是得便宜。[81]

---

[78] 《證道歌註》卷一：「能覺知故名曰『佛性』；瑩淨無垢名曰『戒珠』；能生諸法名曰『心地』；號令群品名之曰『印』也。」
[79] 寒山詩，〈多少天台人〉，頁29。
[80] 《御選語錄》卷一九。
[81] 寒山詩，〈憶得二十年〉，頁43。

此詩為寒山自述在國清寺活動的情形。寒山往來國清寺至少
二十年，寒山在寺中「或長廊徐行，叫喚快活，獨笑獨言，
時僧遂捉罵打趁，乃駐立撫掌，呵呵大笑，良久而去。」[82]寒
山言「有人來罵我，分明了了知。雖然不應對，卻是得便宜。」
可見寒山於國清寺，行的是一般僧人難行的「忍辱度」。

　　寒山在國清寺出入至少二十年，後代釋書有關寒山的生
平事蹟，全根據署名為閭丘胤所作的〈寒山子詩集序〉，以
寒山〈憶得二十年〉一詩與〈偽序〉言寒山在國清寺的情形
互看，〈偽序〉作者應對寒山詩爛熟於胸，才有辦法就寒山
在國清寺「有人來罵我」的前提下，杜撰出寒山乃文殊化身、
拾得為普賢轉世、豐干為彌陀再來，後代釋書所謂的「天台
三聖」的神話。寒山自言「多少天臺人，不識寒山子。」應
是指〈憶得二十年〉一詩所提之國清寺僧，不識真正的「寒
山」世界。

九、瞋是心中火

　　瞋是心中火，能燒功德林。欲行菩薩道，忍辱護真心。[83]

雍正《御選語錄》：

　　王云：「寒山大士道：『瞋是心中火，能燒功德林。欲
　　行菩薩道，忍辱護真心。』圓明今日道：『情是身中水，

〈寒山子詩集序〉，頁1。
[83] 寒山詩，〈瞋是心中火〉，頁15~16。

能迷般若津。欲行菩薩道，戒慾護真身。」且道是同耶
異耶？[84]

佛告比丘：「若有智之人欲弘吾道者，當修忍默，勿懷忿
諍。」[85]由前引〈憶得二十年〉一詩，可知寒山對國清寺僧
的「捉罵打趁」，採「不應對」的方式，確實做到以「忍辱」
對治三毒之一的「瞋恚」。圓明居士（雍正）貴為帝王之尊，
未嘗不想求得七寶圍繞[86]；唯靈根需有「般若津」之澆灌，
方能確保智慧常明；想要「坐一微塵裏轉大法輪，於一毫端
現寶王剎。」以帝王身份而言，雍正自許「戒慾護真身」，
的確為當務之急。

十、五嶽俱成粉

五嶽俱成粉，須彌一寸山。大海一滴水，吸入在心田。
生長菩提子，遍蓋天中天。語汝慕道者，慎莫繞十纏。[87]

永明延壽引寒山此詩，僅「吸入在心田」作「吸在我心田」；
「語汝慕道者」作「為報慕道者」，以《宗鏡錄》誤引寒山

---

84 《御選語錄》卷一二，〈一貫銘〉。
85 《長阿含經》卷二一：「佛告比丘：爾時，天帝釋豈異人乎？勿造斯
   觀。時，天帝釋即我身是也，我於爾時，修習忍辱，不行卒暴，常亦
   稱讚能忍辱者；若有智之人欲弘吾道者，當修忍默，勿懷忿諍。」
86 「七寶」之名，佛經所載互有不同：《妙法蓮華經·授記品》作：「金、
   銀、琉璃、硨磲、瑪瑙、真珠、玫瑰。」《長阿含經》卷三之「七寶」
   為：「金輪寶、白象寶、紺馬寶、神珠寶、玉女寶、居士寶、主兵寶。」
   《般泥洹經》卷二之「七寶」為：「金輪寶、白象寶、紺馬寶、神珠
   寶、玉女寶、理家寶、聖導寶。」
87 寒山詩，〈五嶽俱成粉〉，頁40。

詩的高比例來看，僅此二處有誤[88]，實為少見：

> 如寒山子詩云：「五嶽俱成粉，……慎勿遠十纏。」夫
> 九結十纏，性雖空寂，初心學者，且須離之。是以諸佛
> 所說深經，先誡不可於新發意菩薩前說，慮種子習重，
> 發起現行，又觀淺根浮，信解不及。[89]

永明延壽意在說明「九結十纏」[90]為起現行種子之因，慕道
者唯有不被「九結十纏」所障，方能使「菩提子」（覺悟之
心）生長。

十一、高高峰頂上

> 高高峰頂上，四顧極無邊。獨坐無人知，孤月照寒泉。
> 泉中且無月，月自在青天。吟此一曲歌，歌終不是禪。[91]

了堂惟一禪師引寒山此詩：

---

[88] 《宗鏡錄》卷二一：「如寒山子詩云：『五嶽俱成粉，須彌一寸山。大海一滴水，吸在我心田。生長菩提子，遍蓋天中天。為報慕道者，慎勿遠十纏。』」

[89] 宋・釋惠洪《林間錄》卷二：「故曰：『九結十纏，性雖空寂，初心學者，且須離之。是以諸佛所說深經，先誡不可於新發意菩薩說，慮種子習重發起現行，又為觀淺根浮，信解不及故也。』」惠洪幾乎全引永明延壽之語。

[90] 九結：「愛結、恚結、慢結、癡結、疑結、見結、取結、慳結、嫉結。」；十纏：「瞋纏、覆罪纏、睡纏、眠纏、戲纏、掉纏、無慚纏、無愧纏、慳纏、嫉纏。」見《大智度論》卷三、卷七。

[91] 寒山詩，〈高高峰頂上〉，頁45。

中秋上堂，舉寒山子詩云：「高高峰頂上，四顧極無邊。獨坐無人知，明月照寒泉。泉中且無月，月自在青天。吟此一曲歌，歌中不是禪。」師云：「竹山未免下箇註腳，蘇盧蘇盧，口悉唎口悉唎，便下座。[92]

「歌中不是禪」，今所傳之《寒山詩集》，僅《天祿》宋本作「歌終不是禪」。

禪宗祖師門下的臨時問答，落入「禪窠」者，不是「不解扶起」，要不就是「矮子看戲」[93]；退耕寧禪師曰：「隨機有問隨機答，不是禪兮不是玄。後代無端翻譯出，却將梵語作唐言。」[94]了堂惟一禪師以〈大悲咒〉中「蘇盧蘇盧，嗦唎嗦唎」，即觀音菩薩的二種示現，作為寒山此詩的註腳，可謂別開生面。寒山之「歌終不是禪」（或「歌中不是禪」），全無倚依，聲前句後，不特意尋求禪之境界，這正是寒山詩被後人認為是「禪詩」的原因。

十二、男兒大丈夫

男兒大丈夫，作事莫莽鹵。勁挺鐵石心，直取菩提路。
邪路不用行，行之枉辛苦。不要求佛果，識取心王主。[95]

---

[92] 《了堂惟一禪師語錄》卷一。
[93] 《五燈全書》卷六三，雪關智誾禪師：「上堂，說底不是禪，悟底不是道；推倒葡萄棚，春風寒料峭。然雖如是，今日若是端師子來，也合喫山僧拄杖，何故？為他不解扶起，只解放倒。」忽有個傍不甘底出來道：「和尚，你還會扶起麼？」山僧也與他拄杖，何故？為他矮子看戲，隨人上下。」
[94] 宋・法應集、元・普會續：《禪宗頌古聯珠通集》卷二八。
[95] 寒山詩，〈男兒大丈夫〉，頁26。

永明延壽《宗鏡錄》卷九八引此詩，「勁挺鐵石心」作「徑
直鐵石心」；「邪路不用行」作「邪道不用行」；「行之枉
辛苦」作「行之必辛苦」，與卷六之誤引同為三處。[96]

永明延壽「舉一心為宗，照萬法如鏡。」（《宗鏡錄·
序》）認為：「如今不直悟一心者，皆為邪曲；設外求佛果
者，皆不為正。」[97]寒山普勸不管是做事莽鹵的「男兒大丈
夫」，還是一刀把人剁成兩段的「男兒大丈夫」[98]，要以能識
取「心王」為要。永明延壽之「直入宗鏡」，意與寒山「識
取心王主」相同。直入宗鏡，識取「心王」，永明延壽形容
此「萬事休息」的心理狀態為：「凡聖情盡，安樂妙常。」[99]
寒山自己則形容為：「淨如白蓮」[100]；五祖弘忍曰：「我所

---

[96] 《宗鏡錄》卷九八：「寒山子詩云：『男兒大丈夫，作事莫莽鹵。徑
直鐵石心，直取菩提路。邪道不用行，行之必辛苦。不要求佛果，識
取心王主。』」卷六：「如寒山子詩云：『男兒大丈夫，作事莫莽鹵。
徑挺鐵石心，直取菩提路。邪道不用行，行之轉辛苦。不用求佛果，
識取心王主。』」

[97] 《宗鏡錄》卷六：「又凡立真妄，皆是隨他意語，化門中收。若頓見
性人，誰論斯事。如今不直悟一心者，皆為邪曲；設外求佛果者，皆
不為正。」

[98] 寒山詩，〈上人心猛利〉：「上人心猛利，上人心猛利，一聞便知妙。
中流心清淨，審思云甚要。下士鈍暗癡，頑皮最難裂。直得血淋頭，
始知自摧滅。看取開眼賊，鬧市集人決。死屍棄如塵，此時向誰說。
男兒大丈夫，一刀兩段截。人面禽獸心，造作何時歇。」

[99] 《宗鏡錄》卷六：「是知若見有法可求，有道可行，皆失心王自宗之
義，若直入宗鏡，萬事休息，凡聖情盡，安樂妙常，離此起心，皆成
疲苦。」

[100] 寒山詩，〈隱士遁人間〉：「隱士遁人間，多向山中眠。青蘿疏麓麓，
碧澗響聯聯。騰騰且安樂，悠悠自清閒。免有染世事，心靜如白蓮。」
按：「心靜如白蓮」，「國清寺本」系統均作「心淨如白蓮」詳見拙
著，《寒山詩集校考》，頁143。

心滅自然與佛平等無二」。[101]心能自在，名之為「王」，不假外求，方能自在，寒山婆子心切，宋・彥琪曾形容相近的〈上人心猛利〉一詩，言：「有善根者聞之必有感。」[102]寒山詩中對於「心王為主」，屢屢懇提，這是寒山被真淨克文禪師視為「菩薩」；永覺元賢禪師以及諸多釋書稱為「大士」的主因。[103]

十三、世有多事人

> 世有多事人，廣學諸知見。不識本真性，與道轉懸遠。
> 若能明實相，豈用陳虛願。一念了自心，開佛之知見。[104]

首引此詩的是雲菴真淨禪師：

> 上堂，如來大師云：「不能了自心，如何知正道。」又寒山菩薩云：「一念了自心，開佛之知見。」大眾，是什麼？直下了取。拈拄杖云：「何誰不見？阿誰不知？知見分明。」又擊禪床云：「阿誰不聞？阿誰不了？了

---

[101] 唐・釋弘忍：《最上乘論》卷一：「《心王經》云：『真如佛性沒在知見六識海中，沈淪生死不得解脫。』努力會是，守本真心妄念不生，我所心滅自然與佛平等無二。」

[102] 《證道歌註》卷一：「故寒山詩云：『上人心猛利，……男兒大丈夫，一刀兩斷截。人面禽獸心，造作何時歇。』先聖激勵如此，其有善根者聞之必有感焉。」

[103] 真淨克文禪師稱寒山為「菩薩」，見《古尊宿語錄》卷四三；稱寒山為「大士」之釋書：見《永覺元賢禪師廣錄》卷二十、《五燈會元目錄》卷一、《五燈嚴統目錄》卷一、《五燈全書目錄》卷一、《教外別傳》卷一、《御選語錄》卷一。

[104] 寒山詩，〈世有多事人〉，頁27。

心平等；若此觀者，名為正觀；若他觀者，名為邪觀。」
卓拄杖，下座。[105]

雲菴真淨禪師（卒於崇寧元年，1102。）只舉此詩前幅後二
句，別峰雲和尚亦然[106]；值得一提的是，此詩在〈龍牙和尚
偈頌〉，被點竄為：

西來意未明，徒學諸知見。不識本真性，契道即懸遠。
若能明實相，豈用陳知見。一念了自心，開佛諸知見。[107]

此頌後下接寒山詩〈寄語諸仁者〉：

寄語諸仁者，復以何為懷。達道見自性，自性即如來。
天真元具足，修證轉差迴。弃本却逐末，祇守一場獃。[108]

寒山此詩在《禪門諸祖師偈頌》卷一，被編為〈龍牙和尚偈
頌〉的第九四、九五首。棄本逐末，多為取相漢所為；不識
本性，又天生好攻禪病之「多事人」，寒山望其能「一念了
自心」，這樣的期待，無怪乎雍正讚嘆寒山詩：「真乃古佛
直心直語也。」[109]

---

[105] 《古尊宿語錄》卷四三，雲庵真淨禪師。
[106] 《續古尊宿語要》卷六，別峰雲和尚語：「舉寒山子道：『一念了自
心，開佛之知見。』」
[107] 宋・釋子昇、如祐編：《禪門諸祖師偈頌》卷一，〈龍牙和尚偈頌〉
第九二、九三首。
[108] 寒山詩，〈寄語諸仁者〉，頁37。
[109] 清宣統庚戌（二年）蘇州程氏思賢堂重刊本卷首。

十四、六極常嬰困

六極常嬰困，九維徒自論。有才遺草澤，無藝閉蓬門。

日上巖猶暗，煙消谷裏昏。其中長者子，箇箇摠無褌。[110]

《祖庭事苑》卷二引此詩：

寒山子詩：「六極常嬰困，九維徒自論。有才遺草澤，
無藝閉蓬門。曰上巖猶闇，烟消谷裏昏。其中長者子，
箇箇總無裩。」[111]

比《祖庭事苑》卷二更早引此詩的是雲門法嗣洞山初禪師（卒
於淳化元年，990）：

問：承古有言：「『其中長者子，箇箇盡無裩。』如何
是長者子？」師云：「只你是。」云：「是箇什麼？」
師云：「猫兒打筋斗。」[112]

「長者子無褌」典出《太平御覽》卷二二一，職官部十九：「《桓
階別傳》曰：『階為尚書令，文帝行幸，見諸少子無褌，上搏
手曰：『長者子無褌』，是日拜三子為黃門郎。』」[113]洞山初
禪師言「猫兒打筋斗」，是以「遮止」的方式來回答何謂「長
者子」；佛果圜悟禪師形容「無裩長者子」是「爾若擬議欲

---

[110] 寒山詩，〈六極常嬰困〉，頁7。
[111] 《祖庭事苑》卷二，〈雪竇頌古·無裩〉。
[112] 《古尊宿語錄》卷三八，初禪師語錄。
[113] 《太平御覽》卷二二一。《四部叢刊》本，三編，子部。

會而不會，止而不止，亂呈懷袋。」[114]兩人對此無褌之「長者子」，均未體寒山之意。寒山此詩之「長者子」，為「素信謹」者之意[115]，乃寒山初抵寒巖隱居，以往求仕無門之窘況仍縈繞心懷，不言一己無褌，而言「簡簡總無褌」。

十五、本志慕道倫

本志慕道倫，道倫常獲親。時逢杜源客，每接話禪賓。

談玄月明夜，探理日臨晨。萬機俱泯跡，方識本來人。[116]

《宗鏡錄》卷九八，首言此詩為寒山詩：「如寒山子頌云：『萬機俱泯跡，方見本來人。』」《宗範》卷一〈顯喻〉：「如寒山云：『萬境俱泯迹，方見本來人。』」均只引此詩之末二句；《天祿》宋本「萬機俱泯跡」，《宗範》卷一作「萬境俱泯迹」；「方識本來人」二則均作「方見本來人」。

香林澄遠禪師：「問：『萬機俱泯迹，方識本來人時如何？』師曰：『清機自顯。』曰：『恁麼即不別人？』師曰：『方見本來人。』」[117]可見《宗鏡錄》卷九八與《宗範》卷

---

[114] 《碧巖錄》卷五：「爾若擬議欲會而不會，……正是簡簡無褌長者子。寒山詩道：『六極常嬰困，九維徒自論。有才遺草澤，無勢閉蓬門。日上巖猶暗，煙消谷尚昏。其中長者子，簡簡總無褌。』」按：「無勢閉蓬門」之「勢」，為「藝」之誤；「煙消谷尚昏」與《天祿》宋本「煙消谷裏昏」異，同於「國清寺本」系統。

[115] 項楚《寒山詩注》認為寒山此詩之：「長者子」，出自《史記·項羽本紀》：「陳嬰者，故東陽令史，居縣中，素信謹，稱為長者。」頁83。

[116] 寒山詩，〈本志慕道倫〉，頁44。

[117] 《景德傳燈錄》卷二二，香林澄遠禪師。

一,「方見本來人。」是出自香林澄遠禪師,其他釋書亦有多引。[118]香林澄遠禪師以「清機自顯」釋萬機(境)俱泯時的「本來」樣貌,永明延壽禪師認為:

> 泯之一字,未必須泯,以心外元無一法,所見唯心,如谷應自聲;鏡寫我像,秖謂眾生不達,鼓動心機,立差別之前塵;如空華起滅,纖無邊之妄想,似焰水奔騰,不復一心本源,故令泯絕;若入心體,雖云湛然,不落斷滅,自然從體起用,周遍恒沙。[119]

永明延壽認為萬境俱是一法所印現,心不妄起則隨處皆真,一法即一切法;《宗範》卷一〈顯喻〉所論,明顯出自永明延壽。[120]眾生若以本體之心(平常心)照看世間、出世間法,則萬機萬緣俱是三昧所現,自然天成,「泯之一字」便「未必須泯」了。

十六、我見轉輪王

> 我見轉輪王,千子常圍繞。十善化四天,莊嚴多七寶。
> 七寶鎮隨身,莊嚴甚妙好。一朝福報盡,猶若棲蘆鳥。
> 還作牛領蟲,六趣受業道。況復諸凡夫,無常豈長保。
> 生死如旋火,輪迴似麻稻。不解早覺悟,為人枉虛老。[121]

---

[118] 見《五燈會元》卷一五、《五燈嚴統》卷一五、《五燈全書》卷三一、《錦江禪燈》卷二。

[119] 《宗鏡錄》卷九八。

[120] 《宗範》卷一〈顯喻〉:「如寒山云:『萬境俱泯迹,方見本來人。』未必須泯,只謂眾生不達空花起滅,不復一心本源,故令泯絕;若入心體,唯是湛然,不落斷滅,自然從體起用。用徧恒沙。」

[121] 寒山詩,〈我見轉輪王〉,頁41。

《證道歌》二千言，宋‧彥琪、元‧永盛二位禪師為之述、註。《證道歌》乃永嘉真覺（法諱玄覺）之悟道心得，「梵僧傳歸天竺，彼皆欽仰目為東土大乘經。」可見《證道歌》的影響非同尋常[122]；彥琪言玄覺於「定中觀見字字化作金色滿虛空界，自後天下叢林無不知也。」[123]寒山〈我見轉輪王〉一詩，乃出自《佛說無常三啟經》：「上生非相處，下至轉輪王。七寶鎮隨身，千子常圍繞。如其壽命盡，須臾不暫停。還漂死海中，隨緣受眾苦。」彥琪未引〈我見轉輪王〉末四句，元之永盛亦然[124]，可謂「遺珠之憾」！

　　彥琪就《證道歌》：「覺則了，不施功，一切有為法不同。」之後舉〈我見轉輪王〉一詩，彥琪言：

> 覺了一切諸法，即不施有為功行也，有為功行非究竟也。
> 故寒山云：「我見轉輪王，……無常豈長保。」以此而
> 知，有功之功，功皆無常；無功之功，功不虛棄。故云：
> 「一切有為法不同也。」[125]

永盛則在「住相布施生天福，猶如仰箭射虛空，勢力盡，箭還墜，招得來生不如意。」之後方引〈我見轉輪王〉一詩，

---

[122] 《歷代佛祖通載》卷一三。
[123] 宋‧彥琪：《證道歌序》。
[124] 元‧永盛述、德弘編：《證道歌註》卷一：「寒山云：『我見轉輪王，千子常圍繞。十善化四天，莊嚴多七寶。七寶鎮隨身，莊嚴甚玅好。一朝福報盡，猶如樓蘆鳥。還作牛領蟲，六趣受業道。況復諸凡夫，無常豈可保。』與其他版本之不同，在「猶若樓蘆鳥」作「猶如樓蘆鳥」；「無常豈長保」作「無常豈可保」。
[125] 宋‧彥琪註《證道歌註》卷一。

此為兩者註處之不同。

　　永嘉玄覺以「箭射虛空，力盡還墜。」形容「有為功行」無助於解脫；寒山詩〈昨到雲霞觀〉[126]，則以「但看箭射空，須臾還墜地。」形容求仙乃「守屍」之舉，屬著相之魔業。永嘉玄覺卒於先天二年（713）[127]，從宋‧彥琪言玄覺於定中睹《證道歌》「字字化作金色滿虛空界，自後天下叢林無不知。」寒山詩「但看箭射空，須臾還墜地。」極有可能採自《證道歌》之「仰箭射虛空，勢力盡，箭還墜。」如此，則寒山非貞觀時人，又添一力證。寒山之後，黃檗希運《宛陵錄》亦曾引永嘉玄覺之「箭射虛空，力盡還墜。」[128]黃檗希運卒於大中年間[129]，惜未說明所據為何。亦喜《寒山詩集》的袁宏道，將「邪見之網」分為十則，以「如箭射空，力盡

---

[126] 寒山詩，〈昨到雲霞觀〉：「昨到雲霞觀，忽見仙尊士。星冠月帔橫，盡云居山水。余問神仙術，云道若為比。謂言靈無上，妙藥必神秘。守死待鶴來，皆道乘魚去。余乃返窮之，推尋勿道理。但看箭射空，須臾還墜地。饒你得仙人，恰似守屍鬼。心月自精明，萬像何能比。欲知仙丹術，身內元神是。莫學黃巾公，握愚自守擬。」

[127] 陳垣，《釋氏疑年錄》卷四，考玄覺卒年：「《釋氏通鑑》作先天元年卒；《五燈全書》作開元元年卒；《隆興通論》、《佛祖通載》作開元二年卒；今據《宋僧傳》八。」台北：新文豐出版，1993 年。下引版本同。

[128] 《古尊宿語錄》卷第三《黃檗斷際禪師宛陵錄》：「諸行盡歸無常，勢力皆有盡期。猶如箭射於空，力盡還墜。却歸生死輪迴，如斯修行，不解佛意，虛受辛苦，豈非大錯。」

[129] 陳垣，《釋氏疑年錄》卷五，考黃檗卒年：「《隆興通論》、《釋氏通鑑》作大中四年卒；《佛祖統紀》作大中九年卒；《佛祖通載》作大中三年卒；《宗統編年》作大中二年卒；今據《宋僧傳》二十。」按：大中年號共十三年，847~859。

還墜。」喻第四則「狂惢墮」，戒生人天之急[130]，意較近寒
山諷道人「成仙」之急。

十七、可貴天然物

> 可貴天然物，獨一無伴侶。覓他不可見，出入無門戶。
> 促之在方寸，延之一切處。你若不信受，相逢不相遇。[131]

首位引寒山此詩的是永明延壽禪師：

> 如寒山子詩云：「可貴天然物，獨一無伴侶。促之在方
> 寸，延之一切處。汝若不信受，相逢不相遇。」如明達
> 之者，寓目關懷，悉能先覺；若未遇之子，可以事知，
> 舉動施為，未嘗間斷。[132]

與《天祿》宋本相較，少了第三、四句，此並非《宗鏡錄》
卷九之缺漏，同為永明延壽禪師所著之《心賦注》，卷一所
引寒山此詩亦只有六句。永明延壽舉蔡順之母的齧指動心；
唐裴敬彝父死、張志安母疾急，為人子者皆能千里感應，用
來比喻「明達者」的「悉能先覺」（《心賦注》卷一亦同），
不信此等親子感應的人，自然是對面如千里，「相逢不相遇」
了！寒山此詩之「可貴天然物」，不僅可喻「明達者」之先

---

[130] 袁宏道：《西方合論》卷八：「戒謂止一切黑業，祖師于此，分四料
簡：一戒急乘緩，以戒急故，生人天中，如箭射空，力盡還墜。以乘
緩故，雖聞大法，如聾若啞。」

[131] 寒山詩，〈可貴天然物〉，頁 26。

[132] 《宗鏡錄》卷九。

覺，明心見性淨之常行菩薩道者，視此「天然物」（心），
自然是「無物堪比倫，教我如何說。」南石文琇禪師便直接
以「不審！不審！」作為結語[133]；無可比並，道不及謂，如
此才能心境雙遣，斷實齊休。

十八、余家有一窟

> 余家有一窟，窟中無一物。淨潔空堂堂，光華明日日。
> 蔬食養微軀，布裘遮幻質。任你千聖現，我有天真佛。[134]

福州廣平院守威宗一禪師：「問古人云：『任汝千聖見，我
有天真佛。』如何是天真佛？師曰：『千聖是弟。』」守威
宗一禪師此記，後多為其他釋書所據[135]；最早言此詩為寒山
之詩的是永明延壽：

> 寒山子詩云：「寒山居一窟，窟中無一物。淨潔空堂堂，
> 皎皎明如日。糲食資微軀，布裘遮幻質。任汝千聖現，
> 我有天真佛。」所以《大涅槃經》中，佛說一百句解脫
> 況百斤金，即諸佛無上之珍，涅槃祕密之寶，是以句句
> 皆云真解脫者，即是如來。[136]

永明延壽此處八句，僅三句與今傳之《寒山詩集》各版本相
同。寒山所謂之「我有天真佛」，可說是《大涅槃經》的「佛

---

[133] 《南石文琇禪師語錄》卷九。
[134] 寒山詩，〈余家有一窟〉，頁 26。
[135] 見《景德傳燈錄》卷二六。《五燈會元》卷十、《五燈嚴統》卷十、
《五燈全書》卷二十。
[136] 《宗鏡錄》卷三一。

說一百句解脫況百斤金」的其中一句；「如何是天真佛？」
守威宗一禪師以「千聖是弟」況之；福州永泰和尚答僧此問，
以遮詮法「拊掌曰：『不會！不會！』」[137]覺軻心印禪師答曰：
「爭敢裝點」[138]均深契石頭希遷所說的「寧可永劫沈淪，不
求諸聖解脫。」

　　永明延壽對於寒山言：「任汝千聖現，我有天真佛。」
認為是「捏目生華，強分行位，……若隨智區分，於無次第
中而立次第，雖似昇降，本位不動。」[139]其時若以永明延壽
所言之「圓融門」與「行布門」的區分來看寒山此詩，寒山
何嘗不是「行布不礙圓融」[140]，只希望後人能起而效尤，進
而啟「增進功德」之想？寒山之「天真佛」，一如〈自古多
少聖〉一詩之「法王印」，同為永明延壽所樂道：

> 所以千聖付囑，難遇機緣，若對上根，豁然可驗。如寒
> 山子詩云：「自古多少聖，語路苦叮嚀。人根性不等，
> 高下有利鈍。真佛不肯信，置功枉受困。不如心淨明，
> 便是心王印。」先德云：「欲知法要，心是十二部經之
> 根本，入道要門。」[141]

---

[137] 《景德傳燈錄》卷一九。
[138] 《續傳燈錄》卷四。
[139] 《萬善同歸集》卷二。
[140] 《萬善同歸集》卷二：「夫聖人大寶曰位，若無行位，則是天魔外道；
　　若約圓融門，則順法界性，本自清淨；若約行布門，則隨世諦相，前
　　後淺深。今圓融不礙行布，頓成諸行，一地即一切地故；若行布不礙
　　圓融，遍成諸行，增進諸位功德故。」
[141] 《宗鏡錄》卷二。

永明延壽言：「先德云：「『欲知法要，心是十二部經之根本。』」此處之「先德」，永明延壽未明言何人，此「先德」，實為五祖弘忍。[142]永明延壽所引與寒山原詩雖小有出入[143]，意仍不變，都在強調「天真佛」（心王印、法王印）的重要。

十九、我見世間人

> 我見世間人，堂堂好儀相。不報父母恩，方寸底模樣。
> 欠負他人錢，蹄穿始惆悵。箇箇惜妻兒，爺孃不供養。
> 兄弟似冤家，心中常悵怏。憶昔少年時，求神願成長。
> 今為不孝子，世間多此樣。買肉自家口童，抹觜道我暢。
> 自逞說嘍囉，聰明無益當。牛頭努目瞋，出去始時羆。
> 擇佛燒好香，揀僧歸供養。羅漢門前乞，趁卻閑和尚。
> 不悟無為人，從來無相狀。封疏請名僧，貝親錢兩三樣。
> 雲光好法師，安角在頭上。汝無平等心，聖賢俱不降。
> 凡聖階混然，勸君休取相。我法妙難思，天龍盡迴向。[144]

清·儀潤《百丈清規證義記》卷五〈飯僧〉，唯一引寒山此詩，自「擇佛燒好香」至「勸君休取相」共十四句，未引之「我法妙難思，天龍盡迴向」，則同於「國清寺本」系統。[145]項楚認為寒山此詩自「擇佛燒好香」以下，是「批判世人無

---

[142] 清·超溟著：《萬法歸心錄》卷三：「五祖云：『欲知法要，心是十二部經之根本。』」

[143] 寒山詩〈自古多少聖〉：「自古多少聖，叮嚀教自信。人根性不等，高下有利鈍。真佛不肯認，置功枉受困。不知清淨心，便是法王印。」

[144] 寒山詩，〈我見世間人〉，頁25~26。

[145] 詳見拙著，《寒山詩集校考》，頁94~95。

平等心，以相取人，於佛僧間，橫加揀擇，起分別想。」[146]與儀潤「欲真僧應供者，當發平等心，不擇微賤。」意同。[147]

《佛眼和尚語錄》引寒山此詩：「師一日到寶公塔前，忽云：『雲光好法師，安角在頭上。』既是雲光法師，為什麼？代云：『陋巷不騎金色馬，回來却著破襴衫。』」[148]雲光法師死後作牛，明・瞿汝稷《指月錄》卷二一：

> 雲光法師，不事戒律，誌公曰：「出家何為？」光曰；
> 「吾不齋而齋，食而非食。」後招報作牛。拽車於途，
> 誌公見之呼曰：「雲光。」牛舉首，誌曰：「何不道拽
> 而非拽？」牛墮淚跳號而卒。[149]

儀潤據百丈懷海之《清規》作證義，〈飯僧〉言：「又《地藏經》指營齋度亡，亦須精勤護淨，奉獻佛僧，方能存亡獲利。」儀潤引寒山此詩，用意在強調「飯僧」的功德；寒山言雲光法師「安角在頭上」──死後為牛一事，則是在強調僧人不奉戒律的後果。

---

[146] 項楚《寒山詩注》，頁414。

[147] 清・儀潤《百丈清規證義記》卷五〈飯僧〉。

[148] 《古尊宿語錄》卷三四，《佛眼和尚語錄》。代答之語乃據石門慧徹禪師答僧問，見下注。

[149] 明・瞿汝稷《指月錄》卷二一，石門慧徹禪師：「僧問：『雲光作牛，意旨如何？』師曰：『陋巷不騎金色馬，回途却著破襴衫。』」

二十、益者益其精

> 益者益其精，可名為有益。易者易其形，是名之有易。
> 能益復能易，當得上仙籍。無益復無易，終不免死厄。[150]

寒山此詩取自西王母論「益精易形」：

> 呼吸太和，保守自然，先榮其氣，氣為生源。所為易益
> 之道，益者益精也，易者易形也。能益能易，名上仙籍；
> 不益不易，不離死厄。[151]

此處所謂的能「益、易」者，在道經中的修道次第是：「一
年易氣；二年易血；三年易脈；四年易肉；五年易髓；六年
易筋；七年易骨；八年易髮；九年易形，十年道成。」[152]而
唯一引寒山此詩的雍正，認為「益精易形」乃仙佛一貫之道：

> 寒山大士言「易者易其形」，夫外易之道有二：有從內
> 而外身易形之道；有從外而外身易形之道。若執內之外
> 易，則似滯殼迷封；若執外之外易，則似癡狂外走；若
> 不明二種外易之道，但囫圇排撥，復不力行行業，則饒
> 伊經千生百劫，亦不過空言。[153]

---

[150] 寒山詩，〈益者益其精〉，頁 14。

[151] 《雲笈七籤》卷五六，諸家氣法〈元氣論〉，《四部叢刊》本，初編，
子部。

[152] 此「益精易形」之說，見於《雲笈七籤》卷五六，諸家氣法〈元氣論〉；
卷五八，諸家氣法〈胎息精微論〉；卷五九，諸家氣法〈延陵君修養
大略〉，卷六十，諸家氣法〈中山玉櫃服氣經〉，次第均大同小異。
《四部叢刊》本，初編，子部。

[153] 《御選語錄》卷一二。

雍正只引「易者易其形」一句，要不出煉丹服氣二途，惜雍
正未具體將此二種「外身易形之道」加以敘述。

二十一、一住寒山萬事休

> 一住寒山萬事休，更無雜念掛心頭。閑書石壁題詩句，
> 任運還同不繫舟。[154]

斷橋妙倫禪師引寒山此詩，時住天台國清寺：

> 送寒巖長老上堂，「一住寒巖萬事休」，未是放身命處；
> 「更無雜念挂心頭」，喫飯屙屎；聻！「閑於石壁題詩
> 句」大好無；「任運還同不繫舟」浣盆浣盆，寒山子得
> 力句。國清已為花擘了也，就中些子諵訛，不可說破，
> 何故？自有主在。[155]

「花擘」亦作「華擘」，意為「割裂、分裂」，「就中些子
諵訛，不可說破。」斷橋妙倫禪師未詳言「不可說破」為何；
其住天台國清寺，約在寶祐四年（1256）左右：

> 陞座，拈香祝聖畢，乃云：「天台北畔，石橋南邊；中
> 有招提，號曰方廣。今當半癡半歇，半聾半啞底老僧為
> 主。寒山拾得把定關津，然後豐干管領五百輩，無地頭
> 漢，普請拗折主丈。割斷草鞋，各出隻手，扶持住山鈯
> 斧。直得三邊雲淨，一國風清，樵牧懽呼，禽魚鼓躍。
> 正與麼時，且功歸何所，一爐沈水謝閭丘。[156]

---

154 寒山詩，〈一住寒山萬事休〉，頁 29。
155 《斷橋妙倫禪師語錄》卷一。
156 《斷橋妙倫禪師語錄》卷一。

此為斷橋妙倫禪師於國清寺，上堂所舉「天台三聖」事蹟的第一則。斷橋妙倫言「扶持住山鉏斧」需「天台三聖」參與；寒山、拾得半夜為何「起佛見法見」[157]，也要詳參，若以斷橋妙倫禪師《住天台國清教忠禪寺語錄》，兩度提到前所未見之「新國清」一詞[158]，斷橋妙倫自言「不會做客，勞煩主人。」其對於「天台三聖」傳說誕生地之國清寺，不獨情有獨鍾，更是殷殷期盼天台祖庭重振家風。

二十二、父母續經多

> 父母續經多，田園不羨他。婦搖機軋軋，兒弄口喁喁。
>
> 拍手催花舞，擡頤聽鳥歌。誰當來歎賀，樵客屢經過。[159]

最早引此詩的是雲居曉舜禪師，雲居曉舜以前幅後二句「婦搖機軋軋，兒弄口喁喁。」作為對夾山示眾語：「鬧市門

---

[157] 《斷橋妙倫禪師語錄》卷一：「上堂，舉南泉示眾云：『文殊普賢，昨夜三更，起佛見法見，各與二十棒，貶向二鐵圍山。』師拈云：『南泉二十棒，打文殊普賢，可謂棒棒見血，只是罕遇知音。國清門下，寒山拾得，昨夜三更，起佛見法見，山僧棒未曾拈，各自隱身無地。為什麼如此？蛇蚹草鞋。』」

[158] 《斷橋妙倫禪師語錄》卷一：「師拈云：『幸然好一面古鏡，無端被寒拾豐干，強加繪畫，清明者逝矣。新國清，忍俊不禁，未免重為發揮去也。』豎拂云：『不待高懸起，蚩尤已失威。』當晚小參：建法幢立宗旨，現成爐鞴，不用安排；延奇衲接俊流，本分鉗鎚，何妨施設，全機把定，照用並行，一線放開，主賓互立，這箇是新國清尋常制度，忽若雙澗水流，或緩或激；五峰雲起，或低或高，又作麼生定當？良久云：『伯牙撫琴。』」

[159] 寒山詩，〈父母續經多〉，頁 5~6。

頭，識取天子；百草頭上，薦取老僧。」之反論辭。[160]夾山善會認為能夠「鬧市門頭，識取天子；百草頭上，薦取老僧。」方是僂儸漢。[161]

　　上引夾山之示眾語，在歷代禪師眼中，大致可分為三種：一、與夾山善會相同，視為具明眼之「僂儸漢」，如：竺田悟心禪師，認為就如同「草鞋跟底認取達磨大師。」[162]承天慧連禪師認為於百草頭上能薦取老僧，乃是「品格合風流」者[163]；二、是將其視為「妄認前塵分別影事。」[164]三、是兩頭俱不涉，另闢話頭[165]，正因夾山善會此二語如此為僧樂道，才有保寧仁勇禪師要人莫錯會[166]，才有雲居曉舜在讚其慈悲後，以「婦搖機軋軋，兒弄口喁喁。」作結語。[167]

160　《續傳燈錄》卷五：「上堂舉夾山道：『鬧市門頭，識取天子；百草頭上，薦取老僧。』雲居即不然，『婦搖機軋軋，兒弄口喁喁。』」
161　《聯燈會要》卷二一，夾山善會禪師：「百草頭上，罷却平生事，根株亦不留，老僧當位坐，坐處不停囚，闍梨！殿上識得天子，屋裏識得主人公，有甚用處？須向鬧市門頭，識取天子，百草頭上，薦取老僧，方是僂儸漢。」按：「僂儸」又作「嘍囉」，能幹之意。
162　《增集續傳燈錄》卷五。
163　《五燈全書》卷四二：「上堂，鬧市裏識取古佛；百草頭上薦取老僧，鬧市裏古佛且置，百草頭上老僧，作麼生薦？良久曰：『不是逢人誇好手，大都品格合風流。』」
164　《列祖提綱錄》卷一一，雪巖欽禪師。
165　《五燈全書》卷七三，別機本清禪師：「上堂，鬧市裏識取天子，猶涉分疏，百草頭薦取老僧，可殺成現，敢問諸人，去此二途，又作麼生體會？擲下拂子曰：『雪壓修篁山失綠，春入梅梢花暗香。』」《續燈正統》卷三九，三宜明盂禪師：「上堂，百草頭，識取祖師，草枯了也；鬧市裡，識取天子，市散了也，諸人向甚處相見？」
166　《宗鑑法林》卷六一：「保寧勇云：『百艸頭上分明顯露，為甚不薦？鬧市裏終日相逢，為甚不識？未開眼者且莫錯怪夾山。』」
167　《宗鑑法林》卷六一：「雲居舜云：『古人與麼，實為慈悲，且作麼

另一位舉「婦搖機軋軋，兒弄口喎喎。」的是希叟紹曇禪師：

> 上堂，一塢耕樵，門扃綠蘿；富驕時少，貧樂時多。婦
> 搖機軋軋，兒弄口喎喎。澗水松聲交節奏，（拍禪床云）
> 何似東山瓦皷歌。[168]

寒山〈父母續經多〉一詩，乃形容自己村居耕讀之樂，雲居
曉舜所引之「婦搖機軋軋，兒弄口喎喎。」絕非寒山之意，
殊耐人尋味；倒是希叟紹曇禪師「何似東山瓦皷歌」，意較
契合。

二十三、手筆大縱橫

> 手筆大縱橫，身材極王褒瑋。生為有限身，死作無名鬼。
> 自古如此多，君今爭奈何。可來白雲裏，教爾紫芝歌。[169]

「教爾紫芝歌」，於「國清寺本」系統作「教你紫芝歌」[170]
引寒山此詩之禪師，專就後幅末二句「可來白雲裏，教爾紫
芝歌」加以發揮。紫芝歌，相傳為商山四皓所作[171]；商山四

生是鬧市門頭天子？會麼？愁人莫向愁人說，說向愁人愁殺人。』又
舉了云：『我則不然，婦搖機軋軋，兒弄口喎喎。』」
[168] 《希叟紹曇禪師語錄》卷一。
[169] 寒山詩，〈手筆大縱橫〉，頁6。
[170] 詳見拙著，《寒山詩集校考》，頁34~35。
[171] 《太平御覽》卷五七〇引皇甫士安《高士傳》：「莫莫高山，深谷透
迤。曄曄紫芝，可以療飢。唐虞世遠，吾將何歸？駟馬高蓋，其憂甚
大。富貴之畏人，不如貧賤之肆志。」《四部叢刊》本，三編，子部。

皓於秦、漢之際，為避秦亂入藍田山，漢高祖徵召亦不出，後世因將「紫芝歌」喻指求仙。

法華山舉和尚認為「紫芝歌」，「不是吳音，切須漢語。」[172]天童山新禪師上堂答僧問「如何是紫芝歌？」遂以「撫掌對之。」[173]曾和寒山詩的楚石梵琦禪師，借釋尊之名，以「可來白雲裏，教爾紫芝歌。」代答「一切含靈，運用去來，莫不有樂。」[174]此詩為寒山未避隱寒巖之前，嚮慕求仙之道所作，楚石梵琦禪師可謂深解寒山。

二十四、下愚讀我詩

下愚讀我詩，不解卻嗤誚。中庸讀我詩，思量云甚要。

上賢讀我詩，把著滿面笑。楊修見幼婦，一覽便知妙。[175]

「楊修見幼婦，一覽便知妙。」典出《世說新語‧捷悟》，「絕妙好辭」一詞典由此出。永明延壽引寒山詩：

藥為非藥者，即不識病原，反增其疾。如說法者，不逗其機，淺根起於謗心，下士聞而大笑，醍醐上味，為世

---

[172] 《古尊宿語錄》卷二六：「問：『可來白雲裏，教你紫芝歌。』如何是紫芝歌？師云：『不是吳音，切須漢語。』」

[173] 《天聖廣燈錄》卷二六。

[174] 《楚石梵琦禪師語錄》卷六：「除夜小參，是日已過，命亦隨減；如少水魚，斯有何樂。陸居者，以陸居為樂；水居者，以水居為樂；塵居者，以塵居為樂；郊居者，以郊居為樂，乃至蜎飛蠕動，一切含靈，運用去來，莫不有樂。釋尊與麼道，意在於何？可來白雲裡，教你紫芝歌。」

[175] 寒山詩，〈下愚讀我詩〉，頁23。

珍奇，遇斯等人，翻成毒藥。如上上根人，纔悟其宗，
不俟言說，所以古聖云：「上士見我詩，把著滿面笑。
楊脩見幼婦，一覽便知妙。」[176]

永明延壽所謂之「古聖」，指的是寒山，雖只引後幅，其應
病說藥（法）之意甚明。寒山對所要強調之事，慣以「三分
法」作遞衍，〈下愚讀我詩〉與〈上人心猛利〉均如此[177]，
在「三分法」的強烈對比當中，寒山此詩所要強調的是「先
知」的寂寞；寒山詩中提到有個王秀才，笑寒山不識蜂腰，
不會鶴膝，不解平側[178]，先知先覺的寒山內心清楚：不過度
講求蜂腰、鶴膝、平側的時代不久必將來臨，在〈有人笑我
詩〉中，寒山大膽預言：「忽遇明眼人，即自流天下。」[179]
而由禪師，特別是宋代禪師，喜引寒山詩作為上堂法語；以
及文人喜言自己乃寒山「後身」[180]，手把寒山詩，滿面堆笑

---

[176] 《宗鏡錄》卷二三。

[177] 寒山詩，〈上人心猛利〉：「上人心猛利，一聞便知妙。中流心清淨，
審思云甚要。下士鈍暗癡，頑皮最難裂。直待血淋頭，始知自摧滅。
看取開眼賊，鬧市集人決。死屍棄如塵，此時向誰說。男兒大丈夫，
一刀兩段截。人面禽獸心，造作何時歇。」

[178] 寒山詩，〈有個王秀才〉：「有個王秀才，笑我詩多失。云不識蜂腰，
仍不會鶴膝。平側不解壓，凡言取次出。我笑你作詩，如盲徒詠日。」
王運熙以寒山詩不講求平仄粘對的情形，認為其詩非初唐貞觀時，認
定其詩為盛唐作品。王運熙：〈寒山子詩歌的創作年代〉，《漢魏六
朝唐代文學論叢》（復旦大學出版，2002 年），頁 193~205。

[179] 寒山詩〈有人笑我詩〉：「有人笑我詩，我詩合典雅。不煩鄭氏箋，
豈用毛公解。不恨會人稀，只為知音寡。若遣趁宮商，余病莫能罷。
忽遇明眼人，即自流天下。」

[180] 自言為寒山「後身」的有：康熙刻本《天台三聖詩集和韻》卷首〈《天
台三聖詩集和韻》序〉：「先進陳木叔自謂寒山後身，因以寒山為號。」
宋・黃庭堅《山谷別集》卷二：「前身寒山子，後身黃魯直。頗遭俗

的明眼人，也不僅是自唐至今的中國人。[181]

二十五、之子何惶惶

之子何惶惶，卜居須自審。南方瘴癘多，北地風霜甚。

荒陬不可居，毒川難可飲。魂兮歸去來，食我家園葚。[182]

首引寒山此詩的是釋道原《景德傳燈錄》卷二七：「僧問老宿：『魂兮歸去來，食我家園葚。』如何是家園葚？」後之釋書引此詩多據此。[183]此詩為寒山初到天台時所作的詩；寒山的老家在咸陽[184]，不慣南方氣候，初來乍到，適應不良的情形可想而知；有關寒山離開老家到天台後是否再娶[185]，在天台的妻子是不是寒山從老家接來同住，本文姑且不論；可確定的是：寒山在隱居寒巖之前，於天台附近的確度過一段家庭生活，〈父母續經多〉一詩可為證；而寒

人惱，思欲入石壁。」《四庫全書》文淵閣本，集部，別集類。

[181] 有關寒山詩於歐美流傳的情形，詳見鍾玲，〈寒山在東方和西方文學界的地位〉，拙編，《寒山資料類編》，台北：秀威科技出版，2005年。

[182] 寒山詩，〈之子何惶惶〉，頁22。

[183] 《景德傳燈錄》卷二七：「僧問老宿：『魂兮歸去來，食我家園葚。』如何是家園葚？」下注：「玄覺代云：『是亦食不得。』法燈別云：『污却爾口。』」《五燈會元》卷六、《五燈嚴統》卷一六、《五燈全書》卷一一九、《教外別傳》卷一六，所引均據之。

[184] 寒山詩，〈去年春鳥鳴〉：「去年春鳥鳴，此時思弟兄。今年秋菊爛，此時思發生。淥水千場咽，黃雲四面平。哀哉百年內，腸斷憶咸京。」按：此詩為寒山思鄉之作，由「哀哉百年內，腸斷憶咸京。」知寒山為咸陽人氏。

[185] 相信閭丘胤〈寒山子詩集序〉，言寒山為「文殊轉世」的，大都不相信寒山到天台後再娶。

山老來思妻之作，〈昨夜夢還家〉一詩可證[186]，在此要提的
是：寒山剛到天台不久，曾感嘆「荒阪不可居，毒川難可
飲。」，其適應環境的能力表現在〈卜擇幽居地〉：

> 卜擇幽居地，天台更莫言。猿啼谿霧冷，嶽色草門連。
> 折葉覆松室，開池引澗泉。已甘休萬事，采蕨度殘年。[187]

寒山準備終老於天台這塊「幽居地」，可見其內心的轉折，
來自於外在環境的影響；夙有「神仙窟宅」之稱的天台山，
寒山的形容是：

> 余家本住在天台，雲路煙深絕客來。千仞巖巒深可遯，
> 萬重谿澗石樓臺。樺巾木屐沿流步，布裘藜杖繞山迴。
> 自覺浮生幻化事，逍遙快樂實善哉。[188]

寒山以「樺巾木屐，布裘藜杖。」行履天台，國清寺與寒巖
是他最常出現的兩處定點；世人將寒山詩宗教化之後，浙江
天台國清寺因寒山而出名，甚至與寒山一點關係也沒有的蘇
州寒山寺，也傳說因寒山而得名。[189]寒山成為天台山中客，
汾陽無德禪師言：「舉目望天台，全體是寒山。」[190]寒山在
天台，披襟當道，千載之下，含靈莫不蠢動。

---

[186] 寒山詩，〈昨夜夢還家〉：「昨夜夢還家，見婦機中織。駐梭如有思，
擎梭似無力。呼之迴面視，況復不相識。應是別多年，鬢毛非舊色。」
[187] 寒山詩，〈卜擇幽居地〉，頁14。
[188] 寒山詩，〈余家本住在天台〉，頁32。
[189] 詳見拙著，《寒山資料考辨》第三章。
[190] 《汾陽無德禪師語錄》卷三〈擬寒山詩〉。

二十六、昨日何悠悠

昨日何悠悠，場中可憐許。上為桃李徑，下作蘭蓀渚。
復有綺羅人，舍中翠毛羽。相逢欲相喚，脈脈不能語。[191]

最早引寒山此詩的是雲居和尚：「『相逢欲相識，脈脈不能
言時如何？』師云：『適來洎道得』。」[192]禾山和尚云：

古人有言：「相逢欲相喚，脈脈不能語。」未審還相喚也
無？師云：「似卻古人機，還同舌頭備。」僧曰：「與則
學人無端去也。」師曰：「但莫踏泥，何煩洗腳。」[193]

禾山和尚所說的「古人有言」，指的是寒山；值得注意的是，
雲居與禾山為同門師兄弟，乃洞山良价之徒，只引寒山兩句
詩，竟然兩句互異，筆者推測在雲居道膺（卒於天復二年，
902。）[194]以前，另有作「相逢欲相識，脈脈不能言。」的
版本。

接著引寒山此詩的是釋道原《景德傳燈錄》卷二六：

向來成佛亦無心，蓋緣是知軍請命寺眾誠心，既到遮裏，
且說箇什麼即得，還相悉麼？此若不及古人便道：「相逢
欲相喚，脈脈不能語。」作麼生會？若會堪報不報之恩，
足助無為之化，若也不會，莫道長老開堂只舉古人語。[195]

---

[191] 寒山詩，〈昨日何悠悠〉，頁21。
[192] 《祖堂集》卷八。
[193] 《祖堂集》卷一二。
[194] 陳垣，《釋氏疑年錄》卷五：「《佛祖通載》作天復元年卒；今據《宋
僧傳》十二，《景德錄》十七。」考雲居卒於天復二年。頁239。
[195] 《景德傳燈錄》卷二六，廬山歸宗寺義柔禪師。

《景德傳燈錄》此記，同為後來其他釋書所引。[196]〈昨日何悠悠〉一詩，是寒山少見的，情生歡愛之詩，卻在均引末二句「相逢欲相喚，脈脈不能語。」的禪師手中，大大改了樣；雲居與禾山兩人同知「相逢欲相喚，脈脈不能語。」是指「覺寤語默，攝心不亂。」乃比丘應具威儀之一[197]；歸宗義柔禪師則認為「不及古人便道『相逢欲相喚，脈脈不能語。』」，意同於羅漢桂琛和尚：「思量不及，便道不用揀擇。」之「不用揀擇」[198]；橫川行珙禪師認為「相逢欲相喚，脈脈不能語。」「總是粥飯氣，貼貼底無縫罅。」[199]橫川行珙所言性似「粥飯氣」之人，與寒山此詩所述，似有近處。

二十七、聞道愁難遣

> 聞道愁難遣，斯言謂不真。昨朝曾趁卻，今日又纏身。
> 月盡愁難盡，年新愁更新。誰知席帽下，元是昔愁人。[200]

末二句最常被引用，其中，「元是昔愁人」有作「元是舊時人」、「元是昔時人」。[201]最早引寒山此詩的是雪峰義存：

---

[196] 據《景德傳燈錄》卷二六之釋書有：《五燈會元》卷十、《五燈嚴統》卷十、《五燈全書》卷一八。

[197] 《長阿含經》卷二。

[198] 《景德傳燈錄》卷二。

[199] 《橫川行珙禪師語錄》卷一：「上堂，相見不揚眉，君東我亦西。『相逢欲相喚，脈脈不能語。』總是粥飯氣，貼貼底無縫罅，能有幾箇，溫州城裡何限數。」

[200] 寒山詩，〈聞道愁難遣〉，頁 8。

[201] 作「元是舊時人」，有《續燈正統》卷一八，耳菴燈嵩禪師；《徑石滴乳集》卷三；《虛舟普度禪師語錄》卷一，作「都是舊時人」。作

雪峯普請般柴，問師曰：「古人道：『誰知席帽下，元
是昔愁人。』古人意作麼生？」師側戴笠子曰：「遮箇
是什麼人語？」[202]

雪峰義存未明言之「古人」，就是寒山。項楚《寒山詩注》：
「唐時席帽，乃舉子所戴，……。『誰知席帽下，元是昔愁人』
二句，所發擄者，亦為屢次下第舉子之愧惡愁腸也。」[203]寒山
在京城過了至少六年「行到食店前，不敢暫迴面。」[204]的日子，
長生山皎然禪師將斗笠側戴的舉動，說「遮箇是什麼人語」，
並非想知道「誰知席帽下，元是昔愁人。」是誰說的，皎然
禪師將斗笠側戴現出半邊臉，此不同俗之舉，是「以利劍截
斷其舌」的作法。

大慧普覺禪師引此詩：

上堂，舉道吾示眾云：「高不在絕頂，富不在福嚴，樂
不在天堂，苦不在地獄。相識滿天下，知心能幾人？」
師云：「徑山即不然，高在絕頂，富在福嚴，樂在天堂，
苦在地獄。誰知席帽下，元是昔愁人。」[205]

「元是昔時人」有《投子義青禪師語錄》卷一。

[202] 《景德傳燈錄》卷一八，福州長生山皎然禪師。虛堂和尚答僧問亦同，
見《虛堂和尚語錄》卷二。

[203] 項楚，《寒山詩注》，頁93。

[204] 寒山詩，〈箇是何措大〉：「箇是何措大，時來省南院。年可三十餘，
曾經四五選。囊裡無青蚨，篋中有黃卷。行到食店前，不敢暫迴面。」
頁20。寒山為科舉不第，為生活奔走的情形，詳見拙著，《寒山資料
考辨》第二章。

[205] 《大慧普覺禪師語錄》卷四。

佛告舍利子，言墮無間地獄之人，乃「以邪見故身壞命終」[206]大慧普覺禪師認為「昔愁人」，是能將「樂在天堂，苦在地獄。」引以為念，不具「邪見」之人，此境界非道吾禪師所謂「相識滿天下，知心能幾人。」之小乘境界可比。

懷海原肇禪師將發大乘菩薩心，以「歸鄉」為喻：

> 至受業，眾請升座，古者道：「行脚莫歸鄉，歸鄉道不成。溪邊老婆子，喚我舊時名。」古人傍家行脚，大膽小心。光孝，於眾眼難瞞處，與古人相見。行脚要歸鄉，歸鄉莫猒頻。「誰知席帽下，元是昔愁人。」咄！[207]

懷海原肇禪師以「誰知席帽下，元是昔愁人」作結語，與大慧普覺禪師同，兩人均已將寒山下第舉了的心情完全改造；投子義青禪師將「元是昔愁人」作「元是昔時人」[208]，意思登時變成為個人「證本地風光，見本來面目」了！

---

[206] 《佛說大乘菩薩藏正法經》卷二六：「舍利子，時彼有情於虛妄法，男子女人童男童女，所有語言而生信受，當有六萬八千人，以邪見故身壞命終，皆墮無間大地獄中。」
[207] 《懷海原肇禪師語錄》卷一。
[208] 《投子義青禪師語錄》卷一：「師乃云：『大眾，白雲崫下古佛家風，碧嶂峯前道人活計，風生古嶺，月照前谿，松聲與翠竹交音，流水共山雲合彩，羚羊掛角覓東西，樓閣門開且喜相見。大眾，相見即不無，還相識麼？』良久云：『誰知席帽下，元是昔時人。』下座。」

貳、拾得詩

一、嗟見世間人

　　嗟見世間人，永劫在迷津。不省這箇意，修行徒苦辛。[209]

拾得此詩，有將「永劫在迷津」作「永劫墮迷津」[210]；「不省這箇意」作「不識這箇意」[211]，更有將此詩誤認作寒山詩。[212]

　　歷代禪師引拾得此詩，專在探討「不省這箇意」，究是何意？洞山梵言禪師：

> 上堂，「吾心似秋月，……」寒山子勞而無功，更有箇
> 拾得道：「不識這箇意，修行徒苦辛。」恁麼說話自救
> 不了，尋常拈糞箕把掃帚掣風掣顛，猶較些子。直饒是
> 文殊普賢再出，若到洞山門下，一時分付與直歲，燒火
> 底燒火，掃地底掃地，前廊後架，切忌攪匙亂筋，豐干
> 老人更不饒舌，參退喫茶。[213]

---

[209] 拾得詩，〈嗟見世間人〉，頁 54。
[210] 元・永聖述，德弘編：《證道歌頌》卷一；《續古尊宿語要》卷六，別峯雲和尚語。
[211] 《續傳燈錄》卷二二，洞山梵言禪師；「更有箇拾得道：『不識這箇意，修行徒苦辛。』」
[212] 元・永聖述，德弘編：《證道歌頌》卷一：「寒山子云：『嗟見世間人，永劫墮迷津。不省這箇意，修行徒苦辛。』」
[213] 《續傳燈錄》卷二二，洞山梵言禪師。

寒山「教我如何說」與拾得「不省這箇意」，明明老婆心切，但在臨濟門下洞山梵言（真淨克文法嗣）手中，成了燒火掃地下鈍功，不欲在言語上求玄妙，洞山梵言之「鈍功」，於實相教相，確實有見月亡指之效；《證道歌頌》卷一，誤以此詩為寒山所作，肯定寒山可「至理一言能轉凡成聖」[214]，神鼎諲禪師形容此等婆子語，同於馬祖對於師弟子「翫月」之論，「大似金沙混雜，玉石難分。」。[215]

「不省這箇意」，此「意」乃「解脫道」之意；慈受懷深認為「這箇意」，透得是「輪迴息」、不透則是「生死因」[216]，不得在雪峰慧空禪師所謂的「語妙機鋒」上求[217]；不得在圜悟克勤禪師所謂的耳聲、眼色中求[218]，別峯雲和尚以此詩作為祈雨後的「口號」[219]，不僅別開生面，對

---

[214] 元·永聖述，德弘編：《證道歌頌》卷一。

[215] 《宗門拈古彙集》卷八：「泐潭清云。是則全是。非則全非。神鼎道。只為老婆心切。與麼說話大似金沙混雜玉石難分。祇如馬師道經入藏禪歸海惟有普願獨超物外。甚麼處是老婆心切處。還辨得麼。不省這箇意。脩行徒苦辛。」

[216] 慈受懷深禪師廣錄》卷三。

[217] 《雪峰慧空禪師語錄》卷一「上堂，禪家流見也見得是，道也道得著；語妙山僧不如，機鋒山僧不及，既不如又不及，為甚却道。他未在不省這个意。修行徒苦辛。」

[218] 《圜悟佛果禪師語錄》卷一八：「舉，修山主頌云：『欲識解脫道，諸法不相到。眼耳絕見聞，聲色鬧浩浩。』師拈云：『聲不到耳色不到眼，聲色交參萬法成現。』且道：『還踏著解脫道也無？』不省這箇意，修行徒苦辛。」

[219] 《續古尊宿語要》卷六，別峯雲和尚語：「因祈雨云：雙童峯，見諸人連日祈求，上來下去，諷誦不易。即今在門前祥光橋上相撲，三交兩合，七起八倒，供養大眾。末後陳簡口號云：『嗟見世間人，永劫墮迷津。不省這箇意，修行徒苦辛。』山僧向道謝供養。」便下座。」

於「永劫在迷津」的世間人，於醞釀「老婆心」之際，想到的不僅是如來對阿難而已，「自是老婆心不死，男兒何處不風流。」[220]一切有情無情均是。

二、若解捉老鼠

若解捉老鼠，不在五白貓。若能悟理性，那由錦繡包。
真珠入席袋，佛性止蓬茅。一群取相漢，用意總無交。[221]

《宗鑑法林》卷五〈天台寒山子〉，除了「那由錦繡包」作「那由錦繡袍」，並言此詩為寒山詩[222]，查今所傳之《寒山詩集》版本，均作「那由錦繡包」，均作拾得詩。

俗語說：「不管黑貓白貓，會抓老鼠的就是好貓。」意同拾得詩：「若解捉老鼠，不在五白貓。」「若能悟理性，那由錦繡包。真珠入席袋，佛性止蓬茅。」「錦繡包」，以錦繡裹身，指衣著華麗；「席袋」與「蓬茅」，均比喻貧寒之人，此四句意為：一切眾生悉有佛性，下賤之人也不例外；拾得此詩在後幅末二句，「無交」，同「無交涉」、「勿交涉」，指不相關；以外在條件決定「視覺角度」的「取相漢」，被無始劫來所累積之無量億煩惱所障，視眾生有所差別，心生顛倒，自然是「用意無交」，「不見佛性」了。

---

[220] 《紫柏尊者全集》卷一九〈偈〉：「落花芳草恣尋幽，夜靜明粧獨倚樓。自是老婆心不死，男兒何處不風流。」
[221] 拾得詩，〈若解捉老鼠〉，頁55。
[222] 《宗鑑法林》卷五〈天台寒山子〉：「寒山詩曰：『若解捉老鼠，不在五白貓。若能悟理性，那由錦繡袍。珍珠入蓆袋，佛性止蓬茅。一羣取相漢，用意總無交。』」

參、寒山佚詩

一、井底生紅塵

> 井底生紅塵，高峯起白浪。石女生石兒，龜毛寸寸長。
> 若要學菩提，但看此模樣。[223]

最早言此詩為寒山所作，是《天聖廣燈錄》卷二三，瑞州洞
山曉聰禪師（卒於天聖八年，1030）：

> 師上堂，舉寒山云：「井底生紅塵，高峰起波浪。石女
> 生石兒，龜毛寸寸長。若欲學菩提，但看此牓樣。」良
> 久。云：「還知落處也無？若也不知落處，看看菩提入
> 僧堂裏去也。」久立。[224]

《續傳燈錄》卷二採《天聖廣燈錄》卷二三，亦言此詩為寒
山詩；《續傳燈錄》卷二將「高峰起波浪」作「高峰起白浪」；
「若欲學菩提」作「若要學菩提」；「但看此牓樣」作「但
看此模樣」。[225]《建中靖國續燈錄》卷九，「但看此牓樣」
作「看取此牓樣」。[226]除了《天聖廣燈錄》卷二三與《續傳
燈錄》卷二，其餘均未明言此詩為寒山所作；而最早引用此
詩的，是光慶寺遇安禪師（卒於淳化三年，992）：

---

[223] 《天聖廣燈錄》卷二三，瑞州洞山曉聰禪師。
[224] 《天聖廣燈錄》卷二三，瑞州洞山曉聰禪師。
[225] 《續傳燈錄》卷二。
[226] 《建中靖國續燈錄》卷九，廬山棲賢智遷禪師：「上堂云：『井底紅
塵生，高峯起波浪。石女生石兒，龜毛寸寸長。若欲學菩提，看取此
牓樣。』參。」

> 問：承古德有言：「井底紅塵生，山頭波浪起。」未審
> 此意如何？師曰：「若到諸方但恁麼問。」曰：「和尚
> 意旨如何？」師曰：「適來向汝道什麼？」師又曰：「古
> 今相承皆云：『塵生井底，浪起山頭；結子空華，生兒
> 石女。』但看泥牛行處陽焰翻波，木馬嘶時空華墜影，
> 聖凡如此道理分明，何須久立珍重。[227]

釋道原《景德傳燈錄》未言此「古德」為寒山；按：「井底
生紅塵，高峯起白浪。石女生石兒，龜毛寸寸長。」四者皆
指虛幻不實之物，寒山此詩意謂：明白萬法皆幻，了悟空理，
即是菩提。佛鑑惠懃禪師（卒於政和七年，1117。）引寒山
此詩，意義更翻一層：

> 上堂，日日日西沉，日日日東上。若欲學菩提，擲下拄
> 杖曰：「但看此榜樣。」[228]

日頭東上西沈，不離現前；欲覺菩提，不離當念，佛鑑惠懃
禪師此說，可與寒山觀空悟道之意相發。

二、梵志死去來

> 梵志死去來，魂識見閻老。讀盡百王書，未免受捶拷。
> 一稱南無佛，皆已成佛道。[229]

---

[227] 《景德傳燈錄》卷二六。
[228] 《嘉泰普燈錄》卷一一。
[229] 見《列祖提綱錄》卷七、《古尊宿語錄》卷七、《五燈會元》卷一一、
《五燈嚴統》卷一一、《五燈全書》卷二二、《指月錄》卷二一、《佛

最早引寒山此詩的是風穴延沼禪師（卒於開寶六年，973）：

> 師上堂，舉梵志詩云：「梵志死去來，魂魄見閻老。讀
> 盡百王書，不兌被捶拷。一稱南無佛，皆以成佛道。」
> 僧便問：「如何是一稱南無佛？」 師云：「燈連鳳翅
> 當堂照，月映鵝眉卑頁面看。」[230]

《天聖廣燈錄》卷一五，首言風穴延沼「舉梵志詩」：將「魂
識見閻老」作「魂魄見閻老」；「未免受捶拷」作「不兌被
捶拷」；《橫川如珙禪師語錄》卷二承「風穴延沼舉梵志詩」
的說法，將前四句判為梵志詩，後兩句判為風穴語；「魂識
見閻老」作「魂魄見閻老」；「未免受捶拷」作「不免被捶
拷」。[231]《景德傳燈錄》卷一三與《大光明藏》卷三，均獨
引風穴延沼「一稱南無佛」一句[232]；《宗鑑法林》卷五〈梵
志〉與《五燈全書》卷七三〈巨靈自融禪師〉：「梵志死去
來」均作「梵志身死去」。

按：查今之王梵志詩，均未見此詩；《橫川行珙禪師語錄》卷
二與《宗鑑法林》卷五，以後二句為風穴延沼之詩，是受
了《景德傳燈錄》卷一三，於風穴延沼下獨引「一稱南無

　　祖綱目》卷三四，所引均為風穴延沼「舉寒山詩」。

[230] 《天聖廣燈錄》卷一五。

[231] 《橫川行珙禪師語錄》卷二：「舉梵志詩云：『梵志死去來，魂魄見閻
老。讀盡百王書，不免被捶拷。』風穴云：『一稱南無佛，皆已成
佛道。』師云：『獅子一滴乳，迸散六斛驢乳。』」《宗鑑法林》卷
五〈梵志〉，亦判前四句為梵志詩，後二句為延沼詩。

[232] 「問如何是一稱南無佛？」師曰：「燈連鳳翅當堂照，月影娥眉卑頁
面看。」

佛。」一句的影響；而宋代禪師所引「一稱南無佛，皆以成佛道。」句前均未言此二句是風穴延沼之詩[233]，此二句乃源自法華經偈[234]，為宗門所通用。

此詩被禪師引用，多在勉人與自勉，無明慧經禪師〈勉袁太學〉：

> 大丈夫，宜自曉，有身終不了，讀盡百王書，未免受捶拷。一稱南無佛，皆已成佛道。天堂地獄不相干，本自無身須趁蚤。[235]

無異元來禪師〈示何惺谷居士〉：

> 偈曰：「大丈夫，須自了。學道不學文，做癡莫做巧。讀盡百王書，未免受拷栳。」無義味話頭，宗門第一要。豎起白汗流，藏身孤月皎。鐵壁與銀山，只教都靠倒。會者則逐浪隨流，不會則白頻芳草。清高不上古人墳，昂藏何似而□好。[236]

無異元來禪師此處之「偈」，引自無明慧經禪師；「本自無身須趁蚤」與「清高不上古人墳」，都是自我期許：盡三生要下綿密之功夫；巨靈自融禪師則持相反看法：

---

[233] 《虛堂和尚語錄》卷三、《萬善同歸集》卷一、《翻譯名義集》卷五、《智證傳》卷一等。
[234] 姚秦‧鳩摩羅什譯：《妙法蓮華經》：「若人散亂心，入於塔廟中。一稱南無佛，皆以成佛道。」
[235] 《無明慧經禪師語錄》卷四。
[236] 《無異元來禪師廣錄》卷二七。

晚參，纔見季春回，不覺仲夏了。禾黍穗爭新，野地迷芳草。殿角間薰風，說箇甚麼好。沈吟曰：「諾！梵志身死去，魂魄見閻老。讀盡百王書，未免受捶拷。」摘拄杖曰：「見彈求鴞炙，何其計太早。」[237]

正如巨靈自融禪師自稱：「廣度者裏，法式迥別于諸方。」[238]「見彈求鴞炙，何其計太早。」也算是另一種機境。

三、人是黑頭蟲

人是黑頭蟲，剛作千年調。鑄鐵作門限，鬼見拍手笑。[239]

此詩獨見於宋・釋慧洪《林間錄》卷一：

寒山子詩云：「人是黑頭蟲，剛作千年調。鑄鐵作門限，鬼見拍手笑。」道人自觀行處，又觀世間，當如是游戲耳。[240]

范攄《雲谿友議》卷下〈蜀僧喻〉：

或有愚士昧學之流，欲其開悟，別吟以王梵志詩，……世無百年人，擬作千年調。打鐵作門閞，鬼見拍手笑。家有梵志詩，生死免入獄。……。[241]

---

[237] 《五燈全書》卷七三。
[238] 《五燈全書》卷七三。
[239] 宋・釋慧洪《林間錄》卷一。《四部叢刊》本，續編，子部。
[240] 宋・釋慧洪《林間錄》卷一。《四部叢刊》本，續編，子部。
[241] 范攄，《雲谿友議》卷下，《四部叢刊》本，續編，子部。

任淵《後山詩註》卷第四〈臥疾絕句〉：「一生也作千年調」
下註：「寒山子詩云：『人是黑頭蟲，剛作千年調。鑄鐵作
門限，鬼見拍手笑。』」[242]可知寒山此詩脫胎自王梵志詩。

四、我聞釋迦佛

我聞釋迦佛，不知在何方。思量得去處，不離我道場。[243]

此詩首見於《寶覺祖心禪師語錄》卷一：

舉寒山道：「我聞釋迦佛，不知在何方。思量得去處，
不離我道場。」師曰：「是什麼思量？」釋迦老子在甚
處？試定當看。[244]

又見於寶覺法嗣靈源清禪師：

四月八，舉寒山子道：「常聞釋迦佛，未知在何方。思
量得去處，不離我道場。」寒山恁麼道，作麼生說箇思
量底道理。若以有心思，有心屬妄想，即墮增益謗；若
以無心思，無心屬斷滅，即墮減損謗；若以不有不無思，
即墮相違謗；若以亦有亦無思，即墮戲論謗。離此四謗，
合作麼生體會？會得則釋迦老子，時時降誕，不待雲門
打殺，自然天下太平；其或未然，殿上燒香齊合掌，更
將惡水驀頭澆。[245]

---

[242] 任淵，《後山詩註》卷四，《四部叢刊》本，初編，集部。
[243] 《寶覺祖心禪師語錄》卷一。
[244] 《寶覺祖心禪師語錄》卷一。
[245] 《續古尊宿語要》卷一。

靈源惟清此處所提之言說四謗，取自陳・真諦譯《攝大乘論釋》卷一二[246]；其所舉寒山詩與寶覺祖心所舉之詩僅有小處不同，師徒二人年代相近[247]，此後，未見第三者引此寒山佚詩。

肆、拾得佚詩

一、無瞋即是戒

無瞋即是戒，心淨即出家。我性與汝合，一切法無差。

《天祿琳琅》續編《寒山子詩一卷附豐干拾得詩一卷・拾得錄》：

（拾得）又於莊頭牧牛，歌詠叫天；又因半月布薩，眾僧說戒法事，合時，拾得驅牛至堂前，倚門而立，撫掌微笑曰：「悠悠哉！聚頭作相，這箇如何？」老宿律德怒而呵云：「下人風狂，破於說戒。」拾得笑而言曰：「無瞋即是戒，心淨即出家。我性與汝合，一切法無差。」[248]

拾得此偈，首見於《天祿》宋本〈拾得錄〉，為國清寺僧釋志南〈三隱集記〉所本[249]，後代釋書引拾得此偈多據志南〈三

---

[246] 陳・真諦譯《攝大乘論釋》卷一二：「言說有四種，即是四謗：若說有，即增益謗；若說無，即損減謗；若說亦有亦無，即相違謗；若說非有非無，即戲論謗。」

[247] 寶覺祖心卒於元符三年，1100；靈源惟清卒於政和七年，1117。

[248] 〈拾得錄〉，50~51。

[249] 宋・釋志南，〈三隱集記〉：「又於庄舍牧牛，歌詠叫天，曰：「我

201

隱集記〉。[250]林泉老人引拾得此偈，認為「一切法無差」其實是「兩般」[251]；永明延壽則認為是：「出塵之人，心不依物故。」[252]項楚據明·趙宦光、黃習遠編《萬首唐人絕句》卷十，所載之寒山〈雜詩〉十首，列此首為寒山佚詩253，看法相同的，還有為霖道霈禪師：

> 傳璧傳禪二上人，求戒請上堂。寒山道：「無嗔即是戒，心淨即出家。我性與你合，一切法無差。」鼓山道：「心空即是戒，身空始出家。本來無一物，何處會千差。」大眾且道：與古人相去多少？試揀辨看。[254]

按：由《天祿》宋本〈拾得錄〉、釋志南〈三隱集記〉，以及以上所舉之釋書、禪師語錄所記，可定此詩為拾得佚詩。

有一珠，埋在陰中，無人別者。」眾僧說戒，拾驅牛至，倚門撫掌微笑，曰：「悠悠哉，聚頭作相，這箇如何？」僧怒呵云：「下人風狂，破我說戒。」拾笑曰：「無嗔即是戒，心淨即出家。我性與汝合，一切法無差。」」

250 《五燈會元》卷二、《五燈嚴統》卷二、《五燈全書》卷三、《指月錄》卷二、《教外別傳》卷一六、《禪宗正脈》卷三、《佛祖綱目》卷三二、《御選語錄》卷一六。

251 《林泉老人評唱丹霞淳禪師頌古虛堂集》卷二，第二三則：「國清寺半月誦戒眾集，拾得拍手曰：『聚頭作相，那事如何？』維那叱之。得曰：『大德且住，無嗔即是戒，心淨即出家。我性與你合，一切法無差。』林泉道：『兩般了也。』」

252 《宗鏡錄》卷二四：「天台拾得頌云：『無嗔是持戒，心淨是出家。我性與汝合，一切法無差。』夫出塵之人，心不依物故。」

253 項楚，《寒山詩注》，頁812。

254 《為霖道霈禪師餐香錄》卷一。

二、東陽海水清

《天祿》宋本〈拾得錄・集語〉：

> 東洋海水清，水清復見底。靈源涌法泉，斫水無刀痕。
> 我見頑囂士，燈心柱須彌。寸樵煮大海，甲抹大地石。
> 蒸砂豈成飯，磨磚將作鏡。說食終不飽，直須著力行。
> 恢恢大丈夫，堂堂六尺士。枉死埋冢間，可惜孤標物。[255]

永明延壽《宗鏡錄》卷三三：

> 如天台拾得頌云：「東陽海水清，水清復見底。靈源流
> 法泉，斫水刀無痕。我見頑愚士，燈心拄須彌。寸樵煮
> 大海，足抹大地石。蒸沙成飯無，磨甎將為鏡。說食終
> 不飽，直須著力行。恢恢大丈夫，堂堂六尺士。枉死埋
> 塚下，可惜孤標物。」[256]

以《宗鏡錄》卷三三校之《天祿》宋本〈拾得錄・集語〉，
《宗鏡錄》有七處誤引[257]，拾得〈集語〉，〈集語〉意為「集
拾得之語」，乃〈拾得錄〉的作者，於拾得慣常題詩的土地
堂壁上，抄錄下來的；永明延壽言此十六句出自「拾得頌」，
是將「偈」與「頌」等同看待，至於其誤引的高比例，應是
其「信手拈來」所致。

---

[255] 《天祿》宋本〈拾得錄・集語〉。
[256] 《宗鏡錄》卷三三。
[257] 「東洋海水清」作「東陽海水清」；「靈源涌法泉」作「靈源流法泉」；
「斫水無刀痕」作「斫水刀無痕」；「我見頑囂士」作「我見頑愚士」；
「蒸沙豈成飯」作「蒸沙成飯無」；「磨甎將作鏡」作「磨甎將為鏡」；
「枉死埋塚間」作「枉死埋塚下」。

三、昨夜得個夢

《吳山淨端禪師語錄》卷一：

> 古人道：「昨夜得個夢，夢見一團空。今朝擬說夢，舉
> 頭又見空。為當空是夢，為復夢是空。料想浮生裏，還
> 同此夢中。」[258]

項楚引日本注解寒山詩之《首書寒山詩》、《寒山子詩集管
解》、《寒山詩闡提記聞》、《寒山詩索賾》，四書均載此
詩於拾得詩之末，認為吳山淨端禪師此處所言之「古人」是
指拾得。[259] 按：吳山淨端禪師，姓丘，字明表，湖州歸安人，
因「觀弄獅子，頓契心法。」叢林號為「端獅子」[260]；為《吳
山淨端禪師語錄》作序的劉誼，言新法不當，熙寧中（熙寧
共 10 年，1068~1077）「持節南方」[261]，劉誼於《吳山淨端
禪師語錄‧序》言淨端禪師：「於里中石壁間，詩頌頗多，
皆如寒山拾得之流，諦寔至理，或有可觀。」[262]曾作〈擬寒
山拾得〉二十首的王安石，稱賞淨端禪師之偈：

---

258 《吳山淨端禪師語錄》卷一。《嘉泰普燈錄》卷三〈湖州西余師子淨
　　 端禪師〉：「古人道：「昨夜得個夢，夢見一團空。今朝擬說夢，舉
　　 頭又見空。」《嘉泰普燈錄》所引僅有前四句。
259 項楚：《寒山詩注》，頁 926。
260 宋‧曉瑩集，《羅湖野錄》卷一，〈湖州西余淨端禪師〉。
261 《浙江通志》卷一五九。《四庫全書》文淵閣本，史部，地理類，都
　　 會郡縣之屬。
262 《吳山淨端禪師語錄‧序》。

（淨端禪師）又嘗往金陵，謁王荊公。以其在朝更新庶務，故作偈曰：「南無觀世音，說出種種法。眾生業海深，所以難救拔。往往沈沒者，聲聲怨菩薩。」……荊公平時見端偈語稱賞之。曰：「有本者，故如是然。」[263]

王安石作〈擬寒山拾得〉，淨端禪師效寒山題詩石壁，喜寒山拾得詩，為二人之相契處。吳山淨端禪師上堂所引之〈昨夜得個夢〉，前四句亦見於宋・曉瑩集，《羅湖野錄》，釋曉瑩《羅湖野錄・序》，作於「紹興乙亥」，即紹興二十五年（1155），與劉誼作《吳山淨端禪師語錄・序》的「熙寧中」，均較國清寺僧釋志南成於淳熙十六年（1189）的國清寺本還要早，而比國清寺本還要早的《天祿》宋本，跟國清寺本一樣，均未載〈昨夜得個夢〉一詩；而此詩卻見於日本注解寒山詩之版本，可見日本載拾得此詩之註解本，其母本大有探究之必要。

結　語

寒山論「心」之代表作──〈吾心似秋月〉一詩，被碧眼本開禪師與洞然舜禪師譏為「弄光影漢」；與拾得、豐干之事蹟，被宗寶道獨禪師、林泉老人譏為「弄精魂漢」（徒費心神之虛妄作為）[264]，第一位正視寒山詩的帝王居士──

---

[263] 宋・曉瑩集，《羅湖野錄》卷一。

[264] 詳見《五燈全書》卷一〇二、一〇五；《宗寶道獨禪師語錄》卷三、《林泉老人評唱丹霞淳禪師頌古虛堂集》卷二，第二十三則。

圓明居士（雍正），封寒山為「妙覺普度和聖寒山大士」[265]，
是受到寒山詩中，處處自在又每每婆心的感召。寒山把所隱
居的寒巖，於詩中逕以「無漏巖」稱之[266]，穆康文菴禪師豪
氣干雲，將「無漏巖」視為「神通妙用」、「法爾如然」的
解脫門[267]，這是難以被譏寒山為「弄光影漢」、「弄精魂漢」
的禪師們解得的。

王衡為松上人之《巖棲集》作序，王衡說：「闍梨自有
本色禪，亦有本色詩，如寒山子輩，不歌不律，鳥鳴泉流而
己。」[268]王衡以「本色」二字形容寒山、拾得之當行本色，
點出了宋以後的釋子文人，何以大作寒山、拾得之擬詩、和
詩[269]，原因就在於寒拾詩的「不歌不律，鳥鳴泉流。」雅秀
自然之特色。錢鍾書《談藝錄》：「初寒山、拾得二集，能
不搬弄翻譯名義，自出手眼，而意在砭俗警頑，反復譬釋，
言俚而指亦淺。」[270]錢鍾書言寒山、拾得詩的特色，造語淺
白以外，其「砭俗警頑」，應是歷代禪師心有戚戚，眾口樂
於騰說寒山、拾得詩的主要原因。

---

[265] 雍正封寒山為「妙覺普度和聖寒山大士」；封拾得為「圓覺慈度合聖
拾得大士」。

[266] 寒山詩，〈寒山無漏巖〉：「寒山無漏巖，其巖甚濟要。八風吹不動，
萬古人傳妙。寂寂好安居，空空離譏誚。孤月夜長明，圓日常來照。
虎丘兼虎谿，不用相呼召。世間有王傳，莫把同周邵。我自遯寒巖，
快活長歌笑。」頁47。

[267] 《穆康文菴禪師語錄》卷一。

[268] 《明文海》卷三二四。

[269] 詳見拙編，《寒山資料類編》，台北：秀威科技出版，2005 年。

[270] 錢鍾書，《談藝錄》，頁 267。

歷代文人詩話、文集對寒山及其詩之評議

——兼論黃山谷對寒山詩之點竄

一、前言

　　歷代文人於詩話、文集中，提及唐朝詩人寒山時，對於「天台三聖」（寒山、拾得、豐干）傳說之附會、衍伸不遺餘力，原因是：跟歷代禪師一樣，均將寒山視為行化眾生之菩薩；其異於禪師語錄的地方，是在評價寒山詩的同時，多誤引寒山詩。本文試探討二部分：一、歷代文人對寒山及其詩之評價；二、黃庭堅對寒山詩之點竄。或能對寒山詩於歷代文人手中之流衍情形，略作闡明。

二、歷代文人對寒山及其詩之評價

　　歷代文人對寒山的印象，仍受〈閭丘偽序〉的影響[1]，對序中所提寒山為文殊轉世；拾得為普賢再來；豐干是彌陀

---

[1]　余嘉錫，《四庫提要辨證》卷二十〈寒山子詩集二卷附豐干拾得詩一卷〉，已將〈寒山子詩集序〉考證為偽作。詳見拙作，〈《寒山詩集》版本問題探究〉，中興大學文學院《人文學報》第 36 期，2006 年 3 月。

化身，所謂「天台三聖」的傳說，深信不疑。不同於禪宗祖師對「天台三聖」傳說所標舉的，寒山為文殊轉世的佛門印記，歷代文人多因寒山詩中所透顯的「無間自在」，認同寒山乃真正捨尊就卑的「法王子」。

（一）宗教化之寒山——文字般若，菩薩完人

中國文人慣以「前世今生」，作為個人文采風流，生命情境展現於外的總括之語，如王維[2]、白居易[3]、貫休[4]；諸佛菩薩往往也就成為對釋教苦心鑽研的文人與僧徒，將生命情境完整呈現的終極目標；而對向來目中少有「完人」的中國文人與僧人，佛菩薩示現之化身，一經眾口交譽，便很容易在認同之後，進而成為普遍的共識。[5]以詩呈現出「完人」典範的寒山，之所以為僧徒、文人所津津樂道，是因為寒山詩的境界，代表的是悲心與悲願，《四庫全書總目》引明·朱國楨〈湧幢小品〉「……，佛語衍為寒山詩；儒語衍為擊

2 　王維，〈偶然作六首〉之六：「老來懶賦詩，惟有老相隨。宿世（一作當代）謬詞客，前生應畫師。不能捨餘習，偶被世人知。名字本皆是，此心還不知。」《全唐詩》卷 125（台北：文史哲出版社，1978 年 12 月），頁 1254。下引版本同。

3 　白居易，〈愛詠詩〉：「辭章諷詠成千首，心行歸依向一乘。坐倚繩床閒自念，前生應是一詩僧。」《全唐詩》卷 446，頁 5010。

4 　貫休，〈蜀王登福感寺塔三首〉之一：「天資忠孝佐金輪，香火空王有宿因。此世喜登金骨塔，前生應是育王身。」《全唐詩》卷 835，頁 9409。

5 　明·王世貞，《弇州續稿》卷六六〈曇鸞大師紀〉：「……之所以達磨、僧伽、文殊、普賢；之所以寒山、拾得、彌勒；之所以傳大士也。」文淵閣本《四庫全書》，集部，別集類。下引版本同。

壞集，此聖人平易近人，覺世喚醒之妙用。」[6]《提要》評
寒山詩：

> 其詩有工語，有率語，有莊語，有諧語，至云「不煩鄭
> 氏箋，豈待毛公解。」又似儒生語，大抵佛語，菩薩語
> 也。[7]

正因為寒山詩中所彰顯的覺世妙用，連圓明居士雍正也認
同，於雍正十一年正式敕封寒山為「和合二聖」之「妙覺普
度和聖大士」[8]；由「天台三聖」傳說廣為釋、道二教所喜
的程度，最能看出釋、道二教對寒山、拾得爭以為寵的情形，
寒山、拾得二聖降乩詩：

> 呵呵呵！我若歡顏少煩惱，世間煩惱變歡顏。為人煩惱
> 終無濟，大道還生歡喜閒。國能歡喜君臣和，歡喜庭中
> 父子聯。手足多歡荊樹茂，夫妻能喜琴瑟賢。主賓何再
> 看無喜，上下歡情分愈嚴。呵呵呵！[9]

從羅聘之題詞，可見寒山、拾得已不僅僅是釋教所謂「文殊、
普賢的化身」，二聖降乩詩中的君臣、父子、兄弟、夫婦，
已透露出遲至清代，寒山、拾得已是三教皆愛；而最能看出

---

[6]　《四庫全書》，卷一五九。

[7]　〈寒山子詩集二卷附豐干拾得詩一卷〉，《四庫全書》卷一四九。

[8]　寒山被封為「妙覺普渡和聖大士」；拾得被封為「妙覺慈度合聖大士」。
　　《大清一統志》卷二百三十，《四庫全書》，史部，地理類，總志之
　　屬。

[9]　清・羅聘，〈繪寒山、拾得象題詞〉轉引自葉昌熾：《寒山寺志》卷
　　一。（江蘇：古籍出版社，1986 年），頁 21~22。下引版本同。

寒、拾之深入民間，莫過於不知作者為誰的〈寒拾問答〉：

> 昔日，寒山問拾得曰：「世間謗我、欺我、辱我、笑我、
> 輕我、賤我、惡我、騙我，如何處治乎？」拾得云：「只
> 要忍他、讓他、由他、避他、耐他、敬他，不要理他，
> 再待幾年，你且看他。」[10]

〈寒拾問答〉的作者，從葉昌熾的語氣來看，有可能是儒士；
從現有資料來看，不只歷代禪宗祖師受〈閭丘偽序〉的影響，
喜聞且樂於傳述寒山乃文殊轉世的，在宋朝文人心中，鍾情
寒山者，以黃庭堅為最，其〈戲題戎州作余真〉：「妙舌寒
山一居士，淨居金粟幾如來。玄關無鍵直須透，不得春風花
不開。」[11]黃庭堅不僅透得寒山詩之「玄關」，更在引用寒
山詩的同時，大施其「脫胎換骨法」；而王安石的〈擬寒山
拾得二十首〉，更引發了釋子與文人對寒山詩的和作與題跋
（詳見下文），論寒山之所以如此引人注目，黃庭堅與王安
石對清代以前的文人，無疑起過決定性的影響。

（二）文學上的寒山——淵明流亞，詩敵太白

黃庭堅〈跋寒山詩贈王正仲〉，稱寒山詩為：「古人沃
眾生業火之具。……

---

10 清·葉昌熾，《寒山寺志》卷三：「此篇陸文節公錄示，不知所從出。
雖釋子語難，以我法論，亦不似唐以前緇流筆墨，重在文節遺言，姑
錄之。」頁97。
11 《山谷集》卷一五。《四庫全書》集部，別集類。

源從七佛偈流出。」[12]〈書王孝子孫寒山詩後〉：「有性智者，觀寒山之詩，亦不暇寢飯矣。」[13]在《山谷集》中，黃庭堅引用寒山詩的次數為歷代詩人之冠；而被形容「儒而無欲」的王安石，「拜相之日，矢寒山以自老。」[14]王安石擬寒山拾得詩之舉，劉克莊曾說道：「他人效顰，不公近傍也。荊公素崛強，非苟下人者。」[15]行事作風與眾不同的王安石，其〈擬寒山拾得二十首〉之二，明·朱時恩評為：「大聰明人，說禪非難而得禪難也。」[16]明代高僧紫柏尊者讀完〈擬寒山拾得二十首〉之後，讚為：「恍若見秋水之月，花枝之春，無煩生心而悅。」[17]在黃庭堅、王安石之外，宋朝文人傾服於寒山的，還有陸放翁；〈陸放翁與明老帖〉中，陸游要僧可明將所改之寒山詩楚辭體放入新刻的《寒山詩集》一事[18]，可看出陸游自述：「吾詩戲用寒山例，小市人

[12] 《山谷集》別集卷一二。《四庫全書》集部，別集類。

[13] 《山谷集》外集卷九。《四庫全書》集部，別集類。

[14] 王安石，《願學集》卷五上〈崇儒書院記〉。《四庫全書》集部，別集類。

[15] 《後村先生大全集》卷九八《勿失集》，《四部叢刊》本，初編，集部。

[16] 王安石，〈擬寒山拾得二十首〉之二：「我曾為牛馬，見草茞歡喜。又曾為女人，歡喜見男子。我若真是我，祇合常如此。區區轉易間，莫認物為己。」朱時恩評：「介甫此言，信是有見，然胡不云：『我曾聞諛言，入耳則歡喜。又曾聞讒言，喜滅而嗔起。我若真是我，祇合常如此。區區轉易間，莫認物為己。』而乃悅諛惡讒，依然認物為己耶？故知大聰明人，說禪非難而得禪難也。」引自《居士分燈錄》卷一〈王介甫〉。

[17] 《紫柏尊者全集》卷十五〈半山老人擬寒山詩跋〉。

[18] 〈陸放翁與明老帖〉：「『有人兮山陘，雲卷兮霞纓。秉芳兮欲寄，路漫兮難征。心惆悵兮狐疑，蹇獨立兮忠貞。』此寒山子所作楚辭也，

家到處題。」[19]不僅對寒山詩爛熟於胸，更效仿寒山題詩於
壁之舉，只可惜陸放翁「擬徧寒山百首詩」[20]未流傳於後。

　　寒山詩之所以能擄獲文人之心，原因大別有二：一、寒
山詩之特色；二、寒山詩予人身心安頓的，宗教上的高峰經
驗。元・虞集〈會上人詩序〉「……，而浮圖氏以詩言者，
至唐為盛，世傳寒山子之屬，音節清古，理致深遠，士君子
多道之。」[21]士君子之所以盛道寒山詩，是在於寒山詩的自
然天成，不假雕琢；宋・劉克莊曰：「余每謂寒山子何嘗學
為詩，而詩之流出于肺腑者數十首，一一如巧匠所斲，良冶
所鑄。」[22]寒山詩於宋朝，已在僧徒與文人之間廣為流傳，
其傾服人心的原因，就在於寒山流露「肺腑之言」所展現的
手法，實非一般僧徒、文人所能企及。宋・王之道〈國清化
人示寒山〉：

　　　師從天台來，示我一集詩。開編未及讀，涕淚已交頤。
　　　紛紛世間人，迷妄覺者誰。浮沉苦海中，欲出無端涯。

今亦在集中，妄人竄改附益，至不可讀。放翁書寄　天封明公，或以
刻之山中也。」宋版《寒山詩集》卷首，上海望平街有正書局發行。

[19] 宋・陸游，《劍南詩稿》卷四三〈醉中題民家壁〉：「壯歲羈遊厭故
棲，暮年卻愛草堂低。交情最向貧中見，世事常於醉後齊。松吹颼颼
涼短髮，芒鞋奕策策響新泥。吾詩戲用寒山例，小市人家到處題。」
《四庫全書》集部，別集類。

[20] 宋・陸游，《劍南詩稿》卷二四〈次韻范參政書懷〉（之二）：「已
著山林掃塔衣，洗除仕路劍頭炊。心光焰焰雖潛發，頷雪紛紛己太遲。
度日只今閒水牯，知時從昔羨山雌。掩關未必渾無事，擬徧寒山百首
詩。」《四庫全書》集部，別集類。

[21] 《道園學古錄》卷第四五，《四部叢刊》本，初編，集部。

[22] 《後村先生大全集》卷九八《勿失集》。《四部叢刊》本，初編，集
部。

　　寒山與拾得，旁觀為興悲。作詩三百篇，勸戒仍嘲嗤。
　　覺此未覺者，當下成牟尼。此意亦良厚，奈何人罕知。
　　師持國清鉢，欲救雲堂飢。贈言亦安用，聊以報所貽。[23]

寓勸誠於嘲嗤，對文人來說，以自然無斧鑿痕最難；覺未覺之用意，對僧徒來說，又以勘破婆子心最難。「不聞戒律弛，反苦禮法設。始信寒山詩，即是真禪悅。」[24]也正因此，文人用寒山詩來讚美方外之交[25]，強調的就是方外之人具有「寒山精神」，表現在詩、文當中，也就是俗稱的「寒山體」[26]；「寒山體」的形成，與僧徒跟文人大作擬、和寒山詩，效寒山體、寒山偈有關。[27]南宋江湖詩人戴復古嘗言：「老夫閱遍人間事，欲和寒山拾得詩。」[28]戴復古想從和寒山詩之舉，檢證一己之生命大要；明・彭孫貽〈金粟寺〉

---

[23] 《相山集》卷三。《四庫全書》，集部，別集類。

[24] 清・蔣溥等撰，《欽定盤山志》卷十四〈盤山〉。《四庫全書》，史部，山水之屬。

[25] 宋・劉克莊，《後村集》卷九〈贈輝書記二首〉之一：「野老柴門不慣開，有僧飛錫自天臺。前身莫是寒山子？携得清詩滿袖來。」文淵閣本《四庫全書》集部，別集類。元・虞集《道園遺稿》卷五〈寄謙上人〉：「不見謙公二十年，石橋依舊駕晴川。定應和盡寒山集，倘許人間一句傳。」《四庫全書》集部，別集類。

[26] 項楚，《寒山詩注・前言》，認為「寒山體」就是：「不拘格律，直寫胸臆；或俗或雅，涉筆成趣。」（北京：中華書局，2000 年），頁 14。下引版本同。

[27] 詳見拙編，《寒山資料類編》。台北：秀威科技出版，2005 年。

[28] 宋・戴復古：《石屏詩集》卷五〈閱世〉（之一）：「一懶一愚兼一癡，從教智士巧能為。坦途失腳溪山險，暗室萌心天地知。江水長流無盡意，夕陽雖好不多時。老夫閱遍人間事，欲和寒山拾得詩。」《四庫全書》，集部，別集類。

（之五）：「客来正及罷參時，詩和寒山共鬪奇。」[29]則認同寒山詩是可供得度「彼岸津梁」的載具；宋·張鎡〈題尚友軒〉：

> 作者無如八老詩，古今模軌更求誰。淵明次及寒山子，
> 太白還同杜拾遺。白傅東坡俱可法，涪翁無已總堪師。
> 臾中活底仍須悟，若泥陳言卻是癡。[30]

張鎡讓寒山廁身八老之列，與陶淵明同體，此說最足以證明寒山詩之所以令人紛紛效響，就在於「寒山體」的「本色」使然。錢鍾書《談藝錄》以「妥貼流諧」、「說理亦偶有妙喻」，來形容寒山〈杳杳寒山道〉、〈昨見河邊樹〉二詩[31]；並概括寒山、拾得詩：「初寒山拾得二集，能不搬弄翻譯名義，自出手眼，而意在砭俗警頑，反復譬釋，言俚而指亦淺。」「反復譬釋，言俚而指亦淺。」錢鍾書可說是道出了寒山的婆子心切[32]；程文海〈李雪菴詩序〉則認為寒山詩：「超然

---

29 《茗齋集》七言律補遺：「客来正及罷參時，詩和寒山共鬪奇。得句拈花題壁觀，喫茶烹雨供天池。法堂鐘鼓惺長寂，彼岸津梁禮大慈。傳取疊謨□妙義，東方亦自有流支。」《四部叢刊》本，續編，集部。
30 《南湖集》卷五。文淵閣本《四庫全書》集部，別集類。
31 寒山詩，〈杳杳寒山道〉：「杳杳寒山道，落落冷澗濱。啾啾常有鳥，寂寂更無人。磧磧風吹面，紛紛雪積身。朝朝不見日，歲歲不知春。」頁8。〈昨見河邊樹〉：「昨見河邊樹，摧殘不可論。二三餘幹在，千萬斧刀痕。霜凋萎疏葉，波衝枯朽根。生處當如此，何用怨乾坤。」頁30。本文所引之寒山詩據《天祿琳琅》續編《寒山子詩一卷附豐干拾得詩一卷》，《四部叢刊》本，初編，集部。（102冊）上海：商務印書館，1926年。
32 錢鍾書，《談藝錄》，頁267。

特見，高出物表，徑與道合。」[33]此更可看出寒山詩「工不可言」[34]之奧；寒山有詩道：

> 有人笑我詩，我詩合典雅。不煩鄭氏箋，豈用毛公解。
> 不恨會人稀，只為知音寡。若遣趁宮商，余病莫能罷。
> 忽遇明眼人，即自流天下。[35]

寒山詩中，所謂的「明眼人」，應以唐僖宗咸通年間的李山甫為第一人，李山甫曾說：「寒山子亦患多才」[36]是文人中最早引寒山入詩者，其次是唐末五代詩僧貫休〈寄赤松舒道士二首〉：「子愛寒山子，歌惟樂道歌。」[37]貫休言舒道士愛寒山樂道之詩；而較舒道士年代更早的，是天台山桐柏觀道士徐靈府，徐靈府是至今公認的，第一個集寒山詩之人，為道士中最早注意到寒山詩的；唐末的徐靈府，以及與貫休同時的舒道士，透露出道教中人是由寒山詩而喜愛寒山，較

---

[33] 元‧程文海《雪樓集》卷十五：「古今詩僧至齊已、無本之流非不工，而超然特見，高出物表，徑與道合，未有若寒山子之詩。」《四庫全書》集部，別集類。

[34] 元‧方回《桐江續集》卷三三〈清渭濱上人詩集序〉：「詩則一字不可不工，悟而工，以漸不以頓；寒山拾得詩，工不可言，……其用力非一日之積也。」《四庫全書》集部，別集類。

[35] 寒山詩，〈有人笑我詩〉，頁 47。

[36] 李山甫，〈山中寄梁判官〉：「歸臥東林計偶諧，柴門深向翠微開。更無塵事心頭起，還有詩情象外來。康樂公應頻結社，寒山子亦患多才。星郎雅是道中侶，六藝拘牽在隈臺。」《全唐詩》卷 806，頁 9086。

[37] 貫休，〈寄赤松舒道士二首〉：「不見高人久，空令鄙吝多。遙似青嶂下，無那白雲何。子愛寒山子，歌惟樂道歌。會應陪太守，一日到煙蘿。余亦如君也，詩魔不敢魔。一餐兼午睡，萬事不如他。雨陣衝溪月，蛛絲冒砌莎。近知山果熟，還擬寄來麼。」《全唐詩》卷 830，頁 9361。

之後代禪師多著眼於菩薩教化，寒山的知音遍及道徒與釋
子。總的來說，寒山以其詩征服了唐以後的釋子、道徒、文
人，被譽為淵明流亞，詩敵太白[38]，誠不為過。

　　寒山詩廣為僧徒與文人所喜的第二個原因是：能安頓身
心。寒山詩，被視為闍梨之本色詩[39]，所謂「本色」，亦即
生命情境中，外顯之高峰經驗，只能意會，難以言傳。寒山
之「本色」，是構成寒山精神之基底因素；認同者自然而然
將寒山視為極致生命的完美典範。明・釋普文《古今禪藻集》
卷一八〈方山人研山見過〉：

> 故人鴻飛客，棄家如濯洗。托身凌霄峰，誓熏無生理。心
> 遠藿食甘，形虛褐衣美。目中無完人，頗許寒山子。昨來
> 多與偕，光華映冠履。竊恐素絲化，幽芳自今委。[40]

一般而言，僧徒不輕易將一己之生命境界等同一般人，正如
同文人不輕易以文章許人；對於情塵難以盡掃的出家人，以
其心所嚮往之人，亦即「目中完人」，予以勉勵，成了以道
侶自任的文人，對方外之交責無旁貸之舉，前舉貫休：「子
愛寒山子，歌惟樂道歌。」言舒道士愛寒山，其實貫休也正
因為深知寒山詩之妙，才可能替好友作此心跡之表述。

---

[38] 清・錢謙益，《牧齋有學集》卷第十八〈陳古公詩集序〉：「吾嘗謂
陶淵明、謝康樂、王摩詰之詩，皆可以為偈頌，而寒山子之詩，則非
李太白不能作也。」《四部叢刊》本，初編，集部。

[39] 王衡，〈巖棲集序〉：「闍梨自有本色禪，亦有本色詩，如寒山子輩，
不歌不律，鳥鳴泉流而已。」《明文海》卷三二四。《四庫全書》集
部，總集類。

[40] 明・釋普文輯，《古今禪藻集》卷一八。《四庫全書》集部，總集類。

　　唐以後，僧徒與文人舉寒山詩，目的大都為了對治「安心」。元・丁鶴年〈贈秋月長老〉：「……視身等虛空，無得亦無證。偉哉寒山翁，與汝安心境。」[41]明・王陽明〈無題〉：「……夜來拾得遇寒山，翠竹黃花好共看。同來問我安心法，還解將心與汝安。」[42]丁鶴年以寒山詩能安秋月長老之心；王陽明安寒山、拾得之心，口氣很大，其實是以寒山、拾得詩安自己的心。僧徒與文人經由寒山、拾得之詩，面對「心」如何安頓的問題，在寒山詩中，被提及次數最多的是〈吾心似秋月〉一詩，宋・陳著〈跋東皋寺主僧知恭百吟集〉：

> 友山師以個儻氣，瀟洒心，棟宇一方風月地……且知平生喜寒山子詩，故其句意多似之，有攜其百吟求著語者。寒山子詩云：「吾心似秋月，碧潭清皎潔。無物堪比倫，教我如何說。」師知寒山者也，此心何心？自說且不能說，余又奚贅？[43]

寒山〈吾心似秋月〉一詩，雖然短短四句，卻特為歷代禪師所喜，常常舉為上堂法語，使得「寒山喻月」跟「靈山話月；曹溪指月；馬祖百丈南泉翫月。」[44]同為禪門流行的公案之一；不同於禪師們將〈吾心似秋月〉一語拿來「以月喻心」，寒山詩令歷代文人注目的是〈城中蛾眉女〉一詩：

[41] 《鶴年詩集》卷一。《四庫全書》，集部，別集類。
[42] 《陽明先生集要》文章編，卷第四。《四部叢刊》本，初編，集部。
[43] 《本堂集》卷四八。《四庫全書》，集部，別集類。
[44] 《古林清茂禪師語錄》卷一。

城中蛾眉女，珠珮柯珊珊。鸚鵡花前弄，琵琶月下彈。

長歌三月響，短舞萬人看。未必長如此，芙蓉不耐寒。[45]

朱熹對此詩的評語是：「煞有好處，詩人未易到此。」[46]認為即使是詩人也難以寫出如此好詩，清·薛雪《一瓢詩話》對此獨持異議：

> 寒山詩本無佳者，而「城中娥眉女，珠珮何珊珊。鸚鵡花間弄（筆者按：「間」應作「前」），琵琶月下彈。長歌三日響，短舞萬人看。未必常如此，芙蓉不耐寒。」江進之（筆者按：江盈科）極賞之，以為是唐調。余謂「長歌」、「短舞」，緊緊作對，已屬不佳；而「未必長如此」五字，氣盡語漓，害殺「芙蓉不耐寒」之句。[47]

寒山此詩的「好處」，體會得出的文人自然是多多引用，其隨口占出或信筆拈出的誤引情形，也就在所難免，例如：

> 寒山詩云：「誰家一女子，雜珮何珊珊。鸚鵡花間弄，琵琶月下彈。長歌三日響，短舞萬人看。」云云，黎惟敬劇喜時為余誦之。[48]

---

[45] 寒山詩，〈城中蛾眉女〉，頁5。

[46] 《朱子語類》卷一百四十：「先生偶誦寒山數詩，其一云：『城中娥眉女，珠佩何珊珊。鸚鵡花間弄，琵琶月下彈。長歌三日響，短舞萬人看。未必長如此，芙蓉不耐寒。』云如此類，煞有好處，詩人未易到此。」文淵閣本《四庫全書》，子部，儒家類。

[47] 清·王夫之撰、丁福保等編，《清詩話》，（台北：木鐸出版社，1988年），頁708。

[48] 明·胡應麟《少室山房筆叢》卷三二。《四庫全書》，子部，雜家類，

其中「誰家一女子，雜珮何珊珊。」，應作「城中蛾眉女，珠珮柯珊珊。」；「花間弄」應作「花前弄」。雖說是記誦之誤，正可看出此詩在流傳過程中受歡迎的程度；劉克莊認為此詩乃寒山詩中「絕工緻者」，劉克莊在誤引的同時，還指出此詩曾被視為是黃山谷之作。[49]按：自古以「芙蓉」喻女子美貌，「未必長如此」並非如錢鍾書評寒山、拾得詩，言二人之詩過於「詞費」[50]，此詩正是錢鍾書形容寒山詩「妥貼流諧」之所在，歷代佔寒山詩比例最多的語錄及詩話，都出自於宋朝的僧徒與文人之手，雖說是年代接近的原因，但能讓僧徒與文人信手拈來，視為機警語句或書以贈人，正因為寒山詩的不惜「詞費」以及「妥貼流諧」，前者是釋、道二徒心目中，菩薩教化之必備典範；後者是文人難以企及的，寒山經歷過考場失利[51]，最後決定歸隱以終的大氣無礙；前文言錢謙益未著眼於寒山不惜「詞費」的偈頌語，而言寒山詩「非李太白不能作」，可謂獨具隻眼。

雜編之屬。

[49] 《後村詩話》卷六：「寒山詩麤言細語，皆精詣透徹，所謂一死生，齊彭殤者；亦有絕工緻者，如『地中嬋娟女，玉佩響珊珊，鸚鵡花間弄，琵琶月下彈，長歌三日繞，短舞萬人看。未必長如此，芙蓉不耐寒。』殆不減齊梁人語。此篇亦見《山谷集》，豈谷喜而筆之，後人誤以入集歟？」《四庫全書》，集部，詩文評類。

[50] 錢鍾書，《談藝錄》：「寒山自矜曰：『有人笑我詩，我詩合典雅。』拾得自矜曰：『我詩也是詩，有人喚作偈。』惜詞費如此，論文已須點煩，論禪更嫌老婆舌矣。」頁267。

[51] 有關寒山屢試不第的情形，詳見拙著，《寒山資料考辨》。

三、黃庭堅對寒山詩之點竄

對寒山詩情有獨鍾的黃庭堅,是釋徒刊刻寒山詩集以外,對寒山詩流傳貢獻最多的文人。黃庭堅於寒山千里追風,日本禪僧白隱禪師《寒山詩闡提記聞》引《編年通論》第二十卷有云:

> 昔寶覺禪師嘗命太史山谷道人和寒山詩,山谷諾之。及淹旬不得一辭,後見寶覺曰:「更讀書作文十年,或可比陶淵明;若寒山子者,雖再世亦莫能及。」寶覺以為知音。[52]

《山谷集》中,黃庭堅以「換骨法」及「奪胎法」,多引寒山詩以贈人,導致前文言劉克莊所言,誤認寒山詩為山谷詩的情形;黃庭堅奉寶覺禪師之命和寒山詩,十天想不出半句;白隱禪師《寒山詩闡提記聞》又引《編年通論》第二十卷云:

> 又山谷或時侍晦堂,而道話之次,晦堂云:「庭堅今以詩律鳴天下也,為寒山詩者,庚韻得和否?」魯直答曰:「昔杜少陵一覽寒山詩結舌耳!吾今豈敢容易可知韻哉!直饒雖經一生二生,而作詩吟難對老杜境界,矧亦寒山詩哉!」晦堂俯首之。[53]

---

[52] 轉引自錢學烈:《寒山拾得詩校評·前言》(天津:古籍出版社,1998年),頁4。下引版本同。

[53] 轉引自錢學烈:《寒山拾得詩校評·前言》,頁4。

黃庭堅說杜甫看了寒山詩為之結舌，與自己奉命和寒山詩，十天想不出半句；白隱禪師均未就此二事深入考證，杜甫讀寒山詩而結舌若為真，則寒山至遲與杜甫同時，此又為寒山非貞觀時人得出另一力證；不知《編年通論》所據為何，但白隱禪師所引，為黃庭堅喜愛寒山詩、書寒山詩以贈人，交代了動機。

今傳《寒山詩集》多附有〈朱子與南老帖〉，內容是朱熹向國清寺僧釋志南索寒山詩好本；〈陸放翁與明老帖〉則是陸游要釋可明將自己改好的寒山詩楚辭體收入新刻的《寒山詩集》中，而不同於南宋朱、陸二人為喜好寒山詩留下的見證，黃庭堅於北宋就以更具傳播效果的方式介紹寒山詩，惠洪《石門文字禪》卷二七：

> 山谷論詩，以寒山為淵明之流亞，世多未以為然；獨雲巖長老元悟以為是。此道人村氣，而俎豆山谷靈源之間也，已可驚駭；乃又能斷評詩之論，殊出意外。此寒山詩也，以山谷嘗喜書之，故多為林下人所得。[54]

在惠洪眼中，有「村氣」的雲巖長老，都能看懂寒山詩進而加以評論，惠洪說黃庭堅所書之寒山詩「多為林下人所得」，應非臆測之語；唐末天台道士杜光庭（850~933）《仙傳拾遺・寒山子》云：

> ……有好事者隨而錄之，凡三百餘首，多述山林幽隱之興，或譏諷時態，能警勵流俗。桐柏徵君徐靈府，序而

---

[54] 惠洪，《石門文字禪》卷二七。《四庫全書》集部，別集類。

集之，分為三卷，行於人間。[55]

杜光庭記桐柏徵君[56]徐靈府所輯之「行於人間」的三卷《寒山詩》，當為北宋黃庭堅所見；至南宋，陸游因「妄人竄改附益」楚辭體，認為不妥而改之；朱熹則向志南索寒山詩好本，可見寒山詩在志南「國清寺本」出現之前，非寒山原貌之詩已流傳不少，日人島田翰言國清寺僧志南「竄改易置最多」，「錯誤最多，甚不稱晦庵先生丁寧流布之意。」[57]而在《山谷集》中所引之寒山詩，黃庭堅則是多書寒山詩以贈人，此舉固然對廣傳寒山詩有貢獻，其任意更改寒山之詩為己有，甚至參與製造訛誤之舉，必須予以糾舉。以下就《山谷集》中引用寒山詩之部分，摘錄以論證之：

（一）黃庭堅手書寒山詩墨迹

寒山詩〈寒山出此語〉：

寒山出此語，復似顛狂漢。有事對面說，所以足人怨。
心真出語直，直心無背面。君看渡奈何，誰是嘍囉漢。
冥冥泉臺路，被業相拘絆。[58]

---

[55] 宋‧李昉等編，《太平廣記》卷55（台北：文史哲出版社，1981年），頁338。

[56] 「徵君」，原指朝廷對著名隱士的徵聘，後來凡被徵聘者皆稱為「徵君」。杜光庭以「桐柏徵君」稱徐靈府，乃敬其於會昌毀佛時，不赴唐武宗（841~846）徵辟的氣節。

[57] 日‧島田翰，〈刻宋本寒山詩集序〉日本明治38年刊本《宋大字本寒山詩集》卷首，轉引自項楚，《寒山詩注》附錄二〈序跋、序錄〉，頁954、948。

[58] 寒山詩，〈寒山出此語〉，頁37。

黃庭堅手書：

> 寒山出此語，舉世狂癡半。百事對面說，所以足人怨。
> 心真語亦直，直語無背面。君看渡奈何，誰是嘍囉漢。[59]

黃庭堅手書，於「誰是嘍囉漢」下缺「冥冥泉臺路，被業相拘絆。」二句。「誰是嘍囉漢」之下併接寒山詩〈寄語諸仁者〉前四句：「寄語諸仁者，仁以何為懷。歸源知自性，自性即如來。」[60]黃庭堅將〈寄語諸仁者〉以下四句：「天真元具足，修證轉差迴。棄本卻逐末，只守一場獃。」予以腰斬。此件故宮所存之黃庭堅墨寶：「論者或將以上文字聯為一首，而以「寄語諸仁者」四句為《全唐詩》所無的寒山佚詩，誤矣。」[61]故宮之黃庭堅墨寶，不熟知寒山詩者，不知山谷之「奪胎換骨法」貽誤之深[62]；觀者甚至有以之證寒山原名「任運」的謬誤說法。[63]

---

[59] 《故宮書法》第十輯。台北：故宮博物院出版。
[60] 寒山詩，〈寄語諸仁者〉：「寄語諸仁者，復以何為懷。達道見自性，自性即如來。天真元具足，修證轉差迴。棄本卻逐末，只守一場獃。」頁 37。
[61] 項楚，《寒山詩注》，頁 612。
[62] 「山谷云：「詩意無窮，人之才有限；以有限之才，追無窮之意，雖少陵、淵明不得工也。然不易其意而造其語，謂之『換骨法』；規模其意而形容之，謂之『奪胎法』。」轉引自《增修詩話總龜》前卷九，《四部叢刊》本，初編，集部。下引版本同。
[63] 詳見拙作，〈寒山子異名考〉，《暨大電子雜誌》第 37 期，2006 年 2 月。

（二）次韻楊明叔見餞

寒山詩〈有樹先林生〉：

有樹先林生，計年逾一倍。根遭陵谷變，葉被風霜改。
咸笑外凋零，不憐內紋綵。皮膚脫落盡，唯有貞實在。[64]

黃庭堅〈次韻楊明叔見餞〉（十首之八）

虛心觀萬物，險易極變態。皮毛剝落盡，唯有真實在。
侍中乃珥貂，御史即冠豸。顧影或可羞，短蓑釣寒瀨。[65]

錢鍾書就黃庭堅「好掇寒山、梵志及語錄」一事，曾說：

天社註引藥山答馬祖云：「皮膚脫落盡，惟有一真實。」
又引《涅槃經》云：「如大村外，有娑羅林，中有一樹，
先林而生，足一百年，其樹陳朽，皮膚枝葉悉脫落，惟
真實在。」按天社說是矣而未盡。《寒山子詩集》卷上
有：〈有樹先林生〉一詩，與《涅槃經》意同，結句曰：
「皮膚脫落盡，惟有真實在。」山谷蓋全用其語。[66]

按：藥山惟儼答馬祖道一之「皮膚脫落盡，惟有一真實。」
多被宋以後之禪師上堂時引用；不獨黃庭堅與藥山所引
與寒山原詩有誤，宋・本嵩述《華嚴七字經題法界觀三
十門頌》卷下，作：「皮膚脫落盡，獨露一真實。」宋・

---

64 寒山詩，〈有樹先林生〉，頁 25。
65 黃庭堅，《豫章黃先生文集》卷第六，《四部叢刊》本，初編，集部。
66 《談藝錄》，頁 18。

蘊聞編《大慧普覺禪師語錄》卷二五：「古德云：『皮膚脫落盡，唯一真實在。』」二書所引均出自寒山詩「皮膚脫落盡，唯有貞實在。」[67]均與寒山原詩有出入。

錢鍾書與絕大多數清朝以前的文人相同，都深受〈閭丘偽序〉的影響，誤以寒山為貞觀時人：

> 寒山，貞觀時人，在藥山前，《苕溪漁隱》前集卷四十八引《正法眼藏》藥山答石頭曰：「皮膚脫落盡，惟有真實在。」謂山谷全用寒山禪語，而不知藥山之用寒山語，亦失之矣。[68]

藥山惟儼（卒於太和八年，834。）[69]所引寒山此詩，比五代時風穴延沼禪師（卒於宋開寶六年，973。）引寒山佚詩〈梵志死去來〉[70]還要更早；錢鍾書以寒山為貞觀時人是一錯；石頭希遷卒於貞元六年（790）[71]，寒山詩要流傳到被藥山惟儼引為答語乃不可能，錢鍾書言藥山引寒山詩為二錯。

---

[67] 「唯有貞實在」「國清寺本」系統均作「唯有真實在」。詳見拙作，《寒山詩集校考》（台北：文史哲出版社，2005 年 4 月），頁 93。

[68] 《談藝錄》，頁 18。

[69] 陳垣，《釋氏疑年錄》考《宋高僧傳》卷十七，藥山卒於太和二年，八年之說乃據《景德傳燈錄》卷十四。參見《陳援菴先生全集》第十冊，（台北：新文豐出版公司，1993 年），頁 211。

[70] 胡適，《白話文學史》（上卷）（台北：胡適紀念館出版，1974 年），頁 207~208。

[71] 《景德傳燈錄》卷十四。

（三）再和答 之

寒山詩〈吾心似秋月〉：

吾心似秋月，碧潭清皎潔。無物堪比倫，教我如何說。[72]

黃庭堅〈再和答為之〉：

……。自狀一片心，碧潭浸寒月。

詩註：寒山子詩：「我心似秋月，碧潭清皎潔。」[73]

歷代寒山詩版本均未見如史容之詩註，將「吾心」作「我心」。黃庭堅「碧潭浸寒月」是取自寒山「碧潭清皎潔」，屬「不易其意而造其語」之「換骨法」。宏智禪師等人，引寒山〈吾心似秋月〉一詩，對於「碧潭清皎潔」一句，曾有過「碧潭澄皎潔」、「碧潭光皎潔」、「圓滿光皎潔」、「一輪光皎潔」等誤引[74]，全都在形容人的清淨心，其源皆來自於碧潭所映，今古一同的皎潔明月。

《續傳燈錄》卷二二，記寶覺禪師向剛入門下的黃庭堅，推薦保福本權禪師「可與語」[75]；本權禪師曾和寒山此

---

[72] 寒山詩，〈吾心似秋月〉，頁 10。

[73] 宋·史容，《山谷外集詩註》卷一，《四部叢刊》本，續編，集部。

[74] 詳見《宏智禪師廣錄》卷五、《保寧仁勇禪師語錄》卷一、《湛然圓澄禪師語錄》卷四、《林泉老人評唱丹霞淳禪師頌古虛堂集》卷二。

[75] 《續傳燈錄》卷二二：「漳州保福本權禪師，臨漳人也。性質直而勇於道，乃於晦堂舉拳處徹證根源。機辯捷出，黃山谷初有所入，問晦堂：『此中誰可與語？』堂曰：『漳州權師，方督役開田。』山谷同晦堂往，致問曰：『直歲還知露柱生兒麼？』師曰：『是男是女？』黃擬議，師揮之。堂謂曰：『不得無禮。』師曰：『這木頭不打更待何時？』黃大笑。」

詩：「吾心似燈籠，點火內外紅。有物堪比倫，來朝日出東。」
結果是：「傳者以為笑。」被密菴禪師譽為「有年有德，語不
妄發。」[76]傳寶覺正脈的死心悟新和尚，見了本權禪師所和之
寒山詩，嘆曰：「權兄提唱若此，誠不負先師所付囑也。」[77]黃
庭堅謫官黔南時：

> 畫臥覺來，忽然廓爾；尋思平生被天下老和尚謾了多少，
> 惟有死心道人不肯，乃是第一相為也。[78]

黃庭堅在寫道：「自狀一片心，碧潭浸寒月」之時，應有想
到本權禪師和寒山詩之事，從他肯定死心和尚的話來看，死
心悟新讚本權禪師之語，對黃庭堅不無影響。

（四）贈趙言

寒山詩〈丈夫莫守困〉：

> 丈夫莫守困，無錢須經紀。養得一牸牛，生得五犢子。
> 犢子又生兒，積數無窮已。寄語陶朱公，富與君相似。[79]

黃庭堅〈贈趙言〉：

> 大梁卜肆傾賓客，二十餘年聲籍籍，得錢滿屋不經營。
> 寒山子詩：「丈夫莫守困，無錢即經營。」[80]

---

[76] 《五燈會元》卷一七。
[77] 《續傳燈錄》卷二二，〈漳州保福本權禪師〉。
[78] 《居士分燈錄》卷二，〈黃庭堅〉。
[79] 寒山詩，〈丈夫莫守困〉，頁22。
[80] 《山谷外集詩註》卷一。按：「寒山子詩：『丈夫莫守困，無錢即經

黃庭堅將寒山詩「無錢須經紀」，改為「無錢即經營」，此亦屬「換骨法」；黃庭堅〈再答明略二首〉：

> 我去丘園十年矣，種桑可蠶，犢生子，使年七十今中半。
> 詩註：山谷年二十三，治平四年擢進士第，至熙寧丁巳，
> 七十將半矣。寒山子詩：「養得一牸牛，生得五犢子。
> 犢子又生兒，積數無窮已。」[81]

《孔叢子》載猗頓如何致富的故事：

> 猗頓，魯之窮士也，耕則長飢，桑則長寒。聞陶朱公富，
> 往而問術焉。朱公告之曰：「子欲速富，當畜五牸。」
> 於是乃適西河，大畜牛羊於猗氏之南。十年之間，其滋
> 息不可記，貲擬王公，馳名天下。以興富於猗氏，故曰
> 猗頓。[82]

項楚言寒山此詩立意出於此[83]；從黃庭堅〈贈趙言〉與〈再答明略二首〉，其對生財有道之概念，無疑受到寒山〈丈夫莫守困〉一詩的影響。

（五）寄南陽謝外舅

寒山詩〈茅棟野人居〉：

　營。』」疑為史容之註。
[81] 《山谷外集詩註》卷一。
[82] 《太平御覽》卷四七二。《四部叢刊》本，三編，子部。
[83] 項楚，《寒山詩注》，頁341。

茅棟野人居，門前車馬疏。林幽偏聚鳥，谿闊本藏魚。

山果攜兒摘，皋田共婦鋤。家中何所有，唯有一床書。[84]

黃庭堅〈寄南陽謝外舅〉：

白雲曲肱臥，青山滿牀書。

詩註：寒山子詩：「家中何所有，惟見一牀書。」[85]

黃庭堅〈次韻謝外舅病不能拜復官夏雨眠起之什〉：「……欲從群兒嬉，出語不斌媚。軒窗坐風涼，編簡堪遺墜。……呼兒疏藥畦，植杖按瓜地。……」[86]

　　黃庭堅與謝外舅之往來僅見以上二則，從後一則可知謝外舅的生活，頗合寒山此詩的意境，特別是「軒窗坐風涼，編簡堪遺墜。」以及「唯見一床書」的隱士生活；史容於「青山滿牀書」下註：「家中何所有，惟見一床書。」十分貼切，而寒山詩各版本均作「唯有一床書」，未見如史容詩註，作「惟見一牀書」。

（六）和孫公善李仲同金櫻餌唱酬二首

寒山詩〈玉堂掛珠簾〉：

玉堂掛珠簾，中有嬋娟子。其貌勝神仙，容華若桃李。

東家春霧合，西舍秋風起。更過三十年，還成甘蔗滓。[87]

---

[84] 寒山詩，〈茅棟野人居〉，頁7。

[85] 《山谷外集詩註》卷二。

[86] 《山谷外集詩註》卷三。

[87] 寒山詩，〈玉堂掛珠簾〉，頁5。

黃庭堅〈和孫公善李仲同金櫻餌唱酬〉：

> 人生欲長存，日月不肯遲。百年風吹過，忽成甘蔗滓。
> 詩註：寒山子詩：「更足三十年，還如甘蔗滓。」[88]

寒山此詩「甘蔗滓」之喻，取意自《大般涅槃經》：

> 復次迦葉，譬如甘蔗，既被壓已，滓無復味。善男子，
> 壯年盛色亦復如是，既被老壓，無三種味：一出家味；
> 二讀誦味；三坐禪味。[89]

永明延壽禪師形容「老」苦：

> 身分沈重，諸根熟昧，皮膚緩皺，行步傴曲，寢膳不安，
> 起坐呻吟，喘息氣逆，所為縵緩，為人所輕，世情彌篤，
> 世事皆息，名為老苦。又老者，忘若嬰兒，狂猶鬼著，
> 以危脆衰熟之質，當易破爛壞之時；落日西垂，菱華欲
> 謝，如甘蔗之滓，無三種出家禪誦之味。[90]

《溈山警策句釋記》卷一，記壯年盛色，有被「老」所壓的
三種「老味」：「一者不能誦經解義；二者不能坐禪修觀；
三者不能勞務作福。」[91]山谷將寒山比喻老年的「還成甘蔗
滓」作「忽成甘蔗滓」；史容詩註將「更過三十年」作「更
足三十年」；由史容註山谷詩時，引寒山詩多有錯誤，可知
史容也是個對寒山詩信手拈來的寒山迷。

---

[88] 《山谷外集詩註》卷七。《四部叢刊》本，續編，集部。

[89] 《大般涅槃經》卷一二。

[90] 《宗鏡錄》卷四二。

[91] 明·弘贊註、開詗記：《溈山警策句釋記》卷一。

四、結語

　　由於宋代文人對閭丘胤〈寒山子詩集序〉不加懷疑，寒山在大多數文人心中被視為「文殊轉世」，原因就在於寒山於詩中，恭敬說戒，為道俗共睹；言涉典章，為文人樂見；心緒多端的宋代文人，不同於大部分面對生死曠野，以寒山「文殊轉世」的傳說，來解決內心徊惶的禪師，宋代文人因寒山其人而及其詩，塑予寒山一個更切近世人的「完人」典範。在北宋時的寒山詩版本至少有三種：一、唐末五代道士杜光庭《仙傳拾遺・寒山子》，記桐柏徵君徐靈府集寒山詩以前，由「好事者」所輯之版本；二、唐・徐靈府所輯，「行於天下」的三卷寒山詩；三、北宋釋贊寧《宋高僧傳》載曹山本寂：「注對寒山子詩，流行寓內。」的七卷寒山詩；寒山詩於北宋時之所以多被文人誤引，有所發必有所依，其因就在於沒有「好本」，此可由南宋朱熹向國清寺僧志南索寒山詩「好本」一事看出。由於朱熹（〈朱子與南老帖〉）、陸游（〈陸放翁與明老帖〉）對寒山詩的注意，於寒山詩的流傳，南宋朱、陸二人之功不可沒，但在北宋時，於外在環境無寒山詩「好本」的客觀因素下，黃庭堅於寒山詩之「奪胎換骨」，概如上述；檢視黃庭堅書寒山詩以示人，且多誤引的行為，其喜剽竊的內在因素，則應予以正視。

談「風人體」

——以寒山詩為例

一、前言

　　源自民間的「風人詩」，一經文人之手，除了使用雙關借意的表現手法外，多半採上句敘事、下句釋義的結構。本文以繼初唐王梵志之後，大量寫作口語詩的寒山為研究對象，說明在寒山詩中，使用雙關借意，以及上句敘事、下句釋義的「風人體」，寒山並非有意為之，卻在詩體的演變過程中，佔有相當重要的地位；寒山詩之「風人體」，是晚唐皮日休與陸龜蒙以〈風人詩〉、曹鄴以〈風人體〉名篇之先聲。

二、風人體及其詩

（一）風人體

　　鍾嶸《詩品》，言謝惠連：「小謝才思富捷……又工為綺

麗歌謠，風人第一。」¹鍾嶸以「綺麗歌謠」來定義「風人」；
嚴羽《滄浪詩話・詩體》：「論雜體，則有風人。」注云：「上
句述其語，下句釋其義，如古〈子夜歌〉、〈讀曲歌〉之類，
則多用此體。」²〈子夜歌〉、〈讀曲歌〉，見於郭茂倩《樂
府詩集》卷四十四至卷四十六，清商曲辭之吳聲歌曲；《樂府
詩集・吳聲歌曲》引《晉書・樂志》：

> 吳歌雜曲，並出江南。東晉以來，稍有增廣。其始皆徒
> 歌，既而被之管弦。蓋自永嘉渡江之後，下及梁、陳，
> 咸都建業，吳聲歌曲起於此也。³

可知吳聲歌曲起於東晉，為江南地區之民間歌謠；吳聲歌曲
之〈子夜歌〉，相傳為晉武帝時，一位名叫「子夜」的女子
所造，後人因其聲情哀苦，以其名名篇，如：郭茂倩引述《樂
府解題》曰：「後人更為四時行樂之詞，謂之子夜四時歌。
又有〈大子夜歌〉、〈子夜警歌〉、〈子夜變歌〉，皆曲之
變也。」⁴至於〈讀曲歌〉，較〈子夜歌〉為晚，起於南朝
宋文帝元嘉十七年⁵；梁朝鍾嶸，將〈子夜歌〉與〈讀曲歌〉，

1　梁・鍾嶸，《詩品》卷二。《四庫全書》文淵閣本，集部，詩文評類。
　下引版本同。
2　詳見：郭紹虞，《滄浪詩話校釋》（台北：河洛圖書出版社，1979 年），
　頁 93。
3　宋・郭茂倩，《樂府詩集》（台北：里仁書局，1980 年），頁 639~640。
　下引版本同。
4　同註 2，頁 641。
5　宋・郭茂倩，《樂府詩集》：「《宋書・樂志》曰：『〈讀曲歌〉者，
　民間為彭城王義康所作也。』……《古今樂錄》曰：『〈讀曲歌〉者，
　元嘉十七年袁后崩，百官不敢作聲歌，或因酒讌，止竊聲讀曲細吟而

視其內容為「綺麗歌謠」,而以「風人」名之,視「綺麗歌」為「風人」的,尚有梁簡文帝與陳江總。《說郛》卷二三云:

> 風人,梁簡文帝謂之「風人」;陳江總謂之「吳歌」,其文盡帷薄褻情,上句述一語,用下句釋之以成云。[6]

王運熙認為《說郛》卷二三所言之「風人」,乃抄自唐・王叡《炙轂子錄》;王叡則抄自唐・吳兢《樂府解題》及《古今注》[7];吳兢(670~749)以「上句述一語,用下句釋之以成。」來解釋「風人」,吳兢可說是第一個將特色為「綺麗歌謠」的吳地風人詩,界定其寫作方法為「上句述語,下句釋義」;晚唐皮日休則是舉「圍棋燒敗襖,看子故依然。」為「風人之作」大興之代表[8];而生活時代較皮日休稍早的曹鄴,則首先以〈風人體〉名篇[9],試觀皮日休所舉之詩,「圍棋燒敗襖,看子故依然。」「故依然」諧音「故衣燃」,的確符合所謂「上句述一語,用下句釋之以成。」而曹鄴的〈風人

已,以此為名。」按義康被徙,亦是十七年。」頁671。

6　元・陶宗儀,《說郛》卷二三下,《四庫全書》,子部,雜家類,雜纂之屬。

7　王運熙,〈論吳聲西曲與諧音雙關語〉,《樂府詩述論》(上海:古籍出版社,1996年),頁13。下引版本同。

8　唐・皮日休〈雜體詩并序〉云:「古有采詩官,命之曰風人。圍棋燒敗襖,看子故依然(「故依然」諧音「故衣燃」),由是風人之作興焉。」《全唐詩》卷616(台北:文史哲出版社,1978年),頁7102。

9　唐・曹鄴〈風人體〉:「出門行一步,形影便相失。何況大隄上,馬如箭疾。夜夜如織婦,尋思待成疋。郎只不在家,在家亦如出。將金與卜人,喬道遠行吉。念郎　底事,不具(一作見)天與日。」按:「具」一作「見」,「不見天與日」,有「浮雲蔽白日,遊子不顧反」之意。《全唐詩》卷592,頁6863。

體〉：「夜夜如織婦，尋思（諧音「絲」）待成疋（諧音「匹」）。」
乃諧音雙關；「不見天與日」釋上句「念郎　底事」；由皮日
休與曹鄴之詩，可知到了晚唐，在諧音雙關的基礎上，以上句
述語，下句釋義的手法所作之詩，謂之「風人體」（或「風人
詩」）應該無可置疑；這一點還可從皮日休與陸龜蒙於其詩作
中，明白點出「風人詩」一詞，可資驗證。皮日休〈和魯望風
人詩三首〉云：

> 刻石書離恨，因成別後悲。莫言春繭薄，猶有萬重思。
> 鏤出容刀飾，親逢巧笑難。日中騷客佩，爭奈即闌干。
> 江上秋聲起，從來浪得名。逆風猶挂席，苦不會凡情。[10]

陸龜蒙〈風人詩四首〉云：

> 十萬全師出，遙知正憶君。一心如瑞麥，長（一作惟）
> 作兩岐分。
> 旦日思雙屨，明時願早諧。丹青傳四瀆，難寫是秋懷。
> 破檗供朝爨，須憐是苦辛。曉天窺落宿，誰識獨醒人。
> 聞道更新幟，多應廢舊旗。征衣無伴擣，獨處自然悲。[11]

其中「思」為「絲」之諧音；「凡」諧音「帆」；「諧」諧
音「鞋」；「秋懷」諧音「秋淮」；「猶有萬重思」、「苦
不會凡情」、「難寫是秋懷」，均為釋上句之作，上舉皮日
休與陸龜蒙共七首詩作，有三首兼具「諧音雙關」與「上句述

---

10 《全唐詩》卷 615，頁 7093。
11 《全唐詩》卷 627，頁 7203。

語，下句釋義」的特徵，因此可以說，「風人體」至晚唐皮、陸時，已經體式成熟，完全定型。

（二）〈子夜歌〉與〈讀曲歌〉之「風人體」舉隅

作為「風人詩」之源頭活水的〈子夜歌〉與〈讀曲歌〉，運用「諧音雙關」與「上句述語，下句釋義」的情形，可謂十分頻繁，試觀以下詩例：

> 自從別郎來，何日不咨嗟。黃檗鬱成林，苦心隨日長。
> 憐歡好情懷，移居作鄉里。桐樹生門前，出入見梧子。
> 我念歡的的，子行由豫情。霧露隱芙蓉，見蓮不分明。
> 今夕已歡別，合會在何時？明燈照空局，悠然未有期。
> 前絲斷纏（一作成）綿，意欲結交情。春蠶易感化，絲子已復生。

始欲識郎時，兩心望如一。理絲入殘機，何悟不成匹。

> 見娘喜（一作善）容媚，願得結金蘭。空織無經緯，求匹理自難。[12]
> （以上為〈子夜歌〉）

「梧」諧音「吾」；「蓮」諧音「憐」；「悠然」諧音「油然」，「期」諧音「棋」；「絲」諧音「思」，「苦心」之「苦」雙關「黃檗」之「苦」；「不成匹」、「求匹」的「匹」，雙關「匹配」的「匹」。再如：

---

[12] 同註 2，頁 641~643。

奈何許，石闕生口中，銜碑不得語。

思歡久，不愛獨枝蓮，只惜同心藕。

罷去四五年，相見論故情。殺荷不斷藕，蓮心已復生。

打壞木棲牀，誰能坐相思。三更書石闕，憶子夜啼碑。[13]

（以上為〈讀曲歌〉）

「碑」諧音「悲」；「藕」諧音「偶」；「蓮」諧音「憐」；
「啼」諧音「題」。以上所舉〈子夜歌〉、〈讀曲歌〉，有
兩個特徵：一、語多雙關借意，亦即指物借意，分為諧聲雙
關與字形、字義雙關；二、在雙關借意的基礎上，使用上句述
語，下句釋義的表現手法，也就是必須以下句解釋上句，兩句
合起來義始完整。

（三）文人與「風人詩」

　　唐吳兢以「上句述一語，用下句釋之以成。」來解釋「風
人」；宋王觀國則稱之為「吳體」[14]；明謝榛稱之為「吳格」[15]，
不管是「風人」、「吳體」、「吳格」，其使用到雙關借意以
及上句述語、下句釋義的手法，已為文人所注意；劉克莊在〈何

---

[13] 同註2，頁 671~673。

[14] 宋·王觀國：「……江右又謂之風人詩，有『圍棊燒敗襖，看子故依
然』之句。圍棊者，看子也；燒敗襖者，故衣然也。鮑明遠諸集中亦
有二篇，謂之『吳體』。」《宋詩話全編·王觀國詩話》（江蘇：古
籍出版社，1998 年），頁 2549。下引版本同。

[15] 明·謝榛：「古辭曰：『黃蘗向春生，苦心隨日長。……』此皆吳格
指物借意。」《明詩話全編·謝榛詩話》（江蘇：古籍出版社，1997
年），頁 3148。

謙詩〉中說：「余嘗謂以情性禮義為本，以鳥獸草木為料，風人之詩也；以書為本，以事為料，文人之詩也。」[16]這段話說明了「風人詩」，與民間口語有密不可分的關係，然從現存的文學史料來看，自中唐起，文人便有「風人詩」之作，劉禹錫〈竹枝詞〉二首之一：

> 楊柳青青江水平，聞郎江上唱歌聲。東邊日出西邊雨，
> 道是無晴卻有晴。[17]

劉禹錫在順宗時，參與「永貞新政」，事敗後坐貶連州刺史；在〈竹枝詞〉自注中說：「蠻俗好巫，嘗依騷人之旨，倚其聲作〈竹枝詞〉十餘篇，武陵谿洞間悉歌之。」劉禹錫在倚舊聲填新詞作〈竹枝詞〉，除了以「晴」雙關「情」，以「道是無晴卻有晴」釋「東邊日出西邊雨」，同樣將「風人詩」的兩大特徵，表現無遺。又如中唐張祜〈蘇小小歌〉三首之三云：

> 登山不愁峻，涉海不愁深。中擘庭前棗，教郎見赤心。[18]

其中「赤心」雙關「棗」，為指物借意；「教郎見赤心」係以下句解釋上句，而舉釋「風人」的嚴羽，其〈古懊儂歌〉六首之五云：「朝亦出門啼，暮亦出門啼。蛛網掛風裡，搖絲（「絲」

---

16 宋·劉克莊，《後村先生大全集》卷第一百六，《四部叢刊》本，初編，集部。
17 《全唐詩》卷365，頁4110。
18 《全唐詩》卷511，頁5834。

諧音「思」）無定時。」[19]亦符合「風人體」的兩大特徵；「風人詩」之為文人所激賞，除了用到百姓日常熟悉的事物，如：以「藕」寓「偶」；以「鞋」寓「諧」；以「蓮」寓「憐」等，十分貼近民心之雙關借意手法，此外，於第三句是否「轉」得有其新意，末句是否能以雙關借意，將上句解釋得餘味無窮，成為考驗文人作「風人詩」之關捩。

洪邁《容齋三筆・樂府詩引喻》：「自齊、梁以來，詩人作樂府〈子夜四時歌〉之類，每以前句比興引喻，而後句實言以證之。」[20]相較於前人對於「風人詩」之討論，洪邁更為明確地點出前句用「比興引喻」的手法，將「風人體」源自《詩經》〈國風〉、〈二南〉的民歌精神，一語道盡；洪邁並未點出雙關借意，因此可以說：僅使用雙關借意手法，只可稱為「風人詩」，不可稱為「風人體」；而具有雙關借意且使用上句述語、下句釋義者，方可稱為「風人詩」之「風人體」；吳歌、西曲是「風人詩」無疑，但是，「吳歌西曲」之「吳歌」，是否可逕稱為「吳體」、「吳格」，或「吳歌格」？以下試論。

蘇軾〈席上代人贈別〉三首之三：

> 蓮子擘開須見憶，楸枰著盡更無期。破衫卻有重逢處，一飯何曾忘卻時。[21]

---

19 宋・嚴羽，《滄浪集》卷二。《四部叢刊》本，集部，別集類。
20 宋・洪邁，《容齋隨筆》（下）（上海：古籍出版社，1995年），頁609。
21 宋・王十朋，《集註分類東坡先生詩》卷第二十。《四部叢刊》本，初編，集部。

各體擅長的蘇軾，此詩真是涵蘊無窮，宋趙彥材將東坡此詩稱為「吳歌格」：

> 趙彥材詩注云：「此吳歌格，借字寓意也。古詩有云：『圍棋燒敗襖，著子故依然。』乃此格也。」蓮子曰菂，菂中么荷曰薏。須見臆，以菂中之薏言之。楸枰，棋槃也。……更無期，以棋言之。重縫處，以縫綻之縫隱逢字也。忘卻時，以匙匕之匙隱之也。[22]

宋葛立方則與趙彥材的看法不同：

> 至東坡無題詩云：「蓮子擘開須見薏，楸枰著盡更無棋。破衫卻有重縫處，一飯何曾忘卻匙。」是文與釋並見於一句中，與風人詩又小異矣。[23]

趙彥材將東坡此詩稱為「吳歌格」，言「與風人詩又小異」，很明顯的，趙彥材之「吳歌格」，不同於簡文帝之「風人」、江總之「吳歌」、王觀國之「吳體」、謝榛之「吳格」[24]；「風人體」在文人眼中，是褒貶兩極，王觀國認為：

---

[22] 宋·蔡正孫編，《詩林廣記》後集卷三。《四庫全書》，集部，詩文評類。

[23] 宋·葛立方，《韻語陽秋》卷第四。清·何文煥編，《歷代詩話》（台北：木鐸出版社，1982 年），頁 513。

[24] 王運熙認為謝榛將趙彥材之「吳歌格」簡稱為「吳格」，參見王運熙〈論吳聲西曲與諧音雙關語〉，頁 114。按：謝榛引「黃蘗向春生，苦心隨日長。……桑蠶不作繭，晝夜長懸絲。」言：「此皆吳格指物借意。」並言東坡該詩是「造語殊乏風致。」謝榛之「吳格」應含有雙關借意與下句釋上句，並非趙彥材「吳歌格」之簡稱，王運熙之說有待商榷。

> 蓋自〈雅〉、〈頌〉不作,迄於魏、晉、南北朝以來,浮
> 靡愈甚,始有為此態者(指「吳體」),悉取閭閻鄙媟之
> 語,比類而為之。詩道淪喪,至於如此,誠可嘆也。[25]

王觀國認為魏、晉、南北朝以來的風人詩,一言以蔽之,曰:
「詩道淪喪」;謝枋得看法正相反,認為:「溫涼寒暑,有
神氣而無形迹,風人之詩也,宇宙不多見。」[26]吳歌西曲中,
多有「閭閻鄙媟之語」是事實,但王觀國忽略了其「本風俗
之言」[27]的部分,楊維楨認為:

> 古風人之詩,類出於閭夫鄙隸,非盡公卿大夫士之作也,
> 而傳之後世,有非今公卿大夫士之所可及。[28]

楊維楨體會到風人詩的詩歌表現手法並非易為,也因此,重
詩好文的唐朝,也僅僅彼此相互唱和的皮日休與陸龜蒙,嘗
試這種以音同字託物寓情,末句又能委屈無盡地,將上一句
所要表達的主旨揭示出來,皮、陸流傳於後的「風人體」詩
作,比起劉禹錫、張祜的人僅「一首」,皮、陸之「風人體」,
已算是「力作」了,宋以後,「風人體」之詩作寥寥無幾,在

---

[25] 宋・王觀國,《學林》卷八〈大刀〉。《四庫全書》,子部,雜家類,
雜考之屬。

[26] 宋・謝枋得,〈重刊蘇文忠公詩序〉,《疊山集》卷六。《四部叢刊》
本,續編,集部。

[27] 清・翟灝,《通俗編》卷三八〈風人〉:「六朝樂府〈子夜〉、〈讀
曲〉等歌,語多雙關借意,唐人謂之風人體,以本風俗之言也。」轉
引自項楚:《寒山詩注》(北京:中華書局,2000 年),頁 177~178。

[28] 明・楊維楨,〈吳復詩錄序〉,《東維子文集》卷之七。《四部叢刊》
本,初編,集部。

立意與取材方面，未出前人窠臼[29]，因此，正式以「風人詩」名篇的皮、陸二人，後人在言及風人詩作時必定論及，而早於皮、陸以前的寒山，其「風人體」之作，卻鮮少有人注意。

三、寒山詩之風人體

胡適《白話文學史》，認為寒山是繼王梵志之後，唐代最偉大的白話詩人，近代研究寒山的學者，於此說均無異議；世人均注意到寒山詩的「口語」特色，卻鮮少注意寒山詩的眾體兼備。以下略述寒山詩中「使屈宋復生，不能過」之「楚辭體」；顛倒宋代文人與禪師，為「寒山境界」代表的「三字詩」；以及具民歌風韻的「疊字」詩，繼而試論寒山在能備眾體的情形下，其作「風人體」之詩，乃自然天成。

（一）寒山詩之特色

寒山詩中，有被宋代禪師大量引為上堂法語的禪悅詩，如〈吾心似秋月〉：「吾心似秋月，碧潭清皎潔。無物堪比倫，教我如何說。」[30]有社會寫實詩〈城中蛾眉女〉[31]，此詩被朱熹

---

[29] 宋以後以風人體手法寫作者，如：元・宋無《翠寒集・羅口貢曲》：「玉井荷花碧，中藏藕意深。綠房千萬蒂，多少可憐心。」《四庫全書》，集部，別集類；明・俞彥〈讀曲歌〉：「與歡橋頭別，楊柳才垂絲。空局不著子，尋思未有棋。」《明詩綜》卷六四。《四庫全書》，集部，總集類。

[30] 詳見拙著，《寒山資料類編》，台北：秀威科技出版，2005 年。

認為「煞有好處，詩人未易到此。」[32]劉克莊認為此詩是寒山
詩中「絕工緻者」，還指出此詩備受黃庭堅所喜，愛而筆之，
因此被誤編入《山谷集》中。[33]寒山詩為禪師與文人所喜，除
了讓人看了，有身心安頓的禪悅詩、悟道詩之外，還包括讓宋
代文人衷心傾服的，涵蓋多種詩體的作品。

寒山詩之多樣化，在歷代詩人中並不多見；如：楚辭體〈有
人坐山楹〉：

> 有人坐山楹，雲卷兮霞瓔。秉芳兮欲寄，路漫漫難征。
> 心惆悵狐疑，年老已無成。眾喔咿斯，寋獨立兮忠貞。[34]

此詩因版本刊刻之混淆，讓陸游忍不住親手改動後，要釋可明
收入新刻之《寒山詩集》中[35]；元・白珽：「前輩以為無異離

31　寒山詩，〈城中蛾眉女〉：「城中蛾眉女，珠珮柯珊珊。鸚鵡花前弄，
　　琵琶月下彈。長歌三月響，短舞萬人看。未必長如此，芙蓉不耐寒。」
　　頁5。

32　《朱子語類》卷一百四十：「先生偶誦寒山數詩，其一云：『城中娥
　　眉女，……芙蓉不耐寒。』云如此類，煞有好處，詩人未易到此。」
　　《四庫全書》，子部，儒家類。

33　《後村詩話》卷六：「寒山詩麤言細語，皆精詣透徹，所謂一死生，
　　齊彭殤者；亦有絕工緻者，如『地中嬋娟女，玉佩響珊珊，鸚鵡花間
　　弄，琵琶月下彈，長歌三日繞，短舞萬人看。未必長如此，芙蓉不耐
　　寒。』殆不減齊梁人語。此篇亦見《山谷集》，豈谷喜而筆之，後人
　　誤以入集歟？」《四庫全書》，集部，詩文評類。按：對照註30之
　　寒山詩，劉克莊所引之寒山詩多有誤，或許是因為口傳下之筆誤。

34　寒山詩，〈有人坐山楹〉，頁13。

35　宋・陸游，〈陸放翁與明老帖〉：「有人兮山陘，雲卷兮霞繯。秉芳
　　兮欲寄，路漫兮難征。 心惆悵兮狐疑，寋獨立兮忠貞。此寒山子所作
　　楚辭也，今亦在集中，妄人竄改附益，至不可讀。放翁書寄　天封明
　　公，或以刻之山中也。」宋版《寒山詩集》卷首，上海望平街有正書
　　局發行。

騷語」，所指正是被陸游判為「楚辭」的寒山詩[36]；陶宗儀《說郛》言：「此寒山語，雖使屈宋復生，不能過也。」[37]可惜寒山詩的楚辭體，僅此一首；去掉「眾喔咿斯」一句，將寒山原詩與陸游更改之詩同看，一樣讓人感到「使屈宋復生，不能過。」這正是寒山原詩的魅力所在。

　　另外，寒山詩的另一特色，是連續六首「三字詩」的寫作，全列如下：

> 寒山道，無人到。若能行，稱十號。有蟬鳴，無鴉噪。
> 黃葉落，白雲掃。石磊磊，山隩隩。我獨居，名善導。
> 子細看，何相好。
> 寒山寒，冰鎖石。藏山青，現雪白。日出照，一時釋。
> 從茲暖，養老客。
> 我居山，勿人識。白雲中，常寂寂。
> 寒山深，稱我心。純白石，勿黃金。泉聲響，撫伯琴。
> 有子期，辨此音。
> 重巖中，足清風。扇不搖，涼冷通。明月照，白雲籠。
> 獨自坐，一老翁。
> 寒山子，長如是。獨自居，不生死。[38]

---

[36] 元・白珽，《湛淵靜語》卷二。《四庫全書》，子部，雜家類，雜說之屬。

[37] 元・陶宗儀，《說郛》卷八二（下），《四庫全書》，子部，雜家類，雜纂之屬。

[38] 頁 47~48。

寒山這六首「三字詩」，給人的第一個感覺是「一氣呵成」，寒山意在凸顯其隱居之地——「寒山」（又稱「寒巖」）之好，前五首除了全力展現寒山絕佳的隱居環境，第一首〈寒山道〉，尚意在表明寒山的精神境界，也就是由凡轉聖的悟道過程，可經由有形的地理環境，配合內在的涵泳，到達第六首所言的，寒山個人體驗到的精神境界，即「寒山境界」，也就是後人所說的「寒山禪」。寒山詩之所以能顛倒歷代禪師，以及「陽儒陰釋」的宋代文人，這是跟寒山的「寒山境界」有關；在寒山詩中，「寒山」一名，有時指寒山的隱居地「寒巖」，有時是指寒山悟道的境界，如〈寒山無漏巖〉：

> 寒山無漏巖，其巖甚濟要。八風吹不動，萬古人傳妙。
> 寂寂好安居，空空離識詢。孤月夜長明，圓日常來照。
> 虎丘兼虎谿，不用相呼召。世間有王傳，莫把同周邵。
> 我自遁寒巖，快活長歌笑。[39]

此詩之「寒巖」，寒山借以喻「無漏巖」，「無漏」之意為清淨無煩惱；「八風」又名「八法」，為「利、衰、毀、譽、稱、譏、苦、樂」；「風」，意指能煽動世人愛憎之心；寒山將地名「寒巖」，與能不受「八風」煽動，得「無漏智」[40]的「無漏巖」結合在一起，令人心生「雖不能至，然心嚮往之。」後人心所嚮往者，除了寒山居寒巖的快活安適，還有與〈寒山無漏巖〉一詩，具有相同隱喻手法的〈人問寒山道〉、〈我家本

---

[39] 寒山詩，〈寒山無漏巖〉，頁 47。
[40] 「無漏智」，指能夠離諸般煩惱之清淨智，有斷惑證真的功用。

住在寒山〉二詩[41]，此外，寒山還使用「心宅」的比喻，反襯出寒山身未出家而心實出家（按：寒山詩中的「出家」，意指遠離紅塵俗事）：

> 寒山有一宅，宅中無闌隔。六門左右通，堂中見天碧。
> 房房虛索索，東壁打西壁。其中一物無，免被人來借。
> 寒到燒軟火，飢來煮菜喫。不學田舍翁，廣置牛莊宅。
> 盡作地獄業，一入何曾極。好好善思量，思量知軌則。[42]

寒山把當時馳心向外，只知廣營莊宅，不腳踏實地好好下修行功夫的出家人，認為與「田舍翁」無異。寒山詩中，諸如此類形容身雖出家，而心實未出家的僧徒、道士的詩所在多有；寒山在詩中不是辛辣的謾罵一通，而是老婆心切到「詞費」的地步，看在歷代的明眼禪師眼中，無怪乎要引寒山詩為上堂法語，在重要的結夏期間，用不得不說，又不能說破的遮詮法[43]，

---

[41] 〈人問寒山道〉：「人問寒山道，寒山路不通。夏天冰未釋，日出霧朦朧。似我何由屆，與君心不同。君心若似我，還得到其中。」頁5。〈我家本住在寒山〉：「我家本住在寒山，石巖棲息離煩緣。泯時萬象無痕跡，舒處周流遍大千。光影騰輝照心地，無有一法當現前。方知摩尼一顆珠，解用無方處處圓。」頁32。

[42] 寒山詩，〈寒山有一宅〉，頁27。

[43] 「遮詮法」的運用，原起於總結印度婆羅門思想的《奧義書》，將不能以邏輯概念和言語表述的「梵」，以否定的「不是什麼」來形容「是什麼」；以「緣起」為基本教義的佛教，基本上不承認「梵」的存在，以否定的「不是什麼」來形容「是什麼」，卻是中國禪宗祖師在詮釋教理時最常用的方法。圭峰宗密《禪源諸詮集都序》卷下之一：「如諸經所說真妙理性，每云：「不生不滅，不垢不淨，無因無果，無相無為，非凡非聖，非性非相等，皆是遮詮。」禪宗祖師在面對何謂「心」、「佛」之「第一義」時，多在「不可說破」的情況下，以「不是什麼」的否定語句，試圖達到「是什麼」的肯定，即所謂「遮詮法」。

大參特參「寒山子作麼生」[44]，甚至將至今姓名仍不可考的寒山[45]，逕稱為「寒山大士」（永覺元賢禪師）、「寒山菩薩」（真淨克文禪師），可見寒山詩為禪門所重，不僅僅是寒山本人為「文殊轉世」的傳說使然。[46]

最後，談談寒山詩中使用「疊字」的情形。漢語疊字，可分疊音與疊義，多作為一般的形容詞使用，少數作動詞、名詞，以及擬聲；在寒山所作三一三首詩中，疊字詞隨處可見。寒山使用「疊字」，可說已達出神入化之境，一首詩中有兩處以上疊字的，約佔《寒山詩集》的十分之一，其中包含四首有三處疊字；二首有四處疊字；二首通篇八句使用疊字。寒山使用疊字詞的模式大略有三種：並列、隔句，以及頭尾對照。

寒山使用「疊字」，三、五、七言均有；五言的部分，作擬聲使用的，有形容寒山居家天倫之樂的：「婦搖機軋軋，兒弄口嗢嗢。」[47]以及形容在寒巖以自然為伴的：「松風清颯颯，

---

44 舉「寒山子作麼生」一語為公案，在宋代禪師中多不勝數，在當時禪門中乃熱門話題，見於《希叟紹曇禪師語錄》卷一、《偃溪廣聞禪師語錄》卷二、《五燈全書》卷九九，瑞安悟真南野續禪師、《斷橋妙倫禪師語錄》卷一、《五燈全書》卷七四，杭州橫山光明圓智本緣禪師、《福源石屋珙禪師語錄》卷一、《五燈全書》卷七七，吳陵三塘乾乾湜禪師、《圓悟佛果禪師語錄》卷七等。

45 寒山之真實姓名，自唐至清，均無人考證出；近人考證之寒山姓名有四說：言寒山乃牛頭二祖「釋智巖」（吳其昱）、國清寺僧寶德道翹（〔日〕大田悌藏）、楊堅之姪楊溫（嚴振非）、龐任運（易中達），四說均為非。詳見拙作，〈寒山子異名考〉，《暨大電子雜誌》第37期，2006年2月。

46 詳見拙著，〈寒山傳說考辨〉，《寒山資料考辨》，頁31~79。

47 寒山詩，〈父母續經多〉：「父母續經多，田園不羨他。婦搖機軋軋，兒弄口口過口過。拍手催花舞，搘頤聽鳥歌。誰當來歡賀，樵客屢經過。」頁5~6。

鳥語聲□官□官。」[48]；作形容詞使用的，有深以「心王」為樂的：「澄澄孤玄妙，如如無倚託。」[49]作名詞使用的，有感嘆時光飛逝的：「朝朝花遷落，歲歲人移改。」[50]在七言部分，使用三處「疊字」，有勸人早修行的：「汝為埋頭痴兀兀，……轉轉倍加業汨汨。」除句首之外，一句中還使用到兩處疊字[51]；另外，有形容寒巖獨居之樂的「雲山疊疊連天碧，路僻林深無客遊。遠望孤蟾明皎皎，近聞群鳥語啾啾。」[52]除句首使用疊句外，還對句使用疊字。

使用四處疊字的，有描述山居之樂的〈隱士遁人間〉：

> 隱士遁人間，多向山中眠。青蘿疏麓麓，碧澗響聯聯。
> 騰騰且安樂，悠悠自清閑。免有染世事，心靜如白蓮。[53]

---

[48] 寒山詩，〈可重是寒山〉：「可重是寒山，白雲常自閑。猿啼暢道內，虎嘯出人間。獨步石可履，孤吟藤好攀。松風清颯颯，鳥語聲□官□官。」頁26。

[49] 寒山詩，〈我見出家人〉：「我見出家人，不入出家學。欲知真出家，心淨無繩索。澄澄孤玄妙，如如無倚託。三界任縱橫，四生不可泊。無為無事人，逍遙實快樂。」頁39。

[50] 寒山詩，〈桃花欲經夏〉：「桃花欲經夏，風月催不待。訪覓漢時人，能無一箇在。朝朝花遷落，歲歲人移改。今日揚塵處，昔時為大海。」頁11。

[51] 寒山詩，〈汝為埋頭痴兀兀〉：「汝為埋頭痴兀兀，愛向無明羅剎窟。再三勸你早修行，是你頑癡心恍惚。不肯信受寒山語，轉轉倍加業汨汨。直待斬首作兩段，方知自身奴賊物。」頁16。

[52] 寒山詩，〈雲山疊疊連天碧〉：「雲山疊疊連天碧，路僻林深無客遊。遠望孤蟾明皎皎，近聞群鳥語啾啾。老夫獨坐棲青嶂，少室閑居任白頭。可歎往年與今日，無心還似水東流。」頁20。

[53] 寒山詩，〈隱士遁人間〉，頁42。

寒山以「心靜如白蓮」形容一己之修行境界[54]，連著兩處對句
使用疊字，可見寒山遣詞用字有如行雲流水；寒山信手拈來的
對句，有嘆浮生之人，老而不知愚的〈可嘆浮生人〉：

> 可嘆浮生人，悠悠何日了。朝朝無閑時，年年不覺老。
> 摠為求衣食，令心生煩惱。擾擾百千年，去來三惡道。[55]

寒山在對句以外，把疊字詞錯落開來使用，更見其有匠心而無
匠氣；而在寒山詩中，全首八句均用疊字的，有〈杳杳寒山道〉
與〈獨坐常忽忽〉二詩：

> 杳杳寒山道，落落冷澗濱。啾啾常有鳥，寂寂更無人。
> 磧磧風吹面，紛紛雪積身。朝朝不見日，歲歲不知春。
> 獨坐常忽忽，情懷何悠悠。山腰雲縵縵，谷口風颼颼。
> 猿來樹嫋嫋，鳥入林啾啾。時摧鬢颯颯，歲盡老惆惆。[56]

這兩首詩是寒山隱寒巖的心情寫照，強烈的孤寂感，使寒山使
用起疊字詞，是如此的渾成流走、圓轉天然；將疊字詞運用得
無斧鑿之痕的唐代詩人，除寒山以外，實在不多；即便以漢末
文人所作的《古詩十九首》來比較，其中使用疊字最多的兩首
是〈青青河畔草〉與〈迢迢牽牛星〉，論其使用頻率，十句中
也不過六句與四句而已；疊字詞是民間口語詩的特色，寒山詩
之疊字，是寒山以文人之筆，「深入民間」的最好證明，這也

---

[54] 「心靜如白蓮」，在非《天祿》宋本系統中，均作「心淨如白蓮」，
　　詳見拙著，《寒山詩集校考》，頁143。

[55] 寒山詩，〈可嘆浮生人〉，頁40。

[56] 寒山詩，〈杳杳寒山道〉、〈獨坐常忽忽〉，頁8、24。

足以證明寒山以源自民間的「風人體」寫作，乃水到渠成，再自然不過。

（二）寒山詩中之「風人體」

寒山詩中，庶民化的口語詩作比比皆是，然而，完全符合雙關借意，與下句釋上句之意的「風人體」，共有三首，其一是〈默默永無言〉：

> 默默永無言，後生何所述。隱居在林藪，智日何由出。
> 枯槁非堅衛，風霜成天疾。土牛耕石田，未有得稻日。[57]

綜觀此詩，乃寒山欲以詩作傳世，在心境上的一大轉捩點；「土牛耕石田，未有得稻日。」「稻」諧音「道」，此詩充分顯示寒山欲以「立言」得「道」之儒者心懷；與寒山時代接近的龐居士，其〈龐居士偈〉：

> 看經須解義，解義始修行。若依了義教，即入涅槃城。
> 如其不解義，多見不如盲。緣文廣占地，心牛不肯耕。
> 田田皆是草，稻從何處生。[58]

「田田皆是草，稻從何處生。」意指不除心田之草（種種障道的煩惱），無法得道。寒山詩〈默默永無言〉與〈龐居士偈〉，二詩的重點均在末兩句，均以「稻」的諧音，雙關「道」的含意；寒山與龐居士兩人，均把梁簡文帝、江總所言之「風人」

---

[57] 寒山詩，〈默默永無言〉，頁 12~13。
[58] 《祖堂集》卷十五〈龐居士〉。

特色概括無遺，言晚唐皮日休與陸龜蒙之「風人詩」為「創體」[59]，實乃未見寒山詩與龐居士偈。

寒山勸世之白話詩，談的是平常百姓的生活實錄，從中可見寒山之用心良苦，這也正是寒山詩除了自言禪悅感受之悟道詩之外，為佛門人士喜愛的原因，如〈我見一痴漢〉：

> 我見一痴漢，仍居三兩婦。養得八九兒，摠是隨宜手。
> 丁戶是新差，資財非舊有。黃蘗作驢鞦，始知苦在後。[60]

「鞦」，亦作「緧」、「鞧」、「䋺」，是拴在牲畜股後的皮帶；痴漢娶三兩個妻子，生養八九個兒子，在世人眼中，乃所謂的室家之樂，及至八九兒一個個赴邊防充徭役，傾家蕩產的結果，才明白昔日的室家之樂，為日後辛苦之因；「鞦」拴在股後，隱指往後的生活；黃蘗之「苦」，則雙關生活之苦。寒山之關心民瘼，尚有〈讀書豈免死〉：

> 讀書豈免死，讀書豈免貧。何以好識字，識字勝他人。
> 丈夫不識字，無處可安身。黃連搵蒜醬，忘計是苦辛。[61]

「黃連搵蒜醬，忘計是苦辛。」寒山將「識字」與「不識字」的結果，用兩面手法揭示，以黃連之「苦」，與蒜醬之「辛」，雙關人生之「辛苦」；忘計意為「忘記」，言不識字者，將不知其為日後生活所帶來之諸般辛苦。

---

[59] 何文匯，〈風人體〉，《雜體詩釋例》（香港：中文大學出版，1986年），頁224。
[60] 寒山詩，〈我見一痴漢〉，頁21。
[61] 寒山詩，〈讀書豈免死〉，頁33。

三、結語

　　經由上文所論，可知「風人詩」一詞，有廣狹二義：其一是使用雙關借意手法，不論是字形相關或字義相關，以民間百姓平時所見，經常可感的生活經驗為描述對象的，乃廣義之風人詩；其二是在此基礎上，刻意使用上句述語、下句釋義的表現手法，是為狹義之風人詩，狹義之風人詩，亦即「風人體」。寒山以其對百姓日常生活異常銳利的觀察，加上對樂府民歌的熟稔，特別是對古詩十九首疊字詞的翻陳出新，留至今的三百多首詩作中，使用雙關借意手法，亦即廣義之風人詩之作，隨處可見；然而，刻意使用上句述語、下句釋義的「風人體」，在寒山詩中雖僅三首，卻較晚唐皮日休與陸龜蒙更早，言寒山為唐代寫作「風人體」之先聲，應不為過。

釋志南〈三隱集記〉周邊問題探索

一、前言

　　浙江天台山國清寺僧釋志南，所著之〈天台山國清禪寺
三隱集記〉（本文簡稱〈三隱集記〉），為閭丘胤〈寒山子
詩集序〉的「天台三聖」傳說之大力宣傳者；釋志南〈三隱
集記〉，其中的「三隱」，亦即後人所謂的「天台三聖」（寒
山、拾得、豐干）；〈三隱集記〉以託名閭丘胤所作的〈寒
山子詩集序〉（以下簡稱〈閭丘偽序〉）[1]，以及作者不詳
的〈豐干禪師錄〉、〈拾得錄〉為底本，加以增衍而成；後
代的《寒山詩集》版本，除《天祿》宋本以外，幾乎均將〈閭
丘偽序〉以及〈三隱集記〉收錄，宋朝以後有關「天台三聖」
傳說的祖師語錄，也多以志南〈三隱集記〉所添加的情節為
根據，〈三隱集記〉所添加的部分，也就是完整的「天台三
聖」傳說，究竟成於何人之手的問題，歷來研究寒山的學者，

---

[1]　署名為貞觀十六年（642），時任台州刺史的閭丘胤所作的〈寒山子詩
　　集序〉，余嘉錫（1884~1975）《四庫提要辨證》卷二十〈寒山子詩集
　　二卷附豐干拾得詩一卷〉，根據唐・李吉甫《元和郡縣志》，以及唐・
　　徐靈府《天台山記》二書，證明〈寒山子詩集序〉言寒山所隱居的「天
　　台唐興縣」的「唐興縣」，是唐肅宗「上元二年改」，證明貞觀年間
　　的閭丘胤，並非〈寒山子詩集序〉的作者。詳見拙著，《寒山資料考
　　辨》，頁 34~35。

於此均未提及。〈三隱集記〉所添加的「天台三聖」傳說，共有「古鏡不磨如何照燭」、「豐干邀游五臺」、「國清寺炙茄」、「趙州遊天台」、「溈山靈祐三無對」、「東家人死，西家助哀。」此六則均不見於志南引以為底本的〈閭丘偽序〉，本文擬探討此六則傳說其源何自，及其在宋以後的禪師語錄中，被引為上堂法語的情形，或能對於〈三隱集記〉之相關問題，獲得初步之說解。

二、古鏡未磨如何照燭

以鏡為喻，源自神秀與惠能之偈[2]；南嶽懷讓對其徒馬祖道一說：「磨甎既不成鏡，坐禪豈得成佛。」[3]是為進一步的「鏡喻」；有關古鏡未磨之前與已磨之後的語錄，《景德傳燈錄》記風穴延沼禪師：「問古鏡未磨時如何？曰：『天魔膽裂。』僧曰：『磨後如何？』師曰：『軒轅無道。』」[4]宋・智昭集《人天眼目》：

2　唐・法海集，《南宗頓教最上大乘摩訶般若波羅蜜經六祖惠能大師於韶州大梵寺施法壇經》卷一，神秀偈：「身是菩提樹，心如明鏡臺。時時勤拂拭，莫使有塵埃。」惠能偈：「菩提本無樹，明鏡亦無臺。佛性常清淨，何處有塵埃。」又偈曰：「心是菩提樹，身為明鏡臺。明鏡本清淨，何處染塵埃。」電子佛典集成，中華電子佛典協會，2005年7月。

3　《馬祖道一禪師廣錄》卷一：「唐開元中，習定於衡嶽傳法院，遇讓和尚，知是法器，問曰：『大德坐禪圖什麼？』師曰：『圖作佛。』讓乃取一甎，於彼菴前磨。師曰：『磨甎作麼？』讓曰：『磨作鏡。』師曰：『磨甎豈得成鏡？』讓曰：『磨甎既不成鏡，坐禪豈得成佛耶？』」

4　《景德傳燈錄》卷十三。

> 僧問：古鏡未磨時如何？穴（風穴延沼）云：「天魔膽
> 喪。」明（石霜楚圓）云：「新羅打鼓。」巖（翠巖可
> 真）云：「照破天下髑髏。」山（洞山曉聰）云：「此
> 去漢陽不遠。」磨後如何？穴云：「軒轅當道。」明云：
> 「西天作舞。」巖云：「黑似漆。」山云：「黃鶴樓前
> 鸚鵡洲。」[5]

智昭將臨濟宗風穴延沼禪師的〈古鏡話〉，與石霜楚圓、翠
巖可真、洞山曉聰之語錄並舉，可見在風穴延沼之後，古鏡
未磨、磨後的「鏡喻」，已是廣泛流傳。[6]作為鎮道場之用
的「古鏡」，在唐、宋禪師的心目中，懺悔有如「磨鏡」[7]；
引發清淨心是為「除鏡垢」[8]；曹洞祖師洞山良价，以「逢
古鏡」為「五位君臣標準綱要」之「偏中正」[9]；雲門宗洞

---

[5] 宋・智昭集，《人天眼目》卷六〈風穴沼古鏡話〉。

[6] 風穴延沼（卒於宋開寶六年，973。）之後，有關〈古鏡話〉之相關語
錄，見於《大慧普覺禪師語錄》卷九；《景德傳燈錄》卷一七、二一、
二三、二四；《續傳燈錄》卷二、五、六；《建中靖國續燈錄》卷二、
三、五、十一、一九；《嘉泰普燈錄》卷二；《五燈會元》卷六、一
六；《續傳燈錄》卷一二、一四、一六；《天聖廣燈錄》卷一七、二
十、二一、二三、二四；《五家正宗贊》卷四；《五燈會元續略》卷
四；《五燈全書》卷六一、七五、七七、九八、一一二；《黔南會燈
錄》卷二；《正源略集》卷三。

[7] 宋・宗曉編，《樂邦遺稿》卷一〈念佛者如私遇明君〉：「淨行法門
曰：『懺悔似勤磨古鏡。』」

[8] 宋・延壽述，《萬善同歸集》卷一：「古鏡積垢，焉能鑒人？雖心性
圓明本來具足，若不眾善顯發萬行磨治，方便引出成其妙用，則永翳
客塵，長淪識海；成妄生死，障淨菩提。」

[9] 《瑞州洞山良价禪師語錄》卷一：「師作五位君臣頌云：『……偏中
正，失曉老婆逢古鏡，分明覿面別無真，休更迷頭猶認影。』」

257

山曉聰法嗣——雲居曉舜禪師，還曾因「鏡喻」而悟道[10]，可見以鏡為喻，為禪門修行之善巧方便。

〈三隱集記〉記寒山、拾得向豐干請教：「古鏡未磨時，如何照燭？」此段記載不見於〈三隱集記〉引以為底本的〈閭丘偽序〉，而見於釋道原《景德傳燈錄》（成於宋真宗祥符二年，1009）：

> 一日寒山問：「古鏡不磨，如何照燭？」師曰：「冰壺無影像，猿猴探水月。」曰：「此是不照燭也，更請師道。」師曰：「萬德不將來，教我道什麼？」寒、拾俱禮拜。[11]

其次，見於臨濟宗圓悟克勤法嗣——瞎堂慧遠禪師（卒於淳熙三年，1176）：

> 乃舉寒山問豐干和尚：「古鏡不磨，如何照燭？」干云：「冰壺無影像，猿猴探水月。」山云：「猶是不照燭，更請師道。」干云：「萬德不將來，教我如何道？」二人禮拜而退。[12]

又次，見於宋・悟明《聯燈會要》（成於淳熙十年，1183）卷二九〈應化聖賢〉：

---

10 《雲外雲岫禪師語錄》卷一：「（雲居舜禪師）武昌行乞時見劉居士，士問古鏡話不契，被士捭出。回洞山，理前問，山云：「此去漢陽不遠」又云：「黃鶴樓前鸚鵡洲」言下大悟。方知古鏡不在磨不磨，照今照古無諸訛，自此提唱不落常調。」
11 宋・釋道原，《景德傳燈錄》卷二七。
12 《瞎堂慧遠禪師廣錄》卷一。

天台豐干禪師，因寒山問：「古鏡未磨時，如何照燭？」
師云：「氷壺無影像，猿猴探水月。」云：「此是不照
燭也，更請道看。」師云：「萬德不將來，教我道甚麼？」
寒山、拾得，二俱作禮而退。師欲游五臺，問寒山、拾
得云：「汝共我去游五臺，便是我同流；若不共我去游
五臺，不是我同流。」山云：「儞去游五臺作甚麼？」
師云：「禮文殊。」山云：「儞不是我同流。」[13]

值得注意的是：《聯燈會要》卷二九舉寒山問：「古鏡未磨
時，如何照燭？」下接豐干邀寒山、拾得遊五臺，不同於《景
德傳燈錄》卷二七，下接豐干遊五台後，「回天台示滅」，
以及《晦堂慧遠禪師廣錄》卷一記晦堂慧遠對此事的看法[14]；
志南〈三隱集記〉（完成於淳熙十六年，1189）云：

一日問師：「古鏡不磨，如何照燭？」曰：「水壺無影
像，猿猴探水月。」曰：「此是不照燭也。」更請師道，
師曰：「萬德不將來，叫我道什麼？」寒、拾俱作禮。
師謂寒曰：「汝與我遊五臺，即我同流，若不與我去，
非我同流。」曰：「我不去。」師曰：「汝不是我同流。」

---

[13] 宋·釋悟明，《聯燈會要》卷二九。

[14] 《景德傳燈錄》卷二七，在「寒、拾俱禮拜」後，下接：「師尋獨入
五臺山巡禮，逢一老翁，師問『莫是文殊否？』曰：『豈可有二文殊？』
師作禮未起，忽然不見。（趙州沙彌舉似和尚，趙州代豐干云：「文
殊！文殊！」後回天台山示滅。」《晦堂慧遠禪師廣錄》卷一，在「二
人禮拜而退」，接晦堂慧遠對此公案的看法：「大小寒山子，被豐干
當面熱瞞；大小豐干，被寒山子一問，元來膽小。」

寒問汝去五臺作什麼？曰：「我去禮文殊。」曰：「汝不是我同流。」[15]

〈三隱集記〉在「寒、拾俱作禮」後，下接豐干只邀「寒山」遊五臺（詳見下文），不同於成書年代在其前的《景德傳燈錄》卷二七、《晦堂慧遠禪師廣錄》卷一、《聯燈會要》卷二九（三書均作豐干邀「寒山、拾得」游五臺），而後來引用「古鏡不磨，如何照燭？」這段公案的釋書[16]，幾乎均作豐干邀「寒山、拾得」遊五臺，可見《景德傳燈錄》卷二七，為「豐干邀寒山、拾得遊五台」之濫觴；志南〈三隱集記〉記豐干獨邀寒山遊五台，顯然意在凸顯豐干之「禪師」身份，也就是，在寒山問豐干：「古鏡不磨，如何照燭？」之後，豐干的回答使得「天台二聖」（寒山、拾得），一變而成「國清三隱」[17]，而由後代禪師爭相引豐干的回答作為上堂法語，更可看出志南一手打造的「天台三聖」，已普遍獲得禪門共識。

---

[15] 釋志南，〈天台山國清禪寺三隱集記〉，宋版《寒山詩集》。上海望平街有正書局發行。

[16] 《五燈會元》卷二、《五燈嚴統》卷二、《五燈全書》卷三、《指月錄》卷二、《教外別傳》卷十六、《佛祖綱目》卷三二、《禪宗正脈》卷三，其中，僅有《禪宗正脈》未接豐干邀遊五臺。

[17] 余嘉錫，《四庫提要辨證》卷20〈寒山子詩集二卷附豐干拾得詩一卷〉，舉〈閭丘偽序〉、《宋高僧傳》、《新唐書・藝文志》、《宋書・藝文志》、孫從添《上善堂書目》、徐乾學《傳是樓宋元書目》，均只提寒山、拾得詩，「至南宋刻本，二聖忽變為三隱，於是豐干始有詩二首。」（雲南：人民出版社，2004年），頁1071。另：清・羅聘，〈繪寒山、拾得象題詞〉引寒山、拾得〈二聖降乩詩〉，可見寒山、拾得「二聖」普被認同。詳見拙編，《寒山資料類編》，頁364。

　　虛堂智愚在豐干：「萬德不將來，叫我道什麼？」，代豐干云：「因我致得」[18]；瞎堂慧遠禪師於乾道初年（乾道元年，1164）住國清寺，僧舉寒山問豐干「古鏡不磨，如何照燭？」瞎堂慧遠以「死某活下」為喻：

> 云：「大小寒山子，被豐干當面熱瞞；大小豐干，被寒山子一問，元來膽小。且道：甚麼處是膽小？甚麼處是熱瞞？山僧三日前，看來好一局生面底某，可惜被遮兩簡老凍儂著壞了也，如今莫有行得活路底衲僧麼？饒你先手出來，當頭下一著看，拊掌云：「了。」[19]

瞎堂慧遠曾被宋孝宗召對東閣[20]，孝宗賜名「佛海禪師」（乾道八年，1172）；瞎堂慧遠卒於淳熙三年（1176），在國清寺的這段開示，對於當時尚未完成〈三隱集記〉（成於淳熙十六年，1189）的國清寺僧釋志南，多少應有所啟發；年代在志南之後的斷橋妙倫禪師，對此公案的看法是：

> 師拈云：「幸然好一面古鏡，無端被寒、拾豐干，強加繪畫，清明者逝矣。新國清，忍俊不禁，未免重為發揮去也。豎拂云：「不待高懸起，蚩尤已失威。」[21]

---

[18] 《虛堂和尚語錄》卷六。

[19] 《瞎堂慧遠禪師廣錄》卷一。

[20] 《佛祖統紀》卷四七：「復令遠禪師獨對東閣賜坐，問曰：『前日睡中忽聞鐘聲，不知夢覺，是同是別？』對曰：『夢覺無殊教誰分別？』上曰：『鐘聲從何處起？』對曰：『從陛下問處起。』」

[21] 《斷橋妙倫禪師語錄》卷一。

斷橋妙倫（卒於景定二年，1261。）來自天台（台州黃巖人），
此為其住國清寺時上堂所舉，《山菴雜錄》記「為人峻硬」
的斷橋和尚，其住國清日陞堂敘謝：

> 首座見前輩來，不在稱譽；書記提唱語，如畫人物，種
> 種俱備，但欠點眼耳；藏主提唱語卻不知說箇什麼，他
> 時後日也道在老僧會中辦事來。²²

從明·釋無溫《山菴雜錄》所記可知，《斷橋妙倫禪師語錄》
中所謂的「新國清」，的確與寒山當時的「國清寺中人」²³，
相去不遠；斷橋妙倫對「新國清」的批評，與其個性有關，
《禪林僧寶傳》記斷橋妙倫：

> 倫為人徑直無諱，好采群言，評量古今。議論既出，如
> 束濕薪，然皆援經據史，如披曉鏡。人以為博物宗匠，
> 若智若愚，爭識一面而後已。²⁴

〈三隱集記〉完成七十年後，「天台三聖」之「鏡喻」，受
到「徑直無諱」的斷橋妙倫如此垂青，以之砥礪國清寺僧，
志南地下有知，亦當感慨係之。

　　〈三隱集記〉在豐干邀寒山遊五臺後，記豐干：

---

²² 《山菴雜錄》卷一。
²³ 寒山詩，〈憶得二十年〉：「憶得二十年，徐步國清歸。國清寺中人，
盡道寒山癡。癡人何用疑，疑不解尋思。我尚自不識，是伊爭得知。
低頭不用問，問得復何為。有人來罵我，分明了了知。雖然不應對，
卻是得便宜。」頁43。
²⁴ 清·自融撰，性磊補輯，《南宋元明禪林僧寶傳》卷七。

　　師尋獨入五臺，逢一老翁，問：「莫是文殊否？」曰：「豈
　　有二文殊？」及作禮，忽不見。後回天台山而化。[25]

志南言豐干「後回天台山而化」，是根據釋道原《景德傳燈
錄》卷二七之「後回天台山示滅」。豐干「回天台山示滅」，
除了〈三隱集記〉外，僅《佛祖綱目》卷三二〈豐干寒山拾
得示現天台〉（內容據〈三隱集記〉）[26]，《指月錄》卷二
（內容據《景德傳燈錄》卷二七）有記[27]，宋・智昭〈覺夢堂
重校五家宗派序〉言道原《景德傳燈錄》：

　　道原採集傳燈之日，非一一親往討尋，不過宛轉托人捃
　　拾而得，其差誤可知也。自景德至今，天下四海，以傳
　　燈為據，雖列剎據位立宗者，不能略加究辨。[28]

姑不論智昭之言是否屬實，道原之「豐干見文殊」所根據的
是釋贊寧《宋高僧傳》卷十九〈唐天台山封干師傳〉（按：
贊寧誤以先天年間的「封干」，為大曆間識得寒山之「豐
干」），然贊寧並未言豐干「回天台示滅」[29]，贊寧之豐干

---

[25] 釋志南，〈天台山國清禪寺三隱集記〉。宋版《寒山詩集》。

[26] 《佛祖綱目》卷三二〈豐干寒山拾得示現天台〉：「干尋獨入五臺，
　　逢一老翁。問：『莫是文殊否？』曰：『豈有二文殊。』及作禮，忽
　　不見。後回天台而化。」

[27] 《指月錄》卷二〈天台豐干禪師〉：「師尋獨入五臺，逢一老人。便
　　問：『莫是文殊麼？』曰：『豈可有二文殊。』師作禮未起，忽然不
　　見。（趙州因沙彌舉此，州代干云：『文殊！文殊！』）後回天台山
　　示滅。」

[28] 宋・智昭集，《人天眼目》卷五。

[29] 釋贊寧《宋高僧傳》卷十九〈唐天台山封干師傳〉：「干又嘗入五臺
　　巡禮，逢一老翁。問曰：『莫是文殊否？』翁曰：『豈可有二文殊。』」

遊五台見文殊[30]，是根據賾藏主集《古尊宿語錄》卷一四〈趙州真際禪師語錄〉：

> 豐干到五臺，山下見一老人，干云：「莫是文殊也無？」
> 老人云：「不可有二文殊也。」干便禮拜，老人不見。
> 有僧舉似師，師云：「豐干只具一隻眼。」師乃令文遠
> 作老人，我作豐干。師云：「莫是文殊也無？」遠云：
> 「豈有二文殊也也。」師云：「文殊！文殊！」[31]

趙州到天台見寒山，釋書多有記錄（詳下文），日本・道忠言：「賾藏主刊行古尊宿語錄二十二家，有補於宗門多矣！惜不略敘其始末，為闕典。就中惟大隋趙州有行狀。」[32]此「豐干見文殊」，首見於趙州《語錄》，為贊寧《宋高僧傳》卷十九所首引；道原《景德傳燈錄》卷二七據《宋高僧傳》卷十九；為志南〈三隱集記〉所據，需注意的是：贊寧並未言豐干卒於何地，言豐干回天台入滅首見《景德傳燈錄》卷二七，智昭言道原《景德傳燈錄》「非一一親往討尋，不過宛轉托人捃拾而得。」應非虛言；《景德傳燈錄》是最早言及「古鏡不磨，如何照燭？」此說為志南〈三隱集記〉所採，可惜道原未明言此公案所據為何。

干禮之未起，恍然失之。」
[30] 宋・贊寧，《宋高僧傳》卷十九〈唐天台山封干師傳〉：「干又嘗入五臺巡禮，逢一老翁，問曰：『莫是文殊否？』翁曰：『豈可有二文殊？』干禮之未起，恍然失之。」
[31] 宋・賾藏主集，《古尊宿語錄》卷一四〈趙州真際禪師語錄〉。
[32] 《古尊宿語要目錄》卷一。

三、豐干邀游五臺

　　四大佛教名山之首的五臺山，上五臺禮文殊，佛門釋子自古以來便十分熱衷；曾被隋文帝以「月俸」供養的華嚴初祖杜順和尚，唐太宗賜號「帝心」；貞觀十四年，杜順坐亡後，「有弟子詣五臺禮文殊，方抵山麓，見老人，語之曰：『文殊今在終南山，杜順和上是也。』弟子趨歸，師已長往。」[33]《佛祖統紀》言杜順為文殊化身，顯然是根據杜順和尚之偈予以增衍。[34]虔誠釋子，得見文殊以凡人示現的傳說，在唐高宗儀鳳年間（儀鳳年號共有三年），就有「老人」與「女尼」兩種，文殊以「老人」示現，宋・志磐《佛祖統紀》載：

> 儀鳳元年……初罽賓沙門佛陀波利，至五臺禮文殊，遇老人曰：「此土人多造惡，佛頂尊勝呪為除罪祕方，可還西取經流傳。忽不見。[35]

《佛祖統紀》用語精簡，志磐此記乃根據唐・法崇述《佛頂尊勝陀羅尼經教跡義記》卷一，佛陀波利感於文殊示現，自西國取《佛頂尊勝陀羅尼經》，「至永淳二年（683）迴至西京，具以上事聞奏大帝。大帝遂將其本入內，請日照三藏法師，及勑司賓寺典客令杜行顗等，共譯此經。」[36]在《佛

33　《佛祖統紀》卷三九。
34　永明延壽《宗鏡錄》卷十一：「杜順和尚偈云：『遊子謾波波，巡山禮土坡。文殊只者是，何處覓彌陀。』」
35　《佛祖統紀》卷三九。
36　唐・佛陀波利譯，《佛頂尊勝陀羅尼經》，〈佛頂尊勝陀羅尼經序〉。

頂尊勝陀羅尼經》翻譯之前，佛陀波利儀鳳元年（676）上
五臺遇文殊一事，正值武則天地位如日中天之時，儀鳳三
年（678）正月辛酉初四，「百官及蠻夷酋長朝天后於光順
門」[37]，就在此時，出現了文殊以女尼示現的說法：

> 儀鳳年中，西域有二梵僧，至五臺山，齋蓮花執香爐，肘
> 膝行步，向山頂禮文殊大聖。遇一尼師在巖石間松樹下繩
> 床上，端然獨坐口誦華嚴。……乃遙見其尼，身處繩床，
> 面南而坐，口中放光，赫如金色，皎在前峯，誦經兩帙已
> 上，其光盛於谷南可方圓十里，與晝無異；經至四帙，其
> 光稍稍卻收；至六帙都畢，其光並入尼口。……[38]

儀鳳年間，化身為「神尼」的文殊，對西域二梵僧「申禮
防以自持」（〈洛神賦〉）的一番教訓[39]，此一傳說與稱帝
野心逐漸外顯的武則天有關，是武則天的另一則「造神神
話」。[40]此外，釋惠英為昭公信，還引經據典，點出五臺山

---

37 《資治通鑑》卷二〇二。
38 唐·釋惠英撰，胡幽貞纂，《大方廣佛華嚴經感應傳》卷一。
39 《大方廣佛華嚴經感應傳》卷一：「時景方暮，尼謂梵僧曰：『尼不
  合與大僧同宿，大德且去，明日更來。』僧曰：『深山路遙，無所投
  寄，願不見遣。』尼曰：『君不去某不可住，當入深山。』僧徘徊慚
  懼，莫知所之。」
40 武則天稱帝前的一系列「造神運動」，先是：武承嗣於垂拱四年（688）
  偽造瑞石，令唐同泰宣稱得之於洛水，石上有字：「聖母臨人，永昌
  帝業」；載初元年（689），武后從佛典中找出女子臨朝的證據：「東
  魏國寺僧法明等撰《大雲經》四卷，表上之，言太后乃彌勒下生，當
  代唐為閻浮提主。」司馬光《資治通鑑》卷 204〈唐紀〉20（北京：中
  華書局，1992 年），頁 6448、6466。按：《新唐書》、《舊唐書》、
  《資治通鑑》均言《大雲經》為偽經，法明當時所上之《大雲經》四

乃文殊道場並介紹文殊來歷：

> 華嚴經菩薩住處品云：「震旦國東北方有菩薩住處，名清涼山。過去諸菩薩，恒於中住。今有菩薩，名文殊師利，與萬菩薩俱。其山在岱洲南折洲東北，名五臺山。」首楞嚴三昧經云：「文殊是過去平等世界龍種上尊王佛。」又央崛摩羅經云：「文殊是東方歡喜世界摩尼寶積佛，彼神尼之境界，必文殊之分化，以示梵僧也。」[41]

文殊示現為神尼，指引西域二梵僧，是武則天的「造神神話」；示現為老人，言華嚴初祖杜順乃文殊化身，則是為了抬高《華嚴經》的地位，此外，另一則文殊在天臺山化身為「老人」的傳說，其展現佛力的方式，與「求聰」有關：

> 釋牛雲，俗姓趙，雁門人也。童蒙之歲有似神不足，遣入鄉校終日不知一字，惟見僧尼合掌有畏憚之貌。年甫十二，二親送往五臺華嚴寺善住閣院，出家禮淨覺為師。每令負薪汲水，時眾輕其朴鈍，多以謔浪歸之。年滿受具益難誦習，及年三十有六乃言曰：「我聞臺上恒有文殊現形，我今跣足而去，儻見文殊惟求聰明學誦經法耳。」[42]

卷，是後秦沙門竺佛念所譯，薛懷義後來所上的《大雲經疏》，才是云宣等九位沙門所撰。參見趙文潤、王雙懷《武則天評傳》（台南：世一文化事業股份有限公司，民國 84 年 1 月），頁 199~202。

[41] 《大方廣佛華嚴經感應傳》卷一。

[42] 宋・釋贊寧：《宋高僧傳》卷二一〈唐五臺山華嚴寺牛雲傳〉。

牛雲三十六歲禮文殊「求聰」，事在儀鳳三年[43]，儀鳳年號僅有三年，便有三則文殊化身的傳說，由此更可看出釋惠英言文殊示現為「神尼」，的確別有動機。

牛雲之後，宋・志磐《佛祖統紀》（成於咸淳五年，1269。）卷四一，載唐憲宗元和五年，無著禪師於五臺山見文殊：

> 至金剛窟見山翁牽牛臨溪，著曰：「願見大士，翁牽牛歸，著隨入一寺，翁呼均提，有童子出迎，翁引著升堂坐，童子進玳瑁盃對飲酥酪，頓覺心神卓朗。……及暮呼童子引著出，著問童子何寺，曰：「般若寺也。」著憬然悟此翁即文殊。……著因駐錫五臺，後頻與文殊會。[44]

無著禪師入五臺求見文殊，與文殊化身的「山翁」之間的對答，留下了後代禪師經常引用的，「前三三後三三」的公案[45]，志磐此記乃據延一《廣清涼傳》（成於嘉祐五年，1060。）卷二〈無著和尚入化般若寺〉，其記無著和尚見文殊，事在大曆二年五月[46]；《景德傳燈錄》卷二七載：

---

[43] 《佛祖歷代通載》卷一五，記牛雲於玄宗開元十二年禮文殊；贊寧記牛雲開元二十三年（735）無疾而終，年六十三。則牛雲上五臺應同樣在儀鳳三年（679）。

[44] 《佛祖統紀》卷四一。

[45] 宋・志磐撰，《佛祖統紀》卷四一：「翁問曰：『近自何來？』曰：『南方。』翁曰：『南方佛法如何住持？』曰：『末代比丘少奉戒律。』翁曰：『多少眾？』曰：『或三百或五百。』著問：『此間佛法如何住持？』翁曰：『龍蛇混雜，凡聖同居。』曰：『眾幾何？』翁曰：『前三三後三三。』」

[46] 宋・善卿，《祖庭事苑》卷二，言其事在大曆三年五月。

一日豐干告之（寒山）曰：「汝與我遊五臺，即我同流；
若不與我去，非我同流。」曰：「我不去。」豐干曰：
「汝不是我同流。」寒山却問：「汝去五臺作什麼？」
豐干曰：「我去禮文殊。」曰：「汝不是我同流。」[47]

在此段文字前，道原所述為寒山在國清寺的情形[48]；《聯燈
會要》卷二九〈應化聖賢〉，則是在「古鏡未磨時，如何照
燭？」下接豐干邀寒山、拾得遊五台（見前）[49]，志南〈三
隱集記〉在「古鏡不磨，如何照燭？」下接豐干獨邀寒山遊
五台，在內容編排上，〈三隱集記〉與《聯燈會要》卷二九
同[50]；而在志南之後，發揮此一公案的，有宋·釋普濟《五
燈會元》卷二[51]，另外，還有杭州護國臭菴宗禪師：

---

47 《景德傳燈錄》卷二七〈天台寒山子〉。
48 《景德傳燈錄》卷二七〈天台寒山子〉：「天台寒山子者，……，容
貌枯悴，布襦零落。以樺皮為冠，曳大木屨。時來國清寺，就拾得取
眾僧殘食菜滓食之。或廊下徐行；或時叫噪，望空慢罵。寺僧以杖逼
逐，翻身拊掌大笑而去，雖出言如狂，而有意趣。」
49 《聯燈會要》卷二九，於此則下接「溈山靈祐三無對」，與〈三隱集
記〉異。
50 「豐干邀遊五台」，見：《五燈嚴統》卷二、《五燈全書》卷三、《指
月錄》卷二、《教外別傳》卷十六、《佛祖綱目》卷三二。僅《佛祖
綱目》言豐干邀寒山，餘均為豐干邀寒山、拾得。
51 《五燈會元》卷二〈天台山豐干禪師〉：「師欲遊五臺。問寒山、拾
得曰：「汝共我去遊五臺，便是我同流；若不共我去遊五臺，不是我
同流。」山曰：「你去遊五臺作甚麼？」師曰：「禮文殊。」山曰：
「你不是我同流。」師尋獨入五臺，逢一老人。便問：「莫是文殊麼？」
曰：「豈可有二文殊。」師作禮未起，忽然不見（趙州代曰：「文
殊！文殊！」）普濟此記之「趙州代曰：「文殊！文殊！」」乃源自
《景德傳燈錄》卷二七：「趙州沙彌舉似和尚，趙州代豐干云：「文
殊！文殊！」普濟《五燈會元》卷二與志南〈三隱集記〉不同處有二：
一、《五燈會元》言豐干遊五台問的是寒山、拾得，而〈三隱集記〉

上堂，舉豐干謂寒山拾得曰：「你與我去游五臺，便是
我同流。」寒山曰：「你去游五臺作麼？」干曰：「禮
拜文殊。」山曰：「你不是我同流。」師曰：「豐干開
口，不在舌頭上，寒山同坑無異土，檢點將來，兩箇駝
子廝撞著，世上由來無直人。」[52]

此公案中，臭菴宗禪師言寒山與豐干「兩箇駝子廝撞著」的
比喻，顯示豐干地位確實已被抬高；豐干傳說大行始自《景
德傳燈錄》，而認為寒山、拾得與豐干並非「同流」的，有
元・曇芳守忠禪師：「上堂，舉豐干游五臺……師拈云：『寒
山拾得與豐干，雖不是同流，於中有些相似處，諸禪德，會
麼？落霞與孤鶩齊飛，秋水共長天一色。』」[53]以及明代四
大高僧之一的雲棲蓮池袾〈答曹魯川〉：「彼寒山之勸豐干，
謂：『往五臺禮文殊，不是我同流。』此在通達佛道者，出
辭吐氣自別。」[54]可以看出在後代禪師心目中，寒山、拾得
的地位，是遠在豐干之上。志南〈三隱集記〉一開頭的「古
鏡不磨，如何照燭？」與「豐干邀遊五台」，隆重介紹豐干，
為的是將〈閭丘偽序〉的「國清二聖」（寒山、拾得），企
圖打造成「天台三隱」（寒山、拾得、豐干），志南可謂用
心良苦。

之豐干僅邀寒山遊五台；二、《五燈會元》最後加上承自《景德傳燈
錄》卷二七，趙州代曰：「文殊！文殊！」
[52] 《五燈全書》卷五四。
[53] 《曇芳守忠禪師語錄》卷二。
[54] 《御選語錄》卷一三，御選雲棲蓮池示宏大師語錄。

四、國清寺炙茄

　　宋代祖師語錄中，同時提及「炙茄齋」與「國清寺炙茄」的，有雲門宗慈受懷深禪師：

> 檀越作炙茄齋請上堂，若據本分事中，說箇什麼事即得，便道人人具足，正是眉上畫眉，更言箇箇圓成，何異眼中著屑，總不恁麼，又作麼生。三寸舌頭無用處，一雙空手不成拳。[55]

禪林炙茄子開筵，稱為「炙茄會」，又稱「炙茄齋」；在慈受懷深（卒於紹興二年，1132）之前，北宋臨濟宗的保寧仁勇與五祖法演（卒於崇寧三年，1104），於上堂時僅提及「炙茄會」的情形[56]，為宋代有關佛門二十二「節臘」之一的「炙茄」概況。[57]

　　寒山與國清寺僧的互動情形，在〈閭丘偽序〉中，寒山是被國清寺僧「捉罵打趁。」[58]志南〈三隱集記〉記寒山與

---

[55] 《慈受懷深禪師廣錄》卷三。

[56] 《保寧仁勇禪師語錄》卷一：「炙茄齋上堂，休說因緣，不是時節，匹馬單鎗，翦釘截鐵。」《五祖法演禪師語錄》卷二：「炙茄會上堂云：『六月三伏天，火雲布郊野。松間臨水坐，解帶同歡醳。黿侶弄荷花，賓朋傾玉　。紅塵事繁華，碧洞何瀟洒。重會在明年，相期莫相捨。白雲曾有約，願結青蓮社。』」

[57] 《百丈清規證義記》卷一。佛門節臘：建楞嚴會、結制、中夏、建蘭盆會、解制、頭首四節秉拂、住持謝四節秉拂、元旦、立春、元宵、寒食、舖帳簞、端午、建青苗會、散青苗會、炙茄會、立秋、開旦過、中秋、重陽、開鑪、冬至。

[58] 〈寒山子詩集序〉：「（寒山）或長廊徐行，叫喚快活，獨笑獨言，時僧遂捉罵打趁，乃駐立撫掌，呵呵大笑，良久而去。」頁1。

國清寺僧炙茄一事，不見於〈閭丘偽序〉，在〈三隱集記〉
中，寒山與國清寺僧的對話，顯示寒山的地位是跟國清寺僧
一般：

> 寒因眾僧炙茄，以茄串打僧背一下，僧回首，寒持串云：
> 「是什麼？」僧云：「這風顛漢。」寒示傍僧曰：「你
> 道這箇師僧費卻多少鹽醬？」[59]

志南記寒山參與國清寺的活動，歷代禪師於此公案頗感興
趣，禪師語錄中，有關寒山於國清寺參與「炙茄」一事，在
釋志南〈三隱集記〉之前的有：

> 上堂，舉：昔日天台國清寺因炙茄次，有拾得以竹串向
> 維那背上打一下，維那叫直歲，你看這風顛漢。拾得云：
> 「蒼天！蒼天！」寒山問：「你打伊作什麼？」拾得云：
> 「費却多少鹽醬。」[60]

雲菴真淨禪師卒於崇寧元年（1102），是宋代第一則記載國
清寺僧炙茄的語錄，與志南〈三隱集記〉所記大有不同；〈三
隱集記〉記寒山「以茄串打僧背」，雲菴真淨禪師言拾得以
茄串打維那，真淨禪師此記應是受到〈拾得錄〉中，拾得杖
打伽藍的啟發，〈拾得錄〉云：

> 寺內山王，僧常參奉，及下供養香燈等務，食物多被烏
> 所耗。忽一夜，僧眾同夢見山王云：拾得打我。瞑云：

---

[59] 釋志南，〈天台山國清禪寺三隱集記〉。
[60] 《古尊宿語錄》卷四二，雲菴真淨禪師〈住洞山語錄〉。

汝是神道，守護伽藍，更受沙門參奉供養。既有靈驗，
何以食被鳥殘？今後不要僧參奉供養。至旦，僧眾上堂，
各說所夢，皆無一差靈熠亦然，喧喧未止。熠下供養，
忽見山王身上而有杖痕所損，熠乃報眾，眾皆奔看，各
云夜夢斯事，乃知拾得不是凡間之子。[61]

〈拾得錄〉所記之拾得神蹟，是作者為了將拾得抬成「普賢
轉世」所捏造；真淨禪師舉「拾得以茹串打維那」，目的是
「一為眾決疑，已曉未悟；二表自己參學，辨其是非。」[62]可
見當時尚未出現「寒山以茹串打僧」的說法；「寒山以茹串
打僧」，首見於丹霞淳禪師《頌古虛堂集》卷二：

因眾僧炙茹次，將茹串向--僧背上打--下；僧回首，山
呈起茹串曰：「是甚麼？」僧曰：「這風顛漢。」山向
傍僧曰：「你道這僧費却多少鹽醋？」林泉道：「若不
蓋覆將來，險些為伊淡了。」[63]

丹霞淳禪師卒於政和七年（1117），距雲菴真淨禪師卒年
（1102）不過十五年，而曾作〈擬寒山詩〉的慈受懷深和尚
（卒於紹興二年，1132）於炙茹齋上堂：

---

61 〈拾得錄〉，頁51。
62 「諸禪德，拾得打維那，實謂費鹽醬多也。唯當別有道理，明眼衲僧
試出來斷看，一為眾決疑，已曉未悟；二表自己參學，辨其是非。冷
地裏說葛藤，貶剝古今，不為好手，有麼？若無，老僧為你決疑去也。」
《古尊宿語錄》卷四二，雲菴真淨禪師〈住洞山語錄〉。
63 林泉老人評唱丹霞淳禪師《頌古虛堂集》卷二。

昔日天台山國清寺炙茄次，寒山子拈茄串，於典座背上拍一下，典座乃回頭，寒山豎起串云：「你且道，費却我多少油醬？」師云：「當時金沙不辨，玉石難分；自古至今，費油費醬，先聖莫不頭頭漏泄，處處打開。……要知祖師妙門，畢竟不離日用。……[64]

慈受懷深「寒山以茄串打典座」，與雲菴真淨「拾得以茄串打維那」，都是「空前絕後」的說法；慈受懷深為雲門宗，雲菴真淨乃臨濟宗；丹霞淳禪師是曹洞宗，可見此一公案在當時各宗派間盛傳。丹霞淳禪師「寒山以茄串打僧」，為《聯燈會要》卷二九（成於淳熙十年，1183。）以及志南〈三隱集記〉（成於淳熙十六年，1189）所採，此後關於寒山參與國清寺炙茄會之釋書多據此。[65]

將國清寺炙茄一事，引為上堂法語的，有：宋‧虛堂和尚云：「師云：『欺敵者亡，者僧還甘麼？報恩若見他呈起茄串道是甚麼，便作聽勢擬議，奪茄串便打。』」[66]元‧天如惟則禪師：

國清寺裏炙茄次，維那被拾得打一竹串，維那叫云：「看者風顛漢。」拾得云：「蒼天！蒼天！」寒山問云：「你

---

[64] 《慈受懷深廣錄》卷三。

[65] 如：靈隱大川禪師（卒於寶祐元年，1253。）《五燈會元》卷二；金‧志明撰，元‧德諫注《禪苑蒙求瑤林》卷一；明‧通容集《五燈嚴統》卷二；明‧瞿汝稷輯《指月錄》卷二；明‧黎眉等編《教外別傳》卷一六；明‧朱時恩著《佛祖綱目》卷一二；清‧超永編輯《五燈全書》卷三。

[66] 《虛堂和尚語錄》（卒於咸淳五年，1269。）卷一。

打他作麼？」拾得云：「費却多少鹽醬。」師云：「大樹大皮裹，小樹小皮纏。維那既受拾得點檢，拾得也合受人點檢。還知拾得合受點撿處麼？試道看。[67]

虛堂智愚和天如惟則對此公案的情節，均有所「添加」，廣為後代禪師仿效[68]；需要指出的是，國清寺炙茄一事，在臨濟宗師徒間，有不同的說法，寶峯文準云：「寒山打這僧，實為費鹽醬多，莫別有道理。」[69]寶峯文準為臨濟宗雲菴真淨法嗣，雲菴真淨（卒於崇寧元年，1102）所舉為「拾得以茄串打維那」，並未有「寒山以茄串打僧」的說法；寶峯文準之說與曹洞宗丹霞淳禪師（卒於政和七年，1117）所說相同，可以推測志南應朱熹之託，在「尋寒山詩好本」[70]，寫〈三隱集記〉時所參考的，是曹洞宗丹霞淳禪師「寒山以茄串打僧」之說。

在志南之前，將「寒山以茄串打僧」作為上堂法語，有臨濟宗靈源惟清（卒於政和七年，1117。）：「黃龍清云：

---

[67] 《天如惟則禪師語錄》卷一。

[68] 如：清‧淨符彙集，《宗門拈古彙集》卷四：「靈巖儲云：『寒山將常住物肆意拋撒，全不顧潔淨地上狼籍，者僧合水和泥，鷲王擇乳素非鴨類，諸人還識旁僧麼？』卓拄杖一下云：『三生六十劫。』」城山洽云：「寒山弄白拈手段當面瞞人，者僧當時何不便奪却茄串打云：『茄子也不識。』」《無準師範禪師語錄》卷二：「出山鄉歸上堂，召大眾云：「三家村裏神樹子，十字路頭牛屎堆。拾得寒山曾覷破，至今拍手笑哈哈。你這一隊後生，三條椽下閉眉合眼，恣意妄想，知什麼茄子、瓠子？」

[69] 明‧黎眉等編，《教外別傳》卷一六。清‧集雲堂編，《宗鑑法林》卷五。

[70] 宋版《寒山詩集》〈朱晦庵與南老帖〉：「寒山子詩，彼可有好本否？如未有，能為讎校刊刻，令字畫稍大，便於觀覽，亦佳也。」

『寒山子只知這僧費多少鹽醬，不知自己拋撒更多。』且道：
『什麼處是拋撒處？』良久云：『十方世界成狼藉，一日收
來五味全。』」[71]與靈源惟清持相同看法的禪師們，大都認
為寒山（或拾得）是「自家宜檢點」[72]；應菴曇華禪師（卒
於隆興元年，1163）則認為：

> 又僧問：「國清炙茄，光孝煎茄，是同是別？」師云：
> 「飽便休。」僧云：「至道無難，唯嫌揀擇。」師云：
> 「自領出去。」[73]

此記之「光孝」，疑為楊州光孝寺慧覺禪師，光孝慧覺是曾
與寒山謀面的趙州從諗禪師之法嗣，就筆者目前所見，有關
歷代禪師語錄，並無「光孝煎茄」之相關記載；「光孝煎茄」
比起「國清炙茄」，同樣令人不解佛門節臘之一的「炙茄會」，
起於何時何地，唯一可以確定的是：在志南以前，《宋高僧
傳》與《景德傳燈錄》，均未見有關國清寺炙茄的記載，第
一個點出國清寺有「炙茄會」的，是臨濟宗的雲菴真淨禪師
（卒於崇寧元年，1102），由《雲菴真淨禪師語錄》的「拾
得以茄串打維那」，到志南〈三隱集記〉變成「寒山以茄串
打僧」，很明顯的，是志南有意抬高寒山地位的證明。

---

[71] 清・淨符，《宗門拈古彙集》卷四。

[72] 清・淨符，《宗門拈古彙集》卷四：「獅林則云：『大樹大皮裏，小
樹小皮纏；者僧既受寒山點檢，寒山也合受人檢點。還知寒山合受檢
點處麼？試道看。』靈巖儲云：「寒山將常住物肆意拋撒，全不顧潔
淨地上狼藉，者僧合水和泥，駕王擇乳素非鴨類，諸人還識旁僧麼？
卓拄杖一下云：『三生六十劫』」。城山洽云：「寒山弄白拈手段當
面瞞人，者僧當時何不便奪却茄弗打，云；『茄子也不識。』」」

[73] 《應菴曇華禪師語錄》卷六。

五、趙州遊天台

趙州從諗，生於唐大曆十三年（778），卒於乾寧四年（897），受法於南泉普願，諡「真際禪師」，世稱「趙州古佛」。趙州十八歲出家，到了八十歲還四處行腳，到過南北七省，參過南宗六祖慧能門下的「二甘露門」——青原行思與南嶽懷讓，北宗神秀的門人，以及無數深山古剎，不知名的禪宗大德。

有關趙州遊天台遇寒山、拾得，見《趙州真際禪師語錄》：

> 師因到天台國清寺見寒山、拾得。師云：「久嚮寒山、拾得，來到只見兩頭水牯牛。」寒山、拾得便作牛鬥。師云：「叱！叱！」寒山、拾得咬齒相看，師便歸堂。二人來堂內問師：「適來因緣作麼生？」師乃呵呵大笑。一日，二人問師：「什麼處去來？」師云：「禮拜五百尊者來。」二人云：「五百頭水牯牛聻尊者！」師云：「為什麼作五百頭水牯牛去？」山云：「蒼天！蒼天！」師呵呵大笑。[74]

梁朝天監年間，天台惠海尊者囑其徒希遁：「此五百尊者道場」，希遁於「大通六年，即其菴建方廣寺。」[75]趙州到天台禮拜五百尊者，一如歷代禪師上五臺禮文殊，都是行腳僧人一輩子想實現的願望。五百尊者前生均為大比丘，亦即與

---

[74] 宋·賾藏主集，《古尊宿語錄》卷一四。
[75] 宋·陳田夫撰，《南嶽總勝集》卷一。

佛同時的五百羅漢；趙州問寒山：「（五百尊者）為什麼作五百頭水牯牛去？」此問與〈拾得錄〉有相當程度的關聯；〈拾得錄〉記拾得於眾僧說戒法事時驅牛而至，被趕時說出：

> 我不放牛也。此群牛皆是前生大德知事人，咸有法號，喚者皆認。時拾得一一喚牛，云：前生律師弘靖出，時一白牛作聲而過。又喚前生典座光超出，時一黑牛作聲而過。又喚直歲靖本出，時一牯牛作聲而出。又喚云：前生知事法忠出，時一牯牛作聲而出。[76]

依拾得此言，破戒比丘死後會變為牯牛，《聯燈會要》卷二九記此事：

> 寒山因趙州遊天台，路次相逢，山見牛跡，問州云：「上座還識牛麼？」州云：「不識。」山指牛跡云：「此是五百羅漢游山。」州云：「既是羅漢，為甚麼却作牛去？」山云：「蒼天！蒼天！」州呵呵大笑。山云：「作甚麼？」州云：「蒼天！蒼天！」山云：「這廝兒宛有大人之作。」[77]

相較於《趙州真際禪師語錄》，《聯燈會要》卷二九多了寒山形容牛群是「此是五百羅漢游山」，以及讚許趙州的「這廝兒宛有大人之作。」志南〈三隱集記〉：

> 趙州到天台，行見牛迹。寒曰：「上座還識牛麼？此是五百羅漢游山。」州曰：「既是羅漢，為什麼作牛去？」寒

---

[76] 〈拾得錄〉，頁51。
[77] 《聯燈會要》卷二九〈應化聖賢〉。

曰：「蒼天！蒼天！」州呵呵大笑。寒曰：「笑什麼？」州曰：「蒼天！蒼天！」寒曰：「這小廝兒卻有大人之作。」

志南所記，明顯根據《聯燈會要》卷二九，「五百羅漢游山」以及「這小廝兒宛有大人之作。」志南之後的釋書均加以引用[78]；而據此事作為開示機語的，有清·靈巖儲禪師：

> 靈巖儲云：「寒山也是虛空裏剜窟窿，趙州眼光爍破四天下，盡力道祇道得個不識，國清要問諸人，祇如寒山趙州一等道：蒼天！蒼天！還有優劣也無？」一僧出云：「蒼天！蒼天！」儲云：「識得你也。」僧擬議，儲卻云：「蒼天！蒼天！」[79]

靈巖儲與僧，二人擬趙州與寒山的對答，與前述諸釋書對趙州見寒山一事的收錄，尋本溯源，《趙州真際禪師語錄》所沒有的「五百羅漢游山」以及「這小廝兒宛有大人之作。」卻見於悟明《聯燈會要》卷二九（成於淳熙十年，1183）與志南〈三隱集記〉（成於淳熙十六年，1189），推測二者必有一方為抄襲。

六、溈山靈祐三無對

溈山靈祐與趙州從諗，均曾與寒山有過一面之緣；趙州

---

[78] 如：《五燈會元》卷二、《五燈嚴統》卷二、《五燈全書》卷三、《指月錄》卷二、《教外別傳》卷十六、《禪宗正脈》卷三、《雍正御選語錄》卷一六、《宗門拈古彙集》卷四。

[79] 清·淨符彙集，《宗門拈古彙集》卷四。

見寒山、拾得，首見於《趙州真際禪師語錄》，宋·頤藏主
輯《古尊宿語錄》卷十三，將《趙州真際禪師語錄》收錄；
《古尊宿語錄》於南宋紹興初年即已刊行，後人因趙州《語
錄》有諸多疑點，趙州見寒山一事，並未被普遍接受[80]；溈山
靈祐見寒山、拾得，載於泉州招慶寺靜、筠二師，成於南唐
保大十年（952）的《祖堂集》，《祖堂集》卷十六〈溈山〉：

> 溈山和尚，……年二十三，乃一日嘆曰：「諸佛至論，
> 雖則妙理淵深，畢竟終未是吾棲神之地。」於是杖飭天臺，
> 禮智者遺跡，有數僧相隨。至唐興路上，遇一逸士，向前執
> 師手，大笑而言：「餘生有緣，老而益光。逢潭則止，遇溈
> 則住。」逸士者，便是寒山子也。至國清寺，拾得唯喜重于
> 師一人。主者呵嘖偏黨，拾得曰：「此是一千五百人善知識，
> 不同常矣。」自爾尋遊江西禮百丈。[81]

《祖堂集》是唯一稱寒山為「逸士」者[82]，贊寧《宋高
僧傳》卷一一與卷一九均載靈祐見寒山、拾得一事，卷一一
〈唐大溈山靈祐傳〉：

---

80 胡適以《景德傳燈錄》與《趙州真際禪師語錄》，二書所說趙州的卒
　年，相差 31 年，認為趙州見寒山不可信。胡適，《白話文學史》上卷，
　第二編〈唐朝〉，台北：胡適紀念館出版，1974 年。
81 《佛光大藏經》禪藏，史傳部，《祖堂集》卷十六（高雄縣：佛光出
　版社，1994 年），頁 809~810。
82 〈閭丘偽序〉形容寒山為「貧人風狂之士」，頁 1。按：寒山在其詩中，
　從未以僧人自居，被後人據以認為寒山是「詩僧」的〈自從出家後〉
　一詩，是指寒山離開俗世生活去寒巖隱居。詳見拙作，〈寒山子異名
　考〉，《暨大電子雜誌》第 37 期，2006 年 2 月。

冠年剃髮，三年具戒。……。及入天台遇寒山子於途中，乃謂祐曰：「千山萬水，遇潭即止。獲無價寶，賑卹諸子。」祐順途而念，危坐以思，旋造國清寺遇異人拾得，申繫前意，信若合符，遂詣泐潭謁大智師，頓了祖意。[83]

《宋高僧傳》卷一九〈唐天台山封干師傳木（左水右貢）師寒山子拾得〉：

又大溈祐公於憲宗朝遇寒山子指其泐潭，仍逢拾得於國清。[84]

贊寧認為靈祐在憲宗朝（806~820）還遇到寒山子，依《宋高僧傳》卷十一：「冠年剃髮，三年具戒。……。及入天台，遇寒山子於途中。」靈祐生於大曆六年（771），「冠年剃髮，三年具戒。」靈祐為二十三歲[85]，時為德宗貞元九年（793）；靈祐應是在貞元九年聽從寒山「遇潭即止」的指示，去找百丈懷海，贊寧《宋高僧傳》卷十九記：「大溈祐公于憲宗朝遇寒山子」的「憲宗朝」，明顯有誤，應從卷十一的說法。

道原《景德傳燈錄》所記之「天台三聖」資料，多據《宋高僧傳》，但並無靈祐至天台見寒山、拾得的記載；贊寧言：

281

「知三人（寒山、拾得、豐干）是唐季葉時猶存，夫封干也（按：贊寧誤以先天年間的「封干」，與大曆時的「豐干」為同一人），天台沒而京兆出；寒拾也，先天在而元和逢，為年壽彌長耶？為隱顯不恒耶？」[86]道原作《景德傳燈錄》時，也許是看到贊寧卷十一與卷十九，二文之年代有出入，同時和贊寧一樣，對「天台三聖」之「年壽彌長」起了懷疑（先天元年，712；元和共十五年，820），因此未予收錄。

　　繼贊寧之後，記靈祐遇寒山、拾得，見於《聯燈會要》卷二九：

> 大潙祐禪師，作沙彌時，往國清受戒。寒山預知，同拾得往松門接。祐纔到，二人從路傍跳出，作大蟲吼三聲，祐無對。山云：「自從靈山一別，迄至于今，還記得麼？」祐亦無對。拾得拈拄杖云：「儞喚這箇作甚麼？」祐又無對。寒山云：「休！休！不用問他，自別後已三生作國王來，總忘却了也。」[87]

《聯燈會要》言潙山「往國清受戒」，以及對寒山、拾得的「三無對」，未見於《潙山靈祐禪師語錄》卷一，以及贊寧《宋高僧傳》卷一一[88]，志南〈三隱集記〉：

---

[86] 《宋高僧傳》卷一九〈唐天台山封干師傳木（左水右貢）師寒山子拾得〉。

[87] 宋‧釋悟明集，《聯燈會要》卷二九〈應化聖賢〉。

[88] 明‧郭凝之編《潙山靈祐禪師語錄》卷一：「年十五出家，依本郡建善寺法常律師剃髮，於杭州龍興寺，究大小乘教。二十三，遊江西參百丈。」僅言靈祐十五歲剃髮，而贊寧《宋高僧傳》卷一一，記靈祐是「冠年剃髮，三年具戒。」均未見「三無對」的記載。

溈山來寺受戒，與拾往松門夾道，作虎吼三聲。溈無對。
寒曰：「自從靈山一別，迄至于今，還相記麼？」溈亦
無對。拾拈柱杖曰：「老兄喚這箇作什麼？」溈又無對。
寒曰：「休，休，不用問它。自從別後，已三生作國王
來，總忘卻也。」[89]

志南此記與《聯燈會要》幾乎全同，其後之釋書均依《聯燈
會要》卷二九[90]；以溈山靈祐見寒山、拾得之「三無對」，
作為上堂法語的有：永寧鼎禪師將寒山、拾得視為「掣風掣
顛漢」[91]；宗寶道獨禪師則形容寒、拾二人為「弄精魂漢」[92]；
不管是「掣風掣顛」之神通用盡；或是「弄精魂」之徒費精
神，從《聯燈會要》與〈三隱集記〉同樣作「靈山一別，迄
至于今。」一字不改的情形來看，顯然地，〈三隱集記〉與
《聯燈會要》之抄襲痕跡，至為明顯。

　　值得注意的是：最早記溈山靈祐見寒山、拾得的《祖堂
集》，是現存最早的禪宗史[93]，比《景德傳燈錄》要早上半

---

[89] 釋志南，〈天台山國清禪寺三隱集記〉，宋版《寒山詩集》。

[90] 《指月錄》卷一二〈潭州溈山靈祐禪師〉、《佛祖綱目》卷三二〈百
丈懷海傳法靈祐〉、《宗統編年》卷一二。

[91] 《宗鑑法林》卷五：「者兩個掣風掣顛漢，使盡神通用盡伎倆，要且
出溈山圈圚不得。復頌：『一攛一捺笑清風，野鶴無心參碧空。可歎
懨懨渾不顧，相依相盼白雲中。』」

[92] 《宗寶道獨禪師語錄》卷三：「溈山行腳至天台山，遇寒山、拾得，
一陣茫然。寒山云：「自靈山別後，伊三生為國王，忘卻也。」果
上菩薩，出生入死，尚且忘卻，何況博地凡夫；如今不用汝棒喝交馳，
機鋒酬對，古人喚作弄精魂漢。」

[93] 《祖堂集》保存唐代早期許多禪宗史料，為南唐泉州招慶寺靜、筠二
師所編撰，按傳燈（禪宗師徒間傳授佛法）次第排列譜系，輯錄七佛、
三十三祖至唐末五代二百四十六位禪師之語錄及行狀，於書成後約百

個世紀；《景德傳燈錄》雖受《宋高僧傳》卷一一、卷一九，言「天台三聖」「年壽彌長」的影響，對靈祐見寒山、拾得一事，未予收錄，然從比《景德傳燈錄》還早的《宋高僧傳》（成於宋太宗端拱元年，988）以及《祖堂集》均記靈祐見寒山、拾得，此事應非虛造，至於《聯燈會要》卷二九與〈三隱集記〉，載《祖堂集》與《宋高僧傳》所無之靈祐見寒山、拾得時，靈祐表現出的「三無對」，所據為何，有待詳考。

七、東家人死西家助哀

「東家人死，西家助哀。」首見於《景德傳燈錄》：

> 一日掃地，寺主問：「汝名拾得，豐干拾得汝歸，汝畢竟姓箇什麼？在何處住？」拾得放下掃箒，叉手而立，寺主罔測。寒山搥胸云：「蒼天！蒼天！」拾得却問：「汝作什麼？」曰：「豈不見道：東家人死，西家助哀。」二人作舞哭笑而出。[94]

《聯燈會要》卷二九：

> 拾得一日掃地，寺主問：「汝名拾得，因豐干拾得汝歸，汝畢竟名甚麼？姓甚麼？」拾得放下掃箒，叉手而立。

年失傳。《祖堂集》早年曾被收入高麗版大藏經（刻於高麗高宗 32 年，1245），為現今所見各《祖堂集》傳本的源頭，是研究唐五代時期禪宗史、漢語方言口語、文化史、社會史等方面重要的資料。

[94] 《景德傳燈錄》卷二七。

主再問。拾得拈掃箒，掃地而去。寒山搥胸云；「蒼天！
蒼天！」拾得云：「作甚麼？」山云：「不見道：東家
人死，西家人助哀。」二人作舞，笑哭而去。[95]

《景德傳燈錄》記寺主問後，寒山即道出：「東家人死，西
家助哀。」《聯燈會要》記寺主在二問之後，拾得是：「拈
掃箒，掃地而去。」寒山見拾得「掃地而去」，才說出：「東
家人死，西家人助哀。」是為二文之不同處。

志南〈三隱集記〉：

拾掃地，寺主問：「姓箇什麼？住在何處？」拾置帚叉
手而立。主罔測。寒搥胷曰：「蒼天！蒼天！」拾問：
「汝作什麼？」寒曰：「豈不見道：東家人死，西家助
哀！」因作舞笑哭而出。[96]

〈三隱集記〉亦據《景德傳燈錄》[97]；〈三隱集記〉於此記
下接拾得：「又於莊舍牧牛，歌詠叫天，曰：『我有一珠，
埋在陰中，無人別者。』」與此相同的，也僅有《佛祖綱目》
卷三二；《聯燈會要》則是下接「拾得見國清半月念戒眾集，
拾得拍手云：『聚頭作想，那事如何？』」後代釋書記此事
者，多與《聯燈會要》相同。[98]

---

[95] 《聯燈會要》卷二九〈應化聖賢〉。

[96] 釋志南，〈天台山國清禪寺三隱集記〉，宋版《寒山詩集》。

[97] 後之釋書，僅《佛祖綱目》卷三二與《景德傳燈錄》、〈三隱集記〉
所記相同。

[98] 有《五燈會元》卷二、《林泉老人評唱丹霞淳禪師頌古　堂集》卷二，
第二三則、《五燈嚴統》卷二、《五燈全書》卷三、《指月錄》卷二、
《教外別傳》卷一六；獨記「東家人死，西家助哀。」有《宗鑑法林》

　　據《聯燈會要》卷二九所記，以「東家人死，西家人助
哀。」作為上堂法語的，有清‧靈巖儲禪師：

　　　　靈巖儲云：「寺主祇問一個姓名，拾得將無量劫來氏族
　　　　名字一齊陳出，寺主直是妙智圓明，分疎不下，寒山雖
　　　　將眾藝字母重為注疏，幾多人作哭笑會，不識自己姓名
　　　　者不妨疑著。」[99]

靈巖儲並未將「東家人死，西家助哀。」「分疎」得來；而
在宋代祖師語錄中，「東家人死，西家助哀。」最早被引用
的是雪竇重顯，就雪峰義存普請搬柴一事作拈古，雪峰普請
搬柴，見於《景德傳燈錄》卷一八：

　　　　雪峰普請歸。自將一束藤，路逢一僧，放下藤叉手立，
　　　　其僧近前拈，雪峯即蹋其僧歸院。後舉示於師曰：「我
　　　　今日蹋那僧得恁麼快。」師對曰：「和尚却替那僧入涅
　　　　槃堂。」[100]

長生皎然禪師言雪峰「替那僧入涅槃堂」，雪竇重顯云：「長
生大似東家人死，西家人助哀，也好與一踏。」[101]圓悟克勤
對此公案的看法是：

　　　　長生是箇活潑潑地漢，便道和尚也須替這僧入涅槃堂始
　　　　得，只這雪峯老漢，也好當時便休去，到這裏作麼生湊

　　　卷五、《宗門拈古彙集》卷四。
[99]　《宗鑑法林》卷五、《宗門拈古彙集》卷四。
[100]　《景德傳燈錄》卷一八，長生山皎然禪師。
[101]　宋‧法應集，《禪宗頌古聯珠通集》卷二九。

泊？也須是三根椽下，五尺單前，靜坐究取始得，……
雪竇拈掇他這因緣，人多邪解，別生知見義路，只管解
將去；殊不知，雪竇意元不如此，且道他意在什麼處，
也好與一踏，且莫錯會。[102]

根據雪竇重顯（卒於皇祐四年，1052。）拈古，佛果圜悟作
《碧巖錄》，其中有關「東家人死，西家人助哀。」的評唱
有許多則[103]，其意不外乎「多此一舉」、「多管閒事」；而
在《天祿》宋本〈拾得錄〉中，並無「東家人死，西家助哀。」
《景德傳燈錄》卷二七所記是為最早，惜道原未言明「東家
人死，西家助哀。」所據為何。

---

[102] 宋・圜悟克勤，《佛果擊節錄》卷一，第二則，雪峰普請。

[103] 《碧巖錄》卷一：第一則：舉梁武帝問達磨大師……帝後舉問志公，
志公云：「此是觀音大士，傳佛心印。」帝悔，遂遣使去請，志公云：
「莫道陛下發使去取，（評唱：東家人死，西家人助哀，也好一時趕
出國。）闔國人去，他亦不回。《碧巖錄》卷四，第三二則：舉，定
上座問臨濟，如何是佛法大意？濟下禪床擒住，與一掌，便托開，定
佇立，傍僧云：「定上座何不禮拜？」（評唱：冷地裏有人覷破，全
得他力，東家人死，西家人助哀。）定方禮拜，忽然大悟。《碧巖錄》
卷四，第三八則：舉，風穴在郢州衙內。……牧主云：「佛法與王法
一般。」穴云：「見箇什麼道理？」牧主云：「當斷不斷，返招其亂。」
（評唱：似則似是則未是，須知傍人有眼，東家人死，西家人助哀。）
穴便下座。《碧巖錄》卷七，第六六則：黃巢過後曾收劍，大笑還應
作者知。三十山藤且輕恕，（評唱：同條生同條死，朝三千暮八百。
東家人死，西家人助哀，却與救得活。）得便宜是落便宜。《碧巖錄》
卷九，第八三則：舉，雲門示眾云：「古佛與露柱相交，是第幾機？」
自代云：（評唱：東家人死，西家人助哀，一合相不可得。）南山起
雲，北山下雨。

八、結語

　　《景德傳燈錄》卷二七記「天台三聖」事蹟，除了根據〈閭丘偽序〉、〈豐干禪師錄〉、〈拾得錄〉，在豐干的部分，添加了：「古鏡不磨，如何照燭？」在寒山的部分添加了：「豐干邀遊五台」；在拾得的部分則有：「東家人死，西家助哀。」總共三則；《聯燈會要》卷二九記「天台三聖」，依次是：「古鏡未磨時，如何照燭？」「豐干邀遊五台」、「潙山靈祐三無對」、「國清寺炙茄」、「趙州遊天台」、「東家人死，西家人助哀。」比《景德傳燈錄》多出三則，順序上與志南〈三隱集記〉不同。〈三隱集記〉之「古鏡不磨，如何照燭？」「豐干邀遊五台」、「東家人死，西家助哀。」其中的對話與《景德傳燈錄》卷二七幾乎全同，可知此三則有關「天台三聖」的記載，志南是據道原《景德傳燈錄》；至於「潙山靈祐三無對」、「國清寺炙茄」、「趙州遊天台」，〈三隱集記〉（成於淳熙十六年，1189。）與《聯燈會要》卷二九（成於淳熙十年，1183），內容大致相同，其年代接近，何方為抄襲，難以論定；但由〈三隱集記〉有關「天台三聖」之完整記載，因此可以說，「天台三聖」傳說，成於志南之手。

全文發表於逢甲大學主辦，第 30 屆中部地區中文系研究生論文發表會，2006 年 5 月。

《天祿琳琅》續編本寒山、拾得詩辨偽

一、前言

　　歷來研究拾得詩的學者，一致的看法是：一、拾得詩第
29 首〈少年學書劍〉，乃寒山詩誤收入拾得詩；二、對於
各版本存詩數目不一的拾得詩（有 43、54、56、57 首），
均認為其中夾雜有後人的偽作。《天祿琳琅》續編《寒山子
詩一卷附豐干拾得詩一卷》（本文簡稱《天祿》宋本），是
目前公認收寒山、拾得詩最全，最好的版本，共收拾得詩
54 首；《天祿》宋本在拾得詩第 39 首〈我見出家人〉，詩
後有小字注：「下五首與前長偈語句同」；第 44 首〈般若
酒泠泠〉，詩後有小字注：「此下與寒山詩大同小異，語意
相涉」，目前研究拾得詩的學者，均未針對《天祿》宋本這
兩句原注，關係到真正的拾得詩，究竟有多少首，作全面的
討論。本文擬針對《天祿》宋本的兩句原注，以及《天祿》
宋本所收的寒山詩、拾得詩，試探有哪些詩並非拾得之作。

二、《天祿》宋本「與前長偈語句同」之拾得詩

　　拾得詩第 39 首〈我見出家人〉，詩後小字注：「下五

首與前長偈語句同」，此注與〈拾得錄〉有關¹；所謂的「長偈」，指的就是拾得平日於土地堂²壁上所寫的偈語，而後被〈拾得錄〉的作者抄錄下來，在〈拾得錄〉中，作者稱之為「集語」（集拾得之語），全偈如下：

> 東洋海水清，水清復見底。靈源涌法泉，斫水無刀痕。
> 我見頑囂士，燈心柱須彌。寸樵煮大海，甲抹大地石。
> 蒸砂豈成飯，磨磚將作鏡。說食終不飽，直須著力行。
> 恢恢大丈夫，堂堂六尺士。枉死埋冢間，可惜孤標物。
> 不見日光明，照耀於天下。太清廓落洞，明月可然貴。
> 余本住無方，盤泊無為理。時陟涅槃山，徐步香林裡。
> 左手握驪珠，右手執摩尼。莫耶未足刃，智劍斬六賊。
> 般若酒清冷，飲啄澄神思。余閒來天台，尋人人不至。
> 寒山同為侶，松風水月間。何事最幽邃，唯有遯居人。
> 悠悠三界主，古佛路棲棲。無人行至此，今跡誰不蹋。
> 旋機滯凡累，可畏生死輪。輪之未曾息，嗟彼六趣中。
> 茫茫諸迷子，人懷天真佛。大寶心珠祕，迷盲沈沈流。
> 汩沒何時出。³

1　〈拾得錄〉記拾得被豐干禪師於赤城道旁拾得，豐干禪師取名為「拾得」，在浙江天台山國清寺的生活情形。《天祿琳琅》續編，《寒山子詩一卷附豐干拾得詩一卷》，《四部叢刊》初編，集部，102 冊。（上海：商務印書館，1926 年），頁 49~52。本文所引寒山詩、拾得詩、〈寒山子詩集序〉、〈拾得錄〉，均據此版本，以下均只註明篇名與頁數。

2　〈拾得錄〉：「兼於土地堂壁上書語數聯。」同註 1，頁 51。「土地堂」指的是供奉土地神或護法神的地方，此應指寺院中供奉護法神之處，位於佛殿的東邊。

3　〈拾得錄〉，頁 51~52。

拾得這首長達 245 字的「長偈」，不論是〈拾得錄〉的作者，或是後來在國清寺附近集拾得詩者，都把這首「長偈」跟拾得詩分開來處理，也就是說，拾得偈與拾得詩，在「形式」上被認為是不同的。拾得在一己詩中，曾針對他的詩，究竟是「詩」還是「偈」，提出看法：

> 我詩也是詩，有人喚作偈。詩偈總一般，讀時須子細。
>
> 緩緩細披尋，不得生容易。依此學修行，大有可笑事。[4]

拾得認為「詩偈總一般」，是著重在詩中所包含的教化內容（拾得詩多勸世語），而非形式上的對偶平仄，透露出明白如話的拾得詩，跟「長偈」（以下稱為〈集語〉）之間，有互為影響的地方；拾得「詩偈總一般」的看法，與拾得詩之口語化分不開，這是拾得與寒山被視為繼王梵志之後，唐代白話詩重要的代表人物的主因。以下探討跟拾得〈集語〉「語句同」的五首拾得詩。

（一）〈我見頑鈍人〉

> 拾得〈集語〉：我見頑囂士，燈心柱須彌。寸樵煮大海，
> 　　　　　　　　甲（一作：足）抹大地石。
>
> 拾得詩：我見頑鈍人，燈心柱須彌。蟻子齧大樹，焉知
> 　　　　氣力微。
> 　　　　學咬兩莖菜，言與祖師齊。火急求懺悔，從今
> 　　　　輒莫迷。[5]

---

[4]　同註 1，頁 54。
[5]　同註 1，頁 51、58。

「頑鈍人」意同「頑嚚士」；第二句「燈心柱須彌」，〈集語〉與拾得詩全同。由第二句開始，拾得意在告誡世間的「頑鈍人」，不可稍有一得便自我貢高，應及早就一己「不自量力」的言行加以悔悟。拾得此詩，很明顯是就〈集語〉加以發揮。

（二）〈君見月光明〉

> 拾得〈集語〉：不見日光明，照耀於天下。太清廓落洞，明月可然貴。
>
> 拾得詩：君見月光明，照燭四天下。圓暉掛太虛，瑩淨能蕭灑。
> 人道有虧盈，我見無衰謝。狀似摩尼珠，光明無晝夜。[6]

「圓暉」是指月亮；「太虛」意同「太清」；「蕭灑」意近「廓落」。此詩以月擬心，強調心似「摩尼珠」，亦即心、月一如，「佛性」恆常；可注意的是，拾得〈集語〉之「不見日光明」，對照末句「明月可然貴」，以及拾得詩首句「君見月光明」，〈集語〉的「日」字，應為「月」之誤。

（三）〈余住無方所〉

> 拾得〈集語〉：余本住無方，盤泊無為理。時陟涅槃山，徐步香林裡。

---

[6]　同註1，頁51、58。

　　　拾得詩：余住無方所，盤泊無為理。時陟涅盤山，或翫
　　　　　　　香林寺。
　　　　　　　尋常只是閑，言不干名利。東海變桑田，我心
　　　　　　　誰管你。[7]

此四句〈集語〉，幾乎與拾得詩前幅四句相同。項楚認為「無
為理」應作「無為里」，與「『涅盤山』、『香林寺』等，
雖有處所之名，實無處所之實，不過是將佛理術語處所化而
已。」[8]按：〈集語〉的「無處所之實」，須加上後幅四句，
拾得內心所產生的，禪悅法喜的自我告白才算完整，拾得此
詩，是四句〈集語〉的續作。

（四）〈左手握驪珠〉

　　　拾得〈集語〉：左手握驪珠，右手執摩尼。莫耶未足刃，
　　　　　　　　　智劍斬六賊。
　　　拾得詩：左手握驪珠，右手執慧劍。先破無明賊，神珠
　　　　　　　自吐燄。
　　　　　　　傷嗟愚癡人，貪愛那生猒。一墮三途間，始覺
　　　　　　　前程險。[9]

〈集語〉之「驪珠」與「摩尼」（摩尼珠），兩者均為珍貴
的難得之物，為「佛性」之喻；「莫耶」，高麗刊本作「莫

---

[7]　同註1，頁 51、58。
[8]　項楚，《寒山詩注》（北京：中華書局，2000 年），頁 902。下引版
　　本同。
[9]　同註1，頁 52、58。

邪」¹⁰，是「莫邪劍」的簡稱；「無明」意為煩惱¹¹，眼、耳、鼻、舌、身、意「六識」的戕害身心，就如同竊自家摩尼寶珠的「六賊」¹²；「智劍」意同「慧劍」，智慧能斷煩惱、生死，如利劍能切物。拾得此詩，比〈集語〉更能看出貪、癡之人，須以智慧之劍破無明之賊，「佛性」（神珠）方得彰顯之迫切。

（五）〈般若酒泠泠〉

> 拾得〈集語〉：般若酒清冷，飲啄澄神思。余閒來天台，尋人人不至。
>
> 拾得詩：般若酒泠泠，飲多人易醒。余住天台山，凡愚那見形。
>
> 常游深谷洞，終不逐時情。無思亦無慮，無辱也無榮。¹³

拾得之「凡愚不識」，一如寒山感嘆：「多少天台人，不識寒山子。莫知真意度，喚作閑言語。」¹⁴「余住天台山」，且能夠「常游深谷洞」，不像是長期住在國清寺的拾得會有

---

10 《寒山詩一卷豐干拾得詩一卷附慈受擬寒山詩一卷》《四部叢刊》本，集部，頁 58。此版本為上海涵芬樓借常熟瞿氏鐵琴銅劍樓藏高麗刊本景印。

11 無明的來源，是眼、耳、鼻、舌、身、意六根，緣色、聲、香、味、觸、法六塵（六境），所生起的見、聞、嗅、味、觸、知的「六識」作用。

12 「六塵」以「六根」為媒，橫生分別，如劫自家寶，故謂之「賊」。

13 同註 1，頁 52、58。

14 同註 1，頁 29。

的生活寫照，倒像是三十歲後到天台山，後來到寒巖隱居至百歲的寒山的自述；〈集語〉之「余閒來天台，尋人人不至。」十分吻合步出國清寺，到天台訪寒山的拾得的口吻；〈集語〉在「尋人人不至」之後，接著是「寒山同為侶，松風水月間。何事最幽邃，唯有遯居人。」對照拾得詩〈閑入天臺洞〉：

> 閑入天臺洞，訪人人不知。寒山為伴侶，松下噉靈芝。
> 每談今古事，嗟見世愚癡。箇箇入地獄，早晚出頭時。[15]

可見拾得〈閑入天臺洞〉一詩，是〈集語〉「余閒來天台，尋人人不至」的延伸；而〈般若酒泠泠〉一詩，與〈集語〉僅首句「般若酒」相同，「清泠」與「泠泠」語意相似，〈般若酒泠泠〉一詩應視為〈集語〉的發揮。

三、《天祿》宋本與寒山詩「大同小異語意相涉」之拾得詩

寒山三百多首詩作，是「於竹木石壁書詩，並村墅人家廳壁上」[16]，拾得詩大都如前所述，是寫在「土地堂壁上。」但也有如寒山一樣，寫在石壁上[17]；拾得詩第 44 首〈般若酒泠泠〉，詩後小字注：「此下與寒山詩大同小異，語意相涉」，

---

[15] 同註 1，頁 57。
[16] 〈寒山子詩集序〉，同註 1，頁 3。
[17] 國清寺僧釋志南，〈天台山國清禪寺三隱集記〉：「拾亦有詩數十首，題石壁間。」轉引自拙編，《寒山資料類編》（台北：秀威科技出版，2006 年），頁 7。

「以下」指的是〈自從到此天台寺〉、〈平生何所憂〉、〈嗟見多知漢〉、〈迢迢山徑峻〉、〈松月冷颼颼〉、〈世有多解人〉、〈人生浮世中〉、〈水浸泥彈丸〉、〈雲林最幽棲〉、〈可笑是林泉〉[18]，這十首詩與寒山詩「大同小異，語意相涉」的情形，試論如下。

（一）〈自從到此天台寺〉

> 拾得詩：自從到此天台【寺】，經今早【已】幾冬春。
> 　　　　山水不移人自老，見卻多少後生人。
> 寒山詩：自從到此天台【境】，經今早【度】幾冬春。
> 　　　　山水不移人自老，見卻多少後生人。[19]

寒山〈自從到此天台境〉一詩[20]，僅《天祿》宋本系統有收錄[21]；拾得此詩，僅《全唐詩》本未收錄。[22]如果說此詩是寒山在天台住了一段時日後，在物換星移的感受下所寫的詩，「自從到此天台境」頗符合寒山的自述；拾得的「自從到此天台寺」，「天台寺」即「國清寺」，集拾得此詩者，知道長期住在國清寺的是拾得而非寒山，因此將「天台境」逕改為「天台寺」；「見卻多少後生人」一語，似應是歷盡滄桑

---

[18] 同註 1，頁 58~60。

[19] 同註 1，頁 58、33。

[20] 寒山與拾得之詩均無題，本文以首句為題。

[21] 與《天祿》宋本同一系統之《寒山詩集》版本，有高麗本、朝鮮本、《全唐詩》本；不同於其他版本的是：《永樂大典》本將拾得「自從到此天台寺」作「自從我到天台寺」。詳見拙著，《寒山詩集校考》（台北：文史哲出版社，2005 年），頁 119。下引版本同。

[22] 同上註，頁 119、183。

的寒山會有的口氣[23]，此詩應是集詩者有意點竄寒山詩為拾得詩。

此外，嘉靖四年國清寺釋道會刊本（簡稱道會本）、《擇是居叢書》本（即日本「宮內省本」）、明刊白口八行本、《四庫全書》本，均未收寒山〈自從到此天台境〉；道會本、宮內省本、明刊白口八行本，將此詩列為拾得詩的第一首，不同於其他版本將〈諸佛留藏經〉作為拾得詩第一首，可見這三個版本的首位集詩者，都看到了寒山與拾得這兩首詩有高度的相似，不收寒山此詩，遂將此詩列入拾得詩，其點竄的痕跡再明顯不過，此詩應是寒山之作。

（二）〈平生何所憂〉

> 拾得詩：平生何所憂，此世隨緣過。日月如逝波，光陰石中火。任他天地移，
> 我暢巖中坐。
> 寒山詩：【一自遯寒山，養命餐山果。】平生何所憂，此世隨緣過。日月如逝川，光陰石中火。任你天地移，我暢巖中坐。[24]

寒山此詩，各版本均有收錄；拾得此詩則僅見於《天祿》宋本系統[25]，各版本均收寒山此詩，是公認「一自遯寒山，養

---

[23] 有關寒山在仕途不利後，歸隱天台，詳見拙著，《寒山資料考辨》（台北：秀威科技出版，2005年），頁7~30。

[24] 同註1，頁59、27。

[25] 同註21，頁100。

命餐山果。」是寒山隱於「寒山」（又稱「寒巖」）的自述，而非自小在國清寺生活的拾得，此詩明顯為寒山詩混入拾得詩。

（三）〈嗟見多知漢〉

> 拾得詩：【嗟】見多知漢，終日【枉】用心。歧路逞嘍囉，欺謾一切人。唯作地獄滓，不修【來世】因。忽【爾】無常到，定知亂紛紛。
>
> 寒山詩：【我】見多知漢，終日【用】心神。歧路逞嘍囉，欺謾一切人。唯作地獄滓，不修【正直】因。忽【然】無常至，定知亂紛紛。[26]

寒山此詩，僅見於《天祿》宋本系統；拾得此詩，各版本均有收錄。[27]寒山此詩，意在強調多知漢的所作所為，皆因內心不「正直」所導致；拾得之「不修來世因」，較寒山之「不修正直因」，更能凸顯多知漢所造之「地獄果」，二詩於語意上差異不大；綜觀此詩，以各版本均作拾得詩來看，應為拾得之作。

（四）〈迢迢山徑峻〉

> 拾得詩：迢迢山徑峻，萬仞險隘危。石橋莓苔綠，時見白雲飛。

同註1，頁59、37。

[27] 同註21，頁130、184。

　　　　瀑布懸如練，月影落潭暉。更登華頂上，猶待
　　　　孤鶴期。
　　寒山詩：閑遊華頂上，日朗晝光輝。四顧晴空裡，白雲
　　　　同鶴飛。[28]

以上兩首詩，各版本均有收錄，唯異文部分互異其趣[29]；其
「語意相涉」的部分有二：一、同是讚賞天台山最高峰的華
頂峰，周邊風景之奇絕；二、同有待「鶴」成仙的意象。徐
靈府《天台山記》對通往華頂峰的石橋，如此形容：

　　龍形龜背，架萬仞之壑。上有兩澗，合流從橋下過，泄
　　為瀑布，西流出剡縣界。從下仰視，若晴虹之飲澗。橋
　　勢嶮峭，水聲崩落，時有過者目眩心悸。今遊人所見者
　　正是北橋也，是羅漢所居之所也。……。蓋神仙冥隱，
　　非常人所覩。從此橋沿澗行一十五里，又有一石橋，中
　　斷號為斷橋也。自歇亭北上二十里，上華頂峯北天台山
　　極高處也。[30]

---

[28] 同註1，頁59、27。

[29] 寒山詩〈閑遊華頂上〉，大典本、道會本、宮內省本、明刊白口八行
本、四庫本，「日朗」均作「天朗」；明刊白口八行本，「晝」作「月」；
全唐詩本，「日朗晝」附校：一作「大朗月」。同註21，頁98。拾得
詩〈迢迢山徑峻〉，大典本、道會本、宮內省本、明刊白口八行本、
四庫本，全唐詩本，「白雲」均作「片雲」；大典本，「潭暉」作「潭
輝」；朝鮮本、高麗本作「潭暉」。同註21，頁184。

[30] 唐・徐靈府，《天台山記》，電子佛典集成，中華電子佛典協會，2005
年7月。下引版本同。

「石橋」之險，除了其高度與窄度為天台第一，此外，石橋上的「苔蘚」，才是令行人心生畏怯，望之裹足的原因，梁‧慧皎《高僧傳‧竺曇猷》：「雖有石橋跨澗而橫石斷人。且苔蘚青滑自終古以來無得至者。」[31]而在唐人詩中，提及石橋「苔蘚」之滑的，有孟浩然〈寄天台道士〉：「屢躡（一作踐）苔蘚滑」[32]顏真卿、皎然等人甚至以「苔蘚石橋步難移」，為「滑語」的聯句之作[33]；而在唐人詩中，於華頂峰上待鶴飛來，作「成仙」之想的，也不止寒山、拾得二人[34]；以各版本均收錄此二詩來看，應分別屬寒山、拾得個人之作。

（五）〈松月冷颼颼〉

拾得詩：松月冷颼颼，片片雲霞起。匼匝幾重山，縱目千萬里。谿潭水澄澄，徹底鏡相似。【可貴靈臺物，七寶莫能比。】

寒山詩：【可貴一名山，七寶何能比。】松月颼颼冷，

---

31 梁‧慧皎，《高僧傳》卷 11。

32 孟浩然，〈寄天台道士〉：「海上求仙客，三山望幾時。焚香宿華頂，裛露采靈芝。屢躡（一作踐）苔蘚滑，將尋汗漫期。倘因松子去，長與世人辭。」《全唐詩》卷 160（台北：文史哲出版社，1978 年），頁 1636。下引版本同。

33 顏真卿，〈七言滑語聯句〉：真卿、畫、劉全白、李崿、李益：「雨裏下山躡榆皮（真卿），苔蘚石橋步難移（畫）。蕪荑醬醋喫煮葵（全白），縫靴蠟線油塗錐（崿），急逢龍背須且騎（益）。」《全唐詩》卷 788，頁 8886。

34 喻鳧，〈贈張濆處士〉：「露白覆棋宵，林青讀易朝。道高天子問，名重四方招。許鶴歸華頂，期僧過石橋。雖然在京國，心跡自逍遙。」《全唐詩》卷 543，頁 6277。

雲霞片片起。匼匝幾重山，迴還多少里。谿澗
靜澄澄，快活無窮已。[35]

寒山此詩，僅見於《天祿》宋本系統；拾得此詩，各版本均
有收錄。[36]寒山此詩，側重在「天台」山景所引發的內心感
受；拾得此詩，是由「天台」美景轉入強調「靈臺」之明，
於整首詩意，明顯有跳脫；另外，拾得之「松月冷颼颼，片
片雲霞起。」在對仗方面，不如寒山之「松月颼颼冷，雲霞
片片起。」此詩應為集詩者點竄寒山詩為拾得詩。

（六）〈世有多解人〉

> 拾得詩：世有多解人，愚癡【學閑文】。不憂當來【果】，
> 　　　　唯知造惡因。【見佛不解禮，睹僧倍生瞋。】
> 　　　　五逆十惡輩，三毒以為【鄰】。【死定入地獄，
> 　　　　未有出頭辰。】
> 寒山詩：世有多解人，愚癡【徒苦辛】。不求當來【善】，
> 　　　　唯知造惡因。五逆十惡輩，三毒以為【親】。
> 　　　　【一死入地獄，長如鎮庫銀。】[37]

寒山此詩，僅見於《天祿》宋本系統；拾得此詩，各版本均
有收錄。[38]拾得詩較寒山詩多了「見佛不解禮，睹僧倍生瞋。」

---

[35] 同註1，頁59、41。
[36] 同註21，頁141~142、185。
[37] 同註1，頁59、16。
[38] 同註21，頁65、185。

二句,其餘八句大抵語意相涉;然拾得詩以「愚癡學閑文」來形容「多解人」,似有矛盾;對於不懂寒山與拾得的詩作,有何特殊之處的當時之人,寒、拾二人在其詩中,也僅僅表明自己作詩的立場,對他們並未加以任何批評39;較有可能造下五逆、十惡、三毒之「多解人」,比起拾得用「愚癡學閑文」的形容,寒山以「愚癡」來形容「多解人」「徒苦辛」的情形,較拾得來得適切;此外,拾得詩較寒山詩所多出的「見佛不解禮,睹僧倍生瞋。」此二句乃脫胎自寒山的「見佛不禮佛,逢僧不施僧。」40拾得此詩應是由寒山詩點竄而成。

(七)〈人生浮世中〉與〈水浸泥彈丸〉

> 拾得詩:人生浮世中,簡簡願富貴。高堂車馬多,【一
> 呼百諾至。】吞併他田宅,【準擬承後嗣。】
> 【未逾七十秋,冰消瓦解去。】

---

39 寒山詩,〈下愚讀我詩〉:「下愚讀我詩,不解卻嗤誚。中庸讀我詩,思量云甚要。上賢讀我詩,把著滿面笑。楊修見幼婦,一覽便知妙。」同註1,頁23。〈有個王秀才〉:「有個王秀才,笑我詩多失。云不識蜂腰,仍不會鶴膝。平側不解壓,凡言取次出。我笑你作詩,如盲徒詠日。」頁45。〈有人笑我詩〉:「有人笑我詩,我詩合典雅。不煩鄭氏箋,豈用毛公解。不恨會人稀,只為知音寡。若遣趁宮商,余病莫能罷。」頁47。拾得詩〈我詩也是詩〉:「我詩也是詩,有人喚作偈。詩偈總一般,讀時須子細。緩緩細披尋,不得生容易。依此學修行,大有可笑事。」頁54。

40 寒山詩,〈簡是誰家子〉:「簡是誰家子,為人大被憎。癡心常憤憤,肉眼罪瞢瞢。見佛不禮佛,逢僧不施僧。唯知打大臠,除此百無能。」同註1,頁22。

【水浸泥彈丸】，思量無道理。浮漚夢幻身，
百年能幾幾。不解細思惟，將言長不死。誅剝
壘千金，留將與妻子。

寒山詩：多少般數人，百計求名利。心貪覓榮華，經營
圖富貴。心未片時歇，奔突如煙氣。家眷實團
圓，【一呼百諾至。不過七十季，冰消瓦解置。】
死了萬事休，【誰人承後嗣。】【水浸泥彈丸】，
方知無意智。[41]

寒山此詩，各版本均有收；拾得此二詩，〈人生浮世中〉
僅見於《天祿》宋本系統，〈水浸泥彈丸〉則各版本均作
拾得詩。[42]拾得〈人生浮世中〉一詩，與寒山〈多少般數
人〉一詩，「語意相涉」之處十分明顯，應是點竄之作；
「水浸泥彈丸」一語，泥丸入水一如「泥牛入海」，比喻
一去不返，是通行的俗喻，不能視為襲自寒山，拾得〈水
浸泥彈丸〉一詩，從各版本均有收錄的情形來看，應為拾
得之作。

（八）〈雲林最幽棲〉

拾得詩：雲林最幽棲，傍澗枕月谿。松拂盤陁石，甘泉
涌淒淒。【靜坐偏佳麗，虛巖曚霧迷。怡然居
憩地，日】（原注：以下缺）

---

[41] 同註1，頁59、15。
[42] 同註21，頁63、185~186。

寒山詩：盤陁石上坐，谿澗冷淒淒。【靜翫偏嘉麗，虛
巖蒙霧迷。怡然憩歇處，日斜樹影低。】我自
觀心地，蓮花出淤泥。[43]

寒山此詩，各版本均有收；拾得此詩，僅見於《天祿》宋本
系統[44]，《天祿》宋本「日」字後所缺之字，當為「斜樹影
低」。[45]兩首詩所提及的「盤陁石」，位在寒巖附近，是寒
山日常靜坐之處，寒山於詩中屢有提及[46]，拾得此詩與寒山
詩「語意相涉」的部分，可明顯看出應為寒山之作，乃後人
點竄寒山詩混入拾得詩。

（九）〈可笑是林泉〉

拾得詩：可笑是林泉，數里少人煙。雲從巖嶂起，瀑布
水潺潺。【猿啼唱道曲，虎嘯出人間。】【松
風清颯颯，鳥語聲關關。】獨步繞石澗，孤陟
上峰巒。時坐盤陀石，偃仰攀蘿沿。遙望城隍
處，惟聞鬧喧喧。

---

[43] 同註1，頁 59~60、42。
[44] 同註1，頁 142~143、186。
[45] 高麗本、朝鮮本均作「日斜掛影低」，按：「掛」應為「樹」之形近
而誤。同註21，頁 186。
[46] 寒山詩，〈秉志不可卷〉：「秉志不可卷，須知我匪席。浪造山林中，
獨臥盤陀石。辯士來勸余，速令受金璧。鑿牆植蓬蒿，若此非有益。」
〈我向前谿照碧流〉：「我向前谿照碧流，或向巖邊坐磐石。心似孤
雲無所依，悠悠世事何須覓。」同註1，頁 28、32。

寒山詩：可重是寒山，白雲常自閑。【猿啼暢道內，虎
　　　　嘯出人間。】獨步石可履，孤吟藤好攀。【松
　　　　風清颯颯，鳥語聲喧喧。】[47]

寒山此詩，僅見於《天祿》宋本系統；拾得此詩，各版本均
有收錄。[48]在《天祿》宋本拾得詩，詩後原注：「此首係別
本增入」，從與《天祿》宋本詩序相同的朝鮮本與高麗本，
在〈雲林最幽棲〉一詩後，均「未缺」《天祿》宋本所缺的
「斜樹影低」四字來看，《天祿》宋本拾得詩〈可笑是林泉〉
下之「此首係別本增入」的「別本」，應是朝鮮本。拾得詩
中「孤陟上峰巒，時坐盤陀石」的描述，應是寒山的生活寫
照；此詩應屬寒山之作，為後人點竄混入拾得詩。

四、其他與拾得〈集語〉相涉之詩

　　《天祿》宋本之編者，僅注意到如前所述，與〈集語〉
部分語句相同的五首詩，以及跟寒山詩「大同小異，語句相
涉」的十首詩，筆者發現尚有跟拾得〈集語〉語句相涉的兩
首詩，一為寒山詩；一為拾得詩。

（一）磨磚將作鏡

　　寒山詩：烝砂擬作飯，臨渴始掘井。用力磨碌磚，那堪

---

[47] 同註1，頁60、26。
[48] 同註21，頁97、186~187。

將作鏡。佛說元平等，摠有真如性。但自審思
量，不用閑爭競。

　拾得〈集語〉：蒸砂豈成飯，磨磚將作鏡。說食終不飽，
　　直須著力行。[49]

寒山此詩之「烝砂作飯」，典出佛告阿難：「若不斷婬，修
禪定者，如蒸沙石，欲其成飯，經百千劫祇名熱沙。何以故？
此非飯，本石沙成故。」[50]「磨磚作鏡」，出自懷讓令馬祖
悟道之事：

　　開元中，有沙門道一，住傳法院，常日坐禪。師知是法
　　器，往問曰：「大德坐禪圖什麼？」一曰：「圖作佛。」
　　師乃取一磚，於彼庵前石上磨。一曰：「師作什麼？」
　　師曰：「磨作鏡。」一曰：「磨磚豈得成鏡耶？」師曰：
　　「坐禪豈得成佛耶？」[51]

羅時進言此公案發生在開元十七年（729）以後[52]，認為寒山
受此公案的啟發而寫下此詩；黃永武認為此公案應在開元十
年（722）左右，是「懷讓受了寒山詩的影響」。[53]按：唐末

---

49 同註 1，頁 17、51。
50 唐・般剌密帝譯，《楞嚴經》卷六。
51 宋・釋道原，《景德傳燈錄》卷五。
52 羅時進，〈寒山及其《寒山子集》〉，《唐詩演進論》（江蘇：古籍
　出版社，2001 年），頁 112。
53 黃永武認為從開元十年上推一百餘年，則寒山早於惠能，貞觀十六年
　任台州刺史的閭丘胤，有可能作〈寒山子詩集序〉。〈寒山詩的巔峰
　境界〉，轉引自朱傳譽主編，《寒山子傳記資料》第 5 冊（台北：天
　一出版社，1985 年），頁 114。按：余嘉錫〈寒山子詩集二卷附豐干
　拾得詩一卷〉，《四庫提要辨證》卷 20，雲南：人民出版社，2004 年，

五代的天台道士杜光庭《仙傳拾遺・寒山子》，言寒山是大
曆中（大曆年共十四年，766~779）隱於天台，開元十年的
寒山尚未入天台隱居，尚未以其三百多首詩作引起時人的注
意，懷讓不可能受寒山詩的影響，羅時進之說較為正確。

（二）〈古佛路淒淒〉

> 拾得詩：古佛路淒淒，愚人到卻迷。只緣前業重，所以
> 　　　不能知。欲識無為理，心中不掛絲。生生勤苦
> 　　　學，必定睹天師。
> 拾得〈集語〉：悠悠三界主，古佛路棲棲，無人行至此。
> 　　　今跡誰不躡。[54]

〈集語〉之「路棲棲」，「棲」為「淒」之誤；拾得此詩，
勸世人要累世勤學，方能與佛相遇。由拾得詩與〈集語〉
全同的「古佛路淒淒」一句，可知拾得此詩是就〈集語〉
而發揮。

頁1061。針對〈寒山子詩集序〉言寒山隱天台「唐興縣」一事，以唐・
徐靈府《天台山記》、唐・李吉甫《元和郡縣圖志》，記肅宗上元二
年，才將始豐縣改為唐興縣，證閭丘胤〈寒山子詩集序〉為「偽作」；
余嘉錫已證明歷來言寒山為貞觀時人的說法為誤，黃永武言寒山早於
惠能之說，自是不能成立。
[54] 同註1，頁57、52。

五、其他與寒山詩「語句相涉」之拾得詩

（一）自笑老夫筋力敗

　　寒山詩：一住寒山萬事休，更無雜念掛心頭。閑書石壁
　　　　　　題詩句，【任運還同不繫舟】。

　　拾得詩：自笑老夫筋力敗，偏戀松巖愛獨遊。可歡往年
　　　　　　至今日，【任運還同不繫舟】。[55]

各版本均收錄以上兩首詩。[56]寒山「萬事休」後的「閑書」，
與拾得「筋力敗」仍能「獨遊」的「可歡」（意為「可喜」），
都是泰適隨緣生活裡的片羽吉光，拾得此詩在《天祿》宋本
中未被歸為與寒山詩「大同小異，語意相涉」；雖然二詩末
句完全相同，實在難以判別原創者為誰。

（二）〈閑自訪高僧〉

　　寒山詩：【閑自訪高僧】，煙山萬萬層。【師親指歸路，
　　　　　　月掛一輪燈。】

　　拾得詩：【閑自訪高僧】，青山與白雲。東家一稚子，
　　　　　　西舍眾群群。五峰聳雲漢，碧落水澄澄。【師
　　　　　　指令歸去，日下一輪燈。】[57]

---

[55] 同註1，頁29、55~56。
[56] 同註21，頁105、172~173。
[57] 同註1，頁26~27。

寒山此詩，各版本均收；拾得此詩，僅朝鮮本與高麗本有收。[58]拾得詩「日下一輪燈」的「日」，應為「月」字之誤；「五峰聳雲漢」的「五峰」，是環繞國清寺的五座山峰[59]，寒山詩中也曾提及[60]；拾得詩中的「訪僧」，明顯襲自寒山，可見朝鮮本與高麗本之拾得詩，即有點竄寒山詩誤作拾得詩的情形。

六、國清寺本系統所缺之拾得詩

與「國清寺本」《寒山詩集》[61]較為接近的《永樂大典》本、嘉靖四年國清寺釋道會刊本、《擇是居叢書》本、明刊白口八行本、《四庫全書》本，缺〈故林又斬新〉、〈一入雙谿不計春〉、〈平生何所憂〉、〈人生浮世中〉、〈雲林最幽棲〉五首詩，後三首前文已論及，以下探討〈故林又斬新〉、〈一入雙谿不計春〉。

---

[58] 同註 21，頁 98、187。

[59] 唐・徐靈府，《天台山記》卷一：「寺有五峯，一、八桂峯；二、映霞峯；三、靈芝峯；四、靈禽峯；五、祥雲峯。」

[60] 寒山詩，〈丹丘迥聳與雲齊〉：「丹丘迥聳與雲齊，空裡五峰遙望低。鴈塔高排出青嶂，禪林古殿入虹蜺。風搖松葉赤城秀，霧吐中巖仙路迷。碧落千山萬仞現，藤蘿相接次連谿。」同註1，頁31。

[61] 「國清寺本」《寒山詩集》，為國清寺僧釋志南，應朱熹索「寒山詩好本」所刻。詳見拙作，〈《寒山詩集》版本問題探究〉，《興大人文學報》第 36 期，2006 年 3 月。

（一）〈故林又斬新〉

> 故林又斬新，剡源谿上人。天姥峽關嶺，通同次海津。
> 灣深曲島間，淼淼水雲雲。借問嵩禪客，日輪何處曒。[62]

《全唐詩》本《寒山詩集》，將「嵩禪客」作「松禪客」。[63]
錢學烈認為「嵩禪客」是指南泉普願法嗣洛京嵩山和尚[64]；項
楚疑詩中的「嵩禪客」，指的是與「達摩」同名的「嵩頭陀」，
為「禪僧」之泛稱。[65]按：嵩山和尚，生卒年不詳，洞山良
价，「年二十一，詣嵩山具戒。」[66]洞山良价卒於咸通十年
（869），年六十三[67]；二十一歲（約當文宗太和元年，827）
才「詣嵩山具戒。」此處的「嵩山」若是指嵩山和尚，則此
詩的上限，應在太和年間上下（太和年號共九年，827~835）。

「嵩禪客」是否指嵩山和尚，關鍵在末句「日輪何處
曒」；《景德傳燈錄》卷十：「僧問：『如何是嵩山境？』
師曰：『日從東出，月向西頹。』曰：『學人不會。』師曰：
『東西也不會。』」[68]從嵩山和尚「日從東出」的答語來看，
可知〈故林又斬新〉一詩與嵩山和尚有關。拾得年紀與寒山
相若，拾得如果到太和年間尚存，也達百歲之齡，然僧傳中

---

[62] 同註 1，頁 55。

[63] 同註 21，頁 172。

[64] 錢學烈，《寒山拾得詩校評》（天津古籍出版社，1998 年），頁 476。
下引版本同。

[65] 同註 8，頁 864~865。

[66] 明·郭凝之編集，《瑞州洞山良价禪師語錄》卷一。

[67] 宋·釋贊寧，《宋高僧傳》卷十二，〈唐洪州洞山良价傳〉。

[68] 宋·釋道原，《景德傳燈錄》卷十〈洛京嵩山和尚〉。

只有記寒山、拾得遇溈山靈祐、趙州從諗[69]兩位禪師，並無拾得遇嵩山和尚的記載，「借問嵩禪客」的人，不會是拾得，此詩應為後人偽作。

（二）〈一入雙谿不計春〉

> 一入雙谿不計春，鍊曝黃精幾許斤。鑪灶石鍋頻煮沸，土甌久蒸氣味珍。誰來幽谷餐仙食，獨向雲泉更勿人。延齡壽盡招手石，此樓終不出山門。[70]

在國清寺附近，金地嶺山麓的「招手石」，又名「定光招手石」，相傳是智顗夢見定光對他招手之處：

> ……（智顗）十五禮佛像，誓志出家。忽焉如夢見大山臨海際，峯頂有僧招手。復接入一伽藍云：「汝當居此。汝當終此。」……七年乙未，謝遣徒眾隱天台山佛隴峯，有定光禪師先居此峯，謂弟子曰：「不久當有善知識領徒至此。」俄爾師至。光曰：「還憶疇昔舉手招引時否？」師即悟禮像之徵，悲喜交懷。[71]

拾得於國清寺山門附近的雙谿[72]，把服之可以輕身延年的「黃精」又曬又烤，將「鍊曝黃精」，列入老年的生活；錢學烈

---

69 《祖堂集》卷十六〈溈山〉；宋‧釋悟明，《聯燈會要》卷二九。
70 同註1，頁56。
71 宋‧釋道原，《景德傳燈錄》卷二七。
72 錢學烈疑雙谿即發源於天台山北方的「北澗」，和發源於靈芝峰黃泥山崗的「西澗」，兩澗於豐干橋會合，東流入赭溪。同註64，頁478。

認為詩中描述的，不是住在國清寺的拾得，是寒山詩誤收入拾得詩。[73]按：從「誰來幽谷餐仙食，獨向雲泉更勿人。」確實像是寒山的口吻，但也不能排除跟寒山如兄如弟的拾得，不會有一段和寒山相同的「黃老煉丹期」，前述版本之所以未收此詩，定然是有人故意將此詩刪去，原因只有一個，就是認為「鍊曝黃精幾許斤」，不是佛門釋子拾得該有的生活作為。

七、結語

　　〈拾得錄〉提到拾得寫在土地堂壁上的「長偈」（〈集語〉），與寒山詩「相涉」的，僅有「磨塼作鏡」，此可視為兩人聽聞馬祖公案後的心得，寒山以之入〈烝砂擬作飯〉一詩，拾得則以之入「長偈」；而與寒山詩「語意相涉」的拾得詩，有兩種可能：一、拾得看到寫在「竹木石壁」、「村墅人家廳壁」上的寒山詩，有了「擬作」的衝動，拾得詩中，與寒山原詩僅有少數詞語相同者，便是這種情形下的產物；二、若干句完全雷同者，則是出於後人偽作，點竄寒山詩混入拾得詩的結果。綜合上文所論，《天祿》宋本拾得詩 54首，除了公認的第 29 首〈少年學書劍〉，不可能是從小被豐干拾得，取名為「拾得」的拾得，此後長期住在國清寺的他會有的經歷，〈少年學書劍〉一詩，是寒山詩誤收入拾得詩；而與〈集語〉語句相同的五首詩，均為拾得詩無疑；其

---

[73] 同註 64，頁 477。

次，與寒山詩「大同小異，語意相涉」的十首拾得詩，其中，〈自從到此天台寺〉、〈平生何所憂〉、〈松月冷颼颼〉、〈世有多解人〉、〈人生浮世中〉、〈雲林最幽棲〉、〈可笑是林泉〉共七首詩，為後人點竄寒山詩混入拾得詩；而國清寺本系統均缺的〈故林又斬新〉，詩中的「借問嵩禪客，日輪何處曤。」是洛京嵩山和尚以「日從東出」答僧之問，嵩山和尚於文宗太和年間仍在，與寒山年歲相仿的拾得，不可能以之入詩，〈故林又斬新〉一詩應為後人偽作。《天祿》宋本 54 首拾得詩，非拾得所作者，應有以上 9 首。

全文刊登於國立中興大學文學院《人文學報》第 37 期，2006年 9 月。

「天台三聖」傳說與〈四睡圖〉

摘要

　　閭丘胤〈寒山子詩集序〉，認為寒山是文殊化身；拾得是普賢轉世；豐干為彌陀再來，亦即後世所謂的，浙江天台山國清寺「天台三聖」。流傳了一千多年的「天台三聖」傳說，近人余嘉錫《四庫提要辨證》卷二十〈寒山子詩集二卷附豐干拾得詩一卷〉，已證〈寒山子詩集序〉為偽作；然自宋至清，禪師之上堂法語爭引「天台三聖」事蹟，此外，隨著「天台三聖」傳說與寒山詩的流傳，在繪畫方面，中、日兩國出現了為數不少的〈寒山圖〉、〈拾得圖〉、〈豐干圖〉、〈寒山拾得圖〉，以及集「天台三聖」傳說大成的〈四睡圖〉，其中，日本畫僧可翁宗然的〈寒山圖〉，更使寒山成為日本國寶。本文試探討：一、就「天台三聖」有關之傳說，以見「天台三聖」圖與「天台四睡圖」的關連；二、日僧默庵靈淵與可翁宗然，有關「天台三聖」之畫作，是受到宋朝水墨禪宗人物畫，特別是梁楷與牧谿法常的影響。

一、前言

　　十四世紀的日本，在鎌倉後期，南北朝前期，出現了兩位最早畫「天台三聖」傳說的畫家——默庵靈淵與可翁宗然[1]，可翁宗然的〈寒山圖〉，日本於 1952 年將其定為國寶，1977 年印成郵票。征服日本士庶，成了日本國寶的寒山，在可翁宗然筆下的樣子是：立於山崖旁，頭髮亂如蓬草，腹部大腆於前，雙手交於身後；翹首遠眺的眼神中，藏著若有似無的笑意；一派紅塵是非不到，晬面盎背的隱隱法喜；而在美國，史耐德翻譯了二十四首寒山詩，間接使寒山成為美國嬉皮的祖師爺[2]，挑動他內心深處的寒山，不是日本國寶寒山，而是：「衣衫破爛，長髮飛揚，在風裏大笑的人，手握著一個捲軸，立在山中的一個高巖上。」[3]史耐德所看到的寒山與可翁宗然所畫的寒山有幾分相似，其相似的原因是，元代來華的日本畫僧默庵靈淵與可翁宗然，將中國的禪宗水墨人物畫[4]，傳入了日本。

---

[1]　〔日〕默庵靈淵作有〈寒山圖〉、〈四睡圖〉；〔日〕可翁宗然作有〈寒山圖〉、〈拾得圖〉。

[2]　二十世紀六〇年代，美國詩人史耐德（Gary Snyder）翻譯了二十四首寒山詩，披頭一代（The B eat Generation）最重要的小說家克洛厄（Jack Kerouac）於《法丐》（The Dharma Bums，又譯為《達摩浪人》。）一書中，把寒山和史奈德同時奉為 The Beat Generation 的精神領袖。中國唐朝詩人寒山，因此成了美國嬉皮的祖師爺。參見鍾玲，〈寒山在東方和西方文學界的地位〉，轉引自拙編，《寒山資料類編》。

[3]　〔美〕史耐德，〈寒山詩序〉。按：史耐德是在 1953 年美國舉辦的日本畫展中，初見〈寒山圖〉。

[4]　南宋淳熙五年（1178），大德寺的〈五百羅漢圖〉，羅漢手中所展之

二、有關「天台三聖」之文獻傳說

　　託名為唐・閭丘胤所作之〈寒山子詩集序〉（以下簡稱〈閭丘偽序〉），是後代有關「天台三聖」傳說的源頭活水；南宋淳熙十六年（1189），國清寺僧釋志南所作之〈天台山國清禪寺三隱集記〉（以下簡稱〈三隱集記〉），根據〈閭丘偽序〉，大力增衍「天台三聖」事蹟，「天台三聖」一名，始見於〈三隱集記〉，後代有關「天台三聖」之傳說，均不出〈寒山子詩集序〉與〈三隱集記〉。

（一）寒山傳說

　　〈閭丘偽序〉中，對寒山外貌的形容是：

> 詳夫寒山子者，不知何許人也。自古老見之，皆謂貧人、風狂之士，……且狀如貧子，形貌枯悴，……乃樺皮為冠，布裘破弊，木屐履地。[5]

對寒山行履之描述：

> 隱居天台唐興縣西七十里，號為寒巖。每於茲地時還國清寺，寺有拾得知食堂，尋常收貯餘殘菜滓於竹筒內，

觀音圖，為禪宗式的水墨觀音。參見嚴雅美，〈試論宋元禪宗繪畫〉，《中華佛學研究》第四期（2003 年 3 月），頁 214。

[5]　《天祿琳琅》續編《寒山子詩一卷附豐干拾得詩一卷》，頁 1。按：〈閭丘偽序〉中，對寒山的外貌，是根據寒山詩〈余家本住在天台〉一詩：「余家本住在天台，雲路煙深絕客來。千仞巖巒深可遁，萬重谿澗石樓臺。樺巾木屐沿流步，布裘藜杖繞山迴。自覺浮生幻化事，逍遙快樂實善哉。」頁 1。

寒山若來，即負而去。或長廊徐行，叫喚快活，獨笑獨
言，時僧遂捉罵打趁，乃駐立撫掌，呵呵大笑，良久而
去。……或長廊唱詠，唯言咄哉咄哉，三界輪迴；或於
村墅，與牧牛子而歌笑；或逆或順，自樂其性；非哲者
安可識之矣。[6]

〈閭丘偽序〉言寒山寒山在國清寺的情形是：「或長廊徐行，
叫喚快活，獨笑獨言」；寒山在國清寺，是被寺僧「捉罵打
趁」，這跟寒山詩中，寒山對自己的形容頗有出入；寒山詩
〈憶得二十年〉：

憶得二十年，徐步國清歸。國清寺中人，盡道寒山癡。
癡人何用疑，疑不解尋思。我尚自不識，是伊爭得知。
低頭不用問，問得復何為。有人來罵我，分明了了知。
雖然不應對，卻是得便宜。[7]

寒山自言對國清寺僧採「不應對」的態度，而〈閭丘偽序〉
中，「叫喚快活，獨笑獨言。」的形容，應是〈閭丘偽序〉
的作者，為了要凸顯寒山「至人遯跡，同類化物。」的「散
聖」形像[8]；而對同樣被視為「散聖」的拾得，〈閭丘偽序〉
作者的描繪，更有甚之。

6　此處之「牧牛子」，是指拾得，〈拾得錄〉：「拾得者，豐干禪師因
　　遊松徑，徐步於赤城道路側，偶而聞啼，乃尋其由。見一子年可十歲，
　　初謂彼村牧牛之子。」頁1。

7　《天祿琳琅》續編《寒山子詩一卷附豐干拾得詩一卷》，頁43。

8　「散聖」自為一類，見於宋‧釋贊寧：《宋高僧傳》卷二十〈唐真定
　　府普化傳〉：「……以其發言先覺，排普化為散聖科目中，言非正員
　　也矣。」把寒山入「散聖」之列，首見李遵勗：《天聖廣燈錄》卷三
　　十：「達者目為散聖，如佛圖澄、寒山、拾得者。」

（二）拾得傳說

〈閭丘偽序〉的作者，對拾得的形容，十分符合「散聖」之「發言先覺」：

> 令（拾得）知食堂香燈供養。忽於一日，與像對坐，佛
> 盤同餐，復于聖僧前云：小果之位，喃喃呵。俚而言傷
> 哉。熠謂老宿等，此子心風，無令下供養，乃令廚內洗
> 濾器物。……寺內山王，僧常參奉，及下供養香燈等務，
> 食物多被鳥所耗。忽一夜，僧眾同夢見山王云：拾得打
> 我。瞋云：汝是神道，守護伽藍，更受沙門參奉供養。
> 既有靈驗，何以食被鳥殘？今後不要僧參奉供養。至旦，
> 僧眾上堂，各說所夢，皆無一差靈熠亦然，喧喧未止。
> 熠下供養，忽見山王身上而有杖痕所損，熠乃報眾，眾
> 皆奔看，各云夜夢斯事，乃知拾得不是凡間之子。[9]

被豐干禪師遊松徑拾到的「拾得」，「年可十歲」的他，在國清寺開始他一連串「不是凡間之子」的神蹟展現；拾得在國清寺杖打伽藍，被稱為「拾得賢士」，之後，莊頭牧牛事件，使拾得從「賢士」一躍而成「菩薩」，〈拾得錄〉載：

> （拾得）又於莊頭牧牛，歌詠叫天，又因半月布薩，眾僧
> 說戒法事，合時，拾得驅牛至堂前，倚門而立，撫掌微笑
> 曰：悠悠哉！聚頭作相，這箇如何？老宿律德怒而呵云：
> 「下人風狂，破於說戒。」拾得笑而言曰：「無瞋即是戒，

---

[9] 《天祿琳琅》續編《寒山子詩一卷附豐干拾得詩一卷》，頁50。

心淨即出家。我性與汝合，一切法無差。」尊宿出堂，打趁拾得，令驅牛出去。拾得言：「我不放牛也。此群牛皆是前生大德知事人，咸有法號，喚者皆認。」時拾得一一喚牛，云：「前生律師弘靖出」，時一白牛作聲而過。又喚：「前生典座光超出」，時一黑牛作聲而過。又喚：「直歲靖本出」，時一牯牛作聲而出。又喚云：「前生知事法忠出」，時一牯牛作聲而出。[10]

拾得把前生是大德知識人，來生卻投生為牛者，一個個叫出名來，使得寺眾「咸歎菩薩，來於人世。」若非寒山以及豐干禪師的詩中，均有提到拾得之名[11]；拾得詩中，也有和寒山、豐干來往的描述[12]，大顯神通的拾得，幾乎會令人懷疑是〈閭丘偽序〉的作者所刻意杜撰出的，一個虛構的神話人物。

10　《天祿琳琅》續編《寒山子詩一卷附豐干拾得詩一卷》，頁 50～51。

11　寒山詩〈慣居幽隱處〉：「慣居幽隱處，乍相國清眾。時訪豐干道，仍來看拾公。獨迴上寒巖，無人話合同。尋究無源水，源窮水不窮。」豐干詩〈余自來天台〉：「余自來天台，凡經幾萬迴。一身如雲水，悠悠任去來。逍遙絕無鬧，忘機隆佛道。世途歧路心，眾生多煩惱。兀兀沈浪海，漂漂輪三界。可惜一靈物，無始被境埋。電光瞥然起，生死紛塵埃。寒山特相訪，拾得罕期來。論心話明月，太虛廓無礙。法界即無邊，一法普遍該。」頁 9、49。

12　拾得詩〈寒山住寒山〉：「寒山住寒山，拾得自拾得。凡愚豈見知，豐干卻相識。見時不可見，覓時何處覓。借問有何緣，向道無為力。」拾得詩〈從來是拾得〉：「從來是拾得，不是偶然稱。別無親眷屬，寒山是我兄。兩人心相似，誰能徇俗情。若問年多少，黃河幾度清。」頁 55。

（三）豐干禪師

在整個「天台三聖」傳說中，介紹閭丘胤訪寒山、拾得，進而塑造出「天台三聖」形像，扮演此一重要之穿針引線工作的，〈閭丘偽序〉的作者安排由豐干禪師擔任：

> （閭丘胤）頃受丹丘薄宦，臨途之日，乃縈頭痛，遂召日者，醫治轉重。乃遇一禪師名豐干，言從天台山國清寺來，特此相訪。乃命救疾，師乃舒容而笑曰：「身居四大，病從幻生，若欲除之，應須淨水。」時乃持淨水上師，師乃噀之，須臾祛殄。乃謂胤曰：「台州海島嵐毒，到日必須保護。」胤乃問曰：「未審彼地當有何賢，堪為師仰。」師曰：「見之不識，識之不見，若欲見之，不得取相，迺可見之。寒山文殊，遯跡國清，拾得普賢，狀如貧子，又似風狂。」[13]

豐干禪師口中道出「寒山文殊」、「拾得普賢」；〈閭丘偽序〉記閭丘胤親至國清寺訪寒山、拾得時，寒山對閭丘胤說出：「豐干饒舌饒舌，彌陀不識，禮我何為？」「天台三聖」已隱然成型；而擔負此重任的豐干，〈閭丘偽序〉的作者如此形容：

> 道者豐干，未窮根裔。古老見之，居于天台山國清寺。剪髮齊眉，毳裘擁質。緇素問鞠，乃云，隨時。貌悴昂

---

[13] 《天祿琳琅》續編《寒山子詩一卷附豐干拾得詩一卷》，頁1～2。

藏，恢端七尺。唯攻春米供僧，夜則扃房吟詠自樂。郡
縣諳知，咸謂風僧。或發一言，異於常流。[14]

豐干在國清寺，平日並無特出行徑，直到「騎虎松徑來入國
清」，以及上述之「京輦與胤救疾」，這兩件事再加上寒山
對閭丘胤暗示豐干是「彌陀再來」，才真正使豐干成為「天
台三聖」之一。「三聖」形像的完成，由豐干故意毛遂自薦
替閭丘胤治頭疾；到豐干禪師道出「寒山文殊」、「拾得普
賢」；再到寒山向閭丘胤說豐干是「彌陀再來」，〈閭丘偽
序〉的作者安排三人為菩薩應現的情節是迴還呼應，可見〈閭
丘偽序〉的作者，的確是別具用心。

三、有關「天台四睡」之語錄及畫作

〈閭丘偽序〉中，豐干禪師「騎虎松徑來入國清」，對
於豐干之虎，〈閭丘偽序〉的作者安排由國清寺僧寶德道翹
介紹：

> （閭丘胤）到國清寺乃問寺眾：「此寺先有豐干禪師，
> 院在何處？」……時僧道翹答曰：「豐干禪師院在經藏
> 後，即今無人住得，每有一虎時來此吼。」……僧引胤
> 至豐干禪師院，乃開房，唯見虎跡。[15]

---

14 《天祿琳琅》續編《寒山子詩一卷附豐干拾得詩一卷》，頁 49。
15 《天祿琳琅》續編《寒山子詩一卷附豐干拾得詩一卷》，頁 2。

豐干之虎與「天台三聖」並列，從此成了「天台三聖」傳說中，不可少的一員，所謂「天台四睡」，指的是寒山、拾得、豐干，以及豐干之虎。

（一）有關「天台四睡」之禪師語錄

有關「天台三聖」傳說以及〈四睡〉（或〈天台四睡〉），自南宋起，便有與之相關的禪師語錄，笑翁妙堪禪師〈四睡〉：

> 拾得寒山笑未休，豐干騎虎趁閭丘。而今依舊成羣伍，不是冤家不聚頭。[16]

〈閭丘偽序〉記：「（閭丘胤）遂至廚中灶前，見兩人（寒山、拾得）向火大笑。胤便禮拜，二人連聲喝胤，自相把手，呵呵大笑。」笑翁妙堪禪師的〈四睡〉，首句便是根據〈閭丘偽序〉所記，閭丘胤見寒山、拾得之情節；〈閭丘偽序〉以及志南〈三隱集記〉，均言豐干騎虎入國清寺，並未言豐干禪師騎虎見閭丘胤，第二句「豐干騎虎趁閭丘」純為笑翁妙堪禪師個人杜撰；同樣的杜撰情形還見於大川普濟禪師〈四睡〉：

---

[16] 清・性音編：《禪宗雜毒海》卷一。有關笑翁堪禪師之卒年，陳垣《釋氏疑年錄》據《釋氏稽古略》卷四、《佛祖綱目》卷三九，定淳祐八年（1248）卒。參見《陳援菴先生全集》第十冊，（台北：新文豐出版公司，1993年），頁405。

離了峨嵋別五臺，倒騎白額下天台。松間石上夢中夢，
喚得閭丘太守回。[17]

〈三隱集記〉言豐干邀寒山同遊五台[18]，未言豐干曾上峨嵋
山，大川普濟禪師言豐干禪師「離了峨嵋別五臺」，與笑翁
妙堪禪師之「豐干騎虎趁閭丘」，同樣是對豐干傳說之增衍
附會。除了根據「天台三聖」傳說之外，另有探討人虎相親
的禪師語錄，如：無準師範禪師〈豐干寒拾虎四睡〉：

> 善者未必善，惡者未必惡。彼此不忘懷，如何睡得著。
>
> 惡者難為善，善者難為惡。老虎既忘機，如何睡不著。[19]

無準師範禪師之人與虎「忘機」說，其法嗣希叟紹曇與西
巖了慧均受其影響[20]；而無門慧開禪師之〈天台四睡〉：「既
是伏爪藏牙，不用三頭六臂。只圖夢裡惺惺，任疑大虫瞌

---

[17] 《大川普濟禪師語錄》卷一。

[18] 天台國清寺僧釋志南〈天台山國清禪寺三隱集記〉：「師謂寒曰：『汝
與我遊五臺，即我同流，若不與我去，非我同流。』曰；『我不去。』
師曰：『汝不是我同流。』寒問汝去五臺作什麼？曰：『我去禮文殊。』
曰：『汝不是我同流。』尋獨入五臺，逢一老翁，問：『莫是文殊否？』
曰：『豈有二文殊。』及作禮，忽不見，回天台而化。」明嘉靖四年
天臺國清寺道會刊本。按：釋志南記豐干邀寒山遊五臺山，此情節未
見於〈閭丘偽序〉，大川普濟禪師之豐干離峨嵋、別五臺之說，顯然
是附會。

[19] 《無準師範禪師語錄》卷五。

[20] 希叟紹曇〈四睡〉：「人無害虎心，虎無傷人意。彼此不關防，何妨
打覺睡。」西巖了慧〈四睡〉：「人分不羈，虎分不縛。是四憨癡，
成一火落。雖然合眼只一般，也有睡著睡不著。無固無必，挨肩（左
木右尤）膝。人夢不祥，虎夢大吉。世上有誰知，天台雲羃羃。」

睡。」[21]與樵隱悟逸禪師之〈四睡〉：「人虎為群，是何火伴。心面不同，夢想變亂。風撼松門春色晚。」[22]同樣在強調人虎之「忘機」。

此外，還有凸顯四睡的「疊睡」情景，如：虛堂智愚〈四睡〉：「豐干拾得寒山子，靠倒無毛老大蟲。合火鬥頭同做夢，不知明月上高峰。」[23]在「疊睡」圖中，藉圖寓意的有：月　禪師〈贊豐干寒拾虎四睡圖〉：「虎依人人靠虎，一物我忘亦汝。肚裏各自惺惺，且作團打覺睡，誰管人間今與古。」[24]月　禪師「齊一物我」，不管人間今古，頗似「莊子」；而偃溪廣聞禪師的〈四睡圖〉：「睡時遞相枕藉，醒後互相熱謾。笑中有刃，用處多姦。看來人斑，寧可虎斑。」[25]偃溪廣聞禪師認為人不如虎的原因，在於人之機關算盡；而石田法薰禪師則是套用「莊周夢蝶」語，其〈四睡圖〉：

> 一等騎虎來，兩箇挨肩去。松門外聚頭，輥作一處睡。夢蝶栩栩不知，孰為人孰為虎。待渠眼若開時，南山有一轉語。[26]

---

[21] 《無門慧開禪師語錄》卷二。

[22] 《樵隱悟逸禪師語錄》卷二。

[23] 清・性音編：《禪宗雜毒海》卷一。

[24] 《月礀禪師語錄》卷二。

[25] 《偃溪廣聞禪師語錄》卷二。

[26] 《石田法薰禪師語錄》卷四。

石田法薰有關「天台三聖圖」的語錄之多，無人能出其右[27]；
在《石田法薰禪師語錄》中，〈四睡圖〉置於〈讚佛祖〉下；
石田法薰禪師在「轉語」[28]處戛然而止，可見〈四睡圖〉在
他心中，妙在難以與人言說。而在有關〈四睡圖〉之語錄中，
以如淨和尚所說最堪咀嚼：

> 拾得寒山老虎豐干，睡到驢年，也太無端。咦！驀地起
> 來開活眼，許多妖怪自相瞞。[29]

「四睡」睡到驢年馬月，醒來的結果是「妖怪自相瞞」，不
妨視為如淨和尚對「天台三聖」傳說之最高禮敬；到了元代，
了菴清欲禪師，將宋代有關「四睡」（或「天台四睡」）語
錄集其大成：

> 閉眉合眼人如虎，伏爪藏牙虎似人。夢裡乾坤無彼我，
> 綠鋪平野草成茵。

---

27 石田法薰禪師（卒於淳祐五年，1245。）贊「天台三聖」之作，集中
在《語錄》卷四：〈豐干寒山拾得圖〉：「三人必有我師，臭肉元同
一味。把手聚頭，蘇盧悉里。只因一等饒舌，兩箇隱身無地。可惜當
初國清寺裏，一隊懞懂師僧，更沒些子意智。」此是根據〈閭丘偽序〉
中，寒山點出豐干為彌陀再來，謂豐干「饒舌」。〈寒山拾得望月〉：
「木葉題詩，寺廚執爨。遇夜乘閑，林間舒散。一片冰壺無影像，分
明照破渠肝膽。堪笑當時天台山，中也無一箇具眼。」此則同樣是據
〈閭丘偽序〉，「木葉題詩」為寒山；「寺廚執爨」是拾得；「冰壺
無影像」則是志南〈三隱集記〉，寒山問豐干之語。〈贊豐干〉：「走
松門，尋寒拾。虎斑易見，人斑難識。識不識，惡聲惡跡成狼藉。」
其中之「人斑」、「虎斑」，後為偃溪廣聞（卒於理宗景定四年，1263。）
〈四睡圖〉所襲用。
28 禪宗將能轉動對方心意，使之大悟的隻字片語，稱為「轉語」。
29 《如淨和尚語錄》卷二。

　　咄哉豐干，抱虎而睡；拾得寒山，正在夢裡。可憐惺惺
　　人，未能笑得你。[30]

了菴清欲禪師之「可憐惺惺人，未能笑得你。」化用了拾
得詩〈出家要清閑〉一詩之末二句「可憐無事人，未能笑
得尓。」[31]綜合以上禪師之語錄，針對「天台三聖」傳說，
以及〈四睡圖〉的意境，作〈四睡〉（或〈天台四睡〉）予
以闡發的，以南宋禪師居多，〈四睡圖〉的出現，與禪師有
關〈天台四睡〉的語錄，是互為影響的。

（二）與「天台三聖」、「天台四睡」有關之作品

　　禪師因見〈四睡圖〉而作贊，理論上是天經地義，先圖
而後有贊，抑或先贊而
　　後有圖，孰先孰後，試表列如下：

作者及年代	相關語錄	畫作	畫贊	附註
梁楷		〈寒山拾得圖〉		宋寧宗嘉泰年間為畫院待詔。（1201-1204）
李確		〈豐干圖〉		咸淳年間為畫院祗候。（1265-1274）
北磵居簡禪師（1164—1246）			〈詠梁楷寒山拾得〉	
石橋可宣			〈豐干圖	石橋可宣於嘉定

---

[30] 《了菴清欲禪師語錄》卷五〈四睡〉。

[31] 拾得詩〈出家要清閑〉：「出家要清閑，清閑即為貴。如何塵外人，
卻入塵埃裏。一向迷本心，終朝役名利。名利得到身，形容已顇頹。
況復不遂者，虛用平生志。可憐無事人，未能笑得尓。」頁53。

寒山
詩集論叢

				贊〉、〈寒山拾得圖贊〉，上有「徑山」二字。	庚午（1210），詔住徑山。見《佛祖綱目》卷39。
如淨和尚	〈四睡圖〉			《如淨和尚語錄》成於紹定二年，1229。
笑翁妙堪（1177—1248）	〈四睡〉			
大川普濟（1179—1253）	〈四睡〉			
無準師範（1178—1249）	〈豐干寒拾虎四睡〉			
希叟紹曇	〈四睡〉			
西巖了慧（1198—1262）	〈四睡〉	〈寒山圖〉		
無門慧開（1183—1260）	〈天台四睡〉			
堂智愚（1185—1269）	〈四睡〉		〈傳牧谿寒山拾得贊〉	
石田法薫（1171—1245）	〈豐干寒山拾得圖〉、〈寒山拾得望月〉、〈四睡圖〉		〈贊豐干〉	
偃溪廣聞（1189—1263）			〈豐干贊〉（李確〈豐干圖〉）	
牧谿法常（卒年約1270—1293）		〈寒山拾得豐干圖〉		
虎巖淨伏（卒於元大德7年，1303）			〈寒山圖贊〉、〈拾得圖贊〉	
一山一寧（1247—）			〈寒山圖贊〉	《釋氏疑年錄》言一山一寧卒於延祐四年，1317。頁430。
樵隱悟逸（元統二年卒，1334）	〈四睡〉			
平石如砥（1268—）			〈四睡圖贊〉	《釋氏疑年錄》言平石如砥卒於至正十年，1350。頁

				443。
月江正印			〈傳因陀羅寒山拾得圖贊〉	元至正間（至正共27年，1341—1367）奉旨金山建水陸大會。
華國子文（1269—1351）			〈四睡圖贊〉	
了菴清欲（1288—1363）	〈四睡〉			
大千慧照（1289—1373）			〈寒山圖贊〉	
楚石梵琦（1296—1370）			〈寒山拾得圖（禪機圖斷卷）贊〉	
因陀羅（年代約與楚石梵琦同）		〈寒山拾得圖〉		
夢堂曇噩（1285—1373）			〈四睡圖贊〉	《佛祖綱目》卷41，作無夢曇噩。
清遠文林（元末明初）			〈傳因陀羅寒山拾得圖贊〉	
祥符紹密			〈四睡圖贊〉（日僧默庵靈淵〈四睡圖〉）	

　　南宋淳熙五年（1178），大德寺〈五百羅漢圖〉，出現了水墨觀音，可知當時的畫工以水墨畫禪宗人物（或佛像），有其宗教市場需求的因素；從禪師語錄中，隨處可見的「佛讚」、「圖讚」、「道影讚」，以及在某位祖師的忌日「掛真」[32]；還有住持遷化時，「於法座上掛真」[33]，均可見禪宗水墨人物畫之產生，是有其市場上的需求；而寒山、拾得、

---

[32] 據日本學者研究，《達摩圖》張掛於10月初5日的初祖忌；《出山相》則是12月初8日，釋迦成道會的佛事上張掛；《涅槃圖》則是在2月15日的涅槃會上使用。參見嚴雅美，〈試論宋元禪宗繪畫〉。
[33] 宋・宗壽集，《入眾須知》卷一。

豐干的水墨像，應屬於無著道忠〈靈像門〉所言之「聖僧」[34]位階，而從南宋禪師在上堂法語中，引用「天台三聖」傳說的盛況，以及寒山、拾得、豐干像的繪製，可見在當時的禪師心中，「天台三聖」已具有跟「聖僧」並列的「散聖」地位。

宋代禪師提及寒山、拾得、豐干之語錄，多不勝數，這是「天台三聖」被視為「散聖」的最主要原因，而隨著「天台三聖」成為禪門的熱門話題，其畫像與畫贊的產生自是理所當然。北宋釋擇隆所畫的寒山、拾得，黃庭堅認為最稱妙絕[35]，可惜黃庭堅未明說擇隆筆下的寒山拾得畫，其妙為何；而對後代寒山、拾得畫，具有豐碑作用，於資料可稽者，應屬梁楷的〈寒山拾得圖〉。

梁楷，生卒年不詳，代表作有〈太白行吟圖〉、〈六祖圖〉，以減筆畫加上潑墨寫意人物畫（如《潑墨仙人圖》）聞名於世，畫風粗獷豪放，和唐代畫聖吳道子一樣，「每欲揮毫，必須酣飲。」（唐·張彥遠《歷代名畫記》）；人稱「梁風（瘋）子」[36]的梁楷，任畫院待詔時，無法一展自己風格，曾把宋寧宗御賜的，被視為無上殊榮的金帶，掛在畫

---

[34]〔日〕無著道忠，《禪林象器箋》第五類〈靈像門·聖僧〉：「僧堂中央所設像，總稱聖僧，然其像不定。若大乘寺則安文殊，小乘寺則安憍陳如，或賓頭盧。有處用大迦葉，復用空生；如禪剎，則通用不拘。」（台北縣：彌勒出版社，1982年），頁115。

[35] 黃庭堅，《山谷外集詩注》卷第九〈題落星寺〉四首：「畫圖妙絕（一作絕筆）無人知。」元注云：「僧隆畫甚富，而寒山拾得畫最妙。」《四部叢刊》續編，集部。

[36] 元·夏文彥，《圖繪寶鑑》卷第四，《四庫全書》子部，藝術類，書畫之屬。

院，不辭而別，飄然遠去；北磵居簡禪師（1164—1246）作有〈詠梁楷寒山拾得〉〉，他曾親眼目睹梁楷作畫：「梁楷惜墨如惜金，醒來亦復成淋漓。……按圖絕叫喜欲飛，掉筆授我使我題。」[37]北磵居簡禪師將梁楷作畫時的狂態，形容得入木三分，「掉筆授我使我題」也點出兩人的交情匪淺；梁楷的弟子李確畫有〈豐干圖〉，偃溪廣聞禪師（1189—1263）為其作〈豐干贊〉；從梁楷與李確師徒二人畫「天台三聖」時，立即有禪師為之寫詩作贊，可知圖先贊後；此外，還可以確定的一點是：遲至南宋，以水墨所畫的「天台三聖圖」與「四睡圖」已大為風行，從梁楷擔任待詔的寧宗嘉泰年間（1201—1204），上推前文所說的，大德寺〈五百羅漢圖〉中的水墨觀音（淳熙五年，1178），可視為禪宗水墨人物畫產生的下限；此外，呂本中（1084~1145）〈觀甯子儀所蓄維摩寒山拾得唐畫歌〉：「君不見，寒山子垢面蓬頭何所似，戲拈柱杖喚拾公，似是同游國清寺。」[38]呂本中所提甯子儀所藏之「唐畫」，未明言畫者為誰，但可以看出該畫比大德寺〈五百羅漢圖〉中的水墨觀音，要早上至少三、四十年。

---

[37] 北磵居簡，《北磵詩集》卷四〈贈御前梁宮幹〉。

[38] 宋·呂本中，〈觀甯子儀所蓄維摩寒山拾得唐畫歌〉：「君不見，寒山子垢面蓬頭何所似，戲拈柱杖喚拾公，似是同游國清寺；又不見，維摩老結習已空無可道，牀頭誰是散花人，墮地紛紛不須掃。嗚呼！妙處雖在不得言，尚有丹青傳百年。請公着眼落筆前，令我琭句逃幽禪。異時淨社看白蓮，莫忘只今香火緣。」《東萊先生詩集》卷三，《四部叢刊》續編，集部。

（三）默庵靈淵、可翁宗然與「天台三聖圖」

　　南宋禪宗水墨人物畫對日本畫僧默庵靈淵與可翁宗然影響深遠；可翁宗然的〈寒山圖〉，使寒山成了日本國寶，比較可翁宗然筆下的寒山，與元代佚名所作，明代大千慧照禪師（卒於洪武 6 年，1373。）親筆作贊之〈寒山圖〉，有九分的神似，似為同出一人之手。可翁宗然與同行之日僧，於元英宗延祐七年（1320）正月，參見天目中峰明本禪師[39]；中峰明本禪師對此一日本僧團的開示，見於〈示海東諸禪人〉與〈重陽示海東諸禪人〉[40]，中峰明本對可翁宗然是青睞有加，其〈示海東可翁然禪人〉：

> 可翁首座負聰明之姿，有決了死生之大志。無端[宋-木+取]初沾惹了一種相似知解，三餘年留山中，近方信得及，不為知解所惑。茲忽起鄉念，立大志。盡其晚年力究深窮，以期正悟。[41]

---

[39] 當時日僧登天目山參叩中峰明本禪師的人數很多，有遠溪祖雄、可翁宗然、嵩山居中、大樸玄素、復庵宗已、孤峰覺明、別源圓旨、明叟齊哲、平田慈均、無礙妙謙、古先印元、業海本淨、祖繼大智等人。

[40] 《天目明本禪師雜錄》卷二，〈示海東諸禪人〉：「今朝明朝新歲舊歲，生死無常隨群逐隊。世法與佛法都不要理會，單單一箇所參話。頓在蒲團禪板邊，誰管你三十年二十年。滅卻身心死卻意氣，精進上加精進，勇銳中添勇銳。捱到情忘見盡時，箇箇心空真及第。」〈重陽示海東諸禪人〉：「今朝九月九，黃花處處有。所參那一句，但拚長遠守。守到心孔開，決定無前後。東海鯉魚飛上天，驚起法身藏北斗。」

[41] 《天目明本禪師雜錄》卷二。

中峰明本禪師曾作〈擬寒山詩〉百首[42]，可翁宗然留山三年，返國後喜畫寒山，無疑來自中峰明本的影響。

日僧默庵靈淵，約於元朝元統元年（1333）到中國[43]，他的〈寒山圖〉與〈四睡圖〉仿照牧谿法常的畫風（默庵靈淵的作品被足利義滿（1358~1408）與足利義政（1435~1490）珍藏。）；牧谿法常，生卒年不詳，作有〈寒山拾得豐干圖〉，牧谿法常的畫風是「山水樹石人物，皆隨筆點墨而成，意思簡當，不假裝飾。」[44]牧谿法常之所以被稱為「日本畫道的大恩人」，就在於他的畫風啟發了默庵靈淵與可翁宗然；牧谿法常之「隨筆點墨而成」，是來自重線條靈活，「簡約疏闊，恣意酣暢。」[45]以寥寥數筆便能勾勒出人物神情的，梁楷「減筆畫」的啟發。

牧谿法常師意梁楷之畫，見於元・吳太素《松齋梅譜》，吳太素言牧谿法常曾「造語傷賈似道，廣捕，而避罪於越丘氏家。」牧谿法常在被追捕時，曾躲在武林長相寺，長相寺就在靈隱寺附近，而梁楷曾經為靈隱寺僧作畫，牧谿法常就是在靈隱寺受到梁楷畫作的啟發。[46]牧谿法常承自梁楷減

---

[42] 《天目中峰和尚廣錄》卷第十七，上海景印宋平江府陳湖磧砂延聖院刊本，1936 年。

[43] 羅時進，〈日本寒山題材畫作及其淵源〉：「默庵靈淵等日本畫師都曾入宋」《文藝研究》2005 年第 3 期。下引版本同。按：默庵靈淵來華時間與可翁宗然接近，上引可翁宗然在元代中峰明本禪師身旁三年。「入宋」應作「入元」才是。

[44] 《御定佩文齋書畫譜》卷八十四〈宋釋澹常畫花果翎毛〉，文淵閣《四庫全書》子部，藝術類，書畫之屬。

[45] 見李芃，〈畫壇獨步說梁楷〉，《荷澤師專學報》2000 年 2 月。

[46] 參見高金玉，〈佛緣禪思——從梁楷的減筆體到牧溪的道釋人物畫〉，

筆、潑墨畫風，加上隨筆點畫、不假裝飾，影響了默庵靈淵
與可翁宗然的畫風，替日本第一個武士政權——鎌倉幕府，
以禪宗作為新政權的新信仰，找到了依託點。自默庵靈淵與
可翁宗然之後，日本開始有了東洋味十足的「寒山、拾得」
畫作[47]；日本有關「天台三聖圖」，不論細節（如寒山手臂
掛竹筒、展卷、手拿竹箒等）為何，其線條的恣適與筆墨之
淋漓，南宋之「天台三聖圖」無疑為其母源。

四、結語

　　由〈閭丘偽序〉以及〈三隱集記〉所載之「天台三聖」
事蹟，可以肯定「天台三聖」傳說至南宋完全成型；自北宋
起，歷代禪師語錄對三聖傳說踵事增華的結果，因而產生了
「三聖圖」、「四睡圖」的流傳。南宋傑出水墨禪宗人物畫
家——梁楷與牧谿法常，梁楷的減筆、潑墨寫意；牧谿法常
的「隨筆點墨而成」，啟發了日本禪宗畫僧——默庵靈淵與
可翁宗然；可翁宗然〈寒山圖〉引發日本畫家爭畫「天台三
聖圖」，使寒山成了日本國寶；鈴木大拙將禪學引渡歐美時，
更不忘介紹寒山詩，寒山詩與寒山畫，均藉由日人之手，廣
傳異域。

《南京藝術學院學報》2004 年 2 月。
[47] 參見羅時進，〈日本寒山題材畫作及其淵源〉。

附　錄

日本發行之寒山郵票

《人民日報》海外版　2002 年 12 月 9 日，第七版。

〈寒山圖〉，可翁宗然作，室町時代，私人收藏

336

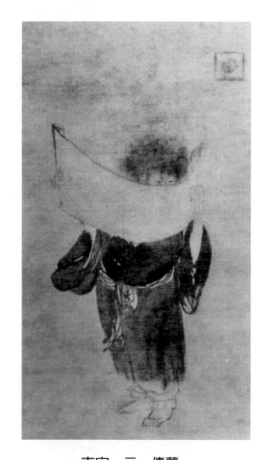

南宋—元　傳蘿

〈寒山圖〉

軸　紙本　水墨

59.0 × 30.5 平方公分

日本私人藏

元　佚名　〈寒山圖〉

大千慧照贊

軸　紙本　水墨

89.4 × 31.3 平方公分

日本私人藏

明　張路　〈拾得笑月圖〉

軸　絹本　水墨

158.6 × 89.3 平方公分

美國 Freer Gallery of Art 藏

明　王問　〈拾得像〉

軸　紙本　水墨

117.8 ×54.4 平方公分

台北故宮博物院藏

〈寒山拾得圖〉

明‧蔣貴　立軸絹本水墨淡設色

縱 173‧5 厘米　105‧5 厘米

（美）普林斯頓大學美術館藏

寒山
詩集論叢

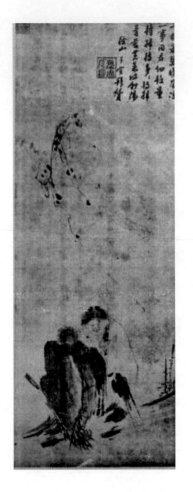

南宋　佚名（曾傳馬麟筆）

〈寒山拾得圖〉石橋可宣贊

軸　紙本　水墨

日本末延道成舊藏

南宋　李確　〈豐干圖〉

軸　紙本　水墨

各 104.8 ×32.1 平方公分

偃溪廣聞贊

日本妙心寺藏

南宋　佚名　〈豐干圖〉

90.9 ×33.1 平方公分

軸紙本水墨　　石橋可宣贊

日本私人藏（益田家舊藏）

元　（旅華日僧）默庵靈淵

〈四睡圖〉祥符紹密贊

軸　紙本　水墨

104.0 × 32.4 平方公分

東京前田育德會藏

國家圖書館出版品預行編目

寒山詩集論叢： / 葉珠紅著. -- 一版. – 臺北
　市：秀威資訊科技, 2006 [民 95]
　　面； 公分. --（語言文學類；AG0047）

ISBN 978-986-7080-83-7(平裝)

1.(唐)釋寒山 – 作品研究

851.4411　　　　　　　　　　　　95016484

語言文學類　AG0047

寒山詩集論叢

作　　者 / 葉珠紅
發 行 人 / 宋政坤
執行編輯 / 林世玲
圖文排版 / 郭雅雯
封面設計 / 莊芯媚
數位轉譯 / 徐真玉　沈裕閔
銷售發行 / 林怡君
網路服務 / 徐國晉
出版印製 / 秀威資訊科技股份有限公司
　　　　　台北市內湖區瑞光路 583 巷 25 號 1 樓
　　　　　電話：02-2657-9211　　傳真：02-2657-9106
　　　　　E-mail：service@showwe.com.tw
經 銷 商 / 紅螞蟻圖書有限公司
　　　　　台北市內湖區舊宗路二段 121 巷 28、32 號 4 樓
　　　　　電話：02-2795-3656　　傳真：02-2795-4100
　　　　　http://www.e-redant.com

2006 年 9 月 BOD 一版
定價：400 元

讀 者 回 函 卡

感謝您購買本書，為提升服務品質，煩請填寫以下問卷，收到您的寶貴意見後，我們會仔細收藏記錄並回贈紀念品，謝謝！

1.您購買的書名：＿＿＿＿＿＿＿＿＿＿＿＿＿＿＿＿＿

2.您從何得知本書的消息？

　　□網路書店　□部落格　□資料庫搜尋　□書訊　□電子報　□書店
　　□平面媒體　□ 朋友推薦　□網站推薦 □其他＿＿＿＿＿＿

3.您對本書的評價：(請填代號　1.非常滿意 2.滿意 3.尚可 4.再改進)

　　封面設計＿＿＿　版面編排＿＿＿　內容＿＿＿　文/譯筆＿＿＿　價格＿＿

4.讀完書後您覺得：

　　□很有收獲　□有收獲　□收獲不多　□沒收獲

5.您會推薦本書給朋友嗎？

　　□會　□不會，為什麼？＿＿＿＿＿＿＿＿＿＿＿＿＿＿

6.其他寶貴的意見：＿＿ ＿＿＿＿＿＿＿＿＿＿＿＿＿
　　＿＿＿＿＿＿＿＿＿＿＿＿＿＿＿＿＿＿＿＿＿＿
　　＿＿＿＿＿＿＿＿＿＿＿＿＿＿＿＿＿＿＿＿＿＿
　　＿＿＿＿＿＿＿＿＿＿＿＿＿＿＿＿＿＿＿＿＿＿

讀者基本資料

姓名：＿＿＿＿＿＿＿＿＿　年齡：＿＿＿　性別：□女 □男

聯絡電話：＿＿＿＿＿＿＿　E-mail：＿＿＿＿＿＿＿＿

地址：＿＿＿＿＿＿＿＿＿＿＿＿＿＿＿＿＿＿＿＿＿＿

學歷：□高中(含)以下　　□高中　　□專科學校　□大學
　　　□研究所(含)以上 □其他＿＿＿＿＿＿

職業：□製造業 □金融業 □資訊業 □軍警 □傳播業 □自由業
　　　□服務業 □公務員 □教職　□學生 □其他＿＿＿＿＿

To：114

台北市內湖區瑞光路 583 巷 25 號 1 樓

秀威資訊科技股份有限公司　　　收

寄件人姓名：

寄件人地址：□□□

(請沿線對摺寄回,謝謝!)

秀威與 BOD

BOD（Books On Demand）是數位出版的大趨勢，秀威資訊率先運用 POD 數位印刷設備來生產書籍，並提供作者全程數位出版服務，致使書籍產銷零庫存，知識傳承不絕版，目前已開闢以下書系：

一、BOD 學術著作—專業論述的閱讀延伸
二、BOD 個人著作—分享生命的心路歷程
三、BOD 旅遊著作—個人深度旅遊文學創作
四、BOD 大陸學者—大陸專業學者學術出版
五、POD 獨家經銷—數位產製的代發行書籍

BOD 秀威網路書店：www.showwe.com.tw
政府出版品網路書店：www.govbooks.com.tw

永不絕版的故事・自己寫・永不休止的音符・自己唱